Das Buch

Nach elf Jahren der Ruhe holt die Vergangenheit die Forensikerin Dr. Lacey Campbell ein: Damals hat der sogenannte College-Girl-Killer Jagd auf Studentinnen der Oregon State University gemacht. Insgesamt neun Frauen sind ihm zum Opfer gefallen – darunter Laceys beste Freundin Suzanne. Die Leiche wurde nie gefunden … bis jetzt.

Das Grundstück, auf dem Suzannes sterblichen Überreste entdeckt werden, gehört dem Ex-Cop Jack Harper. Zwischen Lacey und ihm knistert es gewaltig. Der Skelettfund ist der Auftakt einer neuen Mordwelle. Die Morde weisen erschreckende Ähnlichkeiten mit den Taten des College-Girl-Killers auf – doch der ist im Gefängnis gestorben. Wer ist der neue Killer? Und warum ist Lacey die Nächste auf seiner Liste?

Die Autorin

Kendra Elliot wuchs im Nordwesten der USA auf, wo sie heute auch mit ihrem Mann und ihren drei Töchtern lebt. Neben ihrem Debütroman *Verdeckt* sind bereits drei weitere Titel von ihr auf Deutsch erschienen. Kendra Elliot ist studierte Journalistin.

KENDRA ELLIOT

VERDECKT

Thriller

Aus dem Englischen
von Teresa Hein

Ullstein

Besuchen Sie uns im Internet:
www.ullstein-taschenbuch.de

Diese Ausgabe wurde durch eine Lizenzvereinbarung
mit Amazon Publishing ermöglicht, www.apub.com.

Lizenzausgabe im Ullstein Taschenbuch
1. Auflage November 2016
© der Originalausgabe by Kendra Elliot 2012
© der deutschsprachigen Ausgabe by Teresa Hein 2013
Die Originalausgabe erschien 2012 unter
dem Titel *Hidden* bei Montlake Romance, Las Vegas.
Deutsche Erstveröffentlichung bei AmazonCrossing,
Luxembourg, Juli 2013
Umschlaggestaltung: ZERO Media GmbH, München,
nach einer Vorlage von bürosüd° GmbH, München
Titelabbildung: © MariClick Photography / Getty Images (Blume);
© Geinis / Getty Images (Landschaft)
Satz: Monika Daimer, www.buch-macher.de
Druck und Bindearbeiten: CPI books GmbH, Leck
Printed in Germany
ISBN 978-3-548-28899-4

Für Alexa, Annaliese und Amelia

Eins

Lacey Campbell starrte auf das große Zelt. An ein heruntergekommenes Mehrfamilienhaus angebaut stand es am Rand einer nebelverhangenen, verschneiten Fläche. Sie saugte die eisige Winterluft tief ein und spürte, wie ihre Entschlossenheit wuchs.

Dort drüben. Da ist die Leiche.

Lacey achtete sorgsam darauf, wohin sie auf dem Weg zur Fundstelle die Füße setzte. Ihr Magen rebellierte. Sie zog sich die Wollmütze tiefer ins Gesicht, vergrub das Kinn in ihrem Schal und bahnte sich einen Weg durch das Schneetreiben. Heftig blinzelte sie gegen die Schneeflocken an. Die weiße Pracht war etwas Wunderbares – solang man nicht mittendrin arbeiten musste. Im Augenblick versank der gesamte Einsatzort unter fünfzehn Zentimetern Neuschnee. Fürs Skifahren, Rodeln und für Schneeballschlachten war das Wetter ideal.

Aber nicht, um irgendwo in einem Zelt in einem Kaff in Oregon einen Knochenfund zu untersuchen.

Im unteren Teil ihres begrenzten Blickfeldes erschienen zwei derbe Stiefel. Lacey hielt so abrupt an, dass sie ausrutschte und auf den Hintern plumpste.

»Wohnen Sie hier?« Die Stimme des Cops klang rau und schroff. Von ihrer wenig eleganten Sitzposition im Schnee aus sah Lacey nur die fleischige Pranke, die er ihr hinstreckte.

Als er die Frage wiederholte, flog ihr Blick zu seinem grimmigen Gesicht. Er sah aus wie ein Fernseh-Cop zur besten Sendezeit. Massig, taff und kahlköpfig.

»Oh.« Laceys Gehirn löste sich aus dem Stand-by-Modus. Sie griff nach seiner Hand. »Nein. Ich wohne nicht hier. Ich bin ...«

»Hier haben nur Bewohner Zutritt.« Mühelos zog er sie mit einer Hand vom Boden hoch. Sein strenger Blick wanderte von ihrer Ledertasche zu ihrer teuren Jacke.

»Sind Sie Reporterin? Dann kehren Sie am besten gleich wieder um. Um fünfzehn Uhr ist eine Pressekonferenz im Präsidium von Lakefield.« Der Cop war offenbar zu dem Schluss gelangt, dass sie nicht hierher gehörte. Dazu musste er kein Einstein sein: Die Gegend roch geradezu nach Essensmarken und Schecks vom Sozialamt.

Lacey wünschte sich, sie wäre größer. Mit hoch erhobenem Kinn und einer gequälten Grimasse klopfte sie sich den kalten, nassen Hosenboden ab. *Wie professionell.*

Dann zückte sie ihren Ausweis. »Ich bin keine Reporterin. Dr. Peres erwartet mich. Ich bin ...« Sie hustete. »Ich arbeite für das gerichtsmedizinische Institut.« Wenn sie sagte, sie sei forensische Odontologin, verstand kein Mensch, wovon sie sprach. Aber unter Gerichtsmedizin konnte sich fast jeder etwas vorstellen.

Der Cop warf einen Blick auf ihren Ausweis, dann linste er unter ihren Mützenschirm. Seine braunen Augen blickten forschend. »Sie sind Dr. Campbell? Dr. Peres wartet auf einen Dr. Campbell.«

»Ja, *ich bin* Dr. Campbell«, sagte sie fest und hob dabei die Nase.

Wen hast du denn erwartet? Quincy?

»Kann ich jetzt durch?« Lacey spähte um ihn herum. Vor dem großen Zelt standen ein paar Leute. Dr. Victoria Peres hatte Lacey vor drei Stunden angefordert und Lacey brannte darauf zu erfahren, was die Frau für sie hatte. Es musste etwas ziemlich Ungewöhnliches sein, sonst hätte sie Lacey nicht direkt zum Fundort bestellt, sondern die Untersuchung in einem beheizten, sterilen Labor abgewartet.

Oder hatte es Dr. Peres nur Freude bereitet, Lacey aus dem warmen Bett zu werfen und sie bei diesem scheußlichen Wetter sechzig Meilen weit fahren zu lassen, damit sie anschließend im eiskalten Schnee hocken und ein paar Zähne anstarren konnte? Ein kleines Machtspiel? Mit einem düsteren Blick trug Lacey ihren Namen in das Register ein, das der Cop ihr hinhielt. Dann schob sie sich an diesem menschlichen Felsblock vorbei.

Den Blick an das eingeschossige Wohngebäude geheftet pflügte sie sich weiter durch den Schnee. Mit dem durchhängenden Dach wirkte es, als wäre ihm die Luft ausgegangen, als wäre es zu erschöpft, um noch aufrecht zu stehen. Hier wohnten ältere Leute mit kleinen Renten und Familien mit schmalem Geldbeutel. Die Fassadenverkleidung hatte sich verzogen, die Dacheindeckung wies kahle Stellen auf. Lacey spürte ein gereiztes Kribbeln unter der Haut.

Wer besaß die Frechheit, für diesen Schutthaufen auch noch Miete zu verlangen?

Im Vorbeigehen zählte sie fünf kleine Gesichter, die sich die Nasen an einer Scheibe plattdrückten.

Sie zwang sich ein Lächeln ab und winkte mit der behandschuhten Hand.

Die Kinder blieben lieber drinnen im Warmen.

Die Alten offenbar nicht.

Kleine Gruppen grauhaariger Männer und alter Frauen mit Plastikregenhauben stapften trotz der Kälte vor dem Haus herum. Die Regenhauben sahen aus wie durchsichtige Muscheln, die sich über die silbernen Köpfe gestülpt hatten. Sie erinnerten Lacey an ihre Großmutter, die früher mit diesen billigen Plastikdingern nach dem Waschen und Legen ihre Frisur geschützt hatte. Lacey schob sich an den neugierigen runzeligen Gesichtern vorbei. Zweifellos war dies für die alten Leute der aufregendste Tag seit Jahren.

Ein Skelett im Kriechkeller unter ihrem Haus.

Der Gedanke trieb Lacey einen Schauer über den Rücken. Hatte irgendwer dort vor zwanzig Jahren eine Leiche versteckt? Oder hatte sich da unten jemand eingeklemmt und war nie vermisst worden?

Ein halbes Dutzend Streifenwagen aus Lakefield verstopfte den Parkplatz. Vermutlich der gesamte Fuhrpark der Stadt. Cops in marineblauen Uniformen standen mit dampfenden Kaffeetassen in den Händen herum. Ihre Haltung wirkte resigniert und abwartend. Laceys Augen folgten dem Dampf aus den Pappbechern. Unwillkürlich sog sie den Duft ein. Die Koffeinrezeptoren an ihren Nervenenden schrien nach Kaffee. Lacey schob die Plane am Zelteingang beiseite.

»Dr. Campbell!«

Die scharfe Stimme riss sie aus ihren Kaffeeträumen. Sie zuckte zusammen und unterdrückte den Reflex, sich nach ihrem Vater – auch einem Dr. Campbell – umzusehen. Auf der grellblauen Plane vor Laceys schneeverkrusteten Stiefeln lagen Teile eines Skeletts. Mit dem nächsten Schritt hätte sie ein Schienbein zertreten und Dr. Peres' Blutdruck durch das Zeltdach schnellen lassen. Lacey ignorierte den versengenden Blick der Frau. Stattdessen konzentrierte sie sich auf die Knochen vor ihren Füßen. Beim Anblick dieser Herausforderung jagte ein Adrenalinstoß durch ihre Adern.

Hier lag der Grund, warum sie sich bei dieser Kälte hier herausgequält hatte: Ein Opfer musste identifiziert und seiner Familie zurückgegeben werden. Hier konnte sie ihre Fähigkeiten einsetzen, um das Rätsel um die Todesursache zu lösen und die Fragen der trauernden Angehörigen zu beantworten. Es tat gut, das zu wissen.

Der Schädel war vorhanden, dazu ein Großteil der Rippen und der längeren Knochen der Extremitäten. In einer Ecke des Zeltes siebten zwei Kriminaltechniker in Daunenjacken eimerweise Erde und Steine, suchten akribisch nach kleineren Knochen. Ein großes klaffendes Loch in der Betonwand des Kriechkellers unter dem Gebäude zeigte, wo die Überreste entdeckt worden waren.

»Treten Sie mir hier bloß nichts kaputt«, blaffte Dr. Peres.

Ich freue mich auch, Sie zu sehen.

»Morgen.« Lacey nickte in Dr. Peres' Richtung und versuchte, ihr rasendes Herz zu beruhigen. Ihre Augen sogen sich an der unwirklichen Szene fest: Knochen, Eimer, Vollzicke.

Dr. Victoria Peres, eine forensische Anthropologin, war in Fachkreisen als eiserne Lady bekannt und ließ sich von niemandem etwas sagen. Diese eins achtzig große Inkarnation einer Amazone betrachtete jeden Einsatzort als ihr persönliches Königreich und ohne ihr Einverständnis wagte sich kein Mensch auch nur auf Blickweite an dessen Grenzen. Davon, unaufgefordert irgendetwas anzufassen, durfte man nicht einmal träumen. *Egal, worum es sich handelte.*

Als junges Mädchen hatte Lacey Dr. Peres sein wollen.

Vier gemeinsame Bergungseinsätze waren nötig gewesen, bis die Anthropologin Laceys Arbeit vertraut hatte. Das hieß aber noch lang nicht, dass sie Lacey jetzt auch mochte. Dr. Peres mochte niemanden.

Auf der schmalen Nase der Frau klemmte eine Brille mit schwarzem Rahmen und kleinen Gläsern. Das lange schwarze Haar war wie üblich zu einem perfekten Knoten aufgesteckt. Obwohl Dr. Peres bereits seit fünf Stunden hier arbeitete, hatte sich noch kein einziges Strähnchen daraus gelöst.

»Nett, dass Sie es noch zu unserer kleinen Feier geschafft haben.« Beim Blick auf die Uhr zog Dr. Peres eine Augenbraue hoch.

»Der Lack auf meinen Zehennägeln war noch nicht ganz trocken.«

Das scharfe Schnauben der Frau überraschte Lacey. *Wow.* Es war ihr gelungen, Dr. Peres zum Lachen zu bringen. Zumindest beinahe. Damit würde sie sich in Zukunft vor sämtlichen Mitarbeitern des gerichtsmedizinischen Instituts brüsten können.

»Was haben Sie denn hier?« Lacey juckte es in den Fingern. Sie wollte sich an die Lösung des Rätsels machen. Geheimnissen auf den Grund gehen zu können, war das Beste an ihrem Job.

»Weiße weibliche Person, Alter zwischen fünfzehn und fünfundzwanzig. Wir holen sie stückweise aus dem Loch in der Kriechkellerwand. Der Typ, der sie gefunden hat, steht dort drüben.« Dr. Peres zeigte durch das Plastikfenster des Zeltes auf einen weißhaarigen Mann, der mit zwei Polizisten aus dem Ort sprach. Der Mann drückte einen Dackel mit grauer Schnauze an seine eingefallene Brust. »Er ist mit seinem Hund Gassi gegangen. Dabei fiel ihm auf, dass ein paar große Betonbrocken aus der Wand gebrochen waren. Der Hund kroch in das Loch und als Opa die Hand hineinsteckte und ihn herausziehen wollte, erlebte er eine Überraschung.«

Dr. Peres zeigte auf die klaffende Lücke in der Kellerwand. »Die Leiche lag vermutlich noch nicht lang dort. Als sie abgelegt wurde, war sie bereits skelettiert.«

»Was soll das heißen?« Laceys Neugier-Ampel schaltete auf Orange. So viel zu ihrer Theorie, dass jemand sich unter dem Gebäude eingeklemmt hatte.

»Ich denke, das Loch wurde erst kürzlich in die Mauer gebrochen und das Skelett dann hineingeschoben. Wir haben es als kleinen Berg von Knochen vorgefunden. Ein verwesender Körper, der nicht bewegt wird, verwandelt sich nicht in so einen Haufen.« Dr. Peres' Augenbrauen vereinigten sich zu einem schwarzen Schrägstrich. »Knochen werden zwar manchmal von Tieren verstreut, aber die hier sehen aus, als hätte sie jemand aus einem Sack gekippt und in das Loch geschoben.«

»Ein einzelnes Skelett?« Laceys Augen flogen zurück zu dem Schädel. Wie krank musste man sein, um ein Skelett zu verstecken. Wie krank musste man sein, um eines zu *haben*?

Dr. Peres nickte. »Und es scheint weitgehend komplett zu sein. Wir finden so ziemlich alles. Finger- und Zehenglieder, Mittelfußknochen, Wirbel. Aber ich verstehe nicht, warum das Skelett nicht besser versteckt wurde. Dass jemand es findet, lag auf der Hand. Wer es hierher gebracht hat, hat das Loch absichtlich offen gelassen. Die Betonbrocken lagen so herum, dass der nächstbeste Passant darüber stolpern musste.«

»Vielleicht wurde die Person ja gestört, bevor sie fertig war. Todesursache?«

»Kann ich noch nicht sagen«, antwortete Dr. Peres knapp. »Keine offensichtlichen Schläge auf den Schädel und das Zungenbein habe ich noch nicht gefunden. Aber beide Oberschenkelknochen sind an derselben Stelle gebrochen. Die Bruchstellen sehen ähnlich aus wie die Unfallverletzungen, wenn eine Person von einem Wagen gerammt wird.« Dr. Peres legte die Stirn in Falten. »In diesem

Fall müsste es eine hoch sitzende Stoßstange gewesen sein. Also kein normaler PKW. Vielleicht ein Truck.«

Laceys Oberschenkel fingen an zu kribbeln. »War die Person dabei noch am Leben?«

»Die Brüche sind post mortem verursacht worden. Oder ganz kurz vor dem Tod. Es gibt keinerlei Anzeichen für einen beginnenden Heilungsprozess.« Dr. Peres' Ton war brüsk, doch sie beugte sich vor und zeigte auf einige keilförmige Bruchstellen an den Oberschenkelknochen.

Laceys Blick sog sich daran fest. Sie stopfte die Fausthandschuhe in ihre Tasche, ging auf die Knie und zog sich mechanisch lilafarbene Gummihandschuhe aus einer Schachtel neben dem Schädel über. Die dünnen Handschuhe fühlten sich an wie eine zweite Haut.

»Jemand hat sie überfahren und die Leiche versteckt«, murmelte Lacey und handelte sich damit einen abfälligen Blick von Dr. Peres ein. Lacey wusste, wie sehr die Frau jede Art von Spekulation über die Todesursache vor Abschluss einer Untersuchung verabscheute. Über Victoria Peres' Lippen kamen stets nur belegbare Fakten.

Lacey ärgerte sich über sich selbst. Sie stand auf und klopfte sich verlegen die Knie ab. Sie hatte sich zu weit vorgewagt. *Das Wer, Was, Wo, Wann, Warum und Wie rauszukriegen, gehört nicht zu meiner Jobbeschreibung.* Sie war angefordert worden, um sich mit einem winzigen Detail zu befassen – den Zähnen.

Einer der Techniker am Sieb stieß einen Jubelschrei aus und legte eine Kniescheibe zu dem größer werdenden Häufchen winziger Knochen. Dr. Peres nahm sie zwischen die Finger, warf einen kurzen Blick darauf, drehte sie und erklärte sie zu einem Teil der Knochen des linken Beines auf der Plane.

»Sie wirkt so klein.« *Zu klein.* Die Tote sah aus wie ein Kind.

»Sie *ist* klein. So um die eins fünfzig. Aber es handelt sich um eine ausgewachsene Frau. Das sagen mir ihre Hüften und die Wachstumsfugen.« Dr. Peres hob eine schwarze Braue. »Auch die Zähne deuten darauf hin. Aber dafür sind Sie zuständig.«

»Wie es ist, so klein zu sein, kann ich nachfühlen.« Unbewusst verlagerte Lacey ihr Gewicht auf die Zehenspitzen und drückte den Rücken durch. Wenn sie neben der hochgewachsenen Victoria Peres stand, musste sie beim Sprechen fast den Kopf in den Nacken legen. »Können Sie schon sagen, wie lang die Frau bereits tot ist?«

Dr. Peres schüttelte den Kopf und wandte sich wieder den Knochen zu.

»Es gibt keine Kleidungsstücke, die uns irgendwie weiterhelfen könnten. Außer den Knochen haben wir nur blonde Haarsträhnen und ich möchte keine Vermutungen anstellen. Nach der Laboruntersuchung weiß ich sicher mehr.«

»Mein Vater sagte, Sie hätten ungewöhnliche zahntechnische Arbeiten gefunden.«

Dr. Peres' Miene hellte sich etwas auf. »Vielleicht können wir damit einen Zeitrahmen festlegen. Die Dinger ließen sich herausnehmen. Ich habe sie bereits eingetütet.« Sie ging zu einem Kunststoffkoffer und fing an, die Plastikbeutel mit den Beweisstücken durchzusehen.

Laceys Schultern entspannten sich ein wenig. Victoria Peres gehörte nicht zu den Leuten, die gleich »Vetternwirtschaft« raunten, wenn es um Laceys Job ging. Vielleicht wusste die Anthropologin, dass es die Arbeit nicht gerade leichter machte, wenn man die Tochter des obersten Gerichtsmediziners des Staates war. Die Tochter des Chefs.

Lacey kniff die Lippen zusammen. Jeder, der schon einmal mit ihr zusammengearbeitet hatte, wusste, dass sie gut war. Sehr gut sogar.

»Das ist ein Stein, kein Knochen.« Einer der Techniker beäugte einen elfenbeinfarbenen kleinen Brocken in der ausgestreckten Hand seines Kollegen.

»Quatsch. Das muss ein Knochen sein«, widersprach der Mann.

Lacey nahm an, dass Dr. Peres den Disput klären würde, doch die war noch immer mit dem Aufbewahrungskoffer beschäftigt. Neugierig stieg Lacey über das kleine Skelett hinweg und streckte die Hand aus.

»Darf ich mal sehen?«

Zwei erstaunte Gesichter wandten sich ihr zu. Lacey hielt den Blicken stand und versuchte auszusehen wie eine kompetente forensische Expertin. Die Männer waren jung, einer dunkelhaarig, einer blond. Beide hatten sich eingemummt wie für eine Polarexpedition. Vermutlich College-Studenten, die bei Dr. Peres ein Praktikum machten.

»Klar.« Mit einer Geste, als würde er Lacey den Hope-Diamanten überreichen, gab der dunkelhaarige Techniker ihr das schmale, etwa zwei Zentimeter große Stück. Er warf einen raschen Blick auf Dr. Peres' Rücken.

Lacey begutachtete das kleine Ding in ihrer Hand. Sie verstand, warum die Männer sich uneins waren, denn sie konnte auch nicht mit Sicherheit sagen, ob es sich um einen Knochen handelte. Kurz entschlossen führte sie es zum Mund und berührte es vorsichtig mit der Zunge. Es fühlte sich glatt an.

»Igitt!«

»Was zum Teufel …!« Beide Männer zuckten zurück und starrten Lacey schockiert an.

Lacey unterdrückte ein Lächeln und gab ihnen den kleinen Brocken zurück. »Das ist ein Stein.«

Ein Knochenstück wäre wegen seiner Poren an ihrer Zunge hängengeblieben. Diesen kleinen Trick hatte sie von ihrem Vater gelernt.

»Sie hat recht«, sagte Dr. Peres' Stimme direkt neben ihr. Lacey zuckte zusammen und fuhr herum. Die Ärztin sah die Männer über die Schulter hinweg an. »Diese beiden zu erschrecken, ist mir selbst bislang noch nicht gelungen. Vermutlich sollte ich öfter mal an einem Skelett nagen.« Sie musterte Lacey mit schmalen Augen. »Machen Sie das nicht noch mal.«

Bei ihrem Ruf als knallharte Lady hatte Dr. Peres es gar nicht nötig, zusätzlich mit den Zähnen Knochen zu knacken.

»Ich suche immer noch den Zahnersatz, den ich gleich heute Morgen eingetütet habe. Während ich im anderen Koffer nachsehe, könnten Sie sich ja mal die Zähne anschauen.«

Lacey nickte und ging neben dem zarten Skelett auf die Knie. Die Plane raschelte laut. Beim Anblick der armseligen Überreste rieselte ein Gefühl stiller Trauer durch ihre Brust.

Was ist mit dir passiert?

Der Schädel starrte stumm ins Nichts.

Laceys Herz zog sich vor Mitgefühl schmerzhaft zusammen. Diese komplett hilflose tote Frau weckte ihren Beschützerinstinkt.

Ob Distanzschüsse beim Fußball oder verwundete Tiere – Lacey schlug sich stets auf die Seite der Schwächsten. Das galt auch für ihren Job: Jedes einzelne Opfer entfachte ihre volle Einsatzbereitschaft.

Aber diese Bergung berührte sie noch tiefer als sonst. Lag es an der Eiseskälte? Am deprimierenden Fundort?

Die Sache geht mir unter die Haut.

Das war es. Genau. Sie fühlte sich auf merkwürdige Art persönlich betroffen.

Vielleicht weil der Körper so klein war? So zierlich wie sie selbst? Jung. Weiblich. Das Opfer eines grässlichen …

Schluss jetzt. Sie durfte sich nicht mit den sterblichen Überresten der anderen Frau identifizieren. Lacey drückte ihre Gefühle weg. Hier war professionelle Distanz gefragt. Sie schluckte.

Mach deinen Job. Gib dein Bestes. Sag Dr. Peres, was du herausfindest, und dann fahr nach Hause.

Aber irgendwo vermisste irgendwer seine Tochter. Oder seine Schwester.

Beherzt, aber doch behutsam nahm sie den Unterkieferknochen von der Plane und konzentrierte sich. Ein perfektes, ebenmäßiges Gebiss ohne Füllungen. Allerdings fehlten auf beiden Seiten die vorderen Backenzähne. Seltsamerweise standen die Zähne hinter den Lücken völlig gerade. Lacey schob den kleinen Finger in einen der Zwischenräume. Er passte genau. Meist neigten oder verschoben sich die nächststehenden Zähne früher oder später und drängten sich in den frei gewordenen Platz. Bei diesem Unterkiefer war das nicht der Fall. Dabei handelte es sich nicht einmal um frische

Lücken. Wo früher die Zahnwurzeln gesessen hatten, hatte sich die Knochensubstanz vollständig regeneriert.

»Irgendetwas hat die Zahnlücken offen gehalten«, murmelte Lacey. Sie legte den Kieferknochen ab und griff nach dem Schädel. Prüfend ließ sie die Fingerspitzen über die glatten Knochenflächen des Kopfes gleiten. Weiblich. Eindeutig. Männliche Schädel waren uneben und rau. Weibliche Formen bewahrten sich selbst im Tod ihre charakteristische geschmeidige Anmut. Sie drehte den Schädel um und begutachtete den vollkommen geformten Gebissbogen im Oberkiefer, in dem kein einziger Zahn fehlte.

Eine Zahnspange. Oder besonders gute Gene. Die Frau hatte ein umwerfendes Lächeln gehabt.

Die vorderen Backenzähne im Oberkiefer hatten große, silberfarbene Füllungen.

»Im Oberkiefer ist ihr dieses Zahnpaar geblieben«, murmelte Lacey. Mit zusammengekniffenen Augen suchte sie nach weniger leicht erkennbaren weißen Füllungen. »Aber die unteren Zähne waren irgendwann nicht mehr zu retten«, überlegte sie laut. »Irgendetwas hat sie anscheinend von Anfang an geschwächt.« Lacey betrachtete die vorderen Schneidezähne, suchte nach Anzeichen von Fehlentwicklungen. Denn diese Zähne bildeten sich etwa zur selben Zeit wie die vorderen Backenzähne. Aber die Schneidezähne waren weiß, ebenmäßig und sehr, sehr schön.

Lacey betastete die Enden der Zahnreihe. Die Weisheitszähne, die dort den Kieferknochen durchstießen, waren kaum zu erahnen. Ohne Röntgenbilder, auf denen sie die Wurzellänge der Weisheitszähne sehen konnte, wollte sie sich noch nicht auf das Alter der Frau festlegen. Aber bislang sprach nichts gegen Dr. Peres' Schätzung, dass sie um die zwanzig gewesen sein musste.

Das Dröhnen eines näherkommenden Fahrzeugs riss Lacey aus ihren Gedanken.

Mit eiskalten Fingern umklammerte sie den Schädel. Durch das Plastikfenster sah sie verschwommen, wie ein Mann auf einem Quad auf den verschneiten Parkplatz bretterte und mit einer Drehung absichtlich eine Schneefontäne auf eine Gruppe von Cops schleuderte.

Lacey sprang auf, schob die Zeltplane beiseite und ging hinaus. Mit angehaltenem Atem beobachtete sie die Szene.

Wirklich lustig fanden die Cops den albernen Streich vermutlich nicht.

Murrend und missmutig klopften die Männer sich den Schnee von den blauen Uniformen. Der Quadfahrer lachte laut auf, sprang von seinem Fahrzeug und stapfte zu der aufgebrachten Gruppe. Dabei zog er lässig die Handschuhe aus.

War der Kerl noch zu retten?

Er war hochgewachsen, hatte einen selbstbewussten Gang und fürchtete den Zorn der Cops anscheinend nicht. Der Mann drehte Lacey den Rücken zu. Sie registrierte das gepflegte schwarze Haar unter der Baseballmütze und hätte gern sein Gesicht gesehen. Verblüfft beobachtete sie, wie die Cops ihn in ihren Kreis treten ließen, ihm auf den Rücken klopften und die Hand schüttelten. Der Knoten in Laceys Rückgrat löste sich.

Sie würden ihn nicht in Stücke reißen.

Der Quadfahrer stand etwa fünfzehn Meter von ihr entfernt. Als er überraschend den Kopf drehte, traf sein lachender, stahlgrauer Blick den ihren wie ein Schlag. Unwillkürlich wich Lacey vor dieser Attacke zurück. Sie blinzelte. Während der Mann sie von oben bis unten musterte, spannte sein markantes Kinn sich kurz an. Dann zwinkerte er ihr zu, grinste und drehte sich zu der Gruppe zurück.

In Laceys Gehirn ging die Lust in Habachtstellung. *Sollte das etwa ein Flirtversuch sein?*

Nicht übel. Die Kälte wich aus ihren Gliedern.

Laceys Fingerspitze glitt in eine leere Augenhöhle. Sie schnappte nach Luft. Ihr Blick sprang zurück zu dem vergessenen Schädel. Hoffentlich hatte sie nicht aus Versehen einen zarten Knochen zerdrückt. Nervös musterte sie den Schädel, suchte nach frischen Rissen. Als sie keine fand, stieß sie pfeifend den Atem aus.

Wenn sie diesen Schädel beschädigte, würde Dr. Peres ihr *ihren* vom Hals reißen.

Zwei

Officer Terry Schoenfeld klopfte Jack Harper so kräftig auf den Rücken, dass er hustend einen Schritt weit durch den Schnee stolperte. Ein Ausdruck echter Männerfreundschaft.

Die anderen Cops bombardierten Jack mit Fragen.

»Bist du auf diesem Rasenmäher den ganzen Weg von Portland bis hierher gefahren?«

»Wie gefällt dir denn das süße Leben?«

»Du schuldest mir seit dem Football-Spiel noch einen Fünfziger«, sagte Terry.

»Das Spiel zählt nicht. Die Refs haben es vermasselt. Die ganze Truppe wurde wegen der vielen Fehlentscheidungen suspendiert«, widersprach Jack. Er rieb sich nachdenklich das Kinn und verzog keine Miene, dabei ließ er den Blick von einem Cop zum anderen wandern. Die Männer prusteten.

Terrys Gesicht färbte sich krebsrot. »Das Ergebnis zählt. Die Ducks haben gewonnen«, stammelte er. »Die andere Mannschaft hat so unterirdisch gespielt, dass die Ducks in zwei Minuten zwei Touchdowns gemacht haben. Schlechte Schiedsrichter hin oder her – den Fuffi schuldest du mir trotzdem.« Die Sehnen an Terrys Hals traten knotig hervor; er schlug sich mit der behandschuhten Faust auf den Oberschenkel.

Jack lachte, die anderen Cops johlten. Jack wusste genau, welche Knöpfe er drücken musste, um seinen Freund auf die Palme zu bringen. Der kräftige Ex-Lineman, der für die University of Oregon gespielt hatte, ließ nichts auf seine Alma Mater kommen. Jack und Terry kannten sich seit der Highschool, hatten danach an zwei rivalisierenden Colleges in Oregon studiert und dann beide bei der Polizei in Lakefield gearbeitet.

Bis Jack den Dienst hatte quittieren müssen.

Die anderen Cops zogen Terry noch weiter auf. Jeder hatte einen passenden Spruch auf Lager. Ein unerklärliches Gefühl im Bauch zwang Jack plötzlich, zum Wohngebäude hinüber zu sehen. Dort entdeckte er die Frau. Reglos stand sie vor dem Zelt und beobachtete die Männer konzentriert. Das lange blonde Haar floss wellig über ihre Schultern, die dicke schwarze Wollmütze, die sie sich über die Ohren gezogen hatte, umrahmte dunkle, schokoladenfarbene Augen. Als sein Blick sich in diese warmen Augen bohrte, färbten ihre Wangen sich rosa. *Wie süß.*

Jack fand sie ziemlich attraktiv. Ein warmes Kribbeln schoss ihm vom Bauch ins Gehirn. Er zwinkerte ihr zu.

»War auch Zeit, dass du uns mal besuchst«, sagte ein Cop, der Jack bekannt vorkam. Jack wandte sich wieder den Männern zu. Angestrengt versuchte er, sich an den Namen des Cops zu erinnern. Er war schon zu lang weg.

»Jack ist einfach zu sehr mit Geldverdienen beschäftigt«, beklagte sich Terry. »Die haben dich aufgestöbert, was?«

»Der Anruf der Polizei in Lakefield wurde an mich weitergeleitet. Zum Glück war ich grade sowieso hier, nur ein paar Straßen weiter, zu Besuch bei meinem Dad.«

»Deshalb bist du mit dem Quad gekommen.«

Jack zuckte die Schultern. »Das schien mir bei dem Wetter am besten.« Er wischte sich den Schnee von den Schultern und sah sich noch einmal zu dem Zelt vor dem Wohngebäude um. Die Frau war verschwunden. Er schürzte die Lippen. *Egal.* Er war wegen einer ernsten Sache hier und nicht, um Frauen anzubaggern. Mit einem kurzen Winken forderte Jack Terry auf, ihm zu folgen. Sie gingen ein kleines Stück von den anderen weg. Hinter ihnen rückten die Cops wieder zusammen und fingen an, über das Wetter zu lamentieren.

Jack sah Terry in die Augen und senkte die Stimme. »Was zum Teufel geht da drüben vor?«

Terry kniff die Lippen zusammen. »Ein Bewohner hat heute Morgen im Kriechkeller ein Skelett gefunden.«

Verdammt. Der Cop, der ihn angerufen hatte, hatte also nicht annähernd so viel Schwachsinn geredet, wie Jack gehofft hatte. »Was wollte er denn unter dem Gebäude?«

Terry schüttelte den Kopf. »Eigentlich nichts. Der Mann war mit seinem Hund unterwegs und der ist durch ein Loch in der Stützwand gekrochen. Dort fand Herrchen dann die Knochen.«

»Und wir sind sicher, dass es sich um menschliche Überreste handelt?« Als Jack die Worte aussprach, sah er plötzlich die blonde Frau noch einmal vor sich. Mit einem Schädel in der Hand.

Ein Schädel. Warum fällt mir das erst jetzt auf?

Terry nickte.

»Dann lagen die Knochen wohl schon lang dort?« Vielleicht hatte jemand sie dort verscharrt, bevor sein Vater das Gebäude gekauft hatte.

»Keine Ahnung. Aber einer unserer Männer hat gehört, wie ein Kriminaltechniker sagte, die Knochen hätten unter dem Gebäude auf einem Haufen gelegen, als wären sie erst vor kurzem dort hingeschüttet worden.«

»Auf einem Haufen?«

»Aber ohne Staub- oder Dreckschicht, wie man sie erwarten würde, wenn etwas jahrelang dort gelegen hat.«

»Männlich? Weiblich?« Als wäre das von Belang. Unter seinem Haus lag ein Skelett. Dessen Geschlecht war für die Medien sicher unwichtig.

Terrys Augenbrauen hoben sich ein wenig. »Keine Ahnung. Im Augenblick untersucht eine forensische Anthropologin den Fundort. Eine Zicke sondergleichen. Hat Darrow fast den Kopf abgebissen, als er vor ein paar Stunden mal einen Blick ins Zelt warf. Darrow sagte mir, er hätte vor ein paar Minuten eine weitere Spezialistin vom gerichtsmedizinischen Institut zum Fundort durchgelassen.«

»Irgendwelche Medienleute?« Jack warf einen Blick die Straße entlang. Wann war das Viertel so heruntergekommen? Die Häuser wirkten allesamt, als gehörten sie in ein Altenheim für betagte Bauwerke. Früher war dies eine recht gediegene Gegend gewesen. Jack sah sich noch einmal nach dem Wohnhaus um. Beim Anblick der vorgestrigen Architektur und des reparaturbedürftigen Daches wurde ihm ganz bang ums Herz. Das Gebäude trieb einem die Tränen in die Augen. Er würde ein ernstes Wort mit der Verwaltung sprechen müssen. Kein Mensch hatte ihn über den schlechten Zustand des Hauses informiert. Jack zog eine Grimasse. Er konnte sich nicht persönlich um jedes einzelne Objekt von Harper Immobilien kümmern. Für so etwas bezahlte man Hausverwaltungsfirmen vor Ort.

»Noch nicht.« Terry hielt inne. »Sieht aus, als wäre hier einiges zu tun. Wahrscheinlich wäre es besser, die Bulldozer zu bestellen, alles plattzumachen und neu zu bauen.«

»Ich glaube kaum, dass Hochhäuser mit Luxusapartments sich gut in diese Umgebung einfügen würden.«

Terry boxte Jack lachend gegen die Schulter. »Da hast du recht. Für dieses Provinznest sind eure schicken Bauten einfach zu vornehm.«

Die Worte saßen.

Das Mehrfamilienhaus war eines der ersten Investitionsobjekte von Jacks Vater gewesen. In den 1960ern hatte Jacob Harper in seiner Heimatstadt Lakefield einige Miethäuser gebaut. Der Wert der Immobilien war gestiegen und er hatte weitere Häuser gekauft. In den nächsten Jahren hatte er zusätzlich Gebäude nördlich und südlich von Lakefield erworben und zu dem umgebaut, was die amerikanische Mittelschicht als trautes Heim betrachtete. Damit hatte er den Grundstein für den guten Ruf von Harper Immobilien gelegt und diesen im Lauf von vier Jahrzehnten gefestigt. Seit fünf Jahren gehörte es nun zu Jacks wichtigsten Aufgaben, dafür zu sorgen, dass dieser gute Ruf erhalten blieb.

»Ich muss genau wissen, was hier los ist. Wer ist der Verantwortliche für diese Bergung?«

»Steht vor dir.« Terry atmete tief durch, streckte die Brust vor und runzelte die Stirn. »Ich war als Erster hier und habe alles abgesperrt. Die Bewohner wurden bereits befragt. Keiner weiß irgendwas. Jetzt ist die Staatspolizei am Zug. Wir haben weder die forensische Ausrüstung noch die nötigen Spezialisten für so eine Sache.«

Dass Terry der ranghöchste Cop am Einsatzort war, überraschte Jack nicht. Auf den massigen athletischen Schultern saß ein klarer, logisch denkender Kopf. »Ich sehe noch gar niemanden von der OSP.« Die Kräfte der Oregon State Police halfen oft bei Ermittlungen in kleineren Orten wie Lakefield.

»Ich nehme an, dass ein Team vom Dezernat für Kapitaldelikte demnächst hier eintrifft. Die haben einen Gerichtsmediziner hergeschickt, der uns bestätigen konnte, dass das Skelett tot ist.« Terry verdrehte die Augen. »Dieser Gerichtsmediziner hat die Anthropologin angefordert.«

»Dann rede ich besser mal mit ihr. Ich kann nicht völlig ahnungslos hier herumstehen. Sobald die Medien Wind von der Sache kriegen, wird mein Handy rot glühen. Ich brauche Informationen.« Jack wollte sich auf den Weg zum Zelt machen.

»Ähm, Jack.« Terry griff nach dem Arm seines Freundes und sagte hastig: »Diese Anthropologin wird nicht mit dir reden. Sie hat mich angestarrt, als wäre ich zusammen mit den Ratten aus dem Kellerloch unter dem Gebäude gekrochen. Und ich bin in Uniform.«

Jack schüttelte Terrys Hand ab. »Und ich der Hausbesitzer.«

»Sag nicht, ich hätte dich nicht gewarnt.« Terry heftete sich an Jacks Seite. Zur moralischen Unterstützung wie früher in der Highschool beim Football.

»Hier.« Dr. Peres kippte Lacey den Inhalt einer Papiertüte in die Hände. Als die aufwändig gearbeiteten Goldohrringe in Laceys Handfläche lagen, war jeder Gedanke an den Mann mit Augen wie Sturmwolken vergessen.

Ihre ganze Konzentration galt nun diesen glänzenden kleinen Dingern. Nein. Keine goldenen Ohrringe. *Brücken.* Ein Paar altmodische, herausnehmbare Brücken, die einen fehlenden Zahn ersetzten. Diese zahntechnischen Arbeiten hatten die Lücken offengehalten, die die nicht mehr vorhandenen Backenzähne im Unterkiefer hinterlassen hatten. Lacey konnte sich sehr genau vorstellen, wie und wo sie im zierlichen Kiefer des Skeletts gesessen hatten. Auf den ersten Blick sahen sie tatsächlich aus wie kleine Schmuckstücke. Die feinen Halteklammern verankerten den Goldzahn an den Zähnen vor und hinter der Lücke.

In Lacey flackerte eine Erinnerung auf, verblasste aber sofort wieder.

»Das sind ältere Arbeiten. Brücken dieser Art werden heute kaum noch hergestellt«, erklärte sie.

»Wie alt?« Dr. Peres starrte die filigranen Gebilde an. »Könnten die uns helfen, den Zeitrahmen einzugrenzen?«

Lacey zuckte die Schultern. Ihr Blickfeld verengte sich. Sie sah jetzt nur noch die Brücken. Plötzlich verspürte sie den unbändigen Drang, sie zu Boden zu schleudern.

Irgendetwas stimmte nicht.

»Schwer zu sagen. Vielleicht haben wir es nur mit einem alten Zahnarzt oder Zahntechniker zu tun und nicht mit alten Arbeiten. Vielleicht war hier ein Anhänger einer überholten Technik am Werk. In der Zahnmedizin arbeiten zu viele Leute, die sich nach ihrer Ausbildung nicht weiter fortbilden. Die Brücken könnten alt sein oder neu.«

»Na schön. Das hilft uns also nicht wirklich weiter.« Dr. Peres warf einen Blick auf die Uhr. »Ich organisiere mir bei den Cops eine Tasse Kaffee. Möchten Sie auch welchen?«

»Für einen Kaffee würde ich im Augenblick sogar töten. Ja, bitte. Schwarz.« Als die Anthropologin das Zelt verlassen hatte, atmete Lacey aus und lockerte ihre Schultern. Sie ertappte die beiden Techniker dabei, wie sie dasselbe taten. Alle drei tauschten schiefe Blicke aus. Auf engstem Raum mit Dr. Peres zusammenzuarbeiten, war immer anstrengend, ob man sie nun nur kurz ertragen musste oder länger. Lacey konzentrierte sich wieder auf die kleinen goldenen Zähne mit den Klammern in ihrer Hand.

Déjà-vu.

Auch vor ihrem inneren Auge sah sie die Brücken in ihrer Handfläche liegen, doch das Bild war nicht von heute. Sie hatte diesen Zahnersatz schon einmal so gehalten. Oder zumindest sehr ähnliche Arbeiten wie diese. Auch damals war ihr unheimlich zumute gewesen. Wo hatte sie die Dinger bloß schon einmal gesehen? Während des Zahnmedizinstudiums?

Nein. Die Erinnerung war älter. Verschwommene Bildfetzen drängten sich in ihr Gehirn.

Der Zelteingang wurde aufgerissen. Erschrocken zuckte Lacey zusammen und schloss die Hand um das Gold. Zwei Männer kamen aus dem Schneetreiben herein. Der schwarzhaarige Quadfahrer, der ihr zugezwinkert hatte, war aus der Nähe betrachtet größer, als sie gedacht hatte. Die rote Skijacke betonte seine breiten Schultern und unter den Jeans zeichneten sich muskulöse, aber schlanke Oberschenkel ab. Lacey schluckte.

Seine Augen wirkten wie gehärteter Stahl – im Augenblick schien ihm nicht nach Flirten zumute zu sein.

Blinzelnd schob Lacey sich eine Haarsträhne hinters Ohr. Wer war er?

Den zweiten Mann, einen massigen Cop aus Lakefield mit einem unangenehm harten Zug um den Mund, nahm sie kaum wahr. Er hatte braune Augen und sah sich eingehend im Zelt um.

»Sind Sie für die Bergung zuständig?«, fragte Stahlauge. In seinem Kiefer spannte sich ein Muskel.

»Um Himmels willen, nein.« Lacey zupfte noch einmal an ihrem Haar. »Die Bergung leitet Dr. Peres. Sie holt sich gerade einen Kaffee.« Lacey wandte sich zur hinteren Zeltklappe um. Wo war die Anthropologin, wenn man sie brauchte?

»Ich muss wissen, was hier los ist.« Stahlauge trat absichtlich viel zu nahe an sie heran und nahm ihr fast die Luft zum Atmen.

Ärger stieg in Lacey auf. Sie wich keinen Zentimeter zurück. Große Männer schüchterten sie heutzutage nicht mehr ein. Da musste er sich schon etwas Besseres einfallen lassen. Etwas viel Besseres.

»Sind Sie von der Polizei?«, fragte sie. Auf das, was er gesagt hatte, ging sie nicht weiter ein. Seinem Blick hielt sie eisern stand.

»Nein.« Er schaute als Erster beiseite und ließ die Augen an ihr hinabgleiten bis zu den Stiefeln.

An Laceys Nervenenden knisterten Funken. Diese Blicke fühlten sich an wie Berührungen. Lacey suchte in ihrem benebelten Hirn nach Worten. *Arsch.* Er brachte sie mit Absicht in Verlegenheit. »Dann müssen Sie den Einsatzort verlassen. Sofort. Oder ich lasse Sie von der Polizei abführen.« Sie warf einen langen Blick auf den Cop, doch der schaute in alle möglichen Richtungen, nur nicht zu ihr. *Tolle Hilfe.*

»Mir gehört das Gebäude. Wenn auf meinem Besitz eine Leiche gefunden wird, habe ich das Recht zu erfahren, was los ist.« Der Herr des Hauses ließ sich nicht abwimmeln.

Lacey starrte ihn an. Gutaussehend hin oder her – glaubte er wirklich, er könnte einfach so mitten in eine Bergung stiefeln und sie würde sich ihm zu Füßen werfen? Sie machte einen Schritt nach vorn und stemmte die Fäuste in die Taille. »Und wenn Sie das Haus mit eigenen Händen gebaut hätten«, fauchte sie, »der Zutritt zum Fundort ist Unbefugten so lang verboten, bis Dr. Peres ihn freigibt. Und mit Victoria Peres wollen Sie sich nicht anlegen. Glauben Sie mir.«

Der Cop nickte heftig. »Hab ich doch gesagt.«

Der Schwarzhaarige kniff die Lippen zusammen. Sein Blick streichelte jeden Zentimeter ihres Gesichts.

Lacey fragte sich, ob sie so gereizt aussah, wie sie sich fühlte. Die Techniker hinter ihr waren mucksmäuschenstill geworden. Selbst das monotone Geräusch ihres Siebens war verstummt. Die Stille im Zelt dauerte vermutlich nur ein oder zwei Sekunden lang an. Doch die fühlten sich an wie zwanzig.

Stahlauge streckte ihr die Hand hin. »Jack Harper von Harper Immobilien.«

Lacey schnaubte. Versuchte er es jetzt mit guten Manieren? Sie ließ ihn absichtlich unhöflich lang warten, dann nahm sie seine Hand. Ihren Namen nannte sie nicht. Er hielt ihre Hand länger fest als nötig. Seine Augen flackerten. Machte er sich etwa über sie lustig? Hinter Lacey klatschte der Zelteingang zu. Der himmlische Duft von Kaffee schwebte durch die frostige Luft.

»Was ist hier los?«, fragte Dr. Peres unwirsch.

Lacey sah Jack ins Gesicht, während die Schritte der Anthropologin näher kamen. Sie hörte, wie Dr. Peres die Becher auf den Tisch stellte und neben sie trat.

»Ich habe gefragt, was hier los ist.«

»Mr Harper ist der Besitzer des Gebäudes. Er wollte gerade gehen.« Lacey bedachte ihn mit einem Lächeln, das ihre Augen nicht erreichte. *Hau ab, so lang du noch laufen kannst.*

Jack sah an Lacey vorbei auf das Skelett auf der Plane. Seine Nasenlöcher weiteten sich. »Verdammt«, flüsterte er. »Ist das ein Kind?«

»Es ist eine Frau«, sagte Lacey. Sie hob das Kinn. »Und jetzt gehen Sie besser. Im Augenblick können wir Ihnen nicht mehr sagen.«

Jack nickte, sah ihr noch einmal zwei Herzschläge lang in die Augen und wandte sich zusammen mit dem Cop zum Gehen. In Lacey stieg ein merkwürdiges Gefühl des Bedauerns auf.

»Dr. Peres! Schauen Sie sich das an!«

Lacey fuhr zu dem Techniker mit der aufgeregten Stimme herum. Vorsichtig schob sich der junge Mann um die Plane herum. Jack und der Polizist blieben stehen.

»Das ist eine Halskette. Und ihr Name steht drauf. Okay, irgendein Name, aber vielleicht ist es ihrer.« Das Grinsen des Technikers reichte fast von einem Ohr zum anderen. Nicht einmal sein dicker Schal konnte es verbergen. »Das heißt ›Suzanne‹.«

Dr. Peres zog einen Vinylhandschuh aus der Tasche und streifte ihn über. Atemlos legte der Techniker ihr die Halskette mit spitzen Fingern in die Hand. Lacey trat näher, um die Kette besser sehen zu können. Jack und der Cop waren umgekehrt. Sie schauten ihr über die Schulter. Dr. Peres war durch den Fund so abgelenkt, dass sie völlig vergaß, die beiden vor die Tür zu setzen.

Das Schmuckstück war exquisit. Die fein gearbeitete Kette bestand aus zarten Goldgliedern, der Name auf dem Mittelstück aus kleinen, handgefertigten goldenen Buchstaben. Wie bei der »Carrie«-Halskette von *Sex and the City*.

Suzanne.

Lacey öffnete die Hand und starrte die goldenen Brücken an. Dann wanderte ihr Blick erneut zu der Halskette. Und zurück zu den Brücken – hin und her.

Suzanne.

Fast andächtig tippte Dr. Peres die Halskette an. Gleich würde sie sie in einem Beweismittelbeutel verschwinden lassen. Lacey sah, wie sich die Lippen der Anthropologin bewegten, hörte aber die Worte nicht. Ihr Magen fühlte sich an, als wäre sie im Vergnügungspark zu oft mit dem Zipper gefahren.

Das Dröhnen in ihrem Kopf übertönte alle anderen Geräusche. Es war ein unsagbar schmerzhafter Prozess, die Gedanken zuzulassen, die die Verbindung zwischen der Halskette in Dr. Peres' Hand und den Brücken in ihrer eigenen herstellten.

Suzanne. Das kann doch nicht sein ...

Laceys Blick sog sich an den schimmernden Goldbrücken in ihrer Handfläche fest und plötzlich wusste sie, warum ihr diese Szene so bekannt vorkam.

Gesprächsfetzen und Anfeuerungsrufe schallten durch das Collegestadion von Corvallis in Oregon. Die Oregon State Fans liebten ihre Turnmannschaft und sorgten stets für volle Hallen.

Lacey stand in ihrem roten Mannschaftstrikot am Rand der Arena und ließ den Blick über die vollbesetzten Ränge schweifen. Sie spürte die Energie, die von dieser Kulisse ausging, wie eine Droge, die sie in ein Wettkampf-High versetzte. Obwohl das Stadion kleiner war als ihr Heimatstadion an der Southeast Oregon University, pulsierte es mit derselben Intensität wie sämtliche anderen Austragungsorte von Turnwettbewerben im gesamten Staat. Lacey genoss die Extradosis Adrenalin; sie wippte auf den Ballen ihrer nackten Füße. Noch zwei Bodenübungen, dann war sie an der Reihe.

»Hältst du die bitte kurz für mich?«

Bevor Lacey widersprechen konnte, drückte ihr Suzanne, ihre Teamgefährtin und beste Freundin, etwas in die Hand. Lacey fand es widerlich, die warmen, feuchten Goldgebilde, die direkt aus dem

Mund des anderen Mädchens kamen, anfassen zu müssen, und streckte sie ihrer Freundin wieder hin.

»Igitt! Kommt gar nicht infrage. Hast du keinen Behälter dafür?«

Die Turnerin hob die Hände und wich zurück. »Vergessen. Und ich hab Angst, mitten in der Übung eins von den Dingern zu verschlucken. Jemand anderem kann ich sie nicht anvertrauen. Wenn ich sie verliere, bringt Mum mich um.« Sie legte den Kopf schief, kräuselte die Nase ein wenig und sah Lacey mit braunen Dackelaugen an. »Ich bin dran. Lass sie nicht fallen.«

Ohne auf eine Antwort zu warten, wirbelte das Mädchen herum und marschierte hinaus auf die Matte. Sie grüßte die Richter mit dem üblichen selbstbewussten Charme. Die Fans, die die lange Fahrt von Mount Junction im Südosten Oregons auf sich genommen hatten, brüllten, als die Sprecherin Suzannes Namen intonierte. Sie liebten Suzannes mitreißende Bodenübung und kreischten vor Begeisterung.

»Du bist mir was schuldig«, murmelte Lacey. Mit den Brücken in der offenen Hand sah sie sich Suzannes Auftritt an.

Lacey atmete tief durch und schluckte. Ihr Atem stand in kleinen Wölkchen in der eisigen Luft. Sie hatte die Faust wieder um die Brücken geschlossen. Die spitzen Enden der Goldklammern stachen ihr ins Fleisch. Ihr Körper krümmte sich wie von Krämpfen geschüttelt. Jack packte sie an den Schultern.

»Was zum ...« Als ihre Beine nachgaben, hielt er sie fest.

Es war Suzanne.

Es konnte unmöglich jemand anderes sein. Das Alter und der zierliche Bau des Skeletts, der ungewöhnliche Zahnersatz und jetzt die Halskette – alle Fakten sprachen dafür.

Kaum zehn Meilen von diesem verschneiten Flecken Erde entfernt hatte Lacey hilflos mit ansehen müssen, wie Suzanne mit ihrem Mörder in die dunkle Nacht verschwunden war.

Suzanne war nach einem Turnwettkampf an der Oregon State University in Corvallis südlich von Lakefield entführt worden. Sie war das neunte Opfer des College-Girl-Killers, des Serienmörders, der vor einem Jahrzehnt Jagd auf Studentinnen in Oregon gemacht hatte.

Mit brennenden Augen starrte Lacey das kleine, einsame Skelett auf der Plane an. Ihr Herz schlug einen traurigen Takt. Am liebsten wäre sie ins Bett gekrochen und hätte sich die Decke über den Kopf gezogen. Ihr spontanes Gefühl hatte sie nicht getrogen. Diese Ermittlung war etwas Persönliches.

Suzannes Leiche war nie gefunden worden.

Bis jetzt.

Drei

Staatspolizei. Selbst aus knapp fünfzig Metern Entfernung erkannte Jack, dass die beiden Männer in Zivil, die jetzt bei der Gruppe von Cops aus Lakefield standen, auswärtige Polizisten waren. Laut Terrys Aussage war das Dezernat von Lakefield einfach zu klein, um diese Art von Ermittlung allein zu stemmen. Terry deutete auf Jack, und die beiden Fremden starrten zu ihm herüber.

Jack sah zu, wie Terry und die zwei Detectives durch den Schnee zu ihm stapften. Das Haar des Älteren war bereits deutlich von Grau durchzogen. Er war mittelgroß und hager. Beim Anblick seines schwarzen Cowboyhutes und der Stiefel konnte Jack ein Grinsen nicht unterdrücken.

Kleideten sich so nicht immer die Bösen?

Der zweite Detective war jünger und kräftiger und hatte den Gang und die Haltung eines Amateurgewichthebers. Er gehörte zu den Männern, deren Arme beim Gehen nicht schwangen, weil Muskelpakete im Weg waren. Kein Cowboyhut. Jack entdeckte den gestärkten Kragen eines weißen Anzugshemdes und den Knoten einer roten Powerkrawatte unter Muskelmanns Mantel. *Fesches Kerlchen.*

»Jack Harper?«

»Ja.«

Der ältere Detective streckte die Hand aus und musterte Jack forschend. Der Cop wusste genau, wer Jack war. Er hatte nur aus Höflichkeit gefragt.

»Mason Callahan. Oregon State Police, Dezernat für Kapitaldelikte. Das ist Detective Ray Lusco.« Beide hielten kurz ihre Marken in die Höhe, dann kam Callahan ohne Umschweife zur Sache.

»Sie sind der Besitzer des Gebäudes, korrekt?«

»Es gehört meiner ... unserer Firma. Meinem Dad und mir. Ich war seit mindestens acht Jahren nicht mehr hier. Eine Hausverwaltungsfirma kümmert sich vor Ort um alles, was anfällt. Über das Haus kann ich Ihnen nicht viel sagen. Aber ich kann die Mieterliste und die Abrechnungen besorgen.«

Callahan richtete sich ein wenig auf. Jack wusste, dass der Cop geglaubt hatte, er würde sich winden und erst kooperieren, wenn man ihm eine richterliche Anweisung vorlegte. Die grünen Augen des Detectives leuchteten fast unmerklich auf. Anscheinend war ihm gerade ein Licht aufgegangen.

»Sie waren früher bei der Polizei hier in Lakefield. Sie sind der Cop, der damals angeschossen wurde.«

»Jep. Aber das ist schon eine Weile her.« Jacks Lippen wurden schmal. *Verdammt.* Neben ihm drückte Terry den Rücken durch und Jack hörte, wie er mit den Zähnen knirschte.

Jack hielt den Blickkontakt mit Callahan aufrecht. Dass der Cop so viel wusste, behagte ihm nicht, aber diese Informationen waren kein Geheimnis. Alle Zeitungen hatten Jacks Bild damals eine ganze Woche lang Tag für Tag abgedruckt. Lusco sagte nichts, doch Jack sah seine Augenbrauen hochschnellen, als auch er endlich verstand, wen er vor sich hatte. Das Hirn ließ sich nun mal nicht so leicht trainieren wie der Bizeps.

»Was können Sie ...«

Die große, schwarzhaarige Frau aus dem Zelt kam anmarschiert und schob sich zwischen Callahan und Jack. Gebieterisch hielt sie dem Detective einen Beweismittelbeutel unter die Nase. Er machte keine Anstalten, danach zu greifen.

Als er sah, dass die Frau ungeduldig mit dem Fuß aufstampfte, biss Jack sich auf die Wange.

»Das müssen Sie sich ansehen. Steven hat es grade eben zwischen den letzten Knochen gefunden. Und Sie müssen mit Dr. Campbell sprechen. Sie hat das Opfer identifiziert.«

Dr. Campbell? Und sie kannte das Opfer? Jack schüttelte den Kopf. Vor zehn Minuten hatte er die Frau im Zelt festgehalten, weil ihr die Beine weggeknickt waren, und sie auf einen Stuhl gesetzt. Dabei war ihm aufgefallen, wie unglaublich klein und zierlich sie war und wie gut sie roch. Nach Zimt oder Vanille oder irgendetwas aus einer Bäckerei. Dieser Duft passte so gar nicht in das Totenzelt. Dr. Peres hatte der Frau den Kopf zwischen die Knie gedrückt und Jack und Terry vor die Tür gesetzt. Eigentlich hatte er bleiben wollen, doch Dr. Peres duldete keinen Widerspruch und schien abgesehen davon die Lage sehr gut im Griff zu haben. Beim Hinausgehen hatte er zwar noch den Namen der zierlichen Blonden aufgeschnappt, dabei aber nichts von einem Doktortitel gehört.

Die Detectives starrten Dr. Peres sprachlos an. Jack zog das Handgelenk der Frau zu sich, um den Beutel besser sehen zu können. Darin lag ein glänzendes, ovales Metallstück. Eine Dienstmarke. Terrys Gesicht sagte Jack deutlich, was der Anblick des Beweisstücks in dem Cop auslöste.

Es handelte sich um eine Marke aus Lakefield.

Mit zusammengekniffenen Augen studierte Jack die Nummern auf dem Metall. Es gelang ihm, die ersten vier Zahlen zu lesen, dann fiel ihm das Herz direkt bis zu den eiskalten Zehen.

Vor ein paar Minuten hatte es aufgehört zu schneien und der Oregon State Detective Mason Callahan blickte hinauf in den grauen Himmel. Der sah aus, als könnte er das weiße Zeug noch stundenlang zur Erde kippen. Weitere fünfzehn Zentimeter bis zum Abend? Langsam glaubte er den Wetterfröschen, die behaupteten, dieser Winter könnte für Oregon einer der härtesten seit Jahrzehnten werden. *Dem Himmel sei Dank für den Allradantrieb.*

Ein Blick Richtung Mehrfamilienhaus zeigte ihm, dass Dr. Peres und ihre Techniker noch immer im Zelt arbeiteten. Was für Schätze würden sie noch finden?

Eine Polizeimarke zwischen den Knochen eines mysteriösen Skeletts.

Mason gefiel das überhaupt nicht.

Die Markennummer wurde gerade überprüft, um den Besitzer festzustellen. Jack Harper hatte geschworen, er würde die Nummer kennen – genau wie den Cop, zu dem sie gehört hatte. Doch die Detectives brauchten eine offizielle Bestätigung. Harper arbeitete seit Jahren nicht mehr bei der Polizei in Lakefield. Er konnte sich täuschen.

So lang sie auf den Rückruf warteten, befragten Mason und Ray die kleine Zahn- und Kieferspezialistin. Dr. Campbell hockte auf dem Klappheck eines alten Chevy Pick-ups auf dem vereisten Parkplatz, das im Augenblick als provisorischer Befragungsraum diente.

Die Detectives tauschten über Laceys Kopf hinweg stumme Blicke aus. Eingemummt in ihre Jacke und einen geborgten gelben Parka sah Dr. Campbell aus wie ein Teenager. Alle paar Sekunden durchlief sie ein so heftiger Schauer, dass sie fast ihren Kaffee verschüttete. Sie hatte noch keinen Schluck getrunken.

Für eine forensische Spezialistin wirkte sie viel zu jung. Angeblich arbeitete sie außerdem als Dozentin an der angesehenen zahnärztlichen Fakultät auf dem Marquam Hill, dem Hügel, der in Portland den Spitznamen Pill Hill trägt. Die Informationen stammten von der forensischen Anthropologin. Diese kratzbürstige Dame wirkte so sachlich und distanziert, dass Mason geneigt war, ihr zu glauben. Er hatte damit gerechnet, tage- oder wochenlange Nachforschungen anstellen zu müssen, um das Skelett identifizieren zu können. Und jetzt präsentierte ihm die kleine Zahnärztin ganz überraschend den Namen des Opfers.

So einfach konnte die Sache doch nicht sein.

Mason stellte einen Fuß auf den Kotflügel des Trucks, legte den Unterarm über seinen Oberschenkel und setzte die Befragung fort.

»Wegen den Zähnen und der Halskette sind Sie also überzeugt, dass es sich um Ihre College-Freundin handelt?«

»Ja. Wie oft denn noch?« Dr. Campbell sprach, als hätte sie einen Fünfjährigen mit einem besonders schweren Fall von ADS vor sich. Sie stellte ihren Kaffee ab.

»Suzanne wurde vor elf Jahren in Corvallis vom sogenannten College-Girl-Killer verschleppt. Als man ihn geschnappt hat, gestand er, sie ermordet zu haben, weigerte sich aber zu sagen, wo er die Leiche versteckt hatte.« Sie sah Mason mit ungeduldigen braunen Augen an und zählte die Fakten an den Fingern ab. »Suzanne trug eine Halskette wie diese hier. Und zwar immer. Zwischen den Knochen lagen Haarsträhnen in Suzannes Blondton. Und die altmodischen Goldbrücken kenne ich leider genau. Ich musste sie mal während eines Turnwettkampfes für sie halten, weil sie den Behälter dafür vergessen hatte.« Lacey ließ die Hände sinken. »Erinnern Sie sich denn nicht an den College-Girl-Killer?« Beim letzten Wort versagte ihre Stimme.

»Ich bin mit dem Fall vertraut.« Das war eine krasse Untertreibung. Mason hatte zu der Sonderkommission gehört, die auf den Serienmörder angesetzt worden war, und die Erlebnisse von damals hatten sich für immer in sein Gedächtnis gebrannt. Plötzlich spürte er ein Ziehen im Bauch. Seit ihm bewusst geworden war, dass das Skelett etwas mit diesem kranken Stück Dreck, dem College-Girl-Killer Dave DeCosta zu tun haben könnte, hatte sein Magen die Säureproduktion hochgefahren.

Vor zehn Jahren hatte der Fall monatelang Schlagzeilen gemacht. Mason erinnerte sich an die jungen Frauen, die damals vom College-Campus verschwunden waren. Ihre Leichen, die später in den dunkelsten Ecken der Stadt auftauchten, wiesen Folterspuren auf. Das Gerücht ging um, der Green-River-Killer habe Seattle verlassen und sei nach Süden weitergezogen. Besorgte Eltern meldeten ihre Töchter panikartig von der Oregon State University ab, während die offiziellen Vertreter der Uni erfolglos versuchten, die Massenflucht aus ihren Instituten zu stoppen. Auch über okkulte Praktiken und Mädchenhandel war damals im ganzen Staat spekuliert worden.

Die Verbrechen waren der Alptraum aller Eltern gewesen.

Und jeder Cop hatte nur das eine Ziel gekannt – den Täter zu fassen.

Anfangs hatte die Polizei Suzanne Mills nicht zu den Opfern gezählt. Im Gegensatz zu den anderen Frauen war sie nicht direkt vom OSU-Campus verschwunden. Sie war in einem Geschäftsviertel fernab der Uni entführt worden und blieb verschwunden, während die Leichen der anderen Opfer stets jeweils zwei bis drei Wochen nach ihrer Verschleppung gefunden worden waren. Nach seiner Verhaftung hatte Dave DeCosta gestanden, auch Suzanne entführt zu haben, wodurch sie offiziell zu seinem neunten Opfer erklärt wurde. Doch DeCosta weigerte sich, der Polizei das Versteck der Leiche zu nennen.

Sämtliche Cops hatten erleichtert durchgeatmet, als der Killer gefasst worden war. Mason war nach Hause gegangen und hatte – froh, dass der Alptraum vorüber war – vierundzwanzig Stunden lang geschlafen.

Einen Fall wie diesen hatte er nie wieder gehabt und das war gut so.

Mason standen die Bilder der Opfer noch immer vor Augen. Während der Ermittlungen hatte er sich jedes einzelne tausendmal angesehen. Auch an das Foto der temperamentvollen blonden Turnerin erinnerte er sich noch gut. Sie war ein sehr hübsches Mädchen mit einem breiten Lächeln und blonden Lockenkringeln gewesen. Diese frische, energiesprühende Schönheit, die sie und die anderen Opfer zu etwas Besonderem machte, hatte den Killer vermutlich magisch angezogen. Alle waren Sportlerinnen gewesen und blond.

Nur in Suzannes Fall gab es eine Zeugin für die Entführung. Suzanne war mit einer anderen Turnerin zusammen durchs Stadtzentrum spaziert. Die beiden wollten zu einem Mannschaftsdinner in einem Restaurant in der Nähe. DeCosta hatte zuerst die Zeugin attackiert. Sie hatte sich erfolgreich gegen den Drecksskerl gewehrt, dabei allerdings einen Beinbruch und schwere Kopfverletzungen davongetragen. Nach dem Kampf mit der Zeugin hatte DeCosta sich auf Suzanne gestürzt, sie k. o. geschlagen und zu seinem Wagen geschleppt. Obwohl sie schwer verletzt in einer Blutlache auf dem Gehsteig gelegen hatte, war es der anderen jungen Frau gelungen, sich einen Teil des Nummernschilds zu merken. Später hatte sie vor Gericht gegen den Killer ausgesagt.

Auch das Bild der übel zugerichteten Zeugin hatte sich in Masons Gedächtnis gegraben. Sie saß jetzt vor ihm. Er musterte das verstörte Gesicht der jungen Frau.

»Sie waren dabei«, sagte er leise. »Sie waren diejenige, die ihm damals entkommen ist.«

Dr. Campbell reagierte nicht.

Aus dem Augenwinkel sah Mason, wie Ray die Kinnlade herunterfiel. Zwar wusste jeder, dass es ein Mädchen gab, das dem Killer entkommen war, doch die Identität der Zeugin war nie preisgegeben worden. Ray musterte Dr. Campbell mit einer Mischung aus Neugier und Ehrfurcht.

Er hatte denselben unfassbaren Gedanken wie Mason: *Die Frau, die das Skelett identifiziert hatte, und das Mädchen, das dem Mörder damals entkommen war, sollten ein und dieselbe Person sein?*

»Sie waren das?«, fragte Ray.

Lacey nickte stumm.

»Und Sie sind sich ganz sicher, dass wir es mit dem Skelett von Suzanne Mills zu tun haben?«

Dr. Campbell sah Mason nicht an. Sie fixierte das triste Zelt, in dem die Überreste ihrer Freundin lagen.

»Besser als ich kennt sie keiner.«

Vier

Cal versuchte, die Melodie zu erkennen, die sein Entführer die ganze Zeit summte. Eine Rock-Hymne aus den Sechzigern, vielleicht aus den frühen Siebzigern. Der Leadsänger hatte eine große Hakennase. Wie hieß doch gleich die Band? Wie hieß das Lied? Cal zermarterte sich das Gehirn.

Diese unwichtigen Fragen quälten ihn.

Cal öffnete die Augen. Eigentlich nur eines. Das andere war zugeschwollen, seit ... Wie lang saß er schon hier? Der Raum hatte keine Fenster, es gab keine Uhr.

Nichts, woran sich ablesen ließ, wie die Zeit verging.

Seine Blase hatte sich entleert, als er schon eine Weile auf den Stuhl gefesselt gewesen war. Das war schon lang her. Eine Ewigkeit lang hatte er gegen den Drang angekämpft, aber irgendwann aufgegeben.

Zwölf Stunden? Vierundzwanzig Stunden? Tage?

Er wusste weder, seit wann oder – was noch wichtiger war – *warum* er sich hier befand.

Der Raum war eisig. Und er stank. Anfangs hatte er nur modrig und muffig gerochen, so als hätte man ihn lang nicht benutzt. Doch nun wurde Cal fast übel vom scharfen Ammoniakgestank des Urins.

Wegen der niedrigen Decke und des Lehmbodens nahm er an, dass er sich in einem Keller befand. Die Wände bestanden aus großen Betonziegeln, die dem Raum eine Atmosphäre gaben, als läge er unzugänglich und undurchdringlich tief unter der Erde.

Jemand hatte sich die Mühe gemacht, eine ganze Wand mit der amerikanischen Flagge zu bemalen. Die Farben waren frisch und strahlend.

Die Ironie, die darin lag, ausgerechnet vor diesem Symbol der Freiheit gefoltert zu werden, war Cal nicht entgangen.

Er erinnerte sich daran, dass man ihn in seiner Garage überwältigt hatte. Er war gerade hineingefahren und aus seinem Truck gestiegen. Ein heftiger Schlag auf den Kopf, und seine Erinnerung setzte aus. Irgendwann war er mit der Schwiegermutter aller Kopfschmerzen hier aufgewacht. Und da war es ihm noch richtig gut gegangen.

Er schloss das sehende Auge und legte den Kopf zurück auf die Lehne des hölzernen Stuhles. Noch immer bohrte das Summen in seinem Gehirn. Es war ständig dasselbe Lied. Wieder und wieder. Er hätte dem Summer gern gesagt, er solle verdammt noch mal damit aufhören. Doch diesen Fehler hatte er schon einmal gemacht. Seither hatte er nur noch ein funktionierendes Auge und das wollte er ungern auch noch verlieren.

Also behielt er seine Meinung für sich und den widerlichen Knebel im Mund.

»Du jagst doch gern, Cal?« Das Summen hatte aufgehört. »Ich weiß das. Wapitis, Hirsche, Enten. Menschen.«

Cals Kopf fuhr von der Stuhllehne hoch. Sein Auge öffnete sich wieder.

»Das gefällt dir nicht, oder? Menschen? Ich weiß, dass du Menschen gejagt hast. Dreißig Jahre lang. Stimmt's? Machen das nicht alle Cops? Ist das nicht ein großer Teil eurer Arbeit?«

Der Summer stand hinter ihm. Cal konnte sein Gesicht nicht sehen. Aber das war auch nicht nötig. Es hatte sich tief in seine Erinnerung gerammt. Diesen Kerl würde er nie vergessen. Niemals.

»Irgendwann mal jemanden allegemacht?« Der Summer hielt inne. »Darauf musst du nicht antworten. Ich weiß, dass du das nicht getan hast. Ich habe Nachforschungen angestellt. Du warst insgesamt an vier Schießereien beteiligt, hast aber nie jemandem das Licht ausgepustet. Hast du dich je gefragt, wie sich das anfühlen würde? Jemandem das Leben zu nehmen? Würde die Schuld dich kaputtmachen? Dir das Hirn zerfressen? So wie es bei Frank Settler war?«

Cal zuckte zusammen. Seine Hand- und Fußgelenke ruckten an den Fesseln. Frankie war seit über zwanzig Jahren tot. Selbstmord. Er war auch ein Cop gewesen, hatte aus Versehen einen Jungen erschossen und das nie verkraftet. Frankies Qualen hatten Cal über Jahre verfolgt.

Wer war dieser Kerl?

»Frank muss ein ziemlicher Waschlappen gewesen sein. Keine Kontrolle über sein Innenleben. Erschreckend. Das ist der Unterschied zwischen Jungs und Männern, Cal. Man muss seine Gefühle und Handlungen im Griff haben. Mit Selbstdisziplin kann ein Mann alles erreichen, was er will. Aber die muss man sich erarbeiten und erhalten.«

Was sollte der Scheiß?

»Ted Bundy besaß anfangs viel Willenskraft. Dann hat er sie verloren. Er hatte einen präzisen Plan, hielt sich aber nicht daran. Dabei ist das der Schlüssel für jeden Erfolg: *Halte dich an deinen Plan*. Bundy wäre der Polizei nie ins Netz gegangen, wenn er einen kühlen Kopf bewahrt und sein Verlangen unter Kontrolle gehalten hätte.«

In der Stimme des Mannes lag Enttäuschung. Anscheinend war Bundy auf schmählichste Weise hinter seinen Erwartungen zurückgeblieben. Nach Bundys Hinrichtung hatte dieses Arschloch vermutlich getrauert.

Der Summer blieb an dem Klapptisch aus der Eisenhower-Ära stehen, vor den er Cal gesetzt hatte. Die Angst ließ Cals Rückgrat prickeln. Das war ein Foltertisch. Er war bestückt, als wäre der Summer durch seine Garage gegangen, hätte wahllos Gegenstände eingesammelt und auf diesem Tisch ausgebreitet. Hämmer, Harken, einen Schraubenschlüssel, einen langen Schlauch. Auf grauenhaft einfallsreiche Weise hatte der Kerl diese Dinge mit ein paar Handgriffen so verändert, dass man damit jemandem große Schmerzen zufügen konnte.

Abgesehen von der Schrotflinte. Die hatte er im Originalzustand belassen. Cal hatte das Gewehr sofort erkannt. Es war sein eigenes, stammte aus seiner persönlichen Waffensammlung. Als der Mann über den Lauf strich, die Hand dort ruhen ließ, beschleunigte sich Cals Herzschlag. Doch die Hand glitt weiter zu einem anderen Gegenstand. Cal sah zu, wie der Verrückte eine kleine pinkfarbene Schuhschachtel öffnete. Dabei bäumte sich Cals Magen in bitterer Angst auf.

Ein Haarband?

Der Summer nahm ein hellblaues Mädchenhaarband heraus und streichelte es zärtlich. Ein sanftes Lächeln glitt über sein Gesicht; in seine Augen trat der abwesende Ausdruck süßer Erinnerung.

»Das habe ich behalten. Aber ich kann mich jederzeit davon trennen. Es hat keine Kontrolle über mich. Ich lasse mich nicht zum Sklaven machen. Von nichts und niemanden.« Er ließ das Band zurück in die Schachtel fallen und drückte den Deckel darauf.

Der zärtliche Gesichtsausdruck verschwand. An seine Stelle trat grimmige Entschlossenheit.

Der Typ ist vollkommen durchgeknallt.

»Danke, dass du mir gesagt hast, wo deine Marke ist.«

Nichts zu danken, Arschloch. Danke, dass du mir zwei funktionierende Finger gelassen hast.

»Das ist erst der Anfang meines Plans. Ich werde die Cops rumrennen lassen wie hungernde Mäuse, die in einem Labyrinth nach Käse suchen, während ich ihn von einer Ecke in die andere schiebe.« Seine Augen weiteten sich. Er ging hastig vor dem Tisch auf und ab. Cal war jetzt sein Publikum. »Immer wenn die denken, sie hätten mich gleich, verschwinde ich. Denen fehlen die Intelligenz und die Kontrolle, um mit mir mitzuhalten. Du und deine Marke, ihr seid nur der Anfang. Oder besser gesagt, du bist der zweite Akt. Den ersten habe ich mithilfe deiner Marke inszeniert. Ich habe sie an eine Stelle gelegt, wo die sie finden mussten.«

Die eisigen Augen des Mannes nahmen einen leeren Ausdruck an, als er stehen blieb und die Werkzeuge auf dem Tisch begutachtete. Cal erstarrte. Diesen Blick kannte er.

Summend wählte der Mann einen schwarzen Gummihammer aus, wog ihn in der Hand und drehte sich damit zu Cal.

Fünf

Am frühen Abend führte die Polizeimarke von der Fundstelle des Skeletts in Lakefield die Detectives zu einem neuen Mordopfer.

Es handelte sich um den pensionierten Cop Calvin Trenton. Die Leiche wies brutale Folterspuren auf.

Im Ziegelbau der Oregon State Police im Zentrum von Portland saß Detective Mason Callahan tief in Gedanken versunken an seinem Schreibtisch. Er war hundemüde. Körperlich, mental und tief im Herzen. Während Masons Augen auf die grässlichen Fotos von Trenton starrten, zupften seine Finger an der abblätternden Farbe des Tisches. Der Zorn, den er empfand, würde ihm die Energie geben, mit größtmöglicher Entschlossenheit nach dem Wahnsinnigen zu suchen, der diesen Akt des Bösen begangen hatte. Anders ließ der Mord sich nicht beschreiben. Das Schwein hatte den Cop gefoltert, ihm die Beine gebrochen, ihn anschließend getötet und die Leiche dann in Trentons eigenes Bett gelegt.

Und die Decke ordentlich bis ans Kinn des Opfers hochgezogen.

Es war, als wollte der Killer die Polizei verhöhnen. Mason drückte einen Bleistift in den elektrischen Spitzer, ließ das Gerät surren und zog den Stift wieder heraus. Eine perfekte Spitze.

Der Geruch von Holz und Grafit stieg ihm in die Nase. Was würde passieren, wenn er dem Killer eine solche Spitze direkt ins Auge rammte?

Eines von Trentons Augen war zerstört worden.

Calvin Trenton war seit fünf Jahren pensioniert, seit zwanzig geschieden. Gelebt hatte er mit seinem treuen Gefährten, einem kräftigen Rottweilermischling. Die Polizisten hatten den wachsamen Hund unter Trentons Bett gefunden. Knurrend hatte das Tier nach jedem geschnappt, der sich dem toten Körper seines Herrn nähern wollte. Die Cops hatten Hilfe von der Tierschutzbehörde anfordern müssen.

Zwei Cops, die mit als Erste am Einsatzort gewesen waren, waren bei Trentons Anblick die Tränen gekommen. Die scharfen Zähne des Hundes hinderten sie daran, irgendetwas zu tun. Sie konnten den ganz offensichtlich toten Trenton nur von weitem anschauen und warten, bis der Hundeführer kam.

Mason hasste Zufälle und bei diesem neuen Fall gab es verflucht viele davon. Er hatte gern alles klar und ordentlich vor sich, aber das war eher die Ausnahme als die Regel. Die ganze Sache war ein einziger klebriger Morast.

Er kippte seinen Sessel nach hinten und trommelte mit dem Bleistift auf die Tischkante. Zum zehnten Mal in zehn Minuten sah er sich seine Zeichnung auf dem Whiteboard an. In die Mitte hatte er mit blauem Filzstift den Namen Suzanne Mills geschrieben. Rote Pfeile zeigten von dort aus auf vier andere Namen, und diese waren wiederum durch grüne Pfeile miteinander verbunden. Bislang wusste er:

Eine der forensischen Spezialistinnen, Dr. Lacey Campbell, hatte Suzanne Mills gekannt und ihr Skelett am Fundort identifiziert.

Mills war vor einem Jahrzehnt Opfer des College-Girl-Killers, Dave DeCosta, geworden, nachdem Dr. Campbell ihm mit knapper Not entkommen war.

Das Gebäude, unter dem Suzanne Mills' Überreste gelegen hatten, gehörte Jack Harper.

Und Jack Harper hatte zufällig dabeigestanden, als die Anthropologin mit Trentons Polizeimarke aus dem Zelt gekommen war.

Jack Harper hatte Cal Trentons Marke erkannt.

Er und Trenton waren früher bei der Polizei von Lakefield gemeinsam Streife gefahren.

Mason studierte das farbige Gewirr kreuz und quer verlaufender Pfeile. Nichts ergab einen Sinn.

Warum war der Mord an Cal Trenton absichtlich mit Suzanne Mills' Knochen verknüpft worden?

Masons Blick hing an dem Namen Lacey Campbell. Er ließ den Bleistift fallen, nahm einen grünen Filzstift, zeichnete einen grün gepunkteten Pfeil von ihr zu Calvin Trenton und begutachtete dann sein Werk. Sein Gefühl sagte ihm, dass es eine Verbindung gab. Nur finden musste er sie noch.

Er würde Dr. Campbell noch einmal befragen.

Masons Magen krampfte sich zusammen. Der gelöste College-Girl-Killer-Fall lag unter dem Staub vieler Jahre begraben. Und jetzt erwachte er plötzlich wieder zum Leben.

Er sah von der Zeichnung zu seinem Partner, der hochkonzentriert auf den Computermonitor starrte. Egal, was Mason jetzt sagte – Ray würde es nicht hören. Wenn er an etwas arbeitete, entwickelte er eine extreme Form von Tunnelblick. Aber verdammt, Ray war gründlich und schlau. Die Nähte seiner Anzugjacke spannten über den breiten Schultern, seine Powerkrawatte war verrutscht – ein klares Zeichen, dass der Fall ihn frustrierte. Ihm erging es nicht anders als Mason.

Mason schaute auf die Uhr. Gleich sieben, und das am Samstagabend. Rays Ehefrau Jill musste eigentlich jeden Augenblick anrufen. Bei Polizisten ging die Arbeit viel zu häufig vor. Doch Ray gelang es, eine gesunde Balance zu halten. Seine Frau und die beiden Kinder waren das Wichtigste in seinem Leben und er sorgte dafür, dass sie es wussten. Insgeheim beneidete Mason ihn um seine Ehe und sein Familienleben. Oft staunte er darüber, wie Ray und Jill jeweils die Sätze des anderen beendeten oder stumm mit den Augen oder ihrer Mimik kommunizierten. Diese Art von Nähe hatte er nie mit einer Frau erlebt. Schon gar nicht mit seiner Ex.

Mason musterte seinen Partner unauffällig. Falls Ray je dahinterkam, was er gerade dachte, würde Jill Wochenende für Wochenende Blind Dates für ihn arrangieren.

Mindestens zweimal im Monat lud sie ihn zum Abendessen ein, aber er lehnte meist ab. Luscos Kids waren noch nicht ganz im Teenageralter, ziemlich cool und für jeden Spaß zu haben. Bei Videospielen verlor er jedes Mal gnadenlos gegen sie. Mason hasste die depressive Stimmung, die ihn jedes Mal befiel, wenn er dieses warme Haus wieder verließ. Immer, wenn er mit Rays Kindern gespielt hatte, vermisste er seinen Sohn Jake noch mehr als sonst. Jake war inzwischen beinahe siebzehn … *Scheiße. Jake war fast achtzehn.*

War es tatsächlich schon sieben Jahre her, dass seine Ehe den Bach runtergegangen war? Mason runzelte die Stirn und zählte mit den Fingern nach. Zwar verabredete er sich hin und wieder mit Frauen und hatte auch schon Freundinnen gehabt. Aber es hielt nie lang. Inzwischen war er siebenundvierzig und immer noch Single. Seine Frau … Exfrau … hatte mit ihrem zweiten Mann, einem Wirtschaftsprüfer, noch zwei weitere Kinder bekommen. Jake lebte bei seiner Mutter und seinem Stiefvater. Der Mann machte pünktlich Feierabend, trainierte die Little League und eine Fußballmannschaft und führte ein aktives Sozialleben. Für Mason hatte er stets ein Grinsen und einen herzhaften Händedruck parat.

Mason hasste den Kerl.

Er warf einen Filzstift auf Rays Keyboard. Der Stift klapperte über die Tasten.

»Verdammt. Was soll das?« Ray funkelte ihn an, schnappte sich den Stift und zog durch. Mason wich ihm mühelos aus. Ray war ziemlich berechenbar.

»Geh nach Hause, Ray. Genieß das Abendessen, das deine sexy Frau für dich gekocht hat. Und danach schleifst du sie ins Schlafzimmer und …«

»Halt die Klappe.« Ray warf einen Blick auf die Uhr. »Schon so spät! Mist. Ich muss los.« Ray stand auf und schaufelte seine Unterlagen auf Stapel und in Heftmappen.

Mason rieb sich die Brust. Er sah zu, wie Ray sich in seinen Mantel kämpfte.

»Gehst du nicht nach Hause?« Ray hielt mitten in der Bewegung inne. Sein Arm steckte halb im Ärmel, mit seinen hellen Augen sah er Mason forschend an. Die Brauen bildeten unter dem schmucklosen Militärhaarschnitt eine besorgte Linie.

»Noch nicht. Ich möchte noch etwas fertig machen. Aber dann gehe ich auch.«

Ray schaute weg und schlüpfte vollends in den dicken Mantel. »Okay.« Er schlang sich seinen schwarzen Schal ordentlich um den Hals. »Kommst du morgen zu uns, das Spiel ansehen? Jill macht den Nacho-Dip, den du so magst.«

»Das lasse ich mir auf keinen Fall entgehen.« Mason drehte seinen Bleistift zwischen den Fingern. »Bis morgen.«

»Bis dann.« Ray hastete zur Tür, warf aber noch einen letzten Blick zurück. »Geh nach Hause, Callahan.«

»Mach ich. Mach ich. Und jetzt verschwinde.«

Als Ray um die Ecke gebogen war, seufzte Mason auf. Er sank tiefer in seinen Sessel und stellte ihn wieder so, dass er das Whiteboard vor sich hatte. Der Sessel quietschte und ächzte, als er ihn zurückkippte. Mason ließ die Finger knacken, studierte sein Diagramm und konzentrierte sich wieder auf den Fall.

Was passierte da draußen, verdammt noch mal?

Sechs

Die zahnmedizinische Fakultät auf dem Hügel über Portland nahm nur einen kleinen Teil des weitläufigen Campus' der Oregon Health Sciences University ein. Auf jedem Behandlungsstuhl zwischen den altersgrauen Mauern saß ein Mensch mit offenem Mund.

Lacey sah zu, wie ein Student die kariösen Stellen vom Zahn eines kleinen Mädchens entfernte. Nicks hochgezogene Augenbrauen und die weit aufgerissenen Augen sagten ihr, dass er kaum fassen konnte, wie groß das Loch war. Ihr ging es genauso. Das Ding sah aus wie ein Mondkrater. Mit seinen zehn Jahren war dieses Kind noch nie bei einem Zahnarzt gewesen. Aber wenigstens hielt die Kleine still und ließ Nick seine Arbeit tun. Manchmal zappelten die jungen Patienten wie … *Verdammt*! Lacey rückte näher, damit sie Nick etwas in Ohr flüstern konnte.

»Wenn Sie noch tiefer bohren, wird eine Wurzelbehandlung draus und keine Füllung.«

Beim Klang von Laceys Stimme riss Nick das Instrument geradezu aus dem Mund des Kindes und richtete sich auf. Lacey sah, wie ihm die Röte ins Gesicht schoss. Sie verkniff sich ein Grinsen. Solche Reaktionen waren bei ihren Studenten nicht selten. Nick schluckte. Lacey sah unterhalb der blauen Chirurgenmaske seinen Adamsapfel hüpfen. Das kleine Mädchen blinzelte Nick verwundert an.

Braves Kind. Hat viel Geduld mit seinem Nachwuchsdentisten.

Lacey schaute auf die Uhr und betete, dass die Praxisübung, die jeden Montag stattfand, bald zu Ende war. Aber sie musste noch zwei Stunden durchhalten. Sie verzog das Gesicht. Das gleißende Neonlicht der betagten Praxisräume verschlimmerte die stechenden Kopfschmerzen hinter ihren Augen.

Auch der Stress vom Wochenende war nicht spurlos an ihr vorbeigegangen.

Schließlich identifizierte man nicht jeden Tag das verschollene Skelett der besten Freundin. Nach der stundenlangen Befragung durch die Polizei am Samstag hatte sie den ganzen Sonntag verschlafen.

Die Alpträume hatte sie sich mit Tranquilizern vom Hals gehalten.

Und damit gegen ihren eigenen ehernen Vorsatz verstoßen. Diese Art von Flucht war zu einfach.

Seit Samstagmorgen befand sie sich auf einer emotionalen Achterbahn. Ein derart heftiges und schmerzhaftes Auf und Ab hatte sie seit dem Tod ihrer Mutter nicht mehr erlebt. Lacey rieb sich die Schläfen. Die Gefühle, die sie so sorgfältig unter Verschluss gehalten hatte, drohten nun zu explodieren.

Das ganze Wochenende über war sie nicht ans Telefon gegangen. Ihr Vater hatte einige Nachrichten auf ihren Anrufbeantworter gesprochen – aber nicht halb so viele wie Michael. Sie nahm an, dass Michael bereits am Samstagmorgen von Suzanne erfahren hatte. Als Reporter einer namhaften Zeitung hatte man gewisse Verbindungen. Michael kannte Laceys Geschichte so gut wie Suzannes. Bis ins kleinste grässliche Detail.

Aber Lacey wollte noch nicht reden.

Michaels letzte Nachricht auf dem Anrufbeantworter hatte gelautet, er würde kommen und an ihre Tür wummern, wenn sie nicht sofort ranginge. Und das am Sonntagmorgen um zwei. Lacey wusste, dass er nicht bluffte. Für einen zum guten Freund mutierten Exfreund war Michaels Beschützerinstinkt eindeutig zu stark ausgeprägt. Sie hatte ihm eine SMS geschickt: »JETZT NICHT.« Seither ließ er sie in Ruhe.

Sie hätte mit Michael reden sollen. Er hätte sie darauf vorbereitet, dass der Knochenfund heute auf sämtlichen Titelseiten Thema sein würde. Mit der Kaffeetasse in der Hand hatte sie die Zeitung von der Veranda geholt und die Schlagzeile hatte ihr die Kehle zugeschnürt. »Überreste des letzten Opfers des College-Girl-Killers in Lakefield gefunden.« Doch beim Anblick von Michaels Namen unter dem Artikel hatte sie durchgeatmet. Die Zeitung landete ungelesen im Altpapier. Lacey wusste, dass Michael sich eher die Hand abhacken würde, als in einem seiner Artikel ihren Namen zu erwähnen.

Sie ließ die Augen über die quirlige Schar von Studenten, Patienten und Lehrpersonal in dem übervollen Behandlungsraum schweifen. Weil sie keine panischen Blicke von Studenten auffing, machte sie sich auf den Weg zum Personal-Aufenthaltsraum. Dort warteten in ihrer Tasche die Kopfschmerztabletten.

Auf dem Weg zur Tür bemerkte sie hilflos fummelnde Finger im Mund einer älteren Frau. Lacey blieb stehen. Seufzend zog sie sich Handschuhe über und legte ihre Hände auf Jeffs. Er versuchte gerade äußerst zögerlich, einen Abdruck von den Zähnen im Unterkiefer der Patientin zu machen. So konnte das nichts werden.

»Sie müssen die Lippe beiseite ziehen und der Löffel muss auch seitlich gut aufliegen. Dann halten Sie ihn ruhig, sonst sieht der Abdruck hinterher völlig anders aus als das Gebiss der Patientin.« Mit sicherem Griff zog Lacey die Unterlippe der Frau beiseite und brachte den Löffel mit der Abdruckmasse in die richtige Position. Jeff runzelte angespannt die Stirn. Er warf einen Blick auf die Uhr.

»Wie lang muss ich warten, bis das Zeug fest ist?«

»Arbeiten Sie nicht nach der Uhr.« Lacey tippte mit dem Finger auf die klebrige pinkfarbene Masse, die über die Lippe der Patientin quoll. »Prüfen Sie einfach etwa alle zwanzig Sekunden die Beschaffenheit. Wenn das Material nicht mehr klebrig ist, sondern sich fest anfühlt, ist der Abdruck fertig. Normalerweise dauert das nicht länger als ein oder zwei Minuten.«

Jeff nickte ernst und fing an, das Material alle fünf Sekunden zu testen. Lacey gab sich Mühe, nicht die Augen zu verdrehen.

Sie zwang sich zu warten, bis der Abdruck fertig war, und nicht an ihre bohrenden Kopfschmerzen zu denken. Aus purer

Gewohnheit schaute sie sich die Röntgenaufnahme auf dem Leuchtschirm an. Am Rand war handschriftlich das Aufnahmedatum vermerkt.

»Die Aufnahme ist neu? Die haben Sie heute erst gemacht?«

Das Bild zeigte, dass die Patientin im Oberkiefer keine Zähne mehr hatte und dass die verbliebenen Zähne im Unterkiefer jeweils nur noch von knapp sechs Millimetern Knochensubstanz gehalten wurden. Einem Bruchteil der üblichen Stärke. Jahrzehntelang unbehandelte Zahnfleischerkrankungen hatten den Knochen zerstört und die Zähne saßen nun sehr, sehr locker.

Jeff nickte und tupfte noch einmal gegen die Abdruckmasse. »Die Aufnahme ist von heute Morgen. Ich brauche einen Abdruck der Zähne im Unterkiefer. Nächste Woche ziehen wir sie und bereiten alles für die Unterkieferzahnprothese vor.«

Lacey biss sich auf die Lippe und versuchte, nicht zu grinsen. Sie sah sich nach einer anderen Lehrkraft um. Sie brauchte Zeugen. *Verflixt.* Es war niemand greifbar.

Die Abdruckmasse war inzwischen fest und Jeff ruckelte halbherzig an dem Löffel im Mund der Patientin. Die starke Saugwirkung sorgte dafür, dass er unverrückbar an seinem Platz saß.

In den hellen Augen der alten Frau lag ein seltsamer Ausdruck, aber Lacey wusste, dass das, was gleich passieren würde, nicht wehtat. »Schieben Sie die Fingerkuppe unter den Rand, damit Luft eintreten kann. Dann heben Sie den Löffel an.« Lacey konnte nur nuscheln, weil sie sich beim Sprechen innen auf die Wange beißen musste, um nicht laut loszulachen. Jeff entfernte den Löffel mit einem beherzten Ruck.

»Oh Kacke!«

Jeffs Aufschrei übertönte sämtliche anderen Geräusche im Raum. Er ließ den Löffel in den Schoß der Patientin fallen und sprang von seinem Stuhl. Alle Augen richteten sich auf ihn. In der pinkfarbenen Abdruckmasse steckten fünf blutige Zähne.

Die Patientin machte keinen Mucks.

»Alles in Ordnung? Geht es Ihnen gut?« Lacey legte der Frau eine Hand auf die Schulter.

Die Frau rubbelte sich ein wenig Abdruckmasse von der Lippe und betrachtete die Katastrophe in ihrem Schoß mit hochgezogenen Augenbrauen. »Ich habe fast nichts gemerkt. So leicht hat mir noch keiner einen Zahn gezogen.« Sie betastete die drei restlichen Zähne in ihrem Mund. »Können Sie die auch so rausmachen?«

»Hmm.« Lacey tippte mit dem Fuß auf den Boden. Sie spürte, wie ihre Kopfschmerzen verflogen. »Mal sehen. Aber die Behandlung heute ist für Sie auf jeden Fall kostenlos.«

Sieben

»Heute schon Zeitung gelesen?« Terry Schoenfeld hielt sich nicht lang mit einer Begrüßung auf, als er Jack am Telefon hatte.

»Ja. Den neuen Artikel und den von gestern.«

Jack lehnte sich auf dem Bürosessel zurück, legte das rechte Bein umständlich auf den Schreibtisch und sah sich den Artikel vom Morgen zum fünften Mal an. Er enthielt auch eine Liste mit den Namen und dem Alter aller Opfer.

»Erinnerst du dich überhaupt noch an die Sache von damals?«

»Soll das ein Witz sein?«, fuhr Jack seinen Freund an.

Terry schwieg zwei Sekunden lang. »Entschuldige Mann. Ich hatte den Fall schon fast vergessen und wusste nicht mal mehr, dass das letzte Opfer nie gefunden wurde. Geschweige denn, dass die Turnerin, die gesehen hat, wie ihre Freundin entführt wurde, ganz schön was abbekommen hat. Sie hat dann zwar vor Gericht gegen den Killer ausgesagt, aber ihr Name wurde nie veröffentlicht. So war es doch, oder? Ich war damals längst nicht so nahe an der Sache dran wie du. Verdammt, mir ist fast die Luft weggeblieben, als ich Hillarys Namen in der Liste von Opfern entdeckt habe. Erst in dem Moment ist mir wieder eingefallen, dass du mal mit ihr zusammen warst.«

Jack zog eine Grimasse. Er würde das nie vergessen. Als man Hillarys Leiche gefunden hatte, war er sechs Stunden lang von der Polizei befragt worden. Das war ein ziemlich eindrückliches Erlebnis gewesen. Man hatte ihn zusammen mit ihren anderen Exfreunden vorgeladen, einem erstaunlich großen Personenkreis. Dass sie so viele waren, hatte ihn zwar ein wenig gekränkt, aber viel schlimmer war das Gefühl, plötzlich zu einem Kreis von Mordverdächtigen zu gehören.

Hillary und er hatten sich durch gemeinsame Freunde kennengelernt. Er war gerade mit dem Studium fertig gewesen, sie war im ersten Semester. Ihre Liaison hatte nur ein paar Wochen gedauert. Hillary war hübsch und durchtrainiert – eine Läuferin. Er fand sie attraktiv, aber sie hatten keinerlei Gemeinsamkeiten und trafen sich bald immer seltener. Ein Traumpaar sah anders aus.

Als er erfuhr, dass sie ermordet worden war, hatten sie einander schon monatelang nicht mehr gesehen. Hillary war das zweite Opfer des Killers gewesen.

Er musste ihr Bild aus dem Kopf bekommen. »In dem Artikel stand nichts über Cal Trenton und seine Marke.«

»Die Staatspolizei hat die Informationen über die Marke nicht freigegeben. Die brauchen sie, um die vielen Bekloppten auszusortieren, die anrufen und gestehen, sie hätten das Skelett unters Haus geschoben. Unsere Lokalzeitung hat über den Mord an Trenton berichtet, aber im *The Oregonian* stand nichts davon. Die Presse hat die Verbindung zwischen Trenton und dem Skelett noch nicht spitzgekriegt und wir werden denen ganz sicher nicht auf die Sprünge helfen.«

Jack schwieg.

»Trenton war einer von den Guten«, schob Terry nach.

»Das brauchst du mir nicht zu sagen«, antwortete Jack.

»Wie lang wart ihr beide als Partner unterwegs? Zwei Jahre? Drei?«

»Zweieinhalb.«

»Er konnte ein Riesenarschloch sein ...«

»... aber es ist immer zu deinem Besten.« Jack zitierte Cals Lieblingsspruch mit einem wehmütigen Grinsen. Der gestandene Cop hatte ihm als Neuling im Polizeidienst so manchen Trick beigebracht. Wenn Jack daran dachte, wie Terry ihm Trentons Leiche beschrieben hatte, musste er schlucken.

So etwas hatte der alte Mann nicht verdient. So etwas verdiente niemand. Jack kratzte sich am rechten Bein. Die Haut fühlte sich zu straff an und sie juckte. Wie konnte das sein, wo doch angeblich die Nervenenden zerstört waren? Die alte Narbe machte ihm noch gelegentlich zu schaffen. Vor allem wenn er an die Polizei in Lakefield dachte.

»Ich habe gehört, dass die Spezialistin vom Fundort die anonyme Zeugin von damals sein soll, die in dem Artikel erwähnt wird«, sagte Terry leise.

»Die große Amazone? Die soll früher Turnerin gewesen sein?«

»Quatsch. Doch nicht die Schwarzhaarige. Die kleine Blonde. Diejenige, die rausgefunden hat, von wem die Knochen sind, und dabei fast zusammengeklappt ist. Es heißt, sie sei damals bei Mills' Entführung dabei gewesen.«

Jack schwang das Bein vom Tisch und setzte sich auf. Was er gerade gehört hatte, musste er erst einmal verdauen. »Du meinst diese Dr. Campbell?« Die Frau war Zeugin der Entführung gewesen und zehn Jahre später bei der Bergung der Überreste des Opfers dabei? »Das kann doch nicht sein. Solche Zufälle gibt es nicht.«

»Wenn ich's dir doch sage. Ich weiß es aus zwei verschiedenen Quellen. Am Samstag hat sie wohl mit den Detectives darüber gesprochen.«

Jack überflog den Zeitungsartikel erneut. »Und warum drucken die ihren Namen nicht? Warum will man, dass sie anonym bleibt?«

»Bitte. Das müsstest du eigentlich wissen. Wer ist denn scharf auf diese Art von Publicity?«

Nach dem Anruf schaute Jack nach, wer den Artikel geschrieben hatte. Michael Brody.

Jack stemmte sich hoch, trat ans Bürofenster und schaute hinab auf die Biegungen des Willamette Rivers. Die Sonne wärmte sein Gesicht. Vor vielen Jahren hatte Hillarys Tod sein Leben ziemlich durcheinandergebracht. Diesmal konnte es noch schlimmer werden. Viel schlimmer.

Er musste sich darauf gefasst machen, seinen Namen bald wieder in der Zeitung zu lesen. Der Umstand, dass er einmal mit einem Opfer des College-Girl-Killers zusammen gewesen war und dass man jetzt ausgerechnet auf seinem Grund und Boden das Skelett eines weiteren Opfers gefunden hatte, war für die Presse sicher ein gefundenes Fressen. Jetzt fehlte nur noch, dass die Verbindung zu Cals Marke und seiner Ermordung hergestellt wurde. Und was würden die Zeitungen erst drucken, wenn sie erfuhren, dass Cal und Jack gemeinsam auf Streife gegangen waren?

Was zum Teufel passierte da draußen? Erst das Skelett unter seinem Haus, dann Cal. Versuchte jemand, ihm irgendetwas anzuhängen? Etwa einen verdammten Mord? *Warum?*

Die Gelegenheit, Harper Immobilien nach allen Regeln der Kunst zu zerlegen, würden die Medien sich nicht entgehen lassen. Vor zwei Jahren hatten sie wegen der unzureichenden Recyclingpraxis einiger Unternehmen in Portland mit dicken Schlagzeilen auf ihn eingedroschen. Das Problem war nicht, dass Harper Immobilien kein Recycling betrieb, sondern dass die Firma nicht alle Möglichkeiten ausschöpfte.

Jack hatte die Versäumnisse zugegeben, den größten auffindbaren Recycling-Guru unter Vertrag genommen und eine Arbeitsgruppe gegründet, die die Recyclingquote im Unternehmen auf Vordermann brachte.

Dass mangelhaftes Recycling als Todsünde betrachtet wurde, konnte einem nur in einer Stadt wie Portland passieren. Volle zwei Wochen lang war Harper Immobilien als großes, böses, unachtsames Unternehmen über sämtliche Titelseiten gehetzt worden. In dutzenden von Leserbriefen hatte es Angriffe gegen Jack gehagelt. Darüber schüttelte er noch immer den Kopf. Man hätte glauben können, er hätte ungeklärte Abwässer direkt in den Willamette River geleitet.

Sein erfolgreiches Unternehmen würde eine wunderbare Zielscheibe abgeben. Geschichten über Serienkiller elektrisierten die Öffentlichkeit und die Reporter würden jeden Winkel seines Lebens ausleuchten und seinen Namen mit dem des College-Girl-Killers in Verbindung bringen.

Er warf die Zeitung in den Müll, fluchte, fischte sie wieder heraus und schleuderte sie in den Sammelkorb für Altpapier. Jack zerwühlte sich mit den Händen das Haar. Er und seine Firma würden in den Dreck gezogen werden. Wegen nichts. Und diesmal konnte er keinen überteuerten Guru anheuern, ihn auf eine Zeitreise schicken und ändern lassen, mit wem er sich ein paarmal verabredet hatte und mit wem er Streife gefahren war.

Er hatte so hart am guten Ruf seiner Firma gearbeitet ... ihrer Firma. Sein Vater hatte den Grundstein gelegt. Aber Jack hatte das Unternehmen breiter aufgestellt und zu dem kleinen Imperium weiterentwickelt, das es heute war. Seit sein Vater sich aus dem Geschäft zurückgezogen hatte, war Jack neue Wege gegangen. Sein Ziel war es gewesen, die Firma zu einem der angesehensten und größten Immobilienunternehmen der Stadt zu machen. Und das war ihm gelungen.

Niemand sonst hätte dem Namen Harper zu solchem Erfolg verhelfen können. Er spendete für alle möglichen guten Zwecke, baute bezahlbare und qualitativ hochwertige Wohneinheiten *und* seine Luxushochhäuser. Außerdem schaffte er es immer wieder, für die Gesellschaftskolumnen der Zeitungen mit den richtigen Leuten fotografiert zu werden.

Aber jetzt drohte das alles zu implodieren.

Dass die viele harte Arbeit umsonst gewesen war, würde er nicht zulassen. Das Vermächtnis seines Vaters durfte nicht durch Gerüchte und üble Nachrede zerstört werden.

Warum hatte das Skelett unter *seinem* Haus gelegen? Jack rieb sich die Augen. Wäre es unter einem Gebäude auf der anderen Straßenseite gefunden worden, dann hätte er die Titelseite der Zeitung nur überflogen und anschließend den Sportteil aufgeschlagen. Anstatt sich die Haare zu raufen.

Grundgütiger. Sein Atem stockte. Er hatte Melody vergessen. Er sah auf die Uhr. Anscheinend schlief sie heute mal länger, sonst hätte sie längst angerufen und eine Erklärung gefordert. Seine ältere Schwester würde stinksauer sein. Eine ihrer geschwätzigen Freundinnen würde ihr sicher bald unter die Nase reiben, dass die Zeitungen über Harper Immobilien schrieben. Melody kümmerte sich um alles, was mit gesellschaftlichem Engagement und Öffentlichkeitsarbeit zu tun hatte, und würde es ganz und gar nicht schätzen, in den Medien mit einem Mord in Verbindung gebracht zu werden. Mit einer Mordserie.

Er musste etwas unternehmen, bevor die Sache aus dem Ruder lief. Aber was? Jack kam sich vor, als wollte er einen glitschigen Fisch festhalten, der sich zwischen seinen Fingern wand. Normalerweise hatte er alles unter Kontrolle, aber das änderte sich gerade, und er näherte sich mit Riesenschritten einem Zustand, den er nicht kannte: dem der Machtlosigkeit.

Wer tat ihm das an?

Die Hände tief in den Taschen vergraben, marschierte Jack in seinem Büro im Kreis und dachte nach. Er brauchte mehr Informationen. In diesem Puzzle fehlten einige wichtige Teile. Er war versucht, den Reporter anzurufen, Michael Brody, wusste aber, dass er sich damit keinen Gefallen tun würde. Der Zeitpunkt für einen solchen Anruf war denkbar schlecht, denn alles, was er Brody fragen würde, konnte in dessen nächstem Artikel auftauchen.

Er dachte an Lacey Campbell und ihre dunkelbraunen Augen. Das einzige Opfer, das sich DeCostas tödlichem Griff entwunden hatte. Sie steckte genauso tief drin wie er. Vielleicht konnte sie ihm ein paar Fragen beantworten. Zum Beispiel, weshalb Trentons Marke bei den Überresten von Mills gelegen hatte und warum beides auf *seinem* Grund und Boden versteckt gewesen war.

Jacks Gedanken glichen einem Haufen verschlungener, immer fester werdender Knoten.

Er musste sich wehren, sich behaupten. Aber wie?

Er musste noch einmal zurück zum Anfang vor über einem Jahrzehnt, als die ganze Kacke begonnen hatte. Am besten konnte ihm vermutlich die Person weiterhelfen, die damals dabei gewesen war. Hoffentlich hatte Lacey Campbell ein paar Einblicke in das damalige Geschehen und wusste, warum es sie beide nun wieder einholte. Sie zu finden, war sicher kein Problem. Er wollte nur Kontakt mit ihr aufnehmen, um seine Firma schützen zu können.

Und nicht etwa, weil ihre braunen Augen ihn seit zwei Tagen nicht mehr losließen.

Die beiden toten Mädchen hatten schwere Brandverletzungen. Das Feuer hatte sie in einem heruntergekommenen, leerstehenden Haus in Portland im Schlaf überrascht, das Ausreißer und Streuner angezogen hatte wie ein Magnet. Billige Grills sorgten für etwas Wärme, wenn allnächtlich zwischen zehn und dreißig Kids auf den schmutzigen Fußböden schliefen. Das Gebäude war ein bekannter Drogenumschlagplatz. Die Polizei räumte das Haus fast wöchentlich, zerstreute die Kids und Dealer in alle Winde. Aber alle kamen immer schnell zurück. Vernagelte Fenster und Türen waren für junge Leute auf der Suche nach Schutz vor den eisigen Temperaturen kein Hindernis.

Bevor sie den elektrischen Öffner der Doppeltür zu einem der hell erleuchteten sterilen Autopsiesäle im gerichtsmedizinischen Institut drückte, blieb Lacey einen Augenblick lang stehen. *Brandopfer.* Mit leicht zittrigen Beinen kniff sie die Augen zu und atmete mehrmals tief durch. Wasserleichen waren ihr lieber. Sie steckte sich zwei zusammengerollte Wattetupfer hinter der Maske in die Nasenlöcher. Der Geruch verbrannten Fleisches führte groteskerweise immer dazu, dass ihr Magen auf ganz unanständige Weise knurrte. Lacey drückte das Klemmbrett an die Brust und betätigte den Türöffner mit der Hüfte.

Der silberne Schopf ihres Vaters hing über einer Leiche. Ihr Geruch drang bereits durch die Watterollen. Lacey blieb an der Tür stehen.

»Hi. Willst du mal schauen? Jerry hat die Aufnahmen für dich schon gemacht.« Dr. Campbell richtete sich auf und drückte den Rücken durch. Seine Wirbelsäule knackte dabei hörbar.

»Ja. Es dauert nicht lang.« Lacey nickte Jerry zu, dem Assistenten ihres Vaters, der die Gewichte und Maße, die ihr Vater ihm nannte, mit Kreide auf einer Tafel festhielt. Lacey befahl ihren Beinen, den Raum zu durchqueren. Die Digitalkamera fest in der Hand trat sie neben den Metalltisch. Sie betrachtete den blassen Körper, dessen Farbe in deutlichem Kontrast zu der verbrannten Haut des Kopfes stand. Die Hände waren ebenfalls stark verkohlt, doch der Rest der Leiche sah nicht allzu schlimm aus. Anscheinend hatten Kleider und Schuhe manches abgehalten. Weil das Haar des Mädchens fast vollständig versengt war, konnte Lacey die Farbe nicht richtig erkennen. Schwarz erschien ihr am wahrscheinlichsten. Vielleicht ein Gothic-Fan. Vielleicht einfach nur verbrannt.

»Rauchgasinhalation?« Laceys Stimme klang piepsig.

»Vermutlich. Ich weiß es bald genauer.«

Bald war keine Übertreibung. Dr. Campbell jagte durch Autopsien wie Jeff Gordon über eine NASCAR-Rennstrecke. Ihm dabei zuzusehen, war ein Erlebnis. Mit sicheren, ruhigen Händen machte er blitzschnell den Y-Schnitt und klappte die Haut zur Seite. Mit einem Instrument, das der Astschere ähnelte, mit der Lacey ihre Bäume beschnitt, knipste er fix die Rippen durch und wenn er bei der Suche nach Auffälligkeiten die Organe in Scheiben schnitt, sah es aus wie das Tomatenschneiden in einem Werbespot für Küchenmesser. Trotzdem behandelte er jeden Körper mit Würde. Bei jeder Leiche gab er sein Bestes. Laceys Vater war ein handwerklich, medizinisch und emotional hochqualifizierter Gerichtsmediziner.

Er öffnete die Kiefer des verbrannten Mädchens für sie. Lacey schaltete den Digitalrekorder an, der an ihrem wasserdichten Kittel befestigt war, und leuchtete mit einer kleinen, starken Taschenlampe in die klaffende Höhle.

Konzentrier dich nur auf die Zähne.

»Du brauchst einen Gesichtsschutz«, stellte ihr Vater fest.

Jerry beugte sich zu ihr und schob das Band eines transparenten Schildes über ihren Kopf. Der Plastikschutz bedeckte ihr Gesicht von der Stirn bis zum Kinn. Jerry grinste und zwinkerte ihr hinter seinem eigenen Schild hervor zu. Sie hatte bereits eine Schutzbrille und einen Mundschutz angelegt und jetzt kam sie sich vor wie bei einem Giftgasalarm. Sie hatte keine Einwände. Tote konnten völlig überraschend die unfassbarsten Dinge ausstoßen.

Schnell machte sie Bilder von beiden Gebissbögen, während ihr Vater die Lippen und Wangen aus dem Weg hielt. Die verbrannte Haut schälte sich und blätterte bei jeder Bewegung ab. Mithilfe eines Zahnarztspiegels sah Lacey sich zügig den Gaumen, die Zunge und die Mundschleimhaut an. Sie suchte nach Auffälligkeiten.

Dann rasselte sie routiniert den zahnärztlichen Befund ins Diktiergerät und war froh, dass ihr Magen sich dabei beruhigte.

»Sechs bis elf – Veneers.« Ihre Augenbrauen hoben sich. »Ebenso an den Frontzähnen im Unterkiefer. Zweiundzwanzig bis siebenundzwanzig. Keine weiteren Sanierungen oder Füllungen. Aber das Opfer befand sich offensichtlich in kieferorthopädischer Behandlung. Seitenzähne weisen bukkal Entkalkungsspuren auf, vermutlich infolge einer festsitzenden Klammer. Möglicherweise wurden mit den Veneers ähnliche Spuren an den Vorderzähnen abgedeckt.« Laceys Herz wurde schwer. »Jemand hat für die Zähne des Mädchens ordentlich Geld ausgegeben«, murmelte sie leise.

Ihr Vater nickte. »Die Jacke und die Schuhe dürften ebenfalls teuer gewesen sein.«

Auf dem Schreibtisch in Laceys Büro lagen elf Patientenakten von Zahnärzten. Die besorgten Eltern vermisster Töchter im Teenie-Alter warteten darauf, dass Lacey die Karteien mit den Gebissbefunden der Brandopfer im Leichenschauhaus abglich. Lacey hatte sich die Unterlagen noch nicht angesehen. Sie untersuchte immer zuerst die Toten und verglich anschließend ihre Ergebnisse mit den Karteikarten. Diesmal hatte sie allerdings bereits die leise Vermutung, dass die Tote die Tochter eines hochrangigen Managers einer Softwarefirma sein könnte. Das Mädchen war vor zwei Monaten verschwunden. Eine ganze Woche lang war damals das Bild der fröhlichen jungen Frau mit dem makellosen Lächeln täglich in den Fünfuhrnachrichten gezeigt worden.

Lacey betrachtete den verbrannten Schädel. Er hatte keinerlei Ähnlichkeit mit dem netten Schulfoto, das sie aus dem Fernsehen kannte. Sie kniff die Lippen zusammen und wollte sich nachdenklich mit der behandschuhten Hand die Stirn reiben, hielt aber inne, als ihr einfiel, dass sie ein Schutzschild trug. Sie schüttelte den Kopf.

»Wo ist das zweite Opfer?«

»Nebenan. Mit ihr bin ich schon fertig.« Ihr Vater griff nach dem Skalpell und sah Lacey mit hochgezogenen Augenbrauen an.

Das ist der Hinweis, dass ich jetzt besser gehen sollte.

Laceys Magen zog sich zusammen. Sie machte auf dem Absatz kehrt und hastete zur Tür. Unterwegs zog sie sich die Gummihandschuhe aus und warf sie in den Behälter für OP-Müll.

Eine noch.

Auf dem Weg durch den stillen Flur zu ihrem Büro füllte Lacey die zahnmedizinischen Autopsieberichtformulare aus. Im Kopf verglich sie die beiden namenlosen Leichen miteinander. Wie lang würde es dauern, bis sie die Formulare in ihren Händen mit Namen versehen konnte? Das zweite Mädchen hatte ähnliche Brandverletzungen erlitten wie das erste. Lacey hatte gesehen, wo ihr Vater die Kopfhaut zurückgezogen hatte, um den Schädel öffnen und das Gehirn entnehmen zu können. Im Mund der Toten hatte sie schon keine Zunge mehr vorgefunden. Sie war zusammen mit einigen anderen Organen entfernt worden. Ihr Vater hatte notiert, dass die Zunge mit einem metallenen Barbell gepierct war.

Die Seitenzähne des zweiten Mädchens wiesen einige kleine, weiße Kompositfüllungen auf. Die Frontzähne im Unterkiefer standen schief. Sie hatte einen Klasse-II-Biss mit deutlichem Überbiss und nie eine Klammer getragen.

Lacey fand den menschlichen Körper faszinierend. Bei jeder Autopsie lernte sie etwas Neues. Aber wenn es sich bei den Toten um Kinder oder Teenager handelte, machte sie das zornig. Was für eine Verschwendung von Leben. Vielleicht stand ihr das nicht zu, aber sie war wütend auf die Mädchen, weil sie sich unnötig in Gefahr gebracht hatten, und auf deren Eltern, weil sie die Kontrolle über ihre Kinder verloren hatten. Wenn sie einmal selbst Kinder hatte, würde sie nie ...

Sie erstarrte und hielt sich am Türrahmen fest. An ihrem Schreibtisch saß ein Mann. Er drehte ihr den Rücken zu. Den Stuhl hatte er bedenklich weit zurückgekippt und konnte die Balance nur halten, weil er einen Fuß unter die untere Schreibtischschublade gehakt hatte. Lacey hatte gute Lust, ihm einen Schubs zu geben.

»Sie sitzen auf meinem Stuhl«, fuhr sie ihn an.

Er zuckte zusammen und eine Millisekunde lang sah es so aus, als würde er tatsächlich gleich zu Boden krachen. Doch er fing sich und fuhr zu ihr herum. Sein unwiderstehlicher Blick bohrte sich in ihren.

Die grauen Augen brachten Laceys Magen zum Flattern. Sie wusste sofort, wer vor ihr saß. Jack Harper. Im Lauf des Wochenendes hatten sich diese Augen viel zu oft in ihre Gedanken gedrängt.

Sie war sprachlos.

Als der athletische Mann sich aus ihrem Stuhl stemmte, wich sie, die Formulare fest an die Brust gedrückt, unwillkürlich einen Schritt in den Flur zurück. Erstaunt bemerkte sie den Anflug von Verlegenheit, der über sein Gesicht huschte, als ihm klar wurde, dass er sie erschreckt hatte.

Er war groß – aber *wie* groß, das hatte sie vergessen. Lacey machte gleich noch einen Schritt von ihm weg, doch ihre Blicke hatten sich in einander verhakt. Irgendetwas schien in ihm zu brodeln. Ihr Herz schlug heftig, jedoch nicht aus Angst. Sie war nur völlig überrascht.

»Tut mir leid.« Jack Harper zog eine Grimasse. »Ich warte schon eine Weile und war ganz in Ihre Bildergalerie vertieft.« Sie schauten beide zum Computer. Er hatte ihren Bildschirmschoner betrachtet. Erinnerungsbilder. Schnappschüsse. Ein Bild von ihr und ihrem Vater, auf dem sie sich beide über nackte, braune Knochen auf einem Metalltisch beugten, ließ ihn leise aufschnauben. Laceys Nase schwebte nur eine Handbreit über den Gebeinen. Sie funkelte ihn an. Dieses Bild war nicht lustig. Es war im Central Identification Lab in Hawaii aufgenommen worden, einer Einrichtung zur Identifizierung der sterblichen Überreste von vermissten Soldaten.

Lacey dachte an den Tag vor sechs Jahren zurück, an dem das Foto gemacht worden war. Sie hatten die vermischten Knochen zweier Männer vor sich gehabt. Man nahm an, dass es sich um einen in Vietnam abgestürzten Piloten und seinen Copiloten handelte. Das Durcheinander von Fragmenten hatte sie tief berührt und in dem Wunsch bestärkt, zu der Spezialistin zu werden, die sie heute war.

Als Nächstes erschien ein Schnappschuss von ihr und ihrer Freundin Amelia an einem Strand in Mexico auf dem Bildschirm. Angesichts der beiden knappen Bikinis wurden Laceys Lippen schmal. Sie mochte dieses Bild sehr. Amelia warf darauf ausgelassen lachend den Kopf zurück. Sie hatten sich gegenseitig den Arm um die Schultern gelegt und hielten blaue tropische Drinks in der Hand.

»Hübsche Bilder.«

Jack ließ die Augen nicht von dem Strandbild. Um seine Lippen spielte ein Lächeln. *Oh Mann!* Verärgert starrte Lacey sein Profil an. Er hatte es geschafft, sie zu erschrecken und sie verlegen zu machen. Und das in einem Zeitraum von nicht ganz zehn Sekunden.

Sein Blick sprang zu ihr zurück. Sein Lächeln verflog. »Ich bin Jack Ha…«

»Ich weiß, wer Sie sind.«

Er blinzelte und richtete sich vollends auf.

»Was haben Sie in meinem Büro zu suchen?« Die Erinnerung an ihr erstes Zusammentreffen war noch frisch. Er musste sich nicht noch einmal vorstellen. Irritiert sah sie von seinen grauen Augen zu ihrem Stuhl. »Und auf meinem Sessel?«

»Ich wollte mit Ihnen reden …«

»Wer hat Ihnen gesagt, wo Sie mich finden?« Die Worte kamen schnell und klangen barscher als beabsichtigt. Die Empfangsdame hatte strikte Anweisungen, alle Besucher anzukündigen. Lacey war deshalb schon einmal mit Sharon aneinandergeraten. Dass Sharon einen fremden Mann in ihr Büro schickte, konnte sie kaum fassen. Schließlich kannte Sharon ihre Geschichte.

Jack fuhr sich mit der Hand durchs Haar.

»Bitte seien Sie nicht sauer. Der Frau am Empfang habe ich gesagt, ich wäre von der zahnärztlichen Fakultät.« Anscheinend sah man ihr an, wie wütend sie war, denn seine Augen weiteten sich. »Ihre Empfangsdame hat versucht, mich abzuwimmeln, aber ich bin ein guter Lügner und kann sehr überzeugend sein.« Sein Blick sprang zwischen ihren Augen hin und her.

Als sie schnaubte, wirkte er sofort deutlich weniger angespannt. Ein tastendes Lächeln stahl sich auf seine markanten Züge. Daran, dass er sehr überzeugend sein konnte, zweifelte Lacey keine Sekunde. Die arme Sharon hatte keine Chance gehabt.

Aus dem Flur drangen plötzlich laute Stimmen. Lacey warf einen Blick Richtung Empfang. Sie hörte Sharon, die schrillen, hohen Töne einer verzweifelten Frau und das ärgerliche Gebrumm eines Mannes.

»Was ist denn da los?« Jack schob sich vor sie und schaute in den Flur.

Lacey konnte es sich denken. Sie warf die Unterlagen auf den Schreibtisch, schlängelte sich um Jack herum und lief dem Lärm entgegen. Die weiblichen Stimmen wurden lauter und hysterischer.

Lacey holte Luft, dann drückte sie die Tür zum Vorraum auf. Ungewollt traf sie Sharon damit in den Rücken. Sie hatten den Durchgang zum Institut blockiert.

Sharon sprang beiseite. Die Augen hatte sie weit aufgerissen, auf ihrer Oberlippe standen Schweißperlen. Diese gestandene Frau Anfang fünfzig war völlig durcheinander. »Oh, Dr. Campbell! Sie wollen ... Ich wollte nur ...« Sie rang die Hände.

»Dr. Campbell?« Ein großer, grauhaariger Mann legte die Hände auf die Schultern einer weinenden Frau. Heftige Schluchzer schüttelten ihren Körper. Die Augen des Grauhaarigen waren trocken, aber gerötet. Die Anspannung ließ die Furchen um den Mund in dem blassen Gesicht noch tiefer erscheinen. Er gab sich alle Mühe, Haltung zu bewahren. »Sie sind Dr. Campbell?«

Ach du lieber Gott. Nicht jetzt.

»Eine von beiden. Es gibt noch den Gerichtsmediziner Dr. *James* Campbell. Kann ich Ihnen irgendwie helfen?« Lacey sprach mit ruhiger, fester Stimme. »Sie suchen jemanden.« Das war keine Frage. Sie ging zu dem Paar, nahm die Frau an der Hand und führte sie zur Couch. Ohne ihre Hand loszulassen, nahm Lacey die Schachtel mit den Papiertaschentüchern vom Beistelltisch und hielt sie der Frau mit einem verständnisvollen Blick hin.

Lacey konnte sich vorstellen, wie ihr zumute war.

Die Frau drückte schniefend ein Taschentuch an die Nase. »Wir haben erfahren, dass Sie zwei nicht identifizierte Teenagermädchen hier haben. Unsere Tochter, Madison, ist seit zwei Monaten verschwunden.«

Als Lacey den Ehemann anschaute, lief ihr ein Schauer über den Rücken. Sie wusste, wer er war. *Der Manager der Softwarefirma.* »Sie sind die Spencers.« Die beiden nickten hoffnungsvoll.

»Ist eines von den Mädchen Madison? Wir haben ihre Zahnarztunterlagen vor einem Monat hergeschickt, als im Fluss eine weibliche Leiche gefunden wurde.« Mr Spencer erschauerte. »Aber das war ein anderes Mädchen.«

Lacey nickte bedächtig. An die scheußlich entstellte Wasserleiche erinnerte sie sich noch gut. »Ich bin für den Gebissabgleich zuständig. Die beiden Mädchen habe ich zwar untersucht, aber ich konnte meine Befunde noch nicht mit den Akten vergleichen, die wir bekommen haben.« Sie machte eine kurze Pause. »Wir müssen die Unterlagen von elf verschiedenen vermissten jungen Mädchen durchgehen.«

»Von elf?« Mrs Spencer brach erneut in Tränen aus. »So viele vermisste Mädchen ...«

»Madison trug früher eine feste Klammer. Sie hat Veneers auf allen Frontzähnen.« Mr Spencers Stimme hob sich. Seine Hände gruben sich in die Schultern seiner Frau. »Haben Sie solche Arbeiten bei einer ... bei einer der Leichen gesehen?«

Lacey erstarrte. Eine der beiden Toten hatte jetzt einen Namen. Die Vorschriften verboten ihr, jetzt schon mit den Eltern zu sprechen. Doch es fiel ihr schwer, es nicht zu tun. Die Wahrscheinlichkeit, dass es in Oregon ein weiteres vermisstes junges Mädchen mit ähnlich teuren zahntechnischen Arbeiten im Mund gab, war minimal. Trotzdem musste sie erst die Unterlagen überprüfen. Auf keinen Fall durfte ihr ein Fehler unterlaufen.

»Ich bin noch nicht fertig ...«

»Aber Sie sagten doch, Sie hätten sich die beiden Mädchen angesehen. Hatte nun eine von ihnen solche Zähne oder nicht?« Mr Spencer musterte Lacey forschend. Sein barscher Ton ließ Mrs

Spencer aufblicken. Sie schaute von ihrem Mann zu Lacey und wieder zurück. Die Frau wirkte zerbrechlich. So als würde die zarteste Berührung ihre Haut zerspringen lassen. Welche Hölle hatte dieses Paar in den letzten beiden Monaten durchlebt? Durch welches Fegefeuer, welche Zwischenwelten waren sie gegangen? Der Schmerz des Nichtwissens. Die endlosen Fragen.

»Haben die beiden gelitten?«, flüsterte Mrs Spencer. »Ich will mir gar nicht vorstellen, von einem Feuer eingeschlossen zu werden und …« Sie klammerte sich an Lacey fest. Ihre Züge entgleisten.

Lacey erschauerte. Auch sie wollte an so etwas nicht denken. Vor fünf Minuten war sie noch auf die unbekannten Eltern wütend gewesen, die nicht besser auf ihr Kind aufgepasst hatten. Wie hatte sie sich ein Urteil über diese Menschen anmaßen können? Jetzt hatten sie Gesichter … aber keine Tochter mehr.

Lacey schluckte. »Ich bin mit meiner Arbeit noch nicht fertig. Aber Sie werden die Ersten sein, die das Ergebnis erfahren.« Sie drückte noch einmal Mrs Spencers Hand und hastete dann zur Tür. Am liebsten wäre sie gerannt. Wie auf der Flucht stieß sie mit beiden Händen die Tür auf und prallte direkt mit Jack Harper zusammen. Den hatte sie kurzfristig vergessen.

Er packte sie an den Oberarmen, doch sie starrte an ihm vorbei zu Boden. Ihr Blick verschwamm. Die Tür schloss sich mit einem harten Zischlaut hinter ihr und Mrs Spencer stieß einen schrillen Klagelaut aus.

Die Mutter wusste Bescheid.

»Alles klar?«

Lacey schüttelte den Kopf, drängte sich an Jack vorbei und rannte tränenblind den langen leeren Flur entlang zur Damentoilette.

Er saß wieder auf ihrem Stuhl.

Lacey hatte volle zehn Minuten mit einem nassen Handtuch auf den Augen auf der Damentoilette verbracht und versucht, den Klang von Mrs Spencers Schmerz aus dem Kopf zu bekommen. Jetzt war die rote Schwellung um ihre Augen verschwunden. Genau wie der größte Teil ihres Make-ups.

Sie blieb an der Tür stehen. Diesmal saß Jack mit dem Gesicht zu ihr. Er hatte die Unterarme auf die Oberschenkel gelegt, rieb sich die Hände und musterte sie mit einem besorgten Blick. Sie wusste, dass er ihr frisch gewaschenes Gesicht bemerkte und starrte kühl zurück. Er wirkte angespannt und seine Anspannung übertrug sich auf sie. Warum war er hier?

»Möchten Sie vielleicht etwas essen?«

Sie blinzelte. *Essen? Jetzt?*

Er rieb sich die Wange; sie hörte kurze Stoppeln an seiner Handfläche kratzen. »Klingt unpassend. Ich weiß. Aber ... ich finde, wir sollten darüber reden, was letzten Samstag passiert ist. Und vor zehn Jahren. Wir hingen damals beide mit drin und jetzt wieder ...«

Jack wollte über Dave DeCosta reden? *Über diesen Tag?*

Er sah mit zusammengekniffenen Lippen zu Boden. »Damals wurde ich wegen des Verschwindens von Hillary Roske vernommen. Wir hatten ein paar Dates gehabt. Und jetzt werde ich wieder in diese Sache hineingezogen. Mein Keller und mein ehemaliger Partner bei der Polizei ...« Er hob den Blick. »Ich weiß, der Zeitpunkt ist nicht wirklich günstig. Aber ich glaube, es wird nie einen passenden geben. Taugt der Sandwich-Laden gegenüber was?«

Sie starrte ihn an. Das war interessant. Er war damals in den Fall verwickelt gewesen und wurde jetzt erneut von der Geschichte eingeholt?

Genau wie sie.

Die Erinnerung an den Samstagmorgen kam wieder hoch. Lacey schüttelte den Kopf. Das konnte sie jetzt nicht machen. »Nein. Ich will nicht ...«

»Bitte.« Seine Augen blickten fast flehentlich. Er ballte die Hände zu Fäusten. »Ich muss rauskriegen, warum das jetzt passiert. Sie waren dabei, als es vor langer Zeit begonnen hat. Und Sie waren am Samstag ebenfalls da. Wie kann das sein?« Er sah aus, als wäre er gern aufgestanden, blieb aber sitzen. Vielleicht aus Rücksicht auf ihre Größe. »Haben Sie von dem ermordeten Cop gehört?«

Er wusste davon? Lacey nickte. Als sie am Morgen mit Michael telefoniert hatte, hatte er kurz den Tod eines pensionierten Cops erwähnt. Die Polizei hatte ihn gebeten, vorerst nichts darüber zu schreiben. *Aber woher wusste Jack ...?*

»Cal Trenton war vor seiner Pensionierung mein Partner. Wir haben bei der Polizei in Lakefield gemeinsam Dienst geschoben.«

Grundgütiger. Jack Harper steckte mindestens so tief drin wie sie.

»Und sie kennen dort noch Leute?«, fragte sie.

Er nickte.

Vielleicht konnte er etwas über Suzanne und den Mord an dem Cop herausbekommen. Sie hatte in Lakefield angerufen, war aber mit knappen Worten abgespeist worden. Die Polizei redete mit niemandem. Aber vielleicht machten die Cops bei einem Ex-kollegen eine Ausnahme. Womöglich bekam sie durch ihn einige Antworten. Das war sie Suzanne schuldig.

Lacey schaute hilfesuchend den Flur entlang. Sie hatte nicht das geringste Verlangen, zusammen mit einem Wildfremden den ganzen Alptraum noch einmal aufzuwärmen. Gleichzeitig sehnte sie sich weg aus diesem Gebäude und von den verzweifelten Eltern. Auf ihrem Schreibtisch stapelte sich dringende Arbeit, aber im Augenblick konnte sie sich sowieso nicht konzentrieren. Um die zahnmedizinischen Unterlagen durchzugehen, brauchte sie einen klaren Kopf, sonst wurde sie den Opfern nicht gerecht. Sie traf eine Entscheidung. »Okay. Dreißig Minuten. Aber dann muss ich hier weitermachen.«

Lacey saugte die köstlichen Düfte ein. Sie hoffte, dass sie den Gestank von verbranntem Fleisch aus ihrer Nase vertreiben würden. An die meisten Gerüche im gerichtsmedizinischen Institut war sie gewöhnt. Desinfektionsmittel und Tod. Meist bemerkte sie sie gar nicht mehr. Doch der Brandgeruch war besonders aufdringlich.

In dem kleinen Deli gegenüber war sie Stammgast. Die Panini und die dicke Muschelsuppe hatte sie schon als Teenager geliebt und sich an vielen Wochenenden hier mit ihrem Vater zum Lunch verabredet. Lacey pustete in ihre heiße Schokolade, schob alle Gedanken an zwei verbrannte junge Mädchen und ein trauerndes Elternpaar beiseite und musterte verstohlen den Mann, der ihr gegenübersaß.

Die Begegnung mit den verzweifelten Eltern steckte Lacey noch in den Knochen. Ein bisschen Smalltalk war eine willkommene Abwechslung und es gelang ihnen, sich erstaunlich ungezwungen zu unterhalten.

Sie hatte im Lauf des Wochenendes eine kleine Internetrecherche über Jack Harper angestellt. Der Mann, den sie am Samstagmorgen unter so ungewöhnlichen Umständen kennengelernt hatte, hatte sie neugierig werden lassen.

Harper hatte mit seinem Familienunternehmen innerhalb relativ kurzer Zeit ein Vermögen gemacht. Zu ihrer Erheiterung hatte sie im *Portland Monthly* einen Artikel entdeckt, in dem er als einer der zehn begehrtesten Junggesellen der Stadt bezeichnet wurde. Auf dem dazugehörigen Bild trug er einen Bauhelm und stand mit einem herausfordernden Lächeln vor dem Rohbau eines Bürohochhauses. Diese verdammten Augen. Sie grinsten jeder verfügbaren Frau der Stadt entgegen. Viele von ihnen würden für ein Date mit ihm vermutlich über glühende Kohlen gehen. Lacey betrachtete verstohlen seine Züge. Sie musste zugeben, dass er sehr gut aussah. Das Weibchen in ihr reagierte instinktiv auf sein männlich markantes Äußeres. Die grauen Augen waren genauso kühl und stechend, wie sie sie vom Samstag in Erinnerung hatte. Wie er wohl aussah, wenn er schlecht gelaunt war? Wenn diese Augen zornig funkelten, wollte sie lieber nicht der Grund dafür sein. Das kräftige Kinn und die beiden senkrechten Linien zwischen den Brauen verrieten ihr, dass er einen starken Willen hatte.

Fasziniert schaute sie ihm beim Essen zu. Mit drei Bissen hatte er die Hälfte seines Sandwichs vernichtet. Nebenher leerte er fast mechanisch seine Pommestüte – und das ohne dabei auszusehen wie ein Schwein. Er war ständig in Bewegung, aß, redete, bewegte die Hände und Arme, wirkte aber keinesfalls nervös. Vermutlich verbrannte er auf diese Art die meisten Kalorien, die er zu sich nahm.

Sie selbst hatte seit dem College nicht mehr so gegessen. Und damals hatte sie noch mindestens sechs Stunden täglich fürs Turnen trainiert.

Lacey betrachtete das gegrillte Sandwich auf ihrem Teller. Sie hatte gerade mal zwei halbherzige Bissen genommen und Jack war fast fertig. Lacey schob das Essen beiseite. Eigentlich hatte sie keinen Hunger. Die Gedanken an DeCosta und Suzanne verdarben ihr gründlich den Appetit. Nach einer Autopsie etwas zu essen, machte ihr nichts aus. Damit hatte sie nie Probleme gehabt. Aber das hier war etwas anderes.

Jack starrte ihr Sandwich düster an. Die senkrechten Linien zwischen seinen Augen verstärkten sich dabei noch. Sie fragte sich, ob er ihr Brot auch noch haben wollte oder ob er irritiert war, weil sie so wenig aß.

»Wie oft haben Sie es mit solchen Situationen zu tun?«, fragte Jack.

»Was meinen Sie?« *Serienkiller?*

»Wie eben in Ihrem Büro. Die Eltern.«

»Oh.« Einen Augenblick lang dachte Lacey stumm an Mr Spencers schmerzerstarrtes Gesicht. »Eher selten. Das gehört nicht zu meinem Aufgaben. Normalerweise kümmert mein Vater sich um die Hinterbliebenen.«

»Eines der Brandopfer war die Tochter der beiden, nicht wahr? In den Nachrichten wurde gestern etwas von dem Feuer gesagt.«

Mit ihrem Nicken verstieß Lacey gegen sämtliche Vorschriften. Sie nahm einen Schluck von der Schokolade, die plötzlich fad schmeckte. »Sie war eine der beiden Toten.« Plötzlich hatte Lacey den Geruch des verbrannten Fleisches wieder in der Nase. Ihr Magen zog sich zusammen. Sie fragte sich, was Jack sah, wenn er sie anschaute. *Eine emotionslose Gerichtsmedizinerin?*

»Sie haben die Sache mit den Eltern wirklich gut gemacht.«

Bis zu dem Augenblick, in dem ich davongerannt bin. Lacey sah zu Boden und schüttelte den Kopf. »Ich habe doch gar nichts getan.«

Jack antwortete nicht. Sie schwiegen so lang, dass die Stille fast greifbar wurde.

»Was ist an dem Abend damals passiert?«, fragte Jack schließlich.

Lacey zupfte am Rand ihres Schokoladenbechers herum und wich seinem Blick aus. Sie wusste, dass er nicht von dem Brand in der vergangenen Nacht sprach. Er redete vom eigentlichen Grund seines überraschenden Besuchs bei ihr.

»Weshalb wollen Sie das wissen?« Sie zwang sich, ihn anzusehen. Warum hatte sie sich bloß auf dieses Gespräch eingelassen?

Er sah sie mit festem Blick an. »So viele Tote. Es ist wie ein Strudel, der meinen Namen einsaugt, und ich suche den Grund dafür. Ich brauche Informationen über die Vergangenheit, damit ich mir ein Bild davon machen kann, was jetzt gerade passiert. Und ich dachte mir, Sie könnten mir dabei helfen.«

Lacey nickte bedächtig. Sie verstand seine Beweggründe. Es war Jahre her, seit sie jemandem von den Ereignissen jenes Abends erzählt hatte. Ein paar Psychologen, ihre Eltern und zwei enge Freundinnen waren die einzigen Menschen, die die Geschichte kannten. Inzwischen war viel Zeit vergangen und ein unerklärlicher Drang, ihm ihre Last vor die Füße zu werfen, ließ sie den Mund aufmachen.

»Suzanne und ich waren auf dem Weg zu einem Restaurant. Wir wollten uns dort nach dem Wettkampf mit den anderen aus dem Team treffen. Das Lokal war nur ein paar Straßen von unserem Hotel entfernt. Unsere Trainer fanden nichts dabei, uns in der Stadt herumlaufen zu lassen, so lang wir nicht allein loszogen.«

Lacey schluckte.

»Als wir eine Gasse hinter dem Hotel überqueren wollten, kam ein Auto. Wir blieben stehen, um es vorbeizulassen, doch der Fahrer winkte uns weiter. Es war ziemlich dunkel. Ich konnte nicht viel erkennen. Nur seine Umrisse und dass er uns zuwinkte. Wir überquerten also die Gasse direkt vor dem Wagen und gingen Richtung Restaurant.«

»Sie haben die Person im Fahrzeug also nicht richtig gesehen?«

»Erst später. Ich hörte, wie eine Autotür sich öffnete und schaute mich um, weil ich es seltsam fand, dass der Motor noch lief.«

Sie hatte Mitleid in Jacks Augen erwartet. Doch sie sah nur volle Konzentration und Aufmerksamkeit.

»Er rannte auf uns zu und stürzte sich sofort auf mich. Ich fiel auf den Bauch, er lag auf meinem Rücken, und ich schrie Suzanne an, sie solle weglaufen. Sie blieb.« Lacey wischte sich unwirsch über die Augen. Die unkontrollierbare Nässe ärgerte sie. »Sie trat auf ihn ein, zerrte an ihm herum und schrie, er solle mich loslassen. Das war dumm von ihr! Sie hätte wegrennen und Hilfe holen sollen!«

»Wären Sie denn an ihrer Stelle weggerannt?«

Lacey schüttelte widerstrebend den Kopf. Sie hielt dem Blick seiner grauen Augen stand. Sie hatte erst nach Monaten akzeptieren können, dass sie im umgekehrten Fall ebenso geblieben wäre und versucht hätte, Suzanne zu helfen. Doch das machte den Schmerz nicht erträglicher. Und es linderte nicht den Zorn auf ihre tote Freundin, weil sie so leichtsinnig gewesen war. Lacey wischte sich die feuchte Nase mit der Serviette ab. Ihr Bauch zog sich noch einmal schmerzhaft zusammen, doch sie sprach weiter.

»Er hat sie am Knöchel gepackt und umgerissen. Er war so groß und kräftig. Er konnte mich am Boden halten und gleichzeitig Suzanne umwerfen. Es gelang mir, mich auf den Rücken zu drehen. Ich habe ihn in den Arm gebissen und wollte ihm das Knie in den Unterleib rammen. Aber er kniete sich auf meine Brust und schlug mir auf die Nase.« Sie schüttelte sich. »Ich kann das widerliche Knacken immer noch hören. Dann bekam ich wegen seines Gewichts und wegen des Blutes, das mir in den Rachen lief, keine Luft mehr. Ich weiß nicht, was Suzanne in diesem Moment mit ihm gemacht hat, aber er wurde fast rasend. Er sprang von mir herunter und packte sie an den Haaren. Ich rollte mich zur Seite, lag einfach nur da und versuchte, wieder Luft zu kriegen.«

Zittrig nahm Lacey einen Schluck Schokolade. Sie brauchte ein bisschen Zeit. »Ich weiß nicht, ob ich …«

»Erzählen Sie weiter.« Jacks Stimme klang fest, aber mitfühlend. Lacey holte Luft. Seine Ruhe gab ihr Kraft.

»Ich würgte und spuckte Blut. Ich hörte Suzanne schreien, konnte mich aber nicht bewegen. Noch nie zuvor hatte mich jemand absichtlich geschlagen«, flüsterte Lacey, die Augen fest an den Becher geheftet.

»Plötzlich hörte Suzanne auf zu schreien. Sie war auf einmal ganz still. Erst dieses ohrenbetäubende Kreischen und dann von einer Sekunde zur anderen gar nichts mehr. Das machte mir Angst. Ich rollte mich auf den Bauch, streckte blind die Hände aus und packte, was ich kriegen konnte. Ich erwischte sie am Knöchel. Er versuchte, sie hochzuheben, und sie war ganz schlaff. Ich weiß nicht mal, ob sie geatmet hat oder nicht. Aber mir war klar, dass ich sie festhalten musste, weil sie sonst verschwinden würde. Es war wie ein Tauziehen. Ich zerrte ihren Fuß an meine Brust, hielt ihn mit aller Kraft fest und drückte die Augen zu. Denn plötzlich wusste ich ganz genau: Wenn ich losließe, wäre sie tot.« Lacey blickte auf.

Jacks Augen hatten sich geweitet.

»Er trat mir ins Gesicht. Ziemlich kräftig. Plötzlich hatte ich noch mehr Blut im Mund, ich hustete und würgte. Es schmeckte scheußlich, es war dickflüssig und ekelhaft. Aber ich ließ Suzanne nicht los. Ich drücke mein Gesicht an ihr Bein und hielt sie nur noch fester.«

»Und was ist dann passiert?«

»Er trat mir immer wieder gegen den Kopf, versuchte, mich zum Loslassen zu bewegen. Ich weiß nicht, wie oft er das machte. Als er endlich aufhörte, glaubte ich, wir hätten es geschafft; er würde abhauen und es wäre vorbei. Dann hatte ich plötzlich das Gefühl, mein Bein würde explodieren. Das war der unbeschreiblichste Schmerz, den ich je gespürt habe. Schlimmer als mein zerschlagenes Gesicht und schlimmer als damals, als ich mir das Schlüsselbein gebrochen habe. Er trat auf mein Knie und ich ließ los.«

Laceys Atem ging stoßweise. Sie spürte Phantomstiche im Bein. DeCosta hatte ihr das Schienbein kurz unterhalb des Knies zertrümmert. Ihr fiel auf, dass Jack blass geworden war und sich den Oberschenkel rieb. Er ließ sie nicht aus den Augen.

»Er warf sich Suzanne über die Schulter wie eine Puppe und rannte mit ihr zum Wagen. Ich sehe ihre Arme noch über seinen Rücken baumeln wie gebrochene Äste. Dann reißt meine Erinnerung ab. Angeblich habe ich im Krankenwagen ständig das Autokennzeichen wiederholt. Aber daran erinnere ich mich nicht.«

Laceys Nerven waren zum Zerreißen gespannt. Sie wehrten sich gegen das Adrenalin, das ihre Adern flutete, denn sie wollte ruhig wirken – Jack Harper nicht zeigen, wie aufgewühlt sie war. Dass ihre Erinnerung abgerissen sei, hatte sie nur gesagt, weil sie das grauenhafte Entsetzen und das Gefühl, versagt zu haben, nicht beschreiben konnte, das sie gepackt hatte, als sie in der schummrig beleuchteten Seitenstraße versucht hatte, Suzanne nicht aus den Augen zu verlieren und mit schierer Willenskraft wieder zu sich zurückzuholen. Lacey hatte keine Worte für den schwarzen Vorhang, der sich über sie gesenkt hatte, nachdem der Wagen mit durchdrehenden Reifen losgeschossen war. Sie hatte noch einen letzten Blick auf das Kennzeichen zwischen den roten Rücklichtern werfen können. Wie teuflische Augen im Dunkeln.

Der schwarze Vorhang lauerte immer noch auf sie; er glitt über ihre Haut, wenn sie am wenigsten daran dachte.

Sie starrte die hohen Tannen vor dem Fenster an und saugte ihre eisige Schönheit auf, um die Erinnerungen einzufrieren und die versengende Schuld zu kühlen.

Warum hatte sie losgelassen?

Jack fragte nicht, weshalb Lacey nicht weiteraß. Er wusste, dass sie das jetzt nicht konnte. Zum Glück hatte er gegessen, bevor sie angefangen hatte zu erzählen. Sonst hätte sein Sandwich ebenfalls noch auf dem Teller gelegen.

Verdammt. Sie war durch die Hölle gegangen.

Und was noch schlimmer war: Sie konnte sich zusätzlich die Hölle ihrer Freundin ausmalen. Er wusste genau, wie es sich anfühlte, machtlos mit ansehen zu müssen, wie jemand um sein Leben kämpfte. Er kannte das frustrierende nächtliche Spiel der Schuldgefühle, das einem den Schlaf raubte.

Über den Tisch hinweg berührte er die Hand, mit der sie den Becher hielt. Aufgeschreckt blickte sie zu ihm auf, riss den Arm weg und setzte sich ein wenig aufrechter hin.

»Alles in Ordnung?« *Blöde Frage.*

Sie nickte. Die Lippen hatte sie fest aufeinandergepresst, ihre Augen blickten verschreckt.

Was hatte er sich bloß dabei gedacht, sie einfach so anzufassen. *Sprich mit ihr. Lenk sie ab.*

»Ich habe Ihnen ja gesagt, dass ich ein paar Dates mit Hillary Roske hatte. Einem der ersten Opfer.«

Sie nickte steif.

»Wir hatten uns ein paar Jahre vor Hillarys Verschwinden kennengelernt und ich wurde mit einem Dutzend ihrer Exfreunde zusammen vorgeladen.« Er grinste schief. »Der Zeitpunkt war mehr als ungünstig. Ich hatte mich gerade bei der Polizei beworben und dort war man von der Tatsache, dass ich als Mordverdächtiger galt, nicht wirklich angetan.«

Ein Winkel ihres großzügigen Mundes zuckte ein wenig nach oben. Aber er wollte das ganze Lächeln sehen. Es war nicht leicht, den Blick von diesen Lippen zu lösen und ihr wieder in die Augen zu schauen. Aufatmend stellte er fest, dass der gehetzte Ausdruck aus ihrem Blick gewichen war. Anscheinend war er auf dem richtigen Weg.

»Man ließ mich aber bald wieder in Ruhe. Ich habe die Ermittlungen mitverfolgt und war froh, als der Killer gefasst wurde.« *Da war das Lächeln.* Fast zu breit für ihr Gesicht, aber unglaublich anziehend. Ihm wurde warm ums Herz. Er wollte mehr davon. »Jetzt weiß ich, dass es vor allem Ihnen zu verdanken ist, dass man ihn geschnappt hat. Aber ich stecke wieder mittendrin. Ich komme mir vor wie auf einem Schleudersitz. Erst Hillary, jetzt der Fund im Keller unter meinem Mietshaus und der Mord an Cal.«

»Was glauben Sie – wer hat ihn umgebracht?«

»Cal?« Jack schüttelte den Kopf. »Ich will keine voreiligen Schlüsse ziehen, aber ich nehme an, es war dieselbe Person, die die sterblichen Überreste Ihrer Freundin unter das Haus gelegt hat. Jemand hat seine Dienstmarke absichtlich dort hinterlassen, um die Polizei zu meinem Ex-Partner zu führen.« Nach einer kurzen Pause fragte er: »Kannten Sie Cal Trenton?« Es war ein Schuss ins Blaue, aber er musste die Frage stellen.

»Nein.«

»Haben Sie vielleicht eine Vermutung, wer gewollt haben kann, dass die Ermordung Ihrer Freundin noch einmal Schlagzeilen macht? Oder warum die Marke zu dem Skelett gelegt wurde?«

Lacey kaute an ihren Lippen. Er sah, wie sie sich konzentrierte. Seine Fragen hatten sie von ihrer eigenen entsetzlichen Geschichte abgelenkt. Das war einer der Gründe gewesen, sie überhaupt zu stellen.

»Mir fällt niemand ein. Warum jemand so etwas tut, ist mir sowieso schleierhaft. Für mich ergibt das alles keinen Sinn. DeCosta ist Geschichte. Tot. Wer hat ein Interesse daran, alles noch mal aufzuwärmen? Warum taucht Suzannes Skelett grade jetzt auf? Glauben Sie, es könnte ein Zufall sein, dass die Marke und Suzanne zusammen gefunden wurden?«

»Großer Gott, nein. Das ist kein Zufall. Auf meinem Grund und Boden? Die Dienstmarke meines Ex-Partners? DeCosta mag tot sein, aber jemand wusste, wo er Suzannes Überreste finden würde. Und dieser jemand wollte, dass ein paar ganz dicke Pfeile direkt auf mich zeigen.«

Einen Augenblick lang saßen sie sich schweigend gegenüber. Jack spürte, wie sehr er sich zu ihr hingezogen fühlte. Der erste Funke von Interesse für sie vom Samstag hatte sich nicht abgekühlt. Trotz ihrer schrecklichen Geschichte. Ihre Anziehungskraft hatte sich noch verstärkt, denn jetzt wusste er, dass Lacey nicht auf den Kopf gefallen war und ein mitfühlendes Herz hatte. Und sie war unfassbar zäh. Jemand, der erlebt hatte …

Er wollte sie wiedersehen. Jack blinzelte. Diese plötzliche Gefühlswallung überraschte ihn. Warum gerade jetzt? Hastig führte er sich vor Augen, was alles dagegen sprach. Lacey Campbell schleppte tonnenweise emotionalen Ballast mit sich herum und auf ihn kam womöglich eine öffentliche Schlammschlacht zu. Warum gerade jetzt diese romantische Anwandlung?

Unter solchen Bedingungen fing man nichts an.

Sein Handy klingelte. Mit einer gemurmelten Entschuldigung nahm er den Anruf von seiner Sekretärin entgegen. Schweigend hörte er sich ihre wenig überraschende Mitteilung an, während Lacey ihren Teller wegschob und noch einen Schluck Schokolade nahm. Dabei fiel ihr eine dicke blonde Haarsträhne über die Wange und berührte den Becher. Er wollte die Strähne beiseitestreichen, dachte aber gerade noch rechtzeitig daran, wie sie auf seine Berührung an der Hand reagiert hatte, und verwandelte die Bewegung in einen Griff nach seinem eigenen Getränk. Jack trommelte mit den Fingern gegen die Glasflasche, trank aber nicht, sondern betrachtete Laceys zu Boden gerichteten Augen. Wunderschöne kräftige Wimpern. Ungeschminkt. Er fand, dass sie kein Make-up nötig hatte. Ihre Augen waren von Natur aus groß und ausdrucksvoll. Er beendete das Gespräch. »Die Staatspolizei will morgen noch mal mit mir sprechen.« Jack rieb sich das kratzige Kinn. »Das war wohl zu erwarten.«

»Tut mir leid für Sie.« Lacey zog eine Grimasse. »Ich habe das schon am Samstag hinter mich gebracht und es war kein Vergnügen.«

Sie warf ihm einen mitfühlenden Blick zu. Wieder folgte ein langes Schweigen. Er wollte sie noch nicht gehen lassen. Jack rutschte auf seinem Stuhl hin und her, während der irrationale Teil seines Wesens fieberhaft nach einem Vorwand suchte, sie wiederzusehen. »Darf ich Sie anrufen? Falls ich noch Fragen habe?«

»Ähm ... ja, sicher. Wenn Sie wollen.« Sie sprach so langsam, als müsste sie sich jedes Wort erst genau überlegen. »Könnten Sie mir nach dem Gespräch morgen vielleicht sagen, was die Polizei von Ihnen wollte? Und es mich wissen lassen, wenn es in Lakefield etwas Neues gibt?« Sie schenkte ihm ein kleines Lächeln und sein Herz machte einen Sprung.

»Auf jeden Fall.«

Er spürte tiefe Zufriedenheit.

Acht

Er wollte rennen. Die eisige Luft in der Lunge spüren. Fühlen, wie die Endorphine ihn high machten.

Alles lief genau nach Plan. Die Rädchen drehten sich, die Ratten rannten kopflos durch das Labyrinth, in das er sie gesetzt hatte. Menschen wuselten umher wie Nager, während er den Käse immer wieder neu versteckte. *Was für ein passender Vergleich.* Grinsend verschränkte er die Hände hinter dem Kopf und gönnte seinem Gehirn einen der seltenen Momente der Ruhe, in denen er die Gedanken einfach fließen ließ.

Die Sache lief langsam an.

Und der nächste Schritt? Er warf einen Blick in sein inneres Notizbuch, strich Calvin Trenton und konzentrierte sich auf den Namen darunter. Jahrelanges Planen, Überprüfen und Überarbeiten und die vielen ausführlichen Aufzeichnungen hatten ihm den Ablauf ins Gehirn gebrannt. Es war leicht, sich die Seite mit den Notizen vorzustellen, die er jetzt brauchte.

Die Frau neben ihm drehte sich auf den weißen Laken. Er kämpfte gegen das Verlangen an, die Hände um ihre Kehle zu legen. Es wäre ganz leicht, er musste nur zudrücken. Kein Mensch würde sie vermissen. Sie war nur irgendeine Nutte von der Straße. Er hatte sie für die ganze Nacht bezahlt, sie mit einem schicken Hotel und teurem Essen gelockt.

Das luxuriöse Zimmer war teurer, als er erwartet hatte. Aber er hatte es sich nach all den Vorbereitungen und der harten Arbeit verdient. Das Zimmer und die Nutte waren seine Belohnung.

Nach jeder erfolgreichen Etappe bei der Umsetzung seines Plans belohnte er sich. Positive Verstärkung. Er musterte die zierliche Blondine an seiner Seite. Wäre es nicht ein schöner Bonus, sie umzubringen?

Er schob den Gedanken weg. Das gehörte nicht zu seinem Plan und er weigerte sich, davon abzuweichen. Er schloss die Augen, atmete tief durch und bekämpfte den Impuls. Kontrolle. Hier ging es vor allem um innere Disziplin. Er würde den albernen Launen seines Körpers nicht nachgeben.

Eigentlich hatte er geglaubt, Sex würde ihn ruhiger machen, entspannen. Doch er spürte noch immer ein drängendes Pochen in den Venen. *Was für ein Tsunami.* Wer brauchte schon Drogen? Wozu den Körper mit Chemikalien vergiften, wo man doch so viele andere Dinge tun konnte, um sich high zu fühlen?

Sein Kopf sollte klar sein. Er musste sich auf seine Ziele konzentrieren. Die Nutte war nur ein kurzer Raststopp auf seinem Weg, nicht mehr. Mit den Vorübungen und mit der Vorbereitung dieser Sache hatte er einen beträchtlichen Teil seines Lebens verbracht. Auf keinen Fall würde er jetzt in einem einzigen schwachen Moment alles kaputtmachen.

Er entspannte seinen Geist und löste die verkrampften Hände. *Kontrolle.* Das Machtgefühl durchflutete ihn wie eine Welle, erinnerte ihn an das erste Mal, als er verstanden hatte, was man mit Disziplin erreichen konnte.

Er war sicher nicht älter als neun oder zehn gewesen, als er den Hund an den Baum gebunden hatte. Tief im Wald, weit weg vom Haus. Und dann hatte er zugeschaut.

Zugeschaut, wie der Hund vor Hunger und Durst schwächer geworden war. Wie er an der Kette gekaut hatte, bis ihm die Lefzen bluteten. Wie seine Augen tief in den Schädel sanken, trüb und leblos wurden.

Als es vorbei war, hatte er sich den Körper genau angesehen, überlegt, ob er ihn ein bisschen sezieren sollte. Doch der Zustand der Kreatur und der widerliche Gestank stießen ihn ab. Der tote Hund war ein scheußliches, dreck- und blutverkrustetes Bündel voller offener Wunden. Sogar an seinem eigenen Fleisch hatte der Setter genagt. Der Boden um den Kadaver war voller Löcher, die der Hund gegraben hatte. Vielleicht weil er glaubte, so könnte er fliehen. *Blödes Vieh.*

Er war so stolz gewesen, dass er seine Gefühle die ganze Zeit im Griff hatte. Egal wie gern er das Tier freilassen wollte, er war stark geblieben und hatte seine Bedürfnisse unterdrückt. Den Hund loszubinden, wäre ein Akt der Schwäche gewesen. Versagen. Der Erfolg versetzte ihn in einen Rausch von Macht.

So tötete er zum ersten Mal.

Sein Vater hatte seine Mutter nie geheiratet. Er gab ihr Geld aus und wohnte in ihrem Haus, betrachtete sie und ihre Kinder als seine persönlichen Sklaven. *Hol mir ein Bier. Verzieh dich.*

Eines Tages war sein Vater verschwunden. Hatte seine Klamotten und einen alten Truck zurückgelassen. Er verstand nicht, warum es so wehtat, von dem Mann, den er gehasst hatte, verlassen zu werden. Kurz nachdem sein Vater gegangen war, tötete er den Hund.

»Hast du genug, Süßer?« Die schläfrige Stimme der Nutte riss ihn aus seinen Gedanken, aus seiner Reise in die Vergangenheit.

»Nein. Ich fange grade erst an.«

Ein Lächeln umspielte seine Lippen. Es gab noch viel zu tun.

Neun

»Du musst dich von diesem Harper fernhalten. Er steckt knietief in der ... Du-weißt-schon. Die Polizei interessiert sich jedenfalls brennend für ihn.« Michael schäumte.

»Er hat niemanden umgebracht! Er hatte nur ein paar Dates mit einem der Opfer«, konterte Lacey.

»Und gehörte eine Zeitlang zum Kreis der Verdächtigen. Und *jetzt* taucht die Leiche eines anderen Opfers unter seinem Gebäude auf? Dazu noch die Dienstmarke. Wie praktisch ist es denn, dass die Marke seines ermordeten Partners auf seinem Grund und Boden gefunden wurde?«

»Kein bisschen, wenn du mich fragst! Glaubst du, er hat sie dorthin gelegt, damit die Polizei sich endlich mal wieder mit ihm beschäftigt? Er ist kein Idiot.«

Lacey saß auf der Arbeitsplatte in ihrer Küche – Nase an Nase mit Michael, der mal wieder kein Blatt vor den Mund nahm. Aus Erfahrung wusste sie, dass es keinen Sinn hatte, sich mit ihm zu streiten. Er gab niemals nach. Selbst wenn er sich komplett im Irrtum befand und es wusste. Trotzdem wollte sie sich nicht geschlagen zu geben. Und dann dieses *Du-weißt-schon*! Das machte sie rasend. In ihrer Gegenwart achtete er immer peinlich darauf, keine schmutzigen Worte zu benutzen.

Als würde sie gleich eingehen wie eine Primel.

Schon aus Trotz flocht sie immer jede Menge anstößiger Ausdrücke ein, wenn sie mit ihm sprach. »Deine Haare sind schon wieder scheißlang«, sagte sie missbilligend. »Soll ich dir einen Termin beim Friseur besorgen?«

Michael stürmte aus der Küche. Er war groß und schlank und sah mit seinem stets etwas zu langen, dunkelblonden Haar aus wie ein Künstler. Oder wie ein Poet. So lässig, wie er sich gab, wäre nie jemand auf die Idee gekommen, dass er sich zwei Jahre lang mit einer berüchtigten Motorradgang in Los Angeles herumgetrieben hatte. Hinter der Maske des Bohemiens verbarg sich ein kluger Kopf mit einem verblüffend starken Körper.

Michael war vermutlich der intelligenteste Mensch, den Lacey kannte. Dazu scharfsinnig, gerissen und draufgängerisch. Nicht immer die beste denkbare Kombination. Er hatte ein paar Artikel über die Mitgliedschaft in Motorradgangs geschrieben – also wurde er selbst ein Rocker. Er wollte wissen, wie man sich auf dem Gipfel des Mount McKinley fühlte. Also bestieg er den Berg. (Und behauptete anschließend, es sei die viele Mühe, das Frieren und das Schwitzen nicht wert gewesen.) Er versuchte sich im Triathlon und im Fallschirmspringen und paddelte auf dem Amazonas. Um seine eigene Haut sorgte er sich nie. Ihn interessierte nur die Antwort auf die Fragen, die ihn beschäftigten, und die Befriedigung seines Verlangens nach neuen Erfahrungen. Einmal hatte er beim Stierlauf in Pamplona mit durch die Straßen rennen wollen. Aber Lacey hatte ihm weisgemacht, er hätte den Termin verwechselt. Deshalb verpasste er das Ereignis. Zwei Wochen lang hatte er damals nicht mit ihr geredet.

Das war es ihr wert. Dafür war er unverletzt wieder nach Hause gekommen.

Eine Zeitlang waren sie ein Paar gewesen, aber das hatte nicht funktioniert. Sie war eine halbwegs konventionelle Frau und er alles andere als ein konventioneller Mann. Er hatte zu viel Feuer und sie brauchte Stabilität. Michael wich ihr nicht von der Seite und riss das Kommando an sich, während sie nach Unabhängigkeit strebte. Ständig hatte er sie vor den Untiefen des Lebens schützen wollen und verstand nicht, dass sie sich auch der hässlichen Seite des Schicksals stellen musste, um sich zu beweisen, dass sie auf eigenen Beinen stehen konnte. Als die Trennung sich abzeichnete, gelobte er, er würde sich ändern. Aber dann wäre er nicht mehr der leidenschaftliche Michael gewesen, den sie liebte. Als sie die Beziehung beendet hatte, war er in monatelanges, düsteres Grübeln versunken. Er war nach Alaska verschwunden und hatte auf einem Krabbenkutter angeheuert, weit weg von allen Frauen. Aber das Alaska-Abenteuer hatte er beinahe mit dem Leben bezahlt: Er war von Deck gestürzt und zwanzig Sekunden lang in der eisigen Beringsee untergetaucht.

Nach und nach hatte Michael sich mit seiner Rolle als bester Freund abgefunden. Inzwischen gebärdete er sich meist wie ein älterer Bruder mit überentwickeltem Beschützerinstinkt. Lacey liebte ihn von ganzem Herzen und betrachtete ihn als Teil der Familie. Und sie zankten sich wie Geschwister.

Dass Jack Harper bei Michael sämtliche Warnlichter aufleuchten ließ, war Lacey klar. Einerseits war Jack für ihn am Telefon nicht zu sprechen, andererseits tauchte sein Name in allen möglichen Zusammenhängen mit dem Fall immer wieder auf. Das stachelte die unstillbare Neugier des Enthüllungsjournalisten in Michael an. Wenn irgendwo irgendetwas zum Himmel stank, bohrte, grub und forschte er so lang, bis er die Antworten hatte, die er suchte. Er hatte pädophile Priester an den Pranger gestellt und Kinderstalker, die ihr Unwesen im Internet trieben. Und er hatte Schmiergeldzahlungen in Verbindung mit der Gefängnisverpflegung in Oregon aufgedeckt.

Michael öffnete die Schranktür neben Laceys Spülbecken und wühlte sich durch ihre Arzneimittel. »Hast du Ibuprofen? Mir platzt gleich der Kopf.«

»Ganz hinten.«

Ihr entging nicht, dass er unauffällig die Etiketten der anderen Tablettenröhrchen las. Glaubte er im Ernst, sie würde das nicht merken?

»Irgendwas Stärkeres gegen Schmerzen?«

»Nein«, fauchte sie. »Du weißt, dass ich nichts habe.« Sie schnaubte. *Er macht sich Gedanken. Er fragt nur, weil er sich sorgt.*

So plötzlich, dass ihr Gehirn ins Schleudern kam, wechselte Michael das Thema.

»Ich habe heute Suzannes vorläufigen Obduktionsbericht gelesen.« Wie schaffte er das? Sie selbst würde den Bericht erst morgen zu Gesicht bekommen. Der Mann hatte überall seine Quellen. Ärgerlich, aber erwartungsvoll sah sie ihn an.

»Ihre Identität ist noch nicht endgültig bestätigt«, erklärte Michael.

Lacey schüttelte den Kopf. »Schon möglich, dass es noch nicht offiziell ist. Aber ich weiß, dass es sich um Suzanne handelt. Ich habe den odontologischen Bericht erstellt. Die Übereinstimmungen mit ihren alten Röntgenbildern waren hundertprozentig. Sie ist es. Vielleicht werden noch ein paar DNA-Tests durchgeführt. Aber an ihrem ungewöhnlichen Zahnersatz würde sogar ihre Mutter sie wiedererkennen.«

»Irgendetwas gefällt mir daran nicht.« Michael ging wieder auf und ab, tigerte auf dem Holzdielenboden hin und her und ließ die Finger über jeden Gegenstand in Laceys Küche wandern. »Du hast mir nicht gesagt, dass ihre Oberschenkelknochen gebrochen waren«, sagte er.

»Es war dasselbe Tatmuster wie bei allen Opfern, okay? Alle wurden mit gebrochenen Oberschenkeln gefunden. Warum sollte das bei Suzanne anders sein?« Lacey schluckte.

Michaels bohrender Blick gab ihr beinahe das Gefühl, etwas Unanständiges gesagt oder getan zu haben.

»*Überleg' doch mal*, Lacey. Kennst du nicht noch eine andere Turnerin mit gebrochenen Beinen?«

Es gab tatsächlich eine.

»Aber das war ein Unfall ... Damals hieß es, die starke Strömung und die Felsen wären der Grund für die Brüche gewesen. Amy ist bei einem Autounfall ums Leben gekommen, Michael ... Sie wurde nicht umgebracht. Außerdem war das in Mount Junction, etliche Jahre vor Suzannes Tod.« Ihre eigenen Worte brachten sie ins Grübeln. In Zeitlupe glitt sie von der Arbeitsplatte und schob sich auf einen Barhocker. Ihr schossen alle möglichen Gedanken durch den Kopf. Es gab keine Verbindung zwischen Suzanne und Amy. Das konnte einfach nicht sein. Amy Smith, eine

Turnerin und Mannschaftskameradin, war versehentlich mit ihrem Wagen im Fluss gelandet. Ihre Leiche hatte man erst nach einigen Wochen gefunden. »DeCostas Opfer hatten allesamt gebrochene Oberschenkel. Und du glaubst, Amy gehörte auch dazu?«

»Sie war Turnerin, sie war blond. Sie hatte dieselben Brüche wie die anderen und sie ist tot. Für mich sind das vier Zufälle zu viel. Ich werde der Sache nachgehen.« Michael hatte eine neue Mission. Lacey sah es seinen Augen an. Dieser Mann würde von jetzt an nicht mehr ruhen, bis seine Fragen beantwortet waren.

»Hast du mit der Polizei darüber gesprochen?« Lacey war immer noch ganz durcheinander. *Doch nicht Amy.*

»Noch nicht. Bislang ist alles pure Spekulation. Ich fahre erst nach Mount Junction und recherchiere ein bisschen. Okay. Was hast du Harper erzählt?« Michael zog sich einen Hocker heran und setzte sich Lacey Knie an Knie gegenüber. Wieder der bohrende Blick seiner grünen Augen.

Lacey blinzelte. Gerade hatten sie noch von Amy gesprochen. Wie konnte Michael immer wieder derart abrupt das Thema wechseln? »Warum?«

»Oh Mann, Lace. Ich habe dir eine ganz simple Frage gestellt.«

Sie zuckte die Schultern. »Er wollte wissen, was in der Nacht passiert ist, in der Suzanne und ich überfallen wurden. Wir haben uns ein paar Minuten lang darüber unterhalten.« Sie schaute überall hin, nur nicht in Michaels Augen.

»Und ihr habt vor, ein andermal weiterzureden.«

»Und wenn schon!«, blaffte sie.

»Er war mit einem der Opfer zusammen.«

»Das weiß ich.« Lacey sah wieder beiseite. »Ich bin müde. Können wir morgen weiterreden?« Ein Blick auf die Uhr und Michael sprang vom Barhocker. Es war nach Mitternacht. »Tut mir leid, Lace. Aber du solltest wissen, mit wem du es zu tun hast.«

Michael legte ihr die Hand auf die Schulter, hob ihr Kinn und küsste sie zart auf den Mund. »Ich ruf dich morgen an.« Er betrachtete die dunklen Schatten unter ihren Augen und runzelte die Stirn. Lacey wusste, dass er das Gefühl hatte, auf sie achtgeben zu müssen, denn er glaubte, dass sie das selbst nicht ausreichend tat. Vielleicht hatte er ja recht. Jemand, der in Suzannes Fall verwickelt war, hatte Kontakt zu ihr aufgenommen.

Aber bei dem Gespräch mit Jack Harper hatte sie zum ersten Mal seit Ewigkeiten ein gewisses Interesse für einen Mann empfunden. Nachdem sie andere Menschen jahrelang von sich ferngehalten und sich innerlich wie taub gefühlt hatte, fühlte es sich unglaublich gut an, diesen Funken zu spüren. Jack hatte sicher nichts mit dem Auftauchen von Suzannes Überresten zu tun. Jack Harper gehörte zu den Guten. Sie spürte es genau.

Lacey brachte Michael zur Haustür, wo er das einfache Bolzenschloss düster beäugte. »Warum hast du immer noch keine Sicherheitstür und keine Alarmanlage? Soll ich das für dich organisieren?«

»Lass es gut sein, Michael. Ich kann heute Nacht nicht mehr mit dir streiten. Und geh zum Friseur. Bitte.« Lacey stellte sich auf die Zehenspitzen und küsste ihn auf die Wange. Einen Moment lang hielt sein Blick sie fest, dann joggte er die Verandastufen hinab. Er strahlte wilde Entschlossenheit aus.

Den Kopf voller Gedanken an Suzanne, Amy und Jack Harper ging Lacey zurück in die Küche.

Zehn

Mason Callahan hatte einen Blick dafür, wo tatsächlich das große Geld saß. Bei diesem Harper zum Beispiel. Die Büroräume von Harper Immobilien waren in dem unaufdringlich dezenten Stil gehalten, der erfahrungsgemäß ein Vermögen kostete.

Die typischen Farben des Nordwestens bestimmten das Design: kräftige Grau- und Blautöne, dazu erdige Braunnuancen mit tannengrünen Akzenten. Die Räumlichkeiten posaunten den Erfolg der Firma nicht lautstark hinaus – sie raunten nur leise. Selbst Ray hatte es für dreißig Sekunden die Sprache verschlagen. Mit offenem Mund sah er sich um, während sie darauf warteten, dass Jack Harper ihnen ein paar Minuten seiner wertvollen Zeit widmete.

Schon die Aussicht war atemberaubend. Mit dem Cowboyhut in den Händen sah Mason aus den Ostfenstern des Konferenzzimmers und fragte sich, ob Harper dem Mount Hood befohlen hatte, für seine Gäste zu posieren. Wie aus Kristall geformt erhob sich der eisige Gipfel stolz hinter der Stadt. Beim Anblick des klaren blauen Himmels glaubte man kaum, dass die Temperatur draußen deutlich unter dem Gefrierpunkt lag.

Harper öffnete die Tür. »Tut mir leid, dass Sie warten mussten. Was kann ich für Sie tun? Rückt die Hausverwaltung in Lakefield alles heraus, was Sie für die Ermittlungen brauchen?« Noch während er redete, schüttelte er die Hände beider Männer, ging um den Tisch und schenkte drei Tassen Kaffee ein – und das alles, ohne dabei nervös zu erscheinen. Der Mann dominierte einen Raum allein, indem er ihn betrat.

Effizient war das Wort, das Mason spontan dazu einfiel. Und *selbstbewusst*. Er nahm die Kaffeetasse entgegen, musterte Jack Harper und musste sich widerwillig eingestehen, dass ihm gefiel, was er sah. Der direkte Blick des Mannes wirkte aufrichtig, seine Ausstrahlung war freundlich, aber nicht anbiedernd.

Mason und Ray hatten sich alle Mühe gegeben, sämtliche Winkel von Harpers Vergangenheit auszuleuchten. Jeder, mit dem sie sprachen, lobte ihn in den höchsten Tönen. Von ein paar Exfreundinnen abgesehen, was aber kaum verwunderlich war. Etwas beunruhigend war allerdings, dass sie unter jedem Stein, den sie umdrehten, jeweils eine weitere Verbindung zwischen Harper und DeCosta oder Harper und einem anderen Aspekt des Falles entdeckten, der immer komplexer wurde.

Selbst wenn das nicht automatisch bedeutete, dass Harper etwas mit den Verbrechen zu tun hatte, mussten sie ihm auf den Zahn fühlen.

Den Anfang machte Ray. »Der Hausverwalter ist sehr kooperativ. Ich glaube, er will auf keinen Fall Krach mit Ihnen. Jedenfalls liest er uns jeden Wunsch von den Augen ab.« Ray schnaubte. »Er hat mir sogar einen guten Deal für die Reparatur der Beule in meinem hinteren Kotflügel angeboten.«

Harper grinste kurz. »Sein Bruder hat eine Karosseriewerkstatt. Guter Mann, übrigens. Ich bringe meinen Wagen auch dorthin.«

Mason sah, wie Ray einen Schluck von dem brühendheißen Kaffee nahm und erfolglos zu verbergen versuchte, dass er sich gerade die Zunge verbrannt hatte. Trotzdem gelang es ihm, eine weitere Frage zu stellen. »Wir wüssten gern, was Sie an dem Morgen, an dem das Skelett gefunden wurde, in Lakefield gemacht haben. Eigentlich wohnen Sie doch in Portland. Korrekt?«

Harpers Blick verschloss sich. »Ich habe meinen Vater besucht. Er wohnt in der Nähe des Mietshauses. Am Wochenende bin ich öfter dort.«

»Wir konnten die Adresse Ihres Vaters in keinem öffentlichen Verzeichnis finden. Jacob Harper? Richtig? Wohnt er zur Miete?«

»Nein. Oder irgendwie schon.« Harper trat ans Fenster und betrachtete den Berg. »Er lebt in einer Pflegeeinrichtung für Erwachsene.«

»Wie bitte?«

Harpers Gesicht spiegelte sich im Glas. Mason glaubte, darin Ungeduld und Irritation zu erkennen. »Mein Vater wird in einer kleinen privaten Wohngruppe betreut, die ältere Menschen mit besonderem Pflegebedarf aufnimmt. Er wohnt dort mit vier anderen Männern und ein oder zwei Betreuern zusammen.« Harpers Ton klang steif.

Ray wurde rot. Er machte den Mund auf und wieder zu. Diese offensichtlich ziemlich persönliche und ziemlich schmerzhafte Erklärung schien ihn zu überrumpeln. Mason übernahm.

»Ich dachte, Ihr Vater sei nach wie vor in der Firma aktiv.«

Jack schüttelte den Kopf. »Sein Name steht noch auf dem Briefkopf. Das ist alles. Er erinnert sich nicht mehr daran, dass er die Firma gegründet hat, und kann keine Entscheidungen mehr treffen.«

»Alzheimer?«

Harper drehte sich zu Mason und starrte ihm voll ins Gesicht. »Ja. Und meistens weiß er nicht mal mehr, dass er einen Sohn hat.«

»Das muss ziemlich hart für Sie sein. Beschissene Krankheit.«

Eine von Harpers Brauen hob sich fast unmerklich. »Haben Sie noch andere Fragen?«

»Was können Sie uns über Hillary Roske erzählen?«

»Wir hatten ein paar Dates. Und wir haben uns getrennt. Lang bevor sie verschwand. Haben Sie heute Morgen keine Zeitung gelesen?«

Ray tat, als würde er etwas in sein kleines Notizbuch schreiben – so als hätte Harper gerade ein wichtiges Detail preisgegeben. Harpers Vergangenheit wurde heute auf der Titelseite ausgebreitet. Der Artikel gab sämtliche Fakten akkurat wieder, die auch Mason vorlagen.

»Wissen Sie noch, was Sie in der Nacht von Suzanne Mills' Entführung getan haben oder mit wem Sie zusammen waren?«

Harpers sah in ungläubig an. »Das ist nicht Ihr Ernst, oder? Das ist jetzt über zehn Jahre her! Erinnern Sie sich vielleicht noch, mit wem Sie in der Nacht zusammen waren?«

»Geben Sie uns einen Namen. Einen Mitbewohner oder eine Freundin – irgendjemanden, mit dem Sie damals viel Zeit verbracht haben.« Mason ließ nicht locker.

»Mein damaliger Mitbewohner hieß Dave Harris. Er lebt jetzt in Bend.«

Diesmal machte Ray sich tatsächlich eine Notiz.

»Soweit ich weiß, haben Sie wegen dieses Falls Kontakt mit Dr. Campbell aufgenommen. Anscheinend ist Ihnen bekannt, dass sie vor elf Jahren nur mit knapper Not einer Entführung entgangen ist.«

»Ja? Und? Was hat sie Ihnen gesagt?« Harper drückte den Rücken durch. Er musterte die Detectives mit einem abwehrenden Blick.

»Wir haben seit Samstag nicht mehr mit ihr gesprochen. Unsere Informationen stammen aus einer anderen Quelle.«

Ray blickte von seinem Notizbuch auf; beide Detectives sahen Harper an. Die kleine Doktorin schien den Mann nicht kaltzulassen. Im Gegenteil: Als Mason sie erwähnt hatte, war Harper beinahe ins Schwitzen geraten. Die Detectives tauschten einen Blick aus. An dieser Stelle würden sie weiter bohren.

»Wie haben Sie erfahren, dass sie diejenige war, die DeCosta entkommen ist? Ihr Name stand nie in der Zeitung.«

Harper stützte die Hüfte gegen den Konferenztisch. Keiner der Männer hatte sich gesetzt. »Sie waren am Samstag doch auch in Lakefield und haben gesehen, wie sie reagiert hat, als die Überreste ihrer Freundin gefunden wurden. Bei der Polizei dort kursiert das Gerücht, sie sei damals diejenige gewesen, die entkommen konnte. Dass das nie in der Zeitung stand, überrascht mich. Alles andere hat der Reporter, der sich mit der Sache beschäftigt, bis ins letzte Detail breitgetreten.«

»Brody?«

»Ich glaube, so heißt er.«

»Der Mann ist eine Nervensäge. Schnüffelt überall herum und will sein Geschreibsel am liebsten immer auf der Titelseite sehen.«

»Was Sie nicht sagen. Mein ganzes Leben war in den letzten fünf Tagen dort nachzulesen. Langsam nehme ich das persönlich. Der Kerl ist vermutlich stinksauer, weil ich seine Fragen nicht beantworte.«

»Möglicherweise ist er vor allem neugierig. Immerhin waren Sie mit einem Opfer des College-Girl-Killers zusammen. Zudem gehört Ihnen das Gebäude, unter dem die Überreste eines anderen Opfers gefunden wurden – und zwar zusammen mit der Dienstmarke eines ermordeten Cops, der früher mal Ihr Partner war.« Mason musste Luft holen. Er war gespannt auf Jack Harpers Reaktion.

Harpers Unterkiefer spannte sich an. »Falls Sie noch einmal mit mir reden wollen, hätte ich gern meinen Anwalt dabei.« Er stieß sich vom Tisch ab und ging zur Tür. »Wir sind hier fertig.«

Er ließ die beiden Männer stehen und marschierte in den Flur.

»Begleiten Sie die Herren bitte hinaus«, warf er ärgerlich über die Schulter, als er am Tisch der Empfangsdame vorbeistapfte. Die Frau riss die Augen auf und ging so zögerlich zum Konferenzzimmer, als fürchtete sie, dort zwei Leichen vorzufinden.

Jack musste seine ganze Selbstbeherrschung aufbieten, um nicht laut mit der Bürotür zu knallen. Er schloss sie behutsam, dann lehnte er die Stirn gegen das Holz. *Scheiße, Scheiße, Scheiße.* Wann würde das endlich aufhören? Wer zum Teufel tat ihm das an? Und warum? Erst wurde er in den Zeitungen nach allen Regeln der Kunst auseinandergenommen. Und jetzt auch noch von der Polizei. Besonders schlau hatte er sich bei der Befragung nicht angestellt. Aber er hatte den Raum verlassen müssen, bevor er sich Callahans Cowboyhut schnappen und ihn dem Cop in den Hals stopfen konnte.

Jack richtete sich auf. Er musste sich ablenken. *Mach dich wieder an die Arbeit.* Schließlich hatte er eine Firma zu leiten. *Jetzt nicht die Kontrolle verlieren.* Jack griff nach einem Stapel Telefonnotizen und sah ihn durch.

Verdammt. Vielleicht hatte er gar keine Firma mehr zu leiten. Drei Kunden hatten wichtige Besprechungen abgesagt.

Innerlich schäumend warf er die Notizen in den Aktenvernichter. In dem Moment wurde die Bürotür aufgerissen. Angeklopft hatte niemand. Seine Schwester Melody rauschte herein. »Bryce sagte, du würdest mit zwei Polizisten sprechen. Was wollten die denn? Glauben die etwa den ganzen Mist, der in der Zeitung steht?«

Melodys graue Augen waren hart. Sie baute sich vor Jacks Schreibtisch auf und grub die Absätze in den Boden. Seine ältere Schwester war groß, stets perfekt gestylt und in teuren Hosenanzügen für jeden Kampf gerüstet. Sie strahlte die Angriffslust einer Tigerin aus, die ihre Jungen verteidigen will. Aber Jack wusste, dass der Besuch der Detectives sie verunsicherte.

»Was in der Zeitung steht, ist wahr, Mel. Die haben sich nichts ausgedacht.« *Verteidigte er etwa gerade diesen Brody?* »Schwachsinnig ist bloß die reißerische Aufmachung.«

»Aber was wollte die Polizei denn hier?«

»Auf unserem Grund und Boden wurde eine Leiche gefunden. Und ich habe früher mit Cal Trenton zusammengearbeitet. Die machen nur ihren Job.«

»Aber du bist der Chef dieser Firma! Wie können die einfach hier reinschneien und …«

»Meine Stellung schützt mich nicht vor Ermittlungen. Es ist doch klar, dass sie mit mir reden müssen.«

Verteidigte er jetzt auch noch Callahan?

Jack fuhr sich durchs Haar. »Ich weiß, diese Art von Publicity ist das Letzte, was wir brauchen. Glaub mir, ich bin genauso genervt wie du. Aber bis Gras über die Sache wächst, musst du mir helfen, das Beste daraus zu machen – anstatt auch noch auf mich einzuhacken.«

»Wenn du nicht …«

»Wenn ich nicht was? Auf dem College eine Freundin gehabt hätte? Mit Cal Streife gefahren wäre? Was willst du eigentlich, Mel?« Er wandte ihr den Rücken zu und starrte blicklos aus dem Fenster.

»Also. Was tun wir jetzt?« Ihre Stimme war um zehn Dezibel leiser geworden. Jack wusste, dass es ihr schwerfiel, diese fünf Worte auszusprechen. Auch wenn sie sich häufig stritten – eigentlich liebten sie einander von Herzen. Genau wie die Firma ihres Vaters.

»Du machst deinen Job und ich meinen. Wir zeigen allen, dass sich bei Harper Immobilien nichts ändert und dass die polizeilichen Ermittlungen nichts damit zu tun haben, wie wir unsere Geschäfte führen.«

Er dachte an die Telefonnotizen, die er gerade geschreddert hatte. Auf keinen Fall würde er sie auch nur erwähnen. Sonst ging Mel durch die Decke.

Melody schwieg eine ganze Minute lang. Ihrem Spiegelbild im Fenster sah er an, dass sie Angst hatte, es aber nicht zeigen wollte. Dann machte sie auf dem Absatz kehrt und fegte aus seinem Büro. Jack stieß den Atem aus. Gemeinsam würden sie es schaffen.

Elf

Lächelnd balancierte er den Golfschläger auf der Handfläche, genoss dessen Schwere. Von Golf verstand er zwar nicht viel, wusste aber, dass diese Schläger vom Allerfeinsten waren. Es war berauschend, ein so teures Spielzeug in der Hand zu halten. Das Statussymbol eines reichen Mannes. Er legte die Hände um den Griff, versuchte einen Übungsschwung und fluchte. Die verdammten Dinger waren viel zu lang für ihn. Er schleuderte den Schläger aufs Bett.

Was hatte er erwartet? Der Anwalt war ein großer Mann. Im Gegensatz zu ihm.

Immer wieder wurde er mit diesem Makel konfrontiert. Die Gesellschaft bevorzugte Männer mit einer gewissen Körperlänge. Er hasste es, nicht groß zu sein. Das Wort *klein* benutzte er nie. Und schon gar nicht das Wort *Zwerg*. Diese Bezeichnungen hatte er in seinem Leben schon zu oft gehört. Und sie waren nur selten freundlich gemeint.

Er würde es allen zeigen. Bald würden sie zu ihm aufblicken und dabei würde seine Körpergröße keine Rolle spielen.

Er ging ans Fenster und warf durch die Jalousien einen Blick auf die dunkle Straße. Keine Autos. Man sollte doch glauben, der Mann wäre um diese Zeit zuhause. Es war fast ein Uhr morgens. Wie lang dauerte eine Verabschiedung in den Ruhestand? Hoffentlich hatte der Typ nicht irgendeine Schlampe aufgerissen und wälzte sich nun den Rest der Nacht in ihrem Bett herum.

Gelangweilt beschloss er, sich noch ein bisschen umzusehen. Er hatte bereits sechs Pornos, einen kleinen Vorrat Gras und über zweitausend Dollar in bar gefunden. Die DVDs und das Geld steckte er ein. Das Dope ließ er liegen. Mit dieser Art Müll verunreinigte er seinen Körper nicht. Das Zeug machte den Geist so stumpf wie eine feine Klinge, die man über den Asphalt zog.

Dieses Haus war das reinste Junggesellenparadies. Der Besitzer war seit fünf Jahren geschieden und hatte eine Schwäche für elektronischen Schnickschnack. Stereoanlagen der Premiumklasse und nagelneue XXL-Flachbildfernseher garnierten jedes Zimmer. Mehr Computerspiele, DVDs und Blue-Rays als in einer Videothek stapelten sich in den Regalen eines kinoähnlichen Vorführraums. In der Garage standen ein Porsche und ein Mini Cooper. Anscheinend war der Besitzer heute mit dem allradgetriebenen Mercedes unterwegs.

Noch einmal wanderte er durch den makellos aufgeräumten begehbaren Kleiderschrank. Dabei summte er eine alte Black-Sabbath-Melodie. Er hatte zweiundzwanzig Anzüge gezählt, neun Paar Anzugschuhe und etwa eine Million Krawatten. Seine Hand strich über eine graue Anzugjacke. Der Schnitt und der Stoff gefielen ihm. Das Kleidungsstück sprach seinen anspruchsvollen Tastsinn an. Er zog es vom Bügel und schlüpfte mit den Armen hinein.

Nicht einmal seine Fingerspitzen waren zu sehen.

Er riss sich die Jacke vom Leib und schleuderte sie zu Boden wie ein verwöhnter Vierjähriger im Zorn über ein kaputtes Spielzeug.

Seine Größe. Ständig wurde er daran erinnert.

Seine Mutter hatte oft behauptet, er würde nur langsamer wachsen und die anderen irgendwann einholen. Die Schlampe hatte gelogen. Wie immer.

Während der Schulzeit hatte er sich auf seine geistigen Fähigkeiten konzentriert und bereits als Neuntklässler Kurse für die Abschlussklassen und sogar College-Seminare belegt. An seiner Größe konnte er nichts ändern, aber er konnte seine Mitschüler auf andere Weise überflügeln.

Mit Intelligenz.

Für ihn war die Schule Mittel zum Zweck gewesen. Er hatte sich Lehrkräfte und Bibliothekspersonal ausgesucht – Leute, von denen er glaubte, dass sie ihm irgendwie nutzen und ihm etwas

Besonderes beibringen konnten. Egal was, Hauptsache, es brachte ihn voran. Er lernte, mit Worten zu manipulieren, sich erfolgreich zu verkaufen.

Aber er hasste seine Mitschüler. Besonders die anderen Jungs. Sie ließen ihn stolpern, warfen seine Hefte in den Dreck und machten bitterbösen Highschool-Witze über ihn. Er wollte sie alle vernichten. Oft schwelgte er in Racheträumen, in denen er es den Arschlöchern heimzahlte, die ihm die Schulzeit zur Hölle machten.

Immer, wenn es an Schulen im Land Amokläufe gab, hing er gebannt vor dem Fernseher. Er verstand die Kids, die so etwas taten. Er konnte die Frustration und die Wut nachempfinden, die sie zum Töten trieb. Mit einer Mischung aus Neid und Bewunderung verfolgte er die endlosen Nachrichtensondersendungen. *Sie hatten es tatsächlich getan.* Er malte sich solche Szenarien in seinen kühnsten Wunschträumen aus – setzte sie aber nie in die Tat um. Welch ein Vermächtnis diese jungen Leute hinterließen. Niemand würde sie je vergessen.

Ein Lächeln zuckte um seine Mundwinkel. Er würde bald genauso berühmt sein; es war nur noch eine Frage der Zeit. Eigentlich musste er sich nur an seinen Plan halten. Die zeitlichen Abläufe hatte er jahrelang immer wieder überarbeitet und verfeinert. Im Grunde konnte nichts mehr schiefgehen.

Allerdings erwog er inzwischen, noch einen neuen Handlungsstrang einzuflechten.

Damit, dass Lacey Campbell so früh in Erscheinung treten würde, hatte er nicht gerechnet. Was für eine erstaunliche Laune des Schicksals, dass ausgerechnet sie bei der Bergung von Suzanne Mills' Knochen dabei gewesen war. Ungläubig schüttelte er darüber zum hundertsten Mal den Kopf. Er hatte erst später mit ihr gerechnet – wenn die Überreste ins gerichtsmedizinische Institut gebracht wurden. Und selbst wenn sie an der Untersuchung gar nicht beteiligt gewesen wäre, hätte sie früher oder später gehört, wessen Skelett im Leichenschauhaus lag. Ihr verfrühter Auftritt in seinem Spiel war ein mächtiges Zeichen. Aber er musste es vorsichtig interpretieren.

Was hatte es zu bedeuten?

Sollte er seinem ursprünglichen Plan folgen? Sollte er gegen das Verlangen ankämpfen, mit ihr zu spielen? Oder hatten höhere Mächte beschlossen, ihren Platz in den zeitlichen Abläufen vorzuverlegen und ihm mehr Zeit mit dieser ganz besonderen Frau zu geben? War ihre Gegenwart ein Geschenk?

Ein Geschenk? Gute Idee. Sicher konnte er ihr doch einfach etwas schenken, ohne seine Pläne zu gefährden. Er musste sich nur genau überlegen, was es sein sollte. Vorerst schob er den Gedanken beiseite. Er brauchte Zeit, um alle Möglichkeiten abzuwägen.

Etwas zufriedener ging er die Schachtel mit den Manschettenknöpfen durch und suchte die goldenen heraus. Dass er beim Sortieren summte, war ihm nicht bewusst. Die Melodie schlief immer in seinem Kopf; er merkte es nicht, wenn er sie zum Leben erweckte.

Ein Paar mit stattlichen Diamanten besetzte Manschettenknöpfe erregten seine Aufmerksamkeit. Waren die echt? Er steckte sie ein.

Plötzlich merkte er, wie viel Durst er hatte. Auf dem Weg in die Küche überlegte er sich, was dieser Anwalt wohl an Trinkbarem im Kühlschrank aufbewahrte. Designerwasser? Bier aus trendigen Mikro-Brauereien? Gerade als er die Kühlschranktür geöffnet und sich glücklich eine Dose Cola gegriffen hatte, hörte er das leise Summen eines Garagentoröffners.

Verdammt. Warum ausgerechnet jetzt? Er betrachtete die kalte Brause in seiner Hand. Dass er sie nicht trinken konnte, bevor er anfing, ärgerte ihn. Er warf die Dose zurück in den Kühlschrank und knallte die Tür zu.

Wo war der Golfschläger? Er schlich sich zurück ins Schlafzimmer und versuchte, nicht an seinen Durst zu denken. Heute Nacht gab es noch viel zu tun.

Die Cola würde am Morgen auch noch da sein.

Zwölf

Für Callahan und Lusco erwies sich der zweite Besuch des Tages als besondere Herausforderung. Einmal hatten sie sich bereits in den steilen, kurvenreichen Straßen in den West Hills von Portland verfahren. Der viele Schnee ging Mason auf die Nerven. Er war froh, dass er auf den Blazer umgestiegen war und die nutzlose Dienstlimousine mit dem Hinterradantrieb stehenlassen hatte. Eine gute Entscheidung. Etliche der schneebedeckten engen Straßen waren steil und gefährlich. Wenigstens hatten die Streukommandos bereits Sand gestreut.

»Gott steh ihnen bei, falls es hier oben irgendwann mal brennen sollte. Die kommen nie hier runter und ein Löschwagen nicht rauf«, schimpfte Ray. Mit einer Straßenkarte auf den Knien saß er auf dem Beifahrersitz. Er blickte von seinem zerknitterten MapQuest-Ausdruck auf. »Dort drüben. Da ist es.«

Mason starrte das große Einfamilienhaus an. »Bist du sicher?« Dr. Campbell betrieb keine private Zahnarztpraxis. Sie unterrichtete nur an der zahnärztlichen Fakultät und bearbeitete ab und an forensische Fälle. Wie konnte sie sich da ein solches Haus leisten?

Es war ein Gebäude aus Portlands frühen Tagen. Mason nahm an, dass es um 1900 gebaut worden war. Auf zwanzig Jahre mehr oder weniger kam es dabei nicht an. Mehrere Giebel und eine umlaufende Veranda gaben dem Haus ein einladendes, freundliches Aussehen. Eine verschneite Rasenfläche umgab das gepflegte einstöckige Gebäude. Der Garten war professionell angelegt, die Außenverkleidung des Hauses strahlend weiß. Majestätisch in den

Himmel ragende alte Tannen trugen zum vornehmen Erscheinungsbild des Viertels bei.

Hier oben wohnten die Leute nicht in riesigen Schuhschachteln mit Dreiergaragen. In den West Hills gab es keine in gleichmäßigen Abständen aufgestellten Häuser von der Stange, die sich nur durch den Farbton ihrer Fassaden unterschieden. So etwas wollten die Hausbesitzer hier nicht. Sie wollten Qualität und Patina.

Mason hielt hinter dem Land Rover, der am Straßenrand geparkt war. Er hatte sämtliche Wagen registriert, die in der schmalen Straße standen. Über einige hatte Mutter Natur eine weiße Decke gebreitet – so als wären sie seit den ersten Schneefällen vor einer Woche nicht bewegt worden. Die meisten Häuser hatten eine enge Einfahrt, die zu einer Einzelgarage an der Rückseite des Hauses führte. Und in der standen vermutlich Gartengeräte.

Ray stieg aus dem Blazer und betrachtete die teuren Fahrzeuge. Mercedes, Lexus, BMW. »Wie können die Leute hier nachts schlafen, wenn ihre Autos draußen auf der Straße stehen? Halten die die Autodiebe mit unsichtbaren Kraftfeldern fern?« Mason wusste, dass Ray seinen zwei Jahre alten Chevy jeden Abend in der Garage einschloss.

Trotz des Schnees fiel Mason der quadratische Aufkleber am Heckfenster des Land Rovers auf. Es war ein Parkausweis vom *The Oregonian*.

»Ich glaube, sie ist nicht allein.«

Michael Brody versuchte, das Gespräch an sich zu reißen. Der große Mann war aufbrausend, fast unhöflich. Mason biss sich auf die Wange und zügelte sein Temperament. Er hatte Brody gestattet, im Raum zu bleiben, weil der Mann versichert hatte, er wolle nur Dr. Campbell beistehen und wäre nicht als Reporter anwesend.

»Kann es sein, dass vor zehn Jahren der falsche Mann in den Knast ging? Oder war Cal Trentons Mörder vielleicht ein Nachahmungstäter?«, fragte Brody.

»Ich will nicht spekulieren. Aber wir ermitteln in alle Richtungen.« Mason hatte diese Antwort bereits dreimal wiederholt. Der verdammte

Reporter hörte einfach nicht auf, Theorien in den Raum zu stellen und immer weiterzubohren. Nachdem er Brodys Artikel über den Fall auf der Titelseite gelesen hatte, hatte Mason ein paar Recherchen über den Mann angestellt. Allgemein hieß es, Brody sei wie besessen, wenn er eine Story witterte, und schonungslos ehrlich, wenn er schrieb.

Mason wandte sich demonstrativ Dr. Campbell zu. Er hoffte, Brody würde dann einen Augenblick lang die Luft anhalten. Sie saß angespannt auf der Kante des Sofas in einem großen, repräsentativen Wohnzimmer. Das Dekor wirkte wie direkt aus einer edlen Wohnzeitschrift kopiert. Dunkle Bodendielen glänzten, weiße Sockelleisten und Kranzprofile akzentuierten den Designeranstrich an den Wänden.

Dr. Campbell trug einen roten Skipullover und Jeans. Mit ihrem Pferdeschwanz sah sie aus wie achtzehn. So lang man ihr nicht in die Augen schaute. Ihr Blick war vorsichtig, abwägend und verschlossen. Sie strahlte eine kontrollierte, professionelle Ruhe aus, die Mason an einen erfahrenen Chirurgen bei einer Mandeloperation denken ließ. Wenn er sie nicht bei der Bergung der Knochen am Samstagmorgen um Fassung hätte ringen sehen, hätte er geglaubt, nichts könne sie erschüttern.

Brody wich nicht von ihrer Seite. Bereit, beim kleinsten Anlass zum Angriff überzugehen, saß er auf der Armlehne der Couch.

Er erinnerte Mason an einen Habicht.

»Sind Sie sicher, dass Calvin Trenton Ihnen nie begegnet ist?«, fragte Mason noch einmal. Er versuchte immer noch, eine Verbindung zwischen Suzannes Skelett und Trentons Dienstmarke herzustellen.

Dr. Campbell warf die Hände in die Luft. »Ich habe jedes Jahr mit hunderten von Patienten zu tun. Da behalte ich nicht jeden einzelnen Namen. Außerdem arbeite ich bei verschiedenen Ermittlungen mit den jeweiligen Polizeidienststellen zusammen, unter anderem auch mit denen in Lakefield und Corvallis. Es würde mich nicht überraschen, wenn wir uns mal über den Weg gelaufen wären.«

Rays Handy klingelte. Nach einem Blick aufs Display zog er sich in die Küche zurück.

Callahan unterbrach die Befragung. Ohne Ray wollte er nicht weitermachen. Er bemühte sich, die Wartezeit mit höflichem Smalltalk zu überbrücken – nicht unbedingt eine seiner Stärken. »Schönes Haus.«

Dr. Campbell fing den Ball auf. »Danke. Es hat meinen Eltern gehört. Ich bin hier aufgewachsen.«

»Dann wohnen Ihre Eltern jetzt nicht mehr hier? Nur Sie?«

Dr. Campbell schüttelte den Kopf. »Meine Mutter ist vor ein paar Jahren gestorben. Danach hielt Dad es hier nicht mehr aus. Aber er brachte es auch nicht übers Herz, das Haus zu verkaufen. Jetzt gehört es mir.«

»Ihr Vater ist der Chefpathologe von Oregon.« Das war keine Frage.

»Ja.« Sie beließ es dabei.

Brody räusperte sich, Dr. Campbell sah ihn an. Die beiden kommunizierten stumm. Schließlich schüttelte Dr. Campbell andeutungsweise den Kopf.

Mason fühlte sich ausgeschlossen.

Diese beiden waren sehr vertraut miteinander. Ihre Körpersprache verriet ein hohes Maß von Intimität. Doch sie benahmen sich nicht wie ein Liebespaar. »In welchem Verhältnis stehen Sie beide eigentlich zueinander?«

Wieder tauschten die zwei einen Blick aus. Brody zog sein iPhone aus der Tasche und fing an, sich damit zu beschäftigen. Die Beantwortung der Frage überließ er der Frau.

Die warf dem Reporter einen versengenden Blick zu, sah Mason dann aber höflich an. »Wir haben uns in der Stadt kennengelernt. Ich wusste spätnachts nicht, wie ich nach Hause kommen sollte, und Michael bot an, mich zu fahren.«

Sie stieg einfach so zu einem Fremden ins Auto? Das nahm Mason ihr nicht ab. Anscheinend sah sie ihm das an. Jedenfalls schob sie eine Erklärung nach.

»Ich hatte ein Problem mit meinem … ähm … Date. Vor einem Restaurant. Er hatte zu viel getrunken und als die Sache ein wenig … unschön wurde, mischte Michael sich ein.«

Ihr verschlossener Blick sagte Mason, dass »unschön« vermutlich ein eher milder Ausdruck für die Geschehnisse war. Fast gegen seinen Willen empfand er so etwas wie Respekt für den Habicht an ihrer Seite. Er taxierte ihn mit einem forschenden Blick.

»Ich habe ihm die Nase gebrochen«, sagte Brody leichthin. Er war immer noch intensiv mit seinem iPhone beschäftigt. Bevor Mason einen Kommentar abgeben konnte, kam Ray zurück.

»Mason.« Ray war blass geworden. Mit einer Kopfbewegung forderte er Mason auf, ihm in die Küche zu folgen.

»Was ist los? Was ist passiert?« Brody war plötzlich hellwach.

Mason spürte, dass der Reporter eine Story witterte. Das iPhone schien plötzlich unwichtig zu sein. Brodys Blick klebte an ihm, als er in der Küche verschwand.

Mason ignorierte ihn. Was immer Ray ihm zu sagen hatte – eine gute Nachricht konnte es nicht sein.

»Grade wurde ein weiterer Ermordeter entdeckt, der etwas mit unserem Fall zu tun haben könnte«, raunte Ray.

»Wer? Wo?« *Verdammt, Ray, spuck's schon aus.*

»Joseph Cochran.«

Mason wühlte in seiner Erinnerung. Erfolglos. »Wer?«

»War früher mal Bezirksstaatsanwalt im Benton County. Betreibt seit einiger Zeit eine private Kanzlei in Lake Oswego.«

»Benton County. Dort liegt Corvallis, oder?« Masons Gehirn machte Sprünge, die er nicht schätzte.

»Er war der Staatsanwalt im DeCosta-Prozess«, erklärte Ray.

»Das kann ein Zufall sein. Warum sollen ausgerechnet wir uns darum kümmern? Nur weil wir gerade die sterblichen Überreste eines verschollenen DeCosta-Opfers geborgen haben?« Inzwischen erinnerte Mason sich an den hoch aufgeschossenen Mann. Joseph Cochran hatte in aller Öffentlichkeit geschworen, dass er den »wahnsinnigen Dreckskerl von einem Mörder« hinter Gitter bringen würde. Dann hatte er sich auf DeCosta gestürzt wie ein Hai auf einen blutigen Köder. Mit Erfolg.

Ray räusperte sich und sah zur Küchentür. Er wollte keine Mithörer. »Bei der Leiche liegt eine Tüte mit Haaren.«

»Mit was für Haaren denn?«

»Kurz. Grau. Sie werden noch untersucht. Aber rein optisch passen sie zu Cal Trenton.«

»Kacke.« Sie mussten zum Tatort. Mason wollte ins Wohnzimmer, um sich zu verabschieden, machte dann aber noch einmal kehrt. Irgendetwas ließ ihm keine Ruhe. Warum sollten Cal Trentons …?

»Trenton. Hatte er damals etwas mit dem DeCosta-Fall zu tun?«

Ray verstand. »Muss wohl so gewesen sein. Irgendwie. Scheiße. Warum haben wir das nicht längst überprüft?«

Mason hatte eine Idee, wie sie sofort feststellen konnten, ob sie mit ihrer Vermutung richtig lagen. Er polterte zurück ins Wohnzimmer. Dr. Campbell und Brody zuckten zusammen. Brody hatte das Ohr noch immer an seinem Handy.

»Dr. Campbell, Sie haben doch im DeCosta-Prozess ausgesagt. Gab es noch weitere Zeugen der Anklage?«

»Ja. Sicher.« Sie schien sich die schmerzhaften Erinnerungen nur äußerst ungern ins Gedächtnis zu rufen. »Warum?«

»Ist Ihnen der Name Cal Trenton in dem Zusammenhang mal begegnet?«

Dr. Campbell starrte ihn an. Ihre Augen weiteten sich. Mason sah fast bildlich, wie bei ihr der Groschen fiel. »Er war einer der Cops, die ihn verhaftet haben. Jetzt weiß ich es wieder«, flüsterte sie. »Bei dem Prozess wurde ein ganzes Dutzend Cops in den Zeugenstand gerufen. Aber seine Aussage war ausschlaggebend. Ihm kamen fast die Tränen, als er DeCostas Folterkammer und die Waffen beschrieb. Ich selbst musste sogar den Saal verlassen.« Sie schluckte. Einen Augenblick lang fürchtete Mason, ihr würde übel werden.

Auch Mason konnte sich jetzt wieder an die Szene erinnern. Als Mitglied der Task Force hatte er bei dem College-Girl-Killer-Fall mit unzähligen Cops zusammengearbeitet. Doch bei Dr. Campbells Beschreibung hatte er plötzlich den eigentlich so hartgesottenen Polizisten wieder deutlich vor sich, der im Zeugenstand fast die Fassung verloren hätte.

»Joseph Cochran ist ermordet worden.« Brody steckte das Telefon wieder in die Tasche.

Drei Augenpaare starrten ihn an. Eines verwirrt, zwei verärgert.

»Verdammte Presse«, murmelte Ray.

Brody warf Mason ein triumphierendes Raubtierlächeln zu. »Wie man's nimmt. Vertrauliche Informationen bleiben nie lang geheim. Es gibt immer jemanden, der sich gern reden hört.«

»Den Namen kenne ich. Cochran war damals während des DeCosta-Prozesses Bezirksstaatsanwalt.« Dr. Campbell durchbrach mit ihrer Bemerkung das angespannte Schweigen. »Was ist eigentlich los? Wer bringt plötzlich diese Leute um? DeCosta ist doch tot. Oder?« Ihre Stimme war lauter geworden. Sie war aufgestanden und sah Mason fragend an.

»Ja. Ist er.« Mason spürte, dass seine Worte sie nicht überzeugten. Die Zahnärztin zitterte. Er wandte sich an Ray. »Ich brauche die Namen aller Personen, die dazu beigetragen haben, DeCosta in den Knast zu bringen.«

»Scheiße.« Brody stand auf und legte die Hand fest um Dr. Campbells Oberarm. »Du gehörst auch dazu, Lacey.«

Dr. Campbell wurde blass. Ihr Blick saugte sich an Mason fest. »Meine Zeugenaussage hat ihm damals das Genick gebrochen.«

Mason hielt ihrem Blick stand. Bilder des toten, grausam gefolterten Cal Trenton zuckten durch seinen Kopf. Verdammt. *Steht sie auch auf der Todesliste irgendeines Verrückten?*

Mason betrachtete die großen Fensterflächen. »Haben Sie eine Alarmanlage?«

»Ich kümmere mich gerade darum.« Lacey hatte das Telefon bereits in der Hand.

Dreizehn

Neuschnee hatte es nicht gegeben, aber der eisige Wind sorgte dafür, dass die Schneeberge am Rand des Gehsteigs zu gefährlichen Hindernissen gefroren. Fröstelnd schob Lacey sich durch die Menschenmenge in der Innenstadt von Portland. Ein Schal wäre jetzt praktisch gewesen. Sie zog sich den dicken Jackenkragen enger um den Hals. Stuart Carter, einer ihrer Zahnmedizinstudenten, stellte heute in einer Galerie seine Skulpturen aus und sie hatte versprochen, sie sich anzusehen. Zuhause verbarrikadieren würde sie sich erst, wenn es absolut unumgänglich war.

An jedem ersten Donnerstag im Monat fielen Heerscharen von Kunstfans im Pearl District ein, um sich neue Werke anzuschauen und natürlich auch die Künstler. Anwohner verkauften an improvisierten Straßenständen selbstgemachte Kreationen, Galerien öffneten ihre Türen. Mithilfe von Biohäppchen sollten die Kunstliebhaber in Kauflaune versetzt werden.

Bei Jacks Anruf im Büro hatte sie gerade gehen wollen. Jack schien sich zu freuen, dass er sie noch erwischte, wich aber aus, als sie nach seinem Gespräch mit der Polizei fragte. Er wollte lieber persönlich mit ihr sprechen. Heute Abend. Dass die Polizei am Vortag auch bei ihr gewesen war, hatte sie am Telefon nicht erwähnt. Michaels mit zahlreichen Andeutungen gespickte Zeitungsartikel waren ihr plötzlich peinlich. Sie empfand wenig Lust, ihre Beziehung zu dem Reporter zu erklären, der sicher ganz oben auf Jacks persönlicher Hassliste stand.

Als sie Jack gesagt hatte, dass sie zu einer Galerie in der Innenstadt musste, hatte er vorgeschlagen, sie dort zu treffen. Dass sie einfach so eingewilligt hatte, wunderte Lacey jetzt ein wenig.

Nein, sie war nicht auf dem Weg zu einem Date mit Jack Harper. Diesen Gedanken wiederholte sie wie einen Refrain.

Es ging einzig darum, sich gegenseitig auf dem Laufenden zu halten. Dazu gehörte auch, dass er ihr erzählte, wie das Gespräch mit der Polizei gelaufen war. Lacey dachte an den neuen Mord, von dem sie gestern erfahren hatte. Wusste Jack von Joseph Cochran?

Wer brachte die Männer um, die zu DeCostas Verurteilung beigetragen hatten? Alles, was in den letzten Tagen passiert war, stand mit dem DeCosta-Fall in Verbindung. Die Entdeckung von Suzannes Überresten, der Mord an dem Cop, der DeCosta festgenommen hatte, und jetzt der tote Bezirksstaatsanwalt.

Bin ich in Gefahr? Wie groß ist sie? Laceys Finger wurden so taub, als hätte man ihr die Adern abgebunden. Sie atmete tief durch und war froh über die Menschenmenge, die sich auf dem Gehsteig drängte. In diesem Gewimmel konnte sie sich halbwegs sicher fühlen.

Sie fand die Straßenecke, an der sie sich mit Jack treffen wollte. Vor einem Schaufenster mit einem hässlichen Aquarell, einem beklemmenden Chaos in Braun- und Grautönen, blieb sie stehen. Ihre Gedanken sprangen zehn Jahre zurück. Sie sah das Böse in Gestalt von DeCosta. Während des Prozesses hatte er auf seinem Stuhl gefläzt, die langen Beine unter den Tisch der Verteidigung gestreckt und die Vorgänge äußerlich völlig entspannt, ja fast gelangweilt mitverfolgt. So als handle es sich um ein drittklassiges, torloses Footballspiel an einem Sonntagnachmittag.

Nie hatte sie in seinen Augen irgendein Gefühl wahrgenommen. Es schien, als habe er keine Seele. Seine Familie hatte stumm und mit ausdruckslosen Gesichtern in der Reihe hinter ihm gesessen. Die Gedanken und Empfindungen von DeCostas Angehörigen blieben den Zuschauern verborgen.

Lacey hatte lange Tage im Gerichtssaal verbracht und sich unendlich viele Zeugenaussagen angehört. Mit Entsetzen hatte sie die

Schilderungen von denjenigen verfolgt, die die Ermordeten gefunden hatten. Es gab detaillierte Beschreibungen und Bilder von Folter, sexuellem Missbrauch und Leichenschändungen. Während Lacey mit ihrem rebellierenden Magen kämpfte, hatte DeCosta völlig unberührt dagesessen. Sie stellte sich Suzanne in seinen Händen vor und empfand die erdrückende Last tiefer Schuld, weil sie selbst davongekommen war.

Überlebensschuld nannte es ihr Psychiater. Diese Belastungsstörung trat häufig bei Menschen auf, die Extremsituationen durchgestanden hatten, bei denen andere gestorben waren.

Als ihr Atem sich beschleunigte, öffnete Lacey die Augen. In der Hoffnung auf ein wenig Ablenkung konzentrierte sie sich wieder auf das Aquarell.

Wie der Psychiater das Höllental genannt hatte, interessierte sie nur am Rande. Es war die dunkelste Zeit ihres Lebens gewesen. Nach der Entlassung aus dem Krankenhaus, in das sie mehr tot als lebendig eingeliefert worden war, hatte sie Tage, manchmal sogar Wochen im Bett verbracht und gegen die Alpträume gekämpft, die sie in den Wahnsinn zu treiben drohten.

Damals hatte sie sich in einer zermürbenden Zwickmühle befunden: Einerseits wollte sie schlafen, um zu vergessen, sich für alle Zeiten dem süßen Nichts überlassen. Andererseits erwachten in ihren Träumen die Schrecken zum Leben. Beruhigungsmittel hielten das Entsetzen in Schach, doch der Schlaf, den sie ihr schenkten, war alles andere als erholsam. Sie war erschöpft. Den Schutz ihres Hauses zu verlassen, kostete sie fast übermenschliche Anstrengung. Selbst ein schlichter Gang in ein Lebensmittelgeschäft erforderte langwierige mentale Vorbereitungen. Sie musste sich regelrecht selbst dazu überreden.

Ohne ihre Eltern, Freunde und Ärzte hätte sie einfach aufgehört zu essen. Die Nahrungsaufnahme war zu etwas Nebensächlichem geworden. Sie aß nicht, weil ihr Körper keinen Hunger mehr fühlte.

Weil sie losgelassen hatte, war Suzanne nicht mehr da.

Die Schuldgefühle hatten sie an einen Punkt gebracht, an dem sie begann, ihr Vicodin zu horten. Jeden Abend starrte sie die wachsende Anzahl Pillen an, betastete sie nervös, zählte sie und schichtete sie zu kleinen Häufchen. Schließlich schob sie sie zurück in das Tablettenröhrchen, schraubte den Deckel darauf und versteckte das schwere Schmerzmittel vor ihrer Mutter. Monatelang ging das so, selbst als der körperliche Schmerz bereits aufgehört hatte. Aus irgendeinem Grund hatte ihr das Wissen, dem Medikament widerstehen zu können, wenigstens den Ansatz des Gefühls zurückgegeben, dass sie ihr Leben unter Kontrolle hatte.

Exakt am Jahrestag von Suzannes Verschwinden hatte sie in die Toilette gestarrt und wie aus weiter Ferne zugesehen, wie sie das Vicodin in die Schüssel fallen ließ und wegspülte. Bis zur allerletzten Tablette. Dabei hatte sie sich richtig stark gefühlt. Sie hatte eine zweite Chance. Etwas, das vielen Menschen versagt blieb.

Danach hatte sie versucht, sich nicht mehr mit dieser dunklen Zeit zu beschäftigen – was ihr meistens ganz gut gelungen war. Bis jetzt.

Momentan hatte sie alles noch halbwegs im Griff. Ihre Nächte waren zwar die Hölle, doch die Arbeit an der zahnmedizinischen Fakultät lenkte sie ab. Sich eine Extraportion Eiscreme zu genehmigen oder mit Michael zu reden, half ebenfalls. Der Trost ihrer Mutter fehlte ihr sehr, doch sie schätzte sich glücklich, weil sie gute Freunde hatte. In manchen Nächten hätte sie Michael gern gebeten, auf ihrer Couch zu schlafen. Doch an diese psychologische Krücke wollte sie sich nicht gewöhnen. Sie würde die Sache allein durchstehen.

DeCosta war tot. Er konnte ihr nichts mehr anhaben.

Lacey hob das Kinn. Sie würde sich nicht von Ermittlungshypothesen und den Vermutungen irgendwelcher Detectives in Panik versetzen lassen. Auf keinen Fall durfte ihr Leben erneut aus dem Rhythmus geraten. Sich zu verstecken, kam deshalb nicht infrage. Sie wollte selbst bestimmen, wie ihr Alltag verlief, anstatt sich einer namenlosen Angst zu überlassen. In sämtlichen Taschen schleppte sie inzwischen Pfefferspray mit sich herum und im Haus hatte sie jetzt eine beeindruckende Alarmanlage.

Mit einem Knoten im Magen und brennenden Augen wandte sie sich abrupt von dem Aquarell ab. Viel zu spät hatte sie erkannt, dass es einen Friedhof darstellen sollte. Lacey schlang die Arme um sich, als könne sie sich so nicht nur gegen den Wind, sondern auch gegen die Erinnerungen schützen.

»Ist Ihnen kalt?«

Sie zuckte zusammen. Ihre Hand schnellte instinktiv zu ihrer Handtasche. Dann starrte sie hinauf in fragende graue Augen. Jack Harper. Die Wärme, die sie durchrieselte, vertrieb die drohenden Schatten schneller als ein XXL-Kaffee. Die Gedanken an den Tod und an Friedhöfe lösten sich auf. Sie musterte den großen Mann. Er sah gut aus. Die elegant geschnittene Hose und die dicke Jacke verbargen nicht die Tatsache, dass er ... Wie sollte sie ihn beschreiben? Eine sportliche Figur hatte? Er war jedenfalls ein gut gebauter Mann. Sein schwarzes Haar trug er kurz geschnitten und oben ein wenig stachelig. Am liebsten hätte sie hineingegriffen, um zu spüren, wie es sich anfühlte. Sie vergrub die Hände in den Jackentaschen.

Schlicht und ergreifend: Der Mann war heiß.

Allein durch seine Nähe wurde ihr warm; er versetzte ihr Inneres in eine angenehme Wallung. Die Art, wie er sie ansah ... Als hätte er eine ziemlich klare Vorstellung davon, wie er das Feuer zwischen ihnen noch weiter anfachen konnte.

Was ging ihr da eigentlich durch den Kopf?

Er war der Falsche für sie. Hundertprozentig. Sicher warfen sich ihm die Frauen scharenweise an den Hals. In dem Artikel über die zehn meistbegehrten Junggesellen war angedeutet worden, dass er nichts anbrennen ließ und dass eine feste Bindung für ihn kein Thema war. Lacey hatte keine Lust, ein Dominostein in einer langen Kette zu sein, die er lässig zu Fall brachte. Außerdem wollte er ja nur mit ihr reden. Er wollte Informationen, kein Abendessen oder ein paar Drinks. Ganz zu schweigen von mehr. *Richtig?*

Lacey fand ihre Stimme wieder. »Nein. Mir ist nicht kalt.«

Er nahm ihre Hände zwischen seine und rieb sie kräftig. Dabei runzelte er die Stirn.

»Sie sind der reinste Eisblock. Wir hätten uns drinnen treffen sollen.«

Seine Wärme sickerte durch ihre Hände in ihren Bauch und entfachte dort eine wohlige Glut. Erschrocken zog sie die Hände weg. Sie durfte sich von seinem Charme nicht einwickeln lassen. »Mir geht es gut. Aber lassen Sie uns aus der Kälte gehen.«

Er griff fest nach einer ihrer entflohenen Hände und wollte sie in die Galerie mit dem hässlichen Aquarell im Fenster ziehen. Lacey stemmte die Beine in den Boden, starrte das unheimliche Gemälde an und zerrte ihn zurück. Einen Moment lang trafen sich seine Augenbrauen in der Mitte.

»Nicht hier rein. Gehen wir ein Stück weiter.«

Den ganzen Abend über hielt er sie irgendwie fest.

Das liegt an ihrer Größe, sagte sich Jack. Selbst in Stiefeln mit hohen Absätzen reichte sie ihm grade mal bis zur Schulter. Sie weckte seinen Beschützerinstinkt. Einen angetrunkenen Dödel hatte er bereits mit der Schulter aus dem Weg gepflügt, damit er sie nicht umriss. Vielleicht war aber auch die Kälte schuld. Als er sie mit hochgeschlagenem Kragen dastehen sehen hatte, die Arme um sich geschlungen, als wäre sie kurz vor dem Erfrieren, hatte er einen Moment lang ein schlechtes Gewissen gehabt. Er hätte auf einem Treffen in einem Restaurant oder einer Bar bestehen sollen.

Lacey blieb stehen und las den Namen über der Tür einer Kunstgalerie. »Mist. Ich kann mich nicht mehr daran erinnern, in welcher Galerie Stuart seine Skulpturen ausstellt.« Sie warf einen Blick auf ein kleines grünes Straßenschild und schnaubte frustriert. »Wir sind in der richtigen Straße. Hoffentlich stoßen wir zufällig darauf. Ich habe versprochen, mir seine Arbeiten anzusehen. Dass es hier so viele Galerien gibt, wusste ich gar nicht. Wie viele Kunsthandlungen braucht denn eine Stadt?«, murmelte sie.

Jack wanderte gern noch eine Weile mit ihr umher. So hatte er Zeit, mit ihr zu reden, sie anzusehen und kennenzulernen. Sie hatten ziemlich schnell gemerkt, dass sie etwas gemeinsam hatten: Die Kunstszene lag ihnen beiden nicht. Schubsende Massen, dozierende Galeriebesitzer und wichtigtuerische Kunden verdarben einem die Lust am unvoreingenommenen Kunstgenuss. Bislang hatte er noch nichts von seiner Befragung durch die Polizei gesagt. Je länger er das hinauszögerte, desto mehr Zeit konnte er mit ihr verbringen.

Wenn sie sprach, dann nicht nur mit dem Mund, sondern auch mit den Händen und den Augen. Wenn sie sich amüsierte, blitzten ihre Augen im Rhythmus ihrer Gesten. Er versuchte, sie am Reden zu halten. Das Thema war dabei zweitrangig. Ihre Stimme klang warm und hörte sich oft so an, als wollte sie gleich loslachen. Das gefiel ihm.

Sie schoben sich durch die Tür eines Cafés und stampften sich den gefrorenen Schneematsch von den Stiefeln. Er sah zu, wie sie sich fast unbewusst übers Haar strich. Anders als die meisten anderen Frauen es nach einem Spaziergang durch den Wind getan hätten, suchte sie nicht hektisch nach einem Spiegel. Sie sah einfach perfekt aus. Die Kälte hatte ihre Wangen leicht gerötet, ihre braunen Augen leuchteten. Heute Abend trug sie ihr Haar offen. Bislang hatte er es immer nur als Pferdeschwanz oder unter einer Mütze gesehen. Lange Wellen in allen Blondnuancen von dunklem Honig bis zu poliertem Gold fielen ihr über die Schultern. Es juckte ihn in den Fingern, ihr Haar zu berühren.

»Ich könnte sterben für einen Kaffee. Wie gut er ist, ist im Augenblick egal. Nur heiß muss er sein.« Sie zitterte.

Er stellte sich mit ihr vor der Theke an. Mit ihr zusammen wartete er gern. Anscheinend wollte ganz Portland im Moment nichts anderes als Kaffee. Die Schlange war endlos lang.

Während Lacey die Tafel mit dem Angebot studierte, trat er hinter sie und legte ihr die Hände ganz leicht auf die Schultern. Er spürte, wie sie sich ein wenig verkrampfte. Aber der Duft vom Samstagmorgen war wieder da und er kam nicht von den Lattes und Moccas. Jack beugte sich ein wenig vor und sog mit geschlossenen Augen den Geruch ihres Haars ein. Sie roch wie eine Bäckerei. Zimt, Vanille und Honig kitzelten seine Nase. *Köstlich.* Der Duft passte zu ihr.

Als ihre Schulter zuckte, riss er schnell die Augen auf. Hatte sie ihn dabei ertappt, wie er an ihrem Haar schnüffelte?

Er musste sich keine Sorgen machen. Lacey hatte ein Paar entdeckt, das gerade mit Bechern in den Händen von der Theke wegging. Die beiden waren Mitte dreißig und dick eingemummt. Die hagere blonde Frau blickte mürrisch. Der Mann war etwa so groß wie sie und hatte den gehetzten Gesichtsausdruck, der auf jahrelanges ängstliches Ausloten sämtlicher Launen seiner Begleiterin schließen ließ. Jack sah, wie die Schritte des Mannes stockten, als er Lacey bemerkte. Dann verdüsterte sich sein Gesichtsausdruck. Er hatte über Laceys Kopf hinweg Jacks Blick aufgefangen.

Lacey schnappte laut nach Luft. Als Jack auch noch spürte, wie sie erschauerte, fasste er sie ein wenig fester an den Schultern. Der herausfordernde Blick des anderen Mannes irritierte ihn.

Wer zum Teufel war das?

Lacey konnte es nicht fassen.

Von allen Cafés in Portland muss er ausgerechnet in dieses kommen. Das berühmte Zitat aus Casablanca schoss ihr durch den Kopf, obwohl sie zugeben musste, dass er zuerst hier gewesen war. Über ein Jahr lang war es ihr gelungen, dem Mann aus dem Weg zu gehen. Warum musste er ausgerechnet jetzt vor ihr stehen? Sie spürte Jacks fester werdenden Griff an den Schultern und dankte dem Himmel für seine Anwesenheit. Nur gut, dass bei dieser Begegnung ein Mann hinter ihr stand. Ein großer, heißer Kerl. Selbst die besitzergreifenden Hände auf ihren Schultern waren ihr in diesem Augenblick sehr willkommen.

»Dr. Campbell.« Frank sprach ihren Namen aus, als wäre sie ein Stück Dreck.

Manche Dinge änderten sich einfach nie.

Zorn flackerte in ihr auf, doch sie zwang sich zu einem kühlen Lächeln.

»Frank.« Sie wandte sich an die verdrossen blickende Frau an seiner Seite. »Celeste.« Die Frau sah an Lacey vorbei und musterte Jack. Ihre verkniffenen Züge verzogen sich zu einem zuckrigen, bewundernden Lächeln. *Träum weiter.* Lacey wusste nicht, wen von den beiden sie unsympathischer fand.

Aus dem Augenwinkel bemerkte sie, wie Jack Celeste eine Viertelsekunde lang anstarrte und dann wieder Frank ansah. Er sagte nichts.

Gut. Lacey holte Luft. »Übrigens, das ist Jack.« Sie warf Jack einen schmachtenden Blick zu, versuchte aber, ihm dabei mit den Brauen ein Zeichen zu geben. Er schien überrascht, fing sich aber schnell wieder und nickte dem Paar ein wenig steif zu. »Jack, darf ich vorstellen: Frank und Celeste Stevenson.«

Keiner streckte die Hand zum Gruß aus. Jack hielt Lacey immer noch fest und zog sie ein wenig enger an sich. Franks Gesicht wurde noch verkniffener.

»Habt ihr euch auch in den Galerien umgeschaut? Wir fanden es richtig nett, ...«

»Halt' einfach deine bescheuerte Klappe, Lacey«, zischte Frank.

Sie spürte, wie Jack sie zur Seite schieben und auf den kleineren Mann zugehen wollte. Um ihn daran zu hindern, packte sie seinen Arm und drückte ihn an ihre Brust. Damit zog sie Jacks Körper eng an ihren Rücken. Frank wurde blass und schob sich ein kleines Stück hinter Celeste. *Feigling.*

Lacey hätte zu gern Jacks Gesichtsausdruck gesehen. So wie Frank reagierte, sah Jack wohl aus, als würde er ihn gern zu Frikassee verarbeiten.

»Ich bitte dich, Frank. Es gibt keinen Grund, sich danebenzubenehmen.« Adrenalin jagte durch Laceys Adern. Nach allem, was dieser Sack ihr angetan hatte ...

Frank schob die wütende Celeste Richtung Tür. Dabei schlug er einen weiten Bogen um Jack und Lacey. Zwischen Celestes Brauen bildeten sich tiefe Furchen. In ihrem Blick lag Hass.

»Keinen Grund? Mir fallen eine Million Gründe ein, du hinterhältige Schlampe.« Frank hatte das letzte laute Wort, bevor die Tür hinter ihm zuschlug.

Das lebhafte Geschnatter im Laden brach urplötzlich ab. Sämtliche Personen in der Warteschlange, das Personal hinter der Theke und alle Gäste an den Tischen starrten Lacey an.

Lacey schloss die Augen und lauschte auf ihren Herzschlag. Das war nicht allzu schlecht gelaufen.

»Wow. Wer war das denn?«

Jack hatte sie fast vergessen. Noch immer drückte sie seinen Arm fest an ihre Brüste. Sie spürte Jacks Wärme durch ihre Jacke hindurch am Rücken. Verlegen ließ sie den Arm fallen und drehte sich zu ihm um. Sie hätte Jack erlauben sollen, Frank ein bisschen herumzuschubsen. Seinem Gesichtsausdruck nach wäre ihm das ein Vergnügen gewesen. Lacey brachte ein verrutschtes Lächeln zustande und zwang sich, ihm in die forschenden Augen zu sehen.

»*Das* war mein Exmann.«

Vierzehn

Jack begleitete Lacey wortlos ins Freie. Sie hatten beschlossen, auf den Kaffee zu verzichten. Dabei hatte er das Gefühl, dass ihr das ziemlich schwerfiel.

Sie war verheiratet gewesen. Mit diesem Schleimbeutel. *Wow.*

Er schüttelte den Kopf, um die Eifersucht loszuwerden, die ihm die Kehle zuschnürte. Wo kam die denn her? Schließlich bahnte sich zwischen Lacey und ihm doch nichts an.

Überhaupt nichts.

Eigentlich wünschte er sich, dass es mit ihnen weiterging. Der Körper unter der dicken Jacke hatte sich längst in sein Gehirn gebrannt. Zierlich, aber mit Rundungen an den richtigen Stellen. Im gerichtsmedizinischen Institut gestern hatte sie einen kurzärmeligen Laborkittel getragen und es hatte ihn einige Beherrschung gekostet, nicht ständig auf ihre gut definierten Arme zu starren. Als ehemalige Leistungssportlerin achtete sie ganz offensichtlich immer noch darauf, fit und in Form zu bleiben.

Auf dem Weg zu Laceys Wagen dachte er angestrengt nach. In der Innenstadt brannte nur jede zweite Straßenlaterne. Zwischen schummrigen Schatten lagen große, goldene Lichtinseln. Die quirlige Kunstszene hatten sie hinter sich gelassen und befanden sich in einer deutlich ruhigeren Gegend. Die Hände behielt er jetzt bei sich. Laceys steife Haltung signalisierte ihm überdeutlich, dass Anfassen im Moment nicht erlaubt war.

Er hätte gern gewusst, was in ihr vorging. Beim Verlassen des Coffeeshops hatte er den Eindruck gehabt, sie wäre stolz, die Konfrontation mit ihrem Ex ganz gut überstanden zu haben. Doch dann war sie sehr still geworden. Inzwischen strahlte sie sogar so etwas wie angespannte Gereiztheit aus. Jack verzichtete auf jeden Kommentar, von Fragen ganz zu schweigen. Wie die gemeinsame Geschichte der beiden wohl aussah? Vermutlich eher unerfreulich. In aller Freundschaft hatten die beiden sich jedenfalls nicht getrennt.

Lacey blieb vor einem großen Geländewagen stehen und wühlte in ihrer Handtasche nach den Wagenschlüsseln. Jack warf einen verstohlenen Blick auf das schwarze Fahrzeug. Er fragte sich, ob sie wohl übers Lenkrad sehen konnte.

»Das ist ein ziemlich großer Truck.«

Sie fuhr herum. »Wollen Sie mir jetzt einen Vortrag über den CO_2-Ausstoß halten? Das können Sie sich sparen, das machen meine Freunde schon andauernd. Aber ich muss irgendwie die Hügel hinaufkommen, wenn es schneit. Und zu den Skipisten.« Ihre Augen funkelten kampflustig.

Jack wich einen Schritt zurück und hob abwehrend die Hände. »Ganz cool bleiben. Immer mit der Ruhe. Ich fahre beinahe denselben Wagen. Nur ist meiner ein paar Jahre älter.«

»Sorry. Ich wollte Sie nicht anfahren. Es ist bloß ...« Lacey deutete in die Richtung, aus der sie gekommen waren. »Es tut mir leid, dass Sie miterleben mussten, wie er sich mal wieder zum Deppen gemacht hat.«

»Anscheinend ist er ein Naturtalent.«

Das Lächeln, das um ihre Lippen huschte, nahm ihm fast den Atem. Es verwandelte ihr Gesicht komplett. Angestrengt suchte Jack nach einer weiteren lustigen Bemerkung. Dieses Lächeln wollte er unbedingt noch einmal sehen. Frustriert, weil ihm nichts einfiel, ging er um sie herum und lehnte sich lässig an die Tür des Geländewagens. Innerlich war er alles andere als entspannt. Jeder Nerv seiner Haut befand sich in erhöhter Alarmbereitschaft. Jede seiner Zellen war auf Empfang geschaltet und versuchte die Schwingungen der Frau aufzunehmen, die vor ihm stand. Er fühlte sich, als würde das Koffein mehrerer doppelter Espressos durch seine Blutbahnen kurven, und wollte sie noch nicht wegfahren lassen.

»Wie lang waren Sie beide denn verheiratet?«

»Zwei Jahre.« Das Lächeln verflog.

»Und wie lang ist das her?«

Sie zählte mit den Fingern nach. »*Zu Ende war es vor etwa sieben.*«

»Gute Güte. Und er ist immer noch so verbittert? Nach der langen Zeit?« Wer konnte denn über so viele Jahre einen Groll gegen jemanden hegen? Natürlich kannte er den Trennungsgrund nicht. Aber er wäre jede Wette eingegangen, dass die Beziehung durch die Schuld des Schleimbeutels zerbrochen war.

Lacey zuckte die Schultern und zog demonstrativ am Türgriff. Die Tür ließ sich nicht öffnen, weil Jack mit seinem Gewicht dagegen lehnte. Sie wich seinem Blick aus. Anscheinend wollte sie im Augenblick nicht mehr dazu sagen. Aber so niedergeschlagen, wie sie jetzt aussah, konnte er sie nicht wegfahren lassen. Er rührte sich nicht von der Stelle.

»Ich hoffe, Sie haben ihn vor der Trennung ordentlich durch die Mangel gedreht.«

Lacey lächelte schief. »Ich glaube, wir sind uns da nichts schuldig geblieben. Aber möglicherweise bin ich ein bisschen auf seinem Ego herumgetrampelt.«

»Autsch.« Jack drückte sich mit einer Grimasse die Hand aufs Herz. Ihr Grinsen freute ihn diebisch. »Manche Frauen bringen es darin zu wahren Höchstleistungen.«

Lacey musterte ihn eingehend. »Auch schon den einen oder anderen Tritt abbekommen?«

»Welcher arme Wicht könnte das Gegenteil behaupten?«

»Wie ein *armer Wicht* kommen Sie mir ganz und gar nicht vor.«

Grinsend beugte er sich ein wenig näher zu ihr. Seine Atemwolke berührte ihre Wange. »Aber was bin ich dann?«, flüsterte er.

»Stur.« Sie zog erneut am Türgriff.

»Ich wusste, dass Sie Tag und Nacht über mich nachdenken.«

Sie lachte, fühlte sich aber ertappt. Und man sah es ihr an.

Sie hatte tatsächlich an ihn gedacht.

Jack ging einen Schritt beiseite, öffnete die Wagentür und half ihr hinein. Danach ließ er ihre Hand nicht gleich los. Sie zog sie mit einem fragenden Blick weg. Er kam wieder näher, hielt ihrem amüsierten Blick stand.

»Können wir das bald wieder mal machen?«

»Was denn? Uns halb zu Tode frieren? Oder mit meinem Ex streiten?« Lacey schlug einen unbefangenen Ton an, doch ihre dunklen Augen blickten ernst.

Plötzlich musste er ihren Mund anschauen. Sie hatte die Lippen ein wenig geöffnet, ihre Zungenspitze befeuchtete die Unterlippe. Sein Körper straffte sich bei diesem Anblick. Ihr Atem stockte, als sie seine Reaktion bemerkte.

»Lacey ...«

Ihm fehlten die Worte, doch sie verstand genau, was er sie gefragt hatte. Ihrem Gesicht sah er an, dass sie mit sich kämpfte. Sein Herz setzte eine Sekunde lang aus.

»Okay.« Sie flüsterte nur das eine Wort.

Er hatte sich gegen ihren gesunden Menschenverstand durchgesetzt.

Jack stellte einen Fuß auf das Trittbrett, umschloss Laceys Gesicht mit seinen Händen und legte seine Lippen auf ihre. Seine Finger sanken in das blonde Haar, das er schon den ganzen Abend hatte berühren wollen. Er küsste Lacey fest und lang auf den Mund. Sie erstarrte nur kurz, dann merkte er, wie sie sich zu ihm beugte, seinen Kuss erwiderte und sich ihm öffnete. Das Blut rauschte in seinem Kopf. Ihr Mund war weich und warm, er nahm ein fast lautloses Aufseufzen tief in ihrer Kehle wahr. Dann spürte er ihre Hand an der Schulter und verfluchte seine dicke Jacke. Er wollte die Wärme ihrer Berührung empfinden können, wollte fühlen, wie ihre Hand über seine Haut ...

Sie löste die Lippen von seinen, ließ die Hand aber liegen.

»Das ist keine gute Idee«, flüsterte sie.

Er stand ganz still und versuchte, die Erregung im Zaum zu halten, die ihn überkommen hatte. »Wenn ich schon einen Fehler begehe, dann am liebsten einen großen.«

Laceys Augen weiteten sich.

Er drückte auf den Knopf der Türverriegelung, trat zurück und schloss die Wagentür. Sie starrte ihn durch das Fenster hindurch an, hatte die Finger auf die Lippen gelegt. Ihr verblüffter Gesichtsausdruck wich einem Lächeln. Hinter ihrer Hand konnte er die zuckenden Mundwinkel erkennen.

»Los jetzt!« Er machte eine Geste, als wolle er sie verjagen. »Nach Hause mit dir!«

Lacey ließ den Motor an und stellte den Automatikhebel auf D. Verwegen grinsend zwinkerte sie Jack zu, mit lachenden Augen. Sie imitierte sein Zwinkern vom Samstagmorgen, als er sie zum ersten Mal gesehen hatte. Das hieß, sie erinnerte sich daran. Jacks Herz machte einen Sprung, Lacey gab Gas.

Er stand mitten auf der Straße und schaute dem Wagen hinterher, bis die Rücklichter verschwanden.

Mit der dampfenden Kaffeetasse in der Hand starrte Lacey am nächsten Morgen aus dem Fenster. Die Zeitung lag etwa fünfzehn Meter von ihrer Veranda entfernt draußen auf dem Gehsteig. Gefrierender Regen hatte im Lauf der Nacht den verharschten Schnee mit einer gefährlichen Eisschicht überzogen. Um an die Zeitung zu kommen, musste sie im Morgenmantel hinausflitzen und versuchen, sich dabei nicht sämtliche Knochen zu brechen. Sie liebte die Sudokus. Der Tag fing erst richtig an, wenn sie die verdammten Dinger gelöst hatte.

Lacey stellte die Kaffeetasse ab, zog den Gürtel des Morgenmantels straff und schlüpfte in ein Paar Stiefel. Ihr Blick fiel in den Spiegel im Flur. *Traumhaft.* Katastrophenhaar, ein abgewetzter grüner Morgenmantel und Marienkäferstiefel. Wenn Mr Carson von gegenüber sie so sah, würde sie sich das ewig anhören müssen. Dieser schrullige Kerl glaubte sowieso nicht, dass sie Zahnärztin war. Seiner Frau hatte er erzählt, sie arbeite an der Rezeption einer Zahnarztpraxis.

Lacey schaute ein bisschen genauer in den Spiegel, versuchte, ihr Haar mit den Fingern zu ordnen. Ihre Lippen sahen irgendwie geschwollen aus. Prüfend betastete sie sie. Eindeutig. Die Haut war empfindlich – und das nach einem einzigen Kuss. Einem sehr heißen Kuss, der sie unter Strom gesetzt und bis drei Uhr morgens wachgehalten hatte.

Warum hatte sie sich auf das Treffen mit Jack eingelassen? Michaels Warnung klang ihr noch in den Ohren. Rein rational musste sie ihm recht geben. Aus ihr und Jack Harper konnte nichts werden. Sie hatte mit ihren eigenen Erinnerungen an die Vergangenheit schon genug Probleme. Sie brauchte nicht auch noch seine dazu.

Aber im Augenblick dachte Lacey nicht mit dem Gehirn. Sie dachte mit dem Teil ihrer selbst, der seit über einem Jahr keine wirkliche Verabredung gehabt hatte, einem Teil, der sich nach der rauen Berührung eines Mannes sehnte. Sie wünschte sich eine starke Schulter zum Anlehnen, einen Mann, der sie im Bett an sich zog und ihr das Gefühl gab, ohne sie nicht leben zu können.

Lacey biss sich auf die Lippen und ließ widerstrebend einen Gedanken zu, den sie lang vermieden hatte: *Sie war einsam.* Ihre Tage füllte sie mit Arbeit. Außerdem unterrichtete sie Turnen im Sportstudio. Männer mied sie wie festgetretenen Kaugummi auf einem sommerheißen Gehsteig.

Warum er? Warum jetzt?

Irgendwie war es diesem Mann gelungen, sich an ihrem Schutzschild vorbeizuschmuggeln. Einen Moment lang hatte sie nicht aufgepasst und den hatte Jack genutzt, sich angeschlichen und Gefühle und Erinnerungen in ihr geweckt, die sie fest unter Verschluss gehalten hatte. Und körperliche Bedürfnisse.

Noch immer staunte sie darüber, was vorigen Abend geschehen war. Als Jack sie geküsst hatte, hatte sie das Klicken gehört, das anzeigte, dass zwei Menschen zueinander passten. Laut und deutlich. Und sie wusste, dass es Jack genauso ging.

Lacey hob das Kinn, legte die Hand auf den Türknauf, hielt dann aber inne und begutachtete noch einmal ihr wirres Haar. Sie zog es nach hinten, drehte es zu einem festen Knoten und steckte es mit einem Clip aus ihrer Manteltasche fest.

Wen kümmert schon, was Mr Carson denkt?

Bibbernd vor Kälte, aber äußerst vorsichtig schob sie sich über die Veranda, rutschte auf der obersten Stufe aus und plumpste auf den Hintern. Ihre Zähne schlugen heftig aufeinander. Der Ruck der unsanften Landung fuhr ihr durch den ganzen Körper.

Okay. Dann eben keine Zeitung heute.

Mit Trippelschritten arbeitete sie sich zurück zur Haustür. Erst jetzt entdeckte sie das kleine Päckchen, das am Türrahmen lehnte. »DR. LACEY CAMPBELL« stand in Großbuchstaben darauf.

Und was ist das jetzt?

Keine Adresse, kein Poststempel. Irgendwer musste es gestern vorbeigebracht haben. Lacey ertastete die Umrisse einer CD. Sie runzelte die Stirn. Hatte bei der Arbeit jemand etwas von einer DVD für sie gesagt?

Sie riss die Verpackung auf, kehrte in die wohlige Wärme des Hauses zurück und atmete den betörenden Kaffeeduft ein. Eine DVD fiel ihr in die Hand. Kein Etikett, keine Beschriftung. Mit der Tasse in der Hand ging Lacey ins Wohnzimmer. Ihre Neugier war geweckt.

Sie steckte die DVD in den Player, schnappte sich die Katze, die ihr um die Beine strich, setzte sich aufs Sofa und kraulte Eve am Kinn. Auf dem Fernsehschirm erschien nur grauer Schnee. *Doof.* War die DVD vielleicht unbespielt?

Plötzlich erschien ein Bild auf dem Monitor. Zu sehen war ein Raum mit Betonwänden. Ein wenig wackelig schwenkte die Kamera über eine Ansammlung von Gerümpel. In den Ecken standen kleine, schiefe Türme aus aufgestapelten Kartons. Der enge Raum war mit alten Holzstühlen, kaputten Tischen und einer fleckigen Teppichrolle vollgestopft. Die Bilder waren so körnig, als stammten sie von einem alten Filmband oder wären mehrfach von einem Medium zum anderen überspielt worden. Plötzlich fing die Kamera ein schmales Metallbett ein. Laceys Brust zog sich zusammen, als auf die blonde Frau scharf gestellt wurde, die ans Kopfteil des Bettes gefesselt war.

Suzanne.

Eve stieß einen Protestlaut aus und Lacey ließ die Katze los, die sie plötzlich viel zu fest an sich gedrückt hatte. Hektisch sprang Eve von Laceys Schoß, suchte vergeblich mit den Krallen Halt auf den Holzdielen und flüchtete schließlich schlitternd aus dem Zimmer.

Lacey hielt den Atem an. Die Kamera zoomte auf Suzannes Gesicht. Ihre Augen waren halb geschlossen, doch ein kurzer hasserfüllter Blick traf das Objektiv wie ein Pfeil. Dann wurden ihre Augen wieder leer. Suzanne zerrte nicht an den Fesseln. Anscheinend hatte sie den Kampf aufgegeben. Ihr Haar war ungepflegt und lang. Länger als Lacey es je gesehen hatte. Es war strähnig, sogar fettig. Suzannes Kopf drehte sich noch einmal zur Kamera. Sie starrte Lacey direkt in die Augen. Dann wandte sie sich mit hängendem Kinn ab. Die Kamera tastete sich in geradezu obszöner Weise über ihren Körper, der in einem zerschlissenen T-Shirt und einer Jogginghose steckte.

Oh mein Gott.

Lacey riss die Augen auf. Sie starrte auf die Wölbung unter Suzannes T-Shirt. Dabei tasteten ihre Hände zwischen den Sofakissen nach der Fernbedienung. Sie konnte den Blick nicht vom Fernsehschirm lassen. Wenn sie wegschaute, verschwand vielleicht auch das Bild. Sie musste die DVD anhalten! Wo war die verdammte Fernbedienung?

Grundgütiger. Suzanne war schwanger.

Der runde, vorgewölbte Bauch sprach eine eindeutige Sprache. Vor Laceys Augen entstand unter dem T-Shirt eine kleine Beule. Ihre Hände erstarrten mitten in der Suche. Das Ungeborene bewegte sich.

Was war mit ihm passiert? Wo war Suzannes Baby?

Kein Baby mehr. Ein Kind. Vermutlich neun oder zehn Jahre alt.

Das Bild verschwand. Grauer Schnee rauschte auf dem Schirm. »Neiiiiin!«, schrie Lacey.

Sie riss den Blick von der Mattscheibe los, entdeckte die Fernbedienung auf dem Beistelltisch und schnappte sie sich. Den Finger bereits an der Rücklauftaste, wandte sie sich wieder dem Fernseher zu. Gerade erschienen neue Bilder. Diesmal dunkler und schärfer. Die Szene war draußen aufgenommen. In einer nächtlichen Stadt.

Im Stehen richtete Lacey die Fernbedienung auf den Bildschirm. Ihr Finger schwebte über der Rücklauftaste, während sie die dunklen Bilder von geparkten PKWs und Trucks auf dem Monitor fixierte. Die Kamera schwenkte von Wagen zu Wagen. Sie erkannte einen Ford Mustang. Er war fast neu. *Ein aktuelles Modell.* Laceys Atem stockte. Dieser Teil der Aufnahme war erst kürzlich entstanden.

Eine verzweifelte Sekunde lang glaubte sie, Suzanne wäre am Leben und schwanger.

Nein. Lacey spürte, wie ihre Schultern vornüber sackten. Suzannes sterbliche Überreste waren unter einem Wohngebäude gefunden worden. Lacey hatte die Knochen selbst in den Händen gehalten. Tränen brannten in ihren Augen.

Zitternd holte sie Luft, starrte auf den Bildschirm und versuchte, nicht an Suzannes verloren aussehenden Schädel zu denken.

Dann sah sie ihn. Lacey plumpste aufs Sofa zurück. Jack Harper. Er beugte sich in ihren Truck, gab ihr einen langen Kuss und schlug dann die Tür zu. Lacey starrte ihr eigenes überraschtes Gesicht hinter dem Wagenfenster an. Dann schlingerte die Kamera. Kurz bevor die Aufnahme abbrach, hörte sie einen leisen, obszönen Fluch.

Laceys Kehle zog sich zusammen, sie sprang auf, rannte ins Bad und beugte sich würgend über die Toilette.

Der Kuss war noch keine zehn Stunden her.

Fünfzehn

Der Latte passte ihm ganz und gar nicht. Er war ihm nicht süß genug. Einen Becher hatte er bereits umgetauscht. Die Barista hatte den Kaffee verbrennen lassen und er bekam den widerlichen Geschmack nicht mehr von der Zunge. Sie hatte ihm einen neuen hingestellt und einen Gutschein für einen Gratislatte beim nächsten Besuch dazugelegt. Immerhin hatte sie sich um die Reklamation gekümmert. Egal, was man tat – man sollte es richtig machen.

Während er wartend an dem kleinen Tisch saß, hüpfte sein Knie auf und ab. Er ließ den Blick über die anderen Gäste schweifen und summte mit der Musik aus den Lautsprechern mit, bis er merkte, dass Willie Nelson sang. Er hasste Countrymusik. Sie erinnerte ihn immer an seinen Vater.

Das Wetter war klar und sonnig, doch die Temperaturen lagen deutlich unter null Grad. Am schlimmsten war der Wind. Er war so eisig und schneidend, dass einem draußen innerhalb von fünf Sekunden die Nase zufror. Nur ganz Hartgesottene wagten es, auf den spiegelglatten Straßen herumzufahren.

Ihm machte das Fahren bei Schnee und Eis nichts aus. Er kannte solches Wetter aus seiner Kindheit und Jugend. Doch für diese Stadt waren derart lange Kälteperioden eher ungewöhnlich. In einem typischen Portland-Winter reichte ein guter Zentimeter Neuschnee, um das Leben komplett lahmzulegen. Innerhalb kürzester Zeit waren dann aufgrund von Unfällen sämtliche Freeways verstopft. Die Bewohner von Portland hatten keinen Schimmer, wie man auf Schnee einen Wagen lenkte. Zum Glück hatte er lang an Orten gelebt, wo Autofahren bei solchen Bedingungen etwas ganz Alltägliches war.

Ob Lacey sein Geschenk wohl gefiel? Zunächst hatte er den Clip mit ihr und Harper gar nicht anhängen wollen. Aber dass der Mann sie geküsst hatte, machte ihn stinksauer.

Und eifersüchtig.

Diese Frau löste völlig unerwartet irgendetwas in ihm aus.

Und was jetzt? Was bedeutete das für seinen Plan? Er spielte im Kopf die Alternativen durch. Nachdenklich nippte er an dem heißen Kaffee. Lacey war in seinem Masterplan schon immer eine nicht ganz eindeutige Variable gewesen. Über ihr Schicksal hatte er nicht gleich zu Anfang entschieden. Er runzelte die Stirn. Für jeden anderen hatte er jeden einzelnen Schritt ebenso detailliert wie unverrückbar festgelegt. Warum nicht für sie?

Hatte er im Unterbewusstsein schon immer geahnt, dass sie etwas Besonderes war?

Auch Suzanne war etwas Besonderes gewesen. Das wehmütige Lächeln, das über seine Züge huschte, veranlasste die attraktive Frau am Nebentisch dazu, ihn anzulächeln. Sie versuchte, Blickkontakt herzustellen. Doch er ignorierte sie und schaute aus dem Fenster. Es gab noch einiges zu bedenken und er musste sich konzentrieren.

Den alten Film hatte er sich seit Jahren nicht mehr angesehen und jetzt hatten ihm die Bilder die Kehle zugeschnürt. Suzanne war so hinreißend gewesen, war aufgeblüht, als das Kind in ihrem Bauch gewachsen war. Sie war die Auserwählte unter all den Mädchen. Er erinnerte sich noch gut daran, wie er mit den Händen über ihren schwangeren Bauch gefahren war und die Tritte des Kindes gespürt hatte. Suzanne töten zu müssen, hatte ihn furchtbar geschmerzt. Beinahe hätte er es sich anders überlegt, aber er hatte keine andere Wahl gehabt. Ihr ganzes Leben lang hätte sie gekämpft und versucht, ihm zu entkommen. Das konnte er nicht zulassen. Deshalb musste sie das Schicksal der anderen teilen.

Egal, was man tat – man sollte es richtig machen.

Er zwang sich, weiter über sein aktuelles Problem nachzudenken. Lacey Campbell. Einen Augenblick lang malte er sie sich an Suzannes Stelle aus. Auf dem klapprigen Bett, mit dickem Bauch. Sein Inneres zog sich zusammen. Konnte er so etwas noch einmal riskieren?

Diesmal gelang es der Frau am Nebentisch, seinen Blick aufzufangen. Sie lächelte noch einmal. Er starrte in seinen Kaffee, wollte sie nicht ermutigen. Früher hatten Frauen sich immer abgewandt. Als Teenager war er ein dürrer Schlaks gewesen. Zahnklammer, Pickel, Brille. Er hatte sehr darunter gelitten.

Doch inzwischen achtete er sehr auf sein Äußeres. Seine Kleider waren ordentlich gebügelt, sein Haar gut frisiert und die Zähne frisch gebleicht. Es gab keinen Grund, auszusehen wie ein Penner. Nur schade, dass er an seiner Größe nichts ändern konnte. Auf der Highschool hatte ihn der Football-Coach einmal im Flur angehalten, ihn von oben bis unten gemustert, über seine Größe den Kopf geschüttelt und gesagt: »Zum Glück hast du was in der Birne.«

Der Mann wusste ja nicht, wie recht er hatte.

Der Football-Coach hatte nie erfahren, wer sich während des Homecoming-Spiels mit einem Baseballschläger über die Scheinwerfer seines geliebten Firebirds hergemacht hatte.

Etwas konsequent durchzuziehen war sehr wichtig.

Die erste Tötung eines Menschen war ein Desaster gewesen, doch er hatte sich gezwungen, die Sache zu Ende zu bringen. Ihm war nicht klar gewesen, dass Menschen sich viel verbissener wehrten als Tiere. Keine Spezies hatte einen ausgeprägteren Lebenswillen als der Mensch. Davon hatte er sich einige Male überzeugen können und dann nie mehr den Fehler gemacht, die ausgewählte Person zu unterschätzen. Er blieb stets auf der Hut, hatte immer alles im Griff.

Nicht wie Ted Bundy. Bundy hatte am Ende die Kontrolle verloren und war zum Opfer seiner eigenen Schwäche geworden. Der Mann war zu dreist gewesen, hatte geglaubt, man könnte ihn nicht erwischen, und wenn, dann gäbe es kein Gefängnis, das sicher genug für ihn wäre. Zweimal war ihm die Flucht gelungen, und vor seiner Hinrichtung in Florida hatte er einen dritten Fluchtversuch geplant. Bundy war topfit und mit gebräunter Haut gestorben. Er hatte Selbstbräunungslotion benutzt und regelmäßig trainiert. Vermutlich hatte er fliehen und sich unter die sonnenverwöhnten Bürger Floridas mischen wollen. Es war ihm nicht gelungen.

Er trommelte mit den Fingern auf den Tisch. Dabei dachte er über sein eigenes Ende nach. Zwar konnte er sich das Finale nicht bis ins letzte Detail vorstellen, doch die Menschen sollten erkennen, dass er es minutiös vorbereitet hatte. Er gierte danach, angehimmelt und bewundert zu werden. Das musste doch möglich sein. Aber um sich im Rampenlicht zu sonnen, musste er die Öffentlichkeit suchen. Nur – wie sollte er das machen, ohne dabei verhaftet zu werden? Versonnen kaute er an seiner Lippe und starrte hinaus in den Schnee. Er konnte ein Geständnis ablegen und dann Selbstmord begehen. Damit würde er der Welt zeigen, dass er ein Genie war und gleichzeitig der Gefängnishölle entgehen. Er kannte ein halbes Dutzend Möglichkeiten, sich ohne Hilfsmittel umzubringen.

Das Gefängnis machte ihm Angst. Tod und Selbstmord nicht. Der Tod war ihm schon oft begegnet und schien recht friedlich zu sein. Wenn seine Opfer den magischen Ort jenseits des materiellen Seins erblickten, trat Gelassenheit auf ihre Züge. Was sahen sie dort? Was wartete auf sie?

Die Vorstellung vom Tod beunruhigte ihn nicht. Nur der Dreck störte ihn. Der Tod war widerlich, übelriechend, unhygienisch.

Er musste noch weiter an den Feinheiten seines Plans feilen.

Er warf einen Blick auf die Kaffeetassen-Uhr an der Wand. Fünf Minuten würde er noch warten. Länger nicht.

Gelangweilt schaute er zu der Frau hinüber, versuchte, sie mit der Kraft seiner Gedanken dazu zu bringen, ihn noch einmal anzusehen. Sie tat es. Ihre rechte Augenbraue hob sich ein wenig, ihr Gesichtsausdruck war offen und warm. Im Grunde war sie recht anziehend. Er musterte sie eingehend. Vielleicht ein wenig älter als er es gern hatte, aber sehr gepflegt. Das war wichtig. Nur ihr braunes Haar gefiel ihm nicht. Sie sollte blond sein. Kokett warf sie die dunklen Locken mit der Hand über die Schulter. Er fixierte diese Hand. Ein Ehering.

Angewidert sah er beiseite. Untreue Ehefrauen ekelten ihn an. Jetzt hatte er endgültig lang genug gewartet. Ohne auf den fragenden Blick seiner Bewunderin zu achten, stand er auf. Auf dem Weg zur Tür ließ er den fast vollen Kaffeebecher in den Mülleimer fallen und zog wegen des kalten Windes draußen seinen Mantel fester um sich. Höflich hielt er dem Mann, der gerade hereinkam, die Tür auf, sah zu, wie er den Schnee von den Stiefeln stampfte, und grinste über sein Glück.

Genau das Opfer, auf das er gewartet hatte. Heute war der Unglückstag dieses Kerls.

Sechzehn

Detective Mason Callahan hielt die DVD an und drückte die Rücklauftaste. Während er sich den Clip mit dem Kuss noch einmal anschaute, trommelten seine Finger rhythmisch auf den Tisch. Mit einer neugierig hochgezogenen Augenbraue sah er die beiden Leute an, die mit ihm am Tisch saßen. Die Anspannung im Vernehmungsraum war greifbar. Dr. Campbell wandte sich errötend ab. Aber Harper starrte ihn mit kühlem Blick an.

»Sie beide haben es ganz schön eilig, was?« Mason zeigte mit dem Kopf auf den Fernseher, ohne den Blickkontakt mit Harper zu unterbrechen. »Aber irgendjemand war von dem, was er sah, alles andere als begeistert. Der Fluch am Ende sagt eigentlich alles.«

Harper starrte ihn nur schweigend an. Demonstrativ lehnte sich der große Mann auf dem billigen Stuhl zurück und kreuzte unter dem Tisch die Knöchel. Trotz der entspannten Pose strahlte er nur mühsam im Zaum gehaltene Gereiztheit aus. Dr. Campbell saß mit ineinander verschlungenen Händen und zusammengekniffenen Lippen am Tisch. Ihr Blick hing am Bildschirm. Sie hatte feuchte Augen, weinte aber nicht. Noch nicht. Seit die DVD lief, hatte sie kein Wort gesagt.

Das viel zu kleine Vernehmungszimmer der Staatspolizei war eine düstere Kammer. Nur ein Besprechungstisch, ein paar Stühle und ein Fernseher mit DVD-Player auf einem Rolltisch standen darin. Ein neuer Anstrich war überfällig. Die Stuhllehnen hatten die schmutzigweiße Farbe von den Wänden gescheuert. Die Decke wölbte sich in einer Ecke wegen eines Wasserschadens, um den sich nie jemand gekümmert hatte, und Masons Stuhl quietschte bei jeder Bewegung erbärmlich.

»Ich denke, wir können davon ausgehen, dass Dr. Campbell beobachtet wird«, sagte Detective Ray Lusco ruhig und sachlich. Er lehnte an der Wand. Mason wusste, dass sein Partner bestrebt war, den Wettstreit der Egos am Tisch in geordnete Bahnen zu lenken, bevor der Siedepunkt erreicht war. Ray verschränkte die Arme über der breiten Brust. Sein Bizeps wölbte sich unter dem gestärkten weißen Hemd.

»Was ist mit Suzanne? Um mich geht es hier doch gar nicht.« Dr. Campbell wedelte mit der Hand in Richtung Bildschirm. »Was ist mit Suzanne passiert? Hat er sie so lang ans Bett gefesselt, bis das Kind zur Welt kam?«, fragte sie gereizt. In ihren feuchten Augen flackerte Zorn.

»Natürlich geht es um dich«, sagte Harper. »Suzanne ist tot, aber du bist am Leben. Und jemand, der weiß, was mit Suzanne passiert ist, spioniert dir hinterher. Das gefällt mir nicht.« Der letzte Satz war an Callahan gerichtet, der zustimmend nickte.

»Ich glaube, wir können mit einiger Sicherheit sagen, dass Ihr Verfolger Trenton und Cochran auf dem Gewissen hat. Die wichtigste Verbindung zwischen DeCosta und den ermordeten Männern ist Suzanne. Die Männer haben wichtige Rollen beim DeCosta-Prozess gespielt und jetzt bezahlen sie dafür mit dem Leben. Darüber haben wir schon bei Ihnen zu Hause gesprochen. Wenn dieser Verrückte nach demselben Muster weitermacht, könnten Sie auch auf seiner Liste stehen. Vielleicht sogar als nächstes Opfer.«

»Aber wozu ihr die DVD schicken und sie wissen lassen, dass sie beobachtet wird?«, warf Harper ein.

Mason schüttelte den Kopf. »Gute Frage. Wir wissen nur, dass er uns etwas sagen will. Aber nicht was. Wir müssen herausfinden, wer den Film gedreht hat. DeCosta wurde keine vierundzwanzig Stunden nach Suzannes Entführung gefasst. Er kann es also nicht gewesen sein. Es gab ganz offensichtlich eine zweite Person. Jemanden, dem er vertraute, den er zu den Opfern ließ. Wir müssen uns seine Familie vornehmen und alle, die viel mit ihm zu tun hatten.

Es ist durchaus möglich, dass ein und dieselbe Person beide Teile des Films gedreht hat.« Mason bemerkte die aufflackernde Neugier in Dr. Campbells Blick. »Und es muss jemand sein, der wusste, wohin Sie gestern nach der Arbeit gingen oder der Ihnen gefolgt ist.«

»Der Kerl weiß offensichtlich von Ihrer engen Freundschaft mit Suzanne«, fügte Ray hinzu. »Mit der DVD sagt er Ihnen, dass er das Verhältnis zwischen Ihnen und Suzanne kennt. Außerdem legt er Wert darauf, uns mitzuteilen, dass er hinter den aktuellen Ereignissen steckt.«

»Was meinen Sie damit?« Dr. Campbell rieb sich die Stirn.

»Die Morde an Trenton und Cochran. Suzannes sterbliche Überreste unter meinem Mehrfamilienhaus.« Harpers Worte klangen abgehackt.

»Irgendeine Ahnung, um wen es sich handeln könnte? Haben sich in letzter Zeit Fremde an Sie herangemacht? Bei dem ausgeprägten Ego, mit dem wir es hier zu tun haben, würde es mich nicht wundern, wenn er sich Ihnen genähert oder sogar mit Ihnen gesprochen hätte.« Mason sah, wie Dr. Campbells Gesicht noch eine Spur blasser wurde.

»Für Dr. Campbell ist er vielleicht gar kein Fremder«, gab Ray zu bedenken. »Es könnte eine Person aus ihrer Vergangenheit sein. Während des DeCosta-Prozesses hatte sie es mit zig verschiedenen Leuten zu tun.«

Callahan nickte. »Sind in letzter Zeit irgendwelche alten Bekannten wieder aufgetaucht? Leute, die Sie eher selten sehen?«

Mason sah den alarmierten Blick, den Dr. Campbell Harper zuwarf, und richtete sich auf seinem geräuschvollen Stuhl auf. »Was? Was ist passiert?«

Dr. Campbell schüttelte den Kopf. Sie schien anderer Meinung zu sein als Harper, der düster nickte.

Harper schnaufte. »Wir hatten gestern eine kurze Begegnung mit ihrem Exmann.«

»Gestern Abend?«

»Vor … dem hier.« Harper nickte zum Fernseher hin. »Etwa zehn oder fünfzehn Minuten eher.«

»Und wie dürfen wir uns diese Begegnung vorstellen?«

»Unangenehm.« Harper sah Dr. Campbell entschuldigend an. »Er hat sie vor etwa fünfzig Leuten eine hinterhältige Schlampe genannt. Laut und deutlich.«

»Name?« Ray machte sich in aller Ruhe Notizen.

»Frank Stevenson«, antwortete Harper, bevor Lacey überhaupt den Mund aufmachen konnte.

Mit was für einem Widerling war sie denn bloß verheiratet gewesen? Mason musterte Dr. Campbell, die immer noch den Kopf schüttelte.

»Frank kann es nicht sein. Er ist ein Arsch, aber kein Killer.«

»Wann waren Sie denn mit ihm verheiratet? Wusste er von DeCosta und Suzanne?«

Dr. Campbell nickte. »Frank und ich waren während des College zusammen. Wir heirateten in dem Jahr ... nach Suzannes Verschwinden.« Sie schluckte, doch ihre Augen zeigten, dass sie sich im Griff hatte. »Wir waren damals alle miteinander befreundet. Frank begleitete unser Team zu fast allen Wettkämpfen. Jeder kannte ihn.«

»War er auch mit bei dem Wettkampf in Corvallis?«, fragte Mason.

In Dr. Campbells Zügen blitzte Ärger auf. »Ich habe in der Nacht damals DeCostas Gesicht gesehen. Ich habe gesehen, wie er sich Suzanne geschnappt hat. Das war nicht Frank!«

»Das behaupte ich auch nicht. Ich möchte nur gern wissen, wo er sich während gewisser Ereignisse aufhielt. Dank der DVD wissen wir jetzt, dass damals an den Taten mindestens zwei Personen beteiligt waren. Während der eine im Gefängnis saß, drehte der andere den Film.« Masons Magen brannte. Vor zehn Jahren hatte er irgendetwas übersehen. Wie hatte er so naiv sein können, zu glauben, mit DeCostas Verhaftung wäre alles vorbei? Hier hatten sie den Beweis, dass Suzanne auch Monate nach seiner Festnahme noch am Leben gewesen war und dass es einen weiteren Beteiligten an ihrer Entführung gab. »Ihr Exmann weiß also, wo Sie gestern Abend waren. Und ich nehme an, Ihre Adresse kennt er auch.«

Dr. Campbells Nicken wirkte ziemlich steif. Sie nahm anscheinend an, dass er sich in etwas verrannte. Aber im Augenblick war jeder, der irgendwie mit ihr Kontakt aufnahm, ein potenzieller Verdächtiger. Umso mehr, wenn es sich dabei um einen Spinner handelte.

»Ich denke nicht, dass er den Clip von gestern Abend gedreht hat«, warf Harper ein. »Ich habe Stevenson gestern gesehen. Als wir plötzlich vor ihm standen, war er ziemlich schockiert. Dass er uns zum Truck gefolgt ist, kann ich mir nicht vorstellen. Schon gar nicht mit seiner derzeitigen Ehefrau im Schlepptau.« Die Worte klangen sicher, doch Mason sah einen Anflug von Zweifel in Harpers Augen.

Mason fixierte den anderen Mann. »Dieser Verrückte könnte Sie jetzt auch im Visier haben. Dem, der den Film gemacht hat, hat der Kuss ganz und gar nicht gepasst.«

Dr. Campbell sog geräuschvoll die Luft ein.

»Soll das heißen, unser rätselhafter Kameramann hat eine Schwäche für Dr. Campbell?« Ray verzog nachdenklich das Gesicht. Mason hörte die Zahnräder im Kopf seines Partners ineinandergreifen. »Vielleicht ist das ein Vorteil.«

Mason wusste genau, was Ray meinte, aber nicht laut aussprach. *Wenn der Kerl auf Dr. Campbell stand, brachte er sie vielleicht nicht um.* Zumindest nicht gleich.

»So wie für Suzanne?« Dr. Campbell spuckte die Worte aus. Auch sie hatte verstanden, was Ray angedeutet hatte. »Wozu seine Schwäche für sie geführt hat, sehen wir ja.« Sie schlug mit beiden Handflächen auf den Tisch. »Wo ist das Baby? Wie kommt es, dass ich mir als einzige Gedanken über dieses Kind mache?«

»Erstens wissen wir nicht, ob es überhaupt eines gibt. Und zweitens ist die Schwangerschaft, die wir auf der DVD sehen, schon lang her. Im Gegensatz zu der Drohung gegen Sie. *Die ist absolut aktuell.*« Am liebsten hätte Mason auch noch mit dem Finger auf die Zahnärztin gezeigt.

Dr. Campbell schien etwas ganz anderes zu interessieren. »Vielleicht ist die DVD ja gar nicht alt. Vielleicht hat er Suzanne jahrelang gefangen gehalten, bevor sie schwanger geworden ist.« Sie griff nach Strohhalmen.

Mason schüttelte den Kopf. »Ich habe gestern kurz mit dem Gerichtsmediziner gesprochen. Er vermutet, dass sie seit fast zehn Jahren tot ist.«

»Stand in seinem Bericht, dass sie ein Kind geboren hat?«, fragte Lacey. »Das könnte man nämlich an den Knochen des Beckengürtels sehen.«

»Ach ja?« Allzu überrascht wirkte Mason nicht. Was Anthropologen aus einem Haufen Knochen alles herauslesen konnten, faszinierte ihn immer wieder. »Ob in dem Bericht auch eine Schwangerschaft erwähnt wird, weiß ich nicht mehr.« Er versuchte, sich zu erinnern. »Aber ich schaue gleich noch einmal nach.«

Er warf Dr. Campbell einen eindringlichen Blick zu. »Und Sie machen sich am besten rar, bis die Sache geklärt ist. Dieser Bekloppte hat ein ungesundes Interesse an Ihnen. Fahren Sie eine Zeitlang weg. Machen Sie Urlaub.«

»Urlaub?«, stammelte sie. »Ich soll Urlaub machen, während hier Leute ermordet werden? Mich an den Strand legen und Mai Tais schlürfen? Ich werde mich nicht verstecken. Für das ganz normale Leben, das ich führe, habe ich lang und hart gekämpft. Auf keinen Fall lasse ich mir von irgendeinem Phantom so viel Angst einflößen, dass ich mir zu Hause oder sonst wo die Decke über den Kopf ziehe und mich nicht mehr unter die Leute wage.« Ihre Stimme versagte. Mason glaubte zu ahnen, durch welche Art von Hölle sie vor einem Jahrzehnt gegangen war. Vermutlich hatte sie jahrelang jeder Schatten erschreckt.

»Ich gehe nirgendwohin.«

Mason bemerkte den glasigen Film über ihren Augen, der vor einer Minute noch nicht dagewesen war. Sie gab sich äußerlich stark, doch in ihrem Schutzwall gab es einen alten Riss, der langsam breiter wurde. Was dahinter zum Vorschein kam, wollte er lieber nicht sehen.

Harper berührte Lacey am Arm. »Er hat recht. Du solltest die Stadt verlassen.«

Sie riss den Arm weg und funkelte ihn an. »Sag du mir nicht, was ich tun soll.« Harper zuckte zurück. Dieselbe Irritation, die auch Mason empfand, spiegelte sich auf seinem Gesicht.

Lacey stand auf, kämpfte sich in ihre dicke Jacke und schnappte ihre Handtasche. »Ich bin hier fertig.« Auf dem Weg nach draußen wich sie jedem Blickkontakt aus. Harper öffnete ihr die Tür. »Die DVD können Sie behalten. Ich will sie nicht mehr sehen.«

Mason hörte das wütende Klacken der Stiefelabsätze im Flur verhallen.

»Sie läuft nicht weg. Wir sind mit meinem Wagen hier.« Harper starrte auf die Tür. Dabei knirschte er vor Frustration mit den Zähnen. Dann beugte er sich zu Mason. »Können Sie irgendetwas für sie tun?«

»Sie schützen, meinen Sie?«

Harper nickte grimmig. »Der Typ könnte sie jederzeit von der Straße pflücken oder aus dem Bett zerren.« Er hielt inne. Mit einem düsteren Blick bezog er Ray in das Gespräch mit ein. »Sie wissen beide, dass der Kerl etwas von ihr will.« Er zeigte auf den leeren Bildschirm des Fernsehers. »Können Sie sich die Hölle vorstellen, durch die ihre Freundin gegangen ist?«, fragte er leise.

Mason traute sich das zu. Es fiel ihm auch nicht schwer, sich über dem schwangeren Körper Dr. Campbells Gesicht an Stelle von Suzannes vorzustellen.

»Offiziell können wir nicht viel tun. Im Augenblick stützen wir uns nur auf Mutmaßungen. Gleichzeitig denke ich, wir sollten sie rund um die Uhr im Auge behalten. Nur schaffen wir das leider nicht.« Mason sah Harper an.

Harper nickte bedächtig.

Als Jack Lacey vor dem Polizeigebäude nirgends entdeckte, stockte ihm der Atem. Die vereiste Straße lag verlassen da, dabei hatte sie höchstens eine halbe Minute Vorsprung. In der Hoffnung, dass sie sich beruhigt hatte und jetzt bei seinem Truck auf ihn wartete, joggte Jack durch den festgefahrenen Schnee zu dem Parkplatz. Er warf einen Blick zum Himmel. Für die nächsten zwölf Stunden waren fünf bis zehn Zentimeter Neuschnee vorhergesagt. Wenn er Lacey dazu bringen wollte, die Stadt zu verlassen, musste er schnell sein.

Warum zerbrach er sich eigentlich ihren Kopf? Hatte er denn selbst nicht genug am Hals?

Er musste sich um seine Firma kümmern und einen schweren Imageschaden verhindern. Eigentlich hatte er gar keine Zeit, den großen Bruder zu spielen. Und abgesehen davon kannte er die Frau kaum. Doch dann flammte ihr breites Lächeln in seinem Kopf auf und fuhr ihm in die Lunge wie ein Schneidbrenner. Wem versuchte er eigentlich, etwas vorzumachen? Gefühle logisch erklären zu wollen, war sinnlos. Schließlich fühlte man sich nicht aus Vernunftgründen zu jemandem hingezogen. Er wusste nur, wie ihm im Augenblick zumute war. Am liebsten wollte er Lacey vor dem verdammten Video bewahren, ihr Gesicht an seine Brust drücken und die Hände in ihrem Haar vergraben. Der Schmerz und die Verletzlichkeit in den angstvollen braunen Augen zerrissen ihm das Herz.

Er wollte auf etwas einschlagen. Auf jemanden.

Als Jack um die Ecke des Ziegelbaus bog, entdeckte er die zierliche Gestalt neben seinem Truck. Dem Himmel sei Dank. Er würde Lacey nicht mehr aus den Augen lassen. Der Knoten in seinem Magen löste sich. Er hatte gute Lust, diese Frau zu schütteln, bis sie zur Vernunft kam.

Doch mit Druck kam er bei ihr nicht weiter. Sie würde eher das Gegenteil von dem tun, was er verlangte. Wenn er sie schützen wollte, musste er diplomatisch vorgehen, ihr das Gefühl geben, seine Ideen für ihre Sicherheit wären ihre eigenen. Als er beim Näherkommen den immer noch sehr frischen Ärger auf ihren Zügen sah, begrub er seine psychologische Strategie kurzerhand in einem Schneeberg. Diese Frau würde tun, was immer sie wollte.

Ihre Begrüßung bestätigte das.

»Du und die Cops – ihr werdet mir nicht vorschreiben, was ich zu tun habe.« Lacey lehnte an seinem Truck. Ihr Blick war unerbittlich. »Ich habe verdammt hart gearbeitet, um diesen Alptraum hinter mir zu lassen und zu verhindern, dass er mein weiteres Leben bestimmt. Ich lasse mir nicht einreden, ich müsste mich verstecken.«

»Nicht verstecken. Du sollst ihm nur aus dem Weg gehen.«

»Verdammt!« Sie stampfte auf. »Dieser Psychopath macht mir schon zum zweiten Mal das Leben zur Hölle. Beim letzten Mal habe ich es irgendwie geschafft, wieder auf die Beine zu kommen. Aber jetzt ... Ich kann nicht ständig über die Schulter schauen. Selbst die Stadt zu verlassen, würde nicht helfen.«

Jack sagte nichts. Sie sollte erst einmal Dampf ablassen. Eigentlich wollte er sie umarmen, sie beruhigen. Aber er musste den richtigen Zeitpunkt abwarten. Stumm vergrub er die Fäuste in den Jackentaschen. Die Anspannung machte seinen Rücken steif. *Geduld.*

Plötzlich erstarrte sie, ihre Hände flogen zu ihrem Mund, ihre Augen weiteten sich. »Wo ist das Baby? Suzannes Verschwinden hat mir ein Loch ins Herz gerissen. Und seit ich weiß, dass sie schwanger war, ist das Loch doppelt so groß. Es ist ein Gefühl ... ein Gefühl, als hätte ich selbst ein Kind verloren. Mir ist klar, dass ich gar nicht nachempfinden kann, was in einer Frau vorgeht, der so etwas tatsächlich passiert, aber ich muss dieses Kind finden. Ich muss es wenigstens versuchen. Das bin ich Suzanne schuldig ... Ich hätte sie in der Nacht damals nicht loslassen dürfen.« Lacey kam ins Stocken. Ihr Blick hatte plötzlich etwas Gehetztes. »Glaubst du, der Killer ist der Vater des Babys? Oh Gott. Hat er das Kind vielleicht immer noch?«

Der Schmerz machte ihre braunen Augen noch dunkler. Jack betrachtete das als Zeichen.

Er legte die Arme um sie und zog sie an sich. Gern hätte er ihr den Schmerz abgenommen. Sie vergrub das Gesicht an seiner Jacke und atmete in mühsamen Stößen. Zögernd schlang sie unter der Jacke die Arme um ihn. Er spürte, wie ihr Herz gegen seine Brust hämmerte, hielt sie noch fester und legte sanft das Kinn auf ihr Haar. Jack sog ihren weiblichen Duft ein. Mit geschlossenen Augen wehrte er sich gegen das Verlangen, das in ihm aufkam. Er wünschte sich, er könnte ihre Qualen einfach verscheuchen.

Wie viele Jahre hatte die Heilung ihrer inneren Wunden nach dem Angriff gedauert? Die Narbe, die heute wieder aufgebrochen war, hatte ein empfindliches Nervenkostüm offenbart. Jack dachte an Cal und schluckte. Cal war für ihn mehr als ein Freund und Mentor gewesen. Und er war durch die Hand des Killers einen brutalen Tod gestorben. Vielleicht durch dieselbe Person, die nun hinter Lacey her war.

Beim Gedanken an den Kuss auf der DVD zog er sie noch heftiger an sich. Mit Lacey in den Armen fuhr er herum, suchte mit den Augen nach einer Kamera, einem Beobachter – irgendjemandem. Er hatte das Gefühl, als lauerten fremde Blicke auf sie. Callahan hatte recht. Jack musste Lacey an einen sicheren Ort bringen. Hawaii, Fidschi, die Antarktis – egal.

Jack knirschte wütend mit den Zähnen. Er würde sie beschützen. Ihm blieb keine andere Wahl. Sein Herz war stärker als sein Kopf.

Und er musste das Baby für sie finden.

Ray und Mason beobachteten das Paar durch das Bürofenster im ersten Stock.

»Es ist zum Kotzen!« Ray wandte sich ab. Der Stuhl, nach dem er trat, flog quer durch den Raum. »Wir können überhaupt nichts für sie tun.« Seine Stimme wurde eine Oktave tiefer. »So eine Kacke. Warum können wir sie nicht einfach irgendwo verstecken, bis die Sache vorbei ist?«

Mason stand stumm am Fenster, stützte sich mit der Hand am Sims ab und wartete geduldig, bis dieser ungewöhnliche Ausbruch vorbei war. Rays Frage war rein rhetorisch. Für so etwas hatten sie weder die Mittel noch das Personal. Das war ihnen beiden klar.

Mason sah, wie Harper herumfuhr und mit Blicken die Umgebung absuchte. *Guter Mann. Vielleicht bist du ja der Richtige, um sie zu beschützen.* Wenn Dr. Campbell schon keinen Polizeischutz kriegen konnte, tat es ein Ex-Cop vielleicht auch. Harper schob sie in den Truck und sah sich noch einmal auf dem Parkplatz um.

Dann fuhr er so rasant davon, dass die Reifen eine Schneefontäne in die Luft warfen.

Harper hatte etwas Besitzergreifendes. Darin stand er Mason in nichts nach, der sich aufführen konnte wie ein bissiger Köter, der sein Lieblingsspielzeug verteidigte. Harper würde alles Menschenmögliche tun, um Dr. Campbell zu beschützen. Wenn sie ihn ließ.

Aber was war mit diesem Reporter ... Brody? Mason dachte an den blonden Mann, der Dr. Campbell bewacht hatte wie eine Bärin ihre Jungen. Unter der coolen Oberfläche dieses Typen lauerte ein aufbrausender, unberechenbarer Charakter. Mason erinnerte sich daran, dass Harper und er sich bei ihrem ersten Gespräch einig gewesen waren, dass der Mann eine Nervensäge erster Güte war.

Wie würde sich Brody in dieses kuschelige Dreieck fügen?

Siebzehn

»Ach Jack, verdammt!«

Lacey wühlte in dem Stapel Ordner auf ihrem Schreibtisch in der zahnärztlichen Fakultät. Die Beurteilungen, die sie noch fertig machen musste, fand sie nicht. Sie hatte Jack überredet, sie hier abzusetzen. Den Protest dagegen hatte er erst aufgegeben, als sie ihm demonstriert hatte, wie sicher sie hier war. Ins Gebäude gelangte man nur mit einer Schlüsselkarte und die Fahrzeuge des Sicherheitsdienstes standen gut sichtbar davor. Er hatte selbst etwas im Büro zu erledigen, würde sie aber in einer halben Stunde abholen. Sie hatte ihm versprechen müssen, am Fahrstuhl des Uni-Parkhauses auf ihn zu warten. »In exakt dreißig Minuten«, hatte er geknurrt.

Jack wollte unbedingt, dass sie die Stadt verließ, aber das kam nicht infrage. Sie würde eine Zeitlang im Hotel wohnen. Das war der Kompromiss, auf den sie sich eingelassen hatte. Er bestand darauf, sie zuerst zur Fakultät und dann zum Packen nach Hause zu fahren. *Es ist bloß ein Hotel und nur für ein paar Tage.* Sie würde weder Portland verlassen noch bei der Arbeit fehlen. Jack war der Meinung, sie bräuchte einen Leibwächter. Für Lacey sah es aus, als hätte er den Job bereits selbst übernommen.

Darüber sprechen wir noch mal.

Sie riss die untere Schreibtischschublade auf. *Da lagen die Dinger ja.* Jetzt erinnerte sie sich wieder daran, dass sie die Beurteilungen gestern dort hineingesteckt hatte, als ein Student vorbeigekommen war, um sie nach seinen Noten zu fragen. Sie schnaubte. Warum konnte sie sich nicht konzentrieren? Was sie brauchte, war eine testosteronfreie Zone. Bei den Hormonmengen, die Jack und die Detectives ausdünsteten, war ihr Bedarf für Monate gedeckt.

Lacey zerrte den Laborkittel von der Stuhllehne und machte sich auf den Weg zur Damenumkleide. Dabei durchquerte sie das verlassene Dentallabor der Fakultät. Sie wunderte sich, dass kein Student die Abendstunden nutzte, um eine zahntechnische Arbeit fertigzustellen. Die vielen langen Nächte, die sie gemeinsam mit Amelia in diesem tristen Gemäuer durchgearbeitet hatte, waren ihr noch gut in Erinnerung. Irgendwann waren sie immer völlig aufgekratzt gewesen, hielten sich mit Kaffee und Schokolade wach und versuchten, nicht die Nerven zu verlieren und in Tränen auszubrechen, wenn sie eine Krone nach stundenlanger Arbeit doch vermurkst hatten.

Gelegentlich hatte jemand einen Sixpack ins Labor geschmuggelt. In solchen Nächten stieg Laceys Fehlerquote gravierend an. Schnell hatte sie gelernt, dass sie nicht gleichzeitig Kronen gießen und Bier trinken konnte. Aber heute Abend war kein Mensch hier. Anscheinend schrieb die heutige Studentengeneration um diese Tageszeit an ihren Hausarbeiten oder betrieb emsig Arbeitsvermeidung.

Den Kittel warf Lacey zu den anderen Mänteln und Schürzen in den Wäschekorb in der Umkleide. Dann sah sie auf die Uhr. In fünf Minuten erwartete Jack sie im Parkhaus.

Lacey sauste den stillen Flur entlang, legte dann aber eine Vollbremsung hin. »Mist.« Sie machte kehrt und hetzte zur Garderobe zurück. Sie hatte vergessen, ihre Kitteltaschen zu überprüfen. Einmal hatte sie aus Versehen die Laborschlüssel darin gelassen. Die Wäscherei behauptete, die Schlüssel nie gefunden zu haben. Lacey fischte den Kittel aus dem Wäschekorb und tastete die Taschen ab. In der Brusttasche spürte sie einen kleinen harten Knubbel, griff hinein, zog einen Ring heraus und riss die Augen auf.

»Was soll ...«

Dieses Erinnerungsstück verwahrte sie zu Hause in einem Schmuckkästchen, ganz hinten in einer Kommodenschublade.

Lacey drehte den Ring in der Hand. Auf ihrer Stirn bildeten sich tiefe Furchen, ihr Magen rumorte. Ein einzelner, in Gold gefasster roter Stein saß auf einem breiten Goldband mit Gravur. Das Schmuckstück war einer ihrer NCAA-Meisterschaftsringe. Getragen hatte sie nie einen davon. Sie wusste nicht einmal, wann sie sich die Dinger zum letzten Mal angeschaut hatte.

Wie kam der Ring in ihre Tasche?

Sie hielt ihn gegen eines der wenigen noch brennenden Lichter, drehte ihn und suchte nach der Jahreszahl und dem College-Logo. Um die Initialen lesen zu können, musste sie ihn ganz nahe an ihr Auge halten.

Das war nicht ihr Ring. Er gehörte Suzanne.

Ihr Magen verkrampfte sich. Ihr Atem stockte.

Raus hier.

Sie stürzte aus der Garderobe, dann den Flur entlang zum Fahrstuhl. Angst und Beklemmung saßen ihr im Nacken. Drei endlose Sekunden lang wartete sie vor der geschlossenen Metalltür. Dann fuhr sie herum und jagte die Treppe hinauf. Sie rannte durch den Flur des dritten Stocks. Ihre Gedanken folgten dem Takt ihrer Schritte. *Nicht mein Ring. Nicht mein Ring.*

Über diesen Singsang kam ihr Gehirn nicht hinaus.

Überall im Fakultätsgebäude schienen plötzlich Gefahren zu lauern. Es war viel zu leer. Mit einem Magen wie ein Eisklumpen rannte Lacey an den Türen der Büros und Seminarräume vorbei. Glasvitrinen voller menschlicher Zähne warfen ihr Spiegelbild zurück, sorgten für beunruhigende Bewegungen am Rand ihres Blickfeldes. Jemand war in ihrem Büro gewesen, hatte in ihren Sachen gestöbert.

Was, wenn er sich noch im Gebäude befand?

Wer machte so etwas?

Noch sieben Meter, dann hatte sie die doppelte Feuertür der langen, tunnelartigen Fußgängerüberführung erreicht, die von der Fakultät zum Parkhaus führte. Laceys Panik ließ ein wenig nach, ihre Schritte verlangsamten sich. Sie würde es bis zum Parkhaus schaffen. Dort wartete Jack auf sie und alles war gut. Im Moment war der Name Jack Harper in ihrem Kopf gleichbedeutend mit Sicherheit.

Mit beiden Händen drückte sie gegen eine der schweren Doppeltüren und ließ sie aufschwingen. Der lange verglaste Laufgang war leer, der Lift zum Parkhaus lag am anderen Ende. Lacey seufzte erleichtert auf. Doch schon nach drei Schritten nahm sie aus dem Augenwinkel eine Bewegung wahr. Auf unsicheren Füßen fuhr sie herum. An dem Teil der Feuertür, den sie nicht aufgedrückt hatte, lehnte ein Mann.

»Frank!«, schnaufte Lacey halb erschrocken, halb erleichtert. Ihr Ex mochte ein Ekel sein, aber im Moment hätte ihr Schlimmeres begegnen können. Bloß …

»Wie bist du hier reingekommen?« Laceys Herz schlug einen Trommelwirbel.

Er hob die Hand. »Ich habe immer noch deine Schlüsselkarte.«

Grundgütiger. Als sie ihm die Karte gegeben hatte, hatte sie selbst noch hier studiert. Hatte er sie die ganze Zeit aufbewahrt? Und das Ding funktionierte noch? Sie musste dringend ein ernstes Wort mit den Sicherheitsbeauftragten sprechen.

»Du hättest die Karte nicht behalten dürfen. Du solltest überhaupt nicht hier sein.«

Ihre Bestürzung verwandelte sich in Ärger. Als sie nach der Karte griff, zog Frank sie weg. Lacey fixierte ihn wütend.

»Was willst du hier?«

»Ich suche dich.«

»Warum? Was soll das?«

Er verzog das Gesicht zu dem trägen Lächeln, vor dem sie gelernt hatte, auf der Hut zu sein. Bei diesem Anblick begannen ihre Handflächen zu schwitzen und ihr wild klopfendes Herz setzte zwei Schläge lang aus. Früher hatte dieses Lächeln bedeutet, dass er einen Plan hatte. Meist einen, der ihr nicht gefiel.

»Ich habe dich vermisst, Lace.« Seine Augen wurden weich. Verführerisch.

»Ich bitte dich, Frank!« Mit pochendem Herzen schnüffelte sie. »Hast du getrunken?«

Seine Züge wurden hart. Als er näher kam, wich sie zurück. Er war zwar nicht groß, aber doch deutlich größer als sie. »Nein! Ist das das Erste, woran du denkst?«

»Ja. Weil das normalerweise der Grund war, wenn du etwas Idiotisches gemacht hast. So wie jetzt!« Sie deutete auf die Fußgängerüberführung und wich einen weiteren Schritt zurück. Ihre Nerven waren zum Zerreißen gespannt. Er kam näher. Lacey brach der Schweiß aus. Es gelang ihm, sie in eine Nische zu drängen.

»Was denkst du dir dabei, mir hier aufzulauern?«

»Ich will bloß reden. Seit wir uns gestern Abend begegnet sind, gehst du mir nicht mehr aus dem Kopf.«

»Du hast mich eine hinterhältige Schlampe genannt und gesagt, ich soll die Klappe halten. Glaubst du wirklich, ein wenig von deinem öligen Charme genügt, und alles ist wieder gut? Soll ich deine gemeinen Sprüche aus der Verhandlung vielleicht auch gleich vergessen? Hast du sie nicht alle, Frank? Geh heim zu deiner Frau!«

Lacey klopfte das Herz bis zum Hals. Sicher war es besser, jetzt den Mund zu halten. Sie stand im wahrsten Sinne des Wortes mit dem Rücken zur Wand.

Reiz ihn nicht.

Frank packte sie an den Oberarmen und schüttelte sie. Sein wütendes Gesicht schwebte direkt vor ihrem. »Du bist eine arrogante Vollzicke, Lacey. Meinst du etwa, du bist zu gut für mich?« Sie spürte seinen heißen Atem an der Wange.

Ihre Augen weiteten sich. Dass er handgreiflich geworden war, lag lang zurück. Doch die Erinnerung an seine Faust auf ihrem Mund blitzte auf und flutete ihr Gehirn. Lacey drehte das Gesicht weg und zog das Knie hoch, um ihn an seiner empfindlichsten Stelle zu treffen. Er wich geschickt zur Seite und lachte sie aus.

Plötzlich hallte ein dumpfes Geräusch durch die Fußgängerüberführung; Frank verdrehte die Augen und Lacey sah deutlich mehr von ihrem Weiß, als ihr lieb war. Ihr Ex ließ ihre Arme los und krachte zu Boden. Hinter ihm stand breitbeinig ein Mitarbeiter des Hausmeisterdienstes, Sean Holmes. Er hatte den Stiel eines

Wischfeudels abgeschraubt, Schwung geholt und Frank wie mit einem Baseballschläger an der Schläfe getroffen.

»Sean ...« Lacey fehlten die Worte. Sie starrte den jungen Hausmeister an. Ihre Knie fühlten sich an wie aus Pudding. Vorsichtshalber lehnte sie sich an die Wand. Ohne eine Stütze würde sie binnen drei Sekunden auf dem Hintern sitzen. Lacey wagte einen Blick nach unten. Frank lag reglos da. Sean stand in seinem schlabberigen Overall wortlos vor ihr, starrte erst Lacey ein paar Sekunden lang an und dann den Mann, den er niedergeschlagen hatte. Weil Sean das strähnige Haar bis über die Wangen fiel, konnte Lacey seinen Gesichtsausdruck nicht erkennen.

»Rufen Sie den Sicherheitsdienst, Sean.« Sie zeigte auf das weiße Wandtelefon, wühlte in ihrer Handtasche nach dem Pfefferspray und löste die Sicherheitsklammer. In der Handtasche nützte das Zeug ihr gar nichts. Warum hatte sie es nicht schon in dem Moment herausgenommen, in dem sie den Ring entdeckt hatte? Mit beiden Händen hielt sie sich an der Sprühdose fest, richtete sie auf die Gestalt auf dem Boden und versuchte, ganz ruhig zu atmen. Mit zitternden Beinen kämpfte sie um ihr Gleichgewicht.

Vermutlich hatte Sean einen der Räume geputzt und sie bemerkt, als sie vorbeigerannt war. Vielleicht war er ihr gefolgt, weil er sehen wollte, ob sie ein Problem hatte.

»Er hat Ihnen wehgetan«, sagte Sean bedächtig. Er schaute Lacey an, machte aber keine Anstalten, zum Telefon zu gehen. Seine braunen Augen erinnerten sie an einen traurigen Cockerspaniel.

»Ja, das stimmt.« Sie holte Luft. »Sie haben das einzig Richtige getan, Sean. Vielen Dank.« Ihre Beine gehorchten ihr noch immer nicht. Deshalb sagte sie noch einmal: »Rufen Sie den Sicherheitsdienst, Sean.« Wegen einer geistigen Behinderung konnte Sean nur langsam sprechen und denken. Die Studenten veräppelten ihn oft, die anderen Angestellten beachteten ihn kaum. Laceys klares Kommando drang schließlich mit einiger Verzögerung zu ihm durch. Auf dem Weg zum Telefon warf er über die Schulter hinweg immer wieder misstrauische Blicke auf Frank.

Vor ein paar Monaten war Lacey aufgefallen, dass Sean gequält und teilnahmslos wirkte – nicht heiter und freundlich wie sonst. Als sie ihn angesprochen hatte, hatte er die Kiefer kaum auseinander gebracht. Sie hatte ihn zu einem Behandlungsstuhl geschleift, sich Handschuhe übergezogen und seinen angstvollen Blick ignoriert. Bei der Untersuchung hatte sie einen Backenzahn entdeckt, der einem implodierten Krater ähnelte. Die Schmerzen mussten unerträglich sein. Der Zahn war nicht zu retten gewesen. Also hatte Lacey Sean eine Betäubungsspritze verpasst und die Ruine extrahiert.

Seither war er ihr treuester Fan. Lacey hatte den Verdacht, dass er auf kindliche Art für sie schwärmte. Das war süß. Und heute Abend hatte er sie vermutlich vor einem Veilchen bewahrt. Oder vor Schlimmerem.

Lacey schloss die Augen und holte tief Luft. Hatte Frank den Ring in ihre Tasche gesteckt?

Obwohl es bald Mitternacht war, saß Detective Lusco noch immer an seinem Schreibtisch. Er hatte das Telefon am Ohr und machte sich eilig Notizen. Mason sah zu, wie Ray eine Seite in seinem Notizbuch umblätterte und auf der nächsten weiterschrieb. Ray murmelte nur gelegentlich »Mhm. Ja. Wo?« Dafür redete die Person am anderen Ende der Leitung umso mehr.

Mason wurde langsam ungeduldig. Er fing an, auf und ab zu gehen. Außer ihnen machte hier keiner Überstunden. Aber außer ihnen musste auch keiner einen Serienmörder finden.

Ray legte die Hand auf das Mundstück und winkte Mason zu sich. »Das ist der Sicherheitsdienst der OHS-University. Jemand hat Dr. Campbell in der zahnmedizinischen Fakultät aufgelauert.«

Mason erstarrte. Eine Million Fragen schossen ihm durch den Kopf.

»Es geht ihr gut. Ihr ist nichts passiert.« Ray runzelte die Stirn und schnaubte angewidert. »Anscheinend war es ihr Exmann.« Er wandte sich wieder dem Anrufer zu.

»Stevenson.« Der Kerl hatte Dr. Campbell schon am Abend zuvor belästigt. Mason hätte sich sowieso bald mit ihm befasst. Aber jetzt sah es so aus, als würde Frank Stevenson gratis zu ihnen in die Stadt chauffiert. Von einer Polizeistreife. Schön. Mason hatte sich bereits ein paar Fragen für ihn ausgedacht. Hastig blätterte er den Ordner durch, in dem er alles sammelte, was für den Fall irgendwie hilfreich sein konnte. Er suchte nach den Informationen, die er über Dr. Campbells Ex zusammengetragen hatte, fand die Seite und legte den Finger auf den Namen am oberen Rand.

Frank Stevenson. War etwa zwei Jahre lang mit Dr. Campbell verheiratet. Stammte aus Mount Junction. Podologe.

Ein Fußdoktor?

Mason sah nach, wann Frank seine Zulassung erhalten hatte. Vor vier Jahren. Er war erst Podologe geworden, nachdem Dr. Campbell längst ihren Abschluss als Zahnärztin gemacht hatte. Mason stimmte das zufrieden. Er lächelte grimmig. Dr. Campbell hatte ihren Ex beruflich in den Schatten gestellt. Hatte der gute Frankie damit vielleicht ein Problem?

»Ein Ring? Wessen Ring? Was? Wollen Sie mich verarschen? Sie ist absolut sicher?« Ray war fassungslos. Als er sogar aufhörte, sich Notizen zu machen, wusste Mason, dass etwas wirklich Ungewöhnliches passiert sein musste. Rays Schockstarre war allerdings von kurzer Dauer. Bald kritzelte er schneller weiter als zuvor.

Callahan gelang es, von seinem Schreibtisch aus einige von Rays auf dem Kopf stehenden Stichworten zu entziffern. *Tasche, Meisterschaftsirgendwas, Initialen.* Ray hatte eine Sauklaue. Seine seitenlangen Aufzeichnungen konnte immer nur er selbst entschlüsseln.

Wenn Formulare von Hand auszufüllen waren, blieb das normalerweise an Mason hängen. Er schrieb nicht, er malte in gestochenen Großbuchstaben, um die ihn jeder Architekt beneidet hätte.

Ray legte kopfschüttelnd auf. »Diesen Scheiß wirst du nicht glauben.«

»Lassen wir's drauf ankommen.«

Ray erzählte ihm die Geschichte von Suzannes Meisterschaftsring und er behielt recht.

Mason glaubte ihm wirklich nicht.

Jack wollte jemanden umbringen. Vorzugsweise Laceys Exmann. Er würde es mit Hochgenuss tun, sich dabei viel Zeit lassen und besonders empfindliche Körperstellen erst einmal mit langen Nadeln traktieren. Während Lacey in der Küche Kaffee machte, stapfte er durchs Haus, schaltete sämtliche Lichter an, schaute in jeden Schrank und in jede Nische. Die Polizei hatte das Haus bereits überprüft und keinerlei Einbruchspuren gefunden. Die Haustür war sicher abgeschlossen gewesen. Aber er schaute vorsichtshalber selbst noch einmal nach dem Rechten. Jack riss eine Schlafzimmertür auf, marschierte mitten in den Raum und scheuchte eine Katze auf, die es sich auf dem schönen, großen Bett gemütlich gemacht hatte. Er starrte das Bett zähneknirschend an. *Warum hatte er sie allein ins Fakultätsgebäude gehen lassen?*

So etwas würde ihm nicht noch einmal passieren.

Ihm waren fast die Sicherungen durchgebrannt, als plötzlich die komplette Fahrzeugarmada des Sicherheitsdienstes das Parkhaus überschwemmt hatte, in dem er in seinem Wagen auf Lacey wartete. Als vier Wachmänner durch die Tür zur Fußgängerüberführung gestürzt waren, war er aus seinem Truck gesprungen und ihnen gefolgt.

Lacey neben einer lang ausgestreckten Gestalt auf dem Boden sitzen zu sehen, hatte ihn fast selbst umgeworfen. Seine Hand war zu seiner Hüfte gezuckt, obwohl er seit Jahren keine Waffe mehr trug. So eine Situation wollte er nie wieder erleben. Niemals.

Jack polterte die Treppe hinunter. Er war fast ein wenig enttäuscht, dass er nirgendwo einen versteckten Exmann gefunden hatte, auf den er eindreschen konnte. Dabei war sonnenklar, dass Frank Stevenson den Rest der Nacht in einer Zelle verbringen würde. An der Küchentür blieb Jack stehen und musterte die Frau, die gerade zwei Tassen Kaffee einschenkte. Ihre Hand zitterte. Sie hielt sich tapfer, obwohl sie einen Scheißtag hinter sich hatte. Einschließlich der Befragungen durch den Sicherheitsdienst und die Polizei. Jack war froh gewesen, dass sie nicht selbst fahren musste. Auf dem Weg zu ihrem Haus hatte Lacey kein Wort gesagt, sondern nur stumm auf die eisigen Straßen gestarrt.

Als sie seine Gegenwart spürte, schnellte ihr Kopf hoch. Eine Sekunde lang weiteten sich ihre Augen, dann fiel die Anspannung von ihr ab.

»Sorry. Ich hätte mich bemerkbar machen sollen.« *Prima Idee. Sich an die Frau anzuschleichen.*

Mit einem matten Lächeln hielt sie ihm die Tasse hin. Auf der Arbeitsplatte in der Küche lag ein kleiner Berg Schmuck. Halsketten, Uhren, Armbänder und eine silberne Babyrassel. Die Polizei hatte die Schmuckschachtel sehen wollen, in der sie den Ring verwahrte. Jack nahm die angelaufene Silberrassel und las die Gravur. *Lacey Joy Campbell.* Sie war vier Jahre jünger als er.

Lacey hielt ihm einen goldenen Ring mit einem roten Stein hin. »Den habe ich der Polizei gezeigt. Aber mir fehlt einer, der fast genauso aussieht. Es ist nur eine andere Jahreszahl eingraviert. Den hier habe ich ein Jahr vorher bekommen.« Sie fuhr mit den Händen durch den Schmuckhaufen. »Den anderen Meisterschaftsring finde ich nicht. Er ist aus demselben Jahr wie Suzannes.«

Laceys Stimme war tonlos, ihre Augen fixierten den Schmuck.

Irgendjemand *war* in ihrem Haus gewesen. Irgendwann.

»Könntest du ihn verlegt haben? Oder verloren?« Die Frage war überflüssig.

Sie zuckte die Schultern. »Nichts ist unmöglich. Aber diese Schachtel hatte ich schon seit Jahren nicht mehr in der Hand. Das Zeug darin ist uralt. Ich trage nie etwas davon.« Lacey schnaubte und ließ sich matt auf einem Barhocker an der Frühstückstheke nieder. Jack schob sich auf den Hocker daneben. Seine Augen hingen an ihrem Gesicht.

Tagsüber war die blaugelbe Küche sicher ein freundlicher Ort. Doch im Augenblick überlagerten fast greifbare Schichten von Angst und Anspannung das fröhliche Dekor. Lacey hatte Kaffee gekocht, weil sie beide nicht wussten, was sie um drei Uhr morgens sonst tun sollten. Sie waren völlig überdreht, an Schlaf war nicht zu denken. Ein Hotel musste sie sich auch erst noch suchen. »Wann hat er das gemacht?«, flüsterte sie. Sie legte beide Hände um ihre Tasse. »Warum einbrechen und einen solchen Gegenstand stehlen?

Ich hatte nicht die blasseste Ahnung, dass jemand hier im Haus war.«

»Er hat Suzannes Ring in deine Tasche gesteckt, weil er dich wissen lassen wollte, dass er hier war. Ihm war klar, dass du nach deinem eigenen Ring suchen und dabei herausfinden würdest, dass er da war. Callahan hat recht. Der Kerl hat ein übersteigertes Ego und will zeigen, wozu er fähig ist. Er spielt mit dir. Er möchte dich verunsichern, dir Angst einjagen.«

»Mit Erfolg.«

Jack bekämpfte den Drang, sie zu packen, in seinen Wagen zu schleifen und aus der Stadt zu bringen.

Stattdessen nippten sie an dem Kaffee, den keiner von ihnen wirklich wollte. Das Schweigen dehnte sich aus und lag zwischen ihnen wie Blei.

»Glaubst du, es war Frank?«, fragte Jack schließlich. »Hat er einen Schlüssel zu deinem Haus?«

An der Grimasse, die sie zog, konnte er ablesen, dass sie gerade auch an Frank und die Schlüsselkarte für das Fakultätsgebäude gedacht hatte. Jack war darüber mindestens genauso erbost wie der Sicherheitsdienst der Uni.

»Er hat keinen Schlüssel. Ganz sicher.«

»Das muss aber nicht bedeuten, dass er den Ring ebenfalls nicht hat.«

Lacey hatte der Polizei nicht sagen können, weshalb Frank ihr aufgelauert hatte. Und Frank hüllte sich in Schweigen. Vom Rücksitz des Streifenwagens aus hatte er Jack mörderische Blicke zugeworfen, so lang Lacey und der Hausmeister befragt worden waren.

Für Jack war der Hausmeister ein Held. Auf die Frage, warum er so spät noch arbeitete, hatte Sean die Schultern gezuckt und den Kopf geschüttelt. Lacey hatte gemutmaßt, dass er besser arbeiten konnte, wenn das Haus leer war. Außerdem war dann keiner da, der ihn triezte.

Jack nahm sich vor, dem Jungen einen neuen Job zu besorgen. Sicher gab es in einem seiner Gebäude eine Arbeit für ihn.

»Was glaubst du – warum war Frank in der Fakultät?«, fragte Jack.

Er sah, wie Lacey mit der Frage kämpfte. Erst nach mehreren Anläufen sagte sie hastig: »Vermutlich braucht er Geld.« Sie vergrub die Nase in der Kaffeetasse.

Jack blinzelte. *Nicht die Antwort, die er erwartet hatte.*

»Warum sollte er dich um Geld anpumpen?«

Lacey starrte die Fensterläden über dem Spülbecken an. Jack hatte auf seiner Patrouille durchs Haus sämtliche Läden und Vorhänge geschlossen. Sonst konnte man viel zu gut von draußen hereinsehen. »Weil ich ihm schon mal was gegeben habe.«

»Wie bitte? Warum in aller Welt leihst du deinem Ex Geld?«

»Es war nicht geliehen.«

»Du hast ihm das Geld einfach *gegeben*? Was hat er denn für die Kohle getan?« *Dir ein Veilchen verpasst? Eine Rippe gebrochen?* Im Augenblick wusste Jack nicht, auf wen er wütender sein sollte – auf Frank oder auf Lacey.

»Das ist eine lange Geschichte«, wich sie aus. Dabei schaute sie an ihm vorbei.

Er lehnte sich auf dem Barhocker zurück. »Ich habe heute Nacht nichts mehr vor.«

Lacey warf ihm einen genervten Blick zu. »Mit Frank ... mit Frank zusammenzuleben, war nicht immer leicht«, fing sie an.

Jack schnaubte.

»Willst du das jetzt hören oder nicht?« Sie funkelte ihn an.

Er nickte und hielt den Mund.

»Wir haben uns gleich in meinem ersten Jahr auf dem College kennengelernt und waren dann ein paar Jahre lang zusammen. Ich fand ihn toll. Wer Turnen als Leistungssport betreibt, bekommt von der Welt außerhalb der Sporthallen oft nicht mehr viel mit. Auch Männer kennenzulernen, ist eher schwierig. Aber Frank gehörte zum engsten Fankreis.«

»Was heißt das genau?«

»Er gehörte zu einer Gruppe von Leuten, die keine Trainingseinheit verpassten, die immer zuschauten, den Ablauf unserer

Übungen kannten und sich mit den Turnerinnen anfreundeten. Sie fuhren mit zu den Wettkämpfen. Derart treue und begeisterte Fans zu haben, war ein Traum. Und zu der Gruppe gehörten bei weitem nicht nur College-Studenten. Einige Rentner und wohlhabende Paare waren auch dabei. Sie lebten für die Wettkampfsaison. Manchmal flogen sie sogar zu den Turnieren, luden uns abends zu einem schönen Essen ein und machten uns coole Geschenke. Turnen war in Mount Junction wichtiger als Football oder Basketball. Die Hallen waren immer voll und auf den Anzeigetafeln an den Freeways waren unsere Gesichter zu sehen. Gelegentlich sprachen uns beim Einkaufen oder in einem Restaurant wildfremde Leute an, die uns im Fernsehen gesehen hatten.« Lacey lächelte. »Das College hat eine große Turntradition. Seine Mannschaften sind immer unter den drei besten der Vereinigten Staaten. Ich kannte damals sämtliche Sportmoderatoren und Sportreporter mit Vornamen. Wir waren so etwas wie Promis.«

»Und Frank?«

Laceys Brauen zuckten. »Nach Suzannes Entführung war er für mich der Fels in der Brandung. Er half mir damals durch wirklich düstere Zeiten. Als ich meinen College-Abschluss in der Tasche hatte, haben wir geheiratet. Er hatte das College schon zwei Jahre früher zu Ende gemacht. Alles war gut. Ich dachte, unsere Ehe würde ewig halten.«

»Irgendwie höre ich da ein großes ›Aber‹.«

»Aber ... ich weiß nicht. Eigentlich hatte er selbst Zahnarzt werden wollen.«

»Tatsächlich?« Jack hätte den Kerl niemals an seine Zähne gelassen. Egal ob mit oder ohne Zulassung.

Sie nickte. »Er hat sich jahrelang immer wieder überall beworben. Aber sein Notenschnitt reichte einfach nicht aus. Als ich einen Studienplatz bekam, nagte das sehr an ihm. Es machte ihn ... bitter. Nach und nach wurde er ein ganz anderer Mensch. Man könnte sagen, er verlor sich selbst. Ich weiß nicht, ob das die Symptome einer beginnenden Depression waren. Aber er hatte das Gefühl, kein Ziel mehr zu haben.«

Jack dachte daran, wie hämisch Frank in dem Café Laceys Doktortitel betont hatte. Purer Neid.

»Meine Mutter wurde etwa zur gleichen Zeit schwer krank und das war sehr schlimm für meinen Dad und mich. Ich stand kurz vor dem ersten Semester Zahnmedizin, meine Mutter kämpfte gegen den Brustkrebs und meinen Mann kannte ich jeden Tag weniger. Ich beschloss, ihm nichts von dem Geld zu sagen, das ich erben würde, wenn meine Mutter starb.«

Ach? »Was denn für Geld?«

Lacey rutschte auf dem Hocker herum und spielte mit der Tasse. »Meine Mutter hat mir einen größeren Betrag hinterlassen. Sie kommt aus einer begüterten Familie. Und eine Lebensversicherung hatte sie auch.« Es war, als ob in Laceys Augen ein Vorhang fiel, und Jack kam sich schäbig vor, weil er sie gedrängt hatte, die schmerzhaften Erlebnisse aus ihrer Vergangenheit ans Licht zu zerren.

»Und dein Dad?«

Lacey wedelte mit der Hand. »Dad hat selbst Geld. Er wusste, dass Mum mich als Begünstigte ihrer Lebensversicherung eingesetzt hatte und dass sie, schon als ich noch ganz klein war, für mich ein Treuhandkonto eröffnet hatte. Sie stammte aus einem alten Holz-Adelsgeschlecht.« Ein winziges Lächeln huschte über Laceys Gesicht.

»So was gibt es nur hier im Nordwesten.« Jack wusste, wovon sie sprach. Bevor die Konjunktur und die Holzindustrie mächtig Schlagseite bekommen hatten, hatten die Holzbarone riesige Vermögen angehäuft, und die meisten hatten sich rechtzeitig vor dem Zusammenbruch aus der Branche zurückgezogen. Jetzt verstand er, warum Lacey Studenten unterrichtete und für das gerichtsmedizinische Institut arbeitete, anstatt ihre eigene Zahnarztpraxis zu betreiben. Sie musste nicht arbeiten. Sie konnte sich aussuchen, womit sie ihre Zeit verbrachte. Jack nahm an, dass der ›größere Betrag‹ eine eher zurückhaltende Bezeichnung für die Summe war, die Laceys Mutter ihr vermacht hatte.

»Dann hast du Frank also nie gesagt, dass du quasi im Geld schwimmst. Aber deine Familie kannte er doch sicher. Hat er denn nicht gesehen, dass ihr Geld hattet?«

»Vermutlich nicht. Frank hat immer nur das gesehen, was er sehen wollte. Und meine Eltern haben ihren Reichtum nie zur Schau gestellt.« Lacey verdrehte die Augen. »Meine Mutter fuhr zwölf Jahre lang denselben scheußlichen Kombi. Ich habe diesen Wagen gehasst.«

»Und wie ging es mit euch weiter?«

»Wir haben uns auseinandergelebt. Frank war andauernd frustriert. Ich war andauernd an der Uni. Er wurde ein anderer Mensch. Den verantwortungsbewussten, mitfühlenden Mann, den ich geheiratet hatte, gab es nicht mehr. Er fing an zu viel und zu oft zu trinken.« Lacey hustete und Jack nahm das als Zeichen, dass sie über Franks Alkoholproblem nicht weiter reden wollte. Schade eigentlich.

»Er hat dich geschlagen.« Das war keine Frage.

Eine Sekunde lang sah sie Jack in die Augen, dann starrte sie an ihm vorbei. »Ja. Nachdem DeCosta mich mit Schlägen und Tritten fast umgebracht hatte, war Franks Faustschlag in mein Gesicht der Tropfen, der das Fass endgültig zum Überlaufen brachte. Er hat es nur ein einziges Mal getan, aber das hat mir gereicht. In so einem Fall gibt es für mich keine zweite Chance. Von meinem Geld erfuhr er erst nach der Scheidung. Er hasst mich, weil ich ihm mein Vermögen verheimlicht habe und er keine Abfindung bekam.«

Jack schloss kurz die Augen. Er stellte sich Laceys Gesicht mit blaugeränderten Augen und aufgeplatzten Lippen vor. Wut kochte in ihm hoch. Doch er hielt sie im Zaum. »Du musstest dein Geld nicht mit ihm teilen?«

Lacey blinzelte mit gespielter Unschuld. »Ich war eine arme Zahnmedizinstudentin. Was hätte ich denn teilen sollen? Als Mom starb, legte ich das Geld im Namen meines Vaters an. Tief im Inneren muss ich bereits geahnt haben, dass die Sache mit Frank nicht gutgehen würde.«

Kluges Mädchen. »Das würde erklären, warum er an dem Abend meinte, es gäbe eine ›Million Gründe‹, unhöflich zu dir zu sein. Er sprach von deinem Geld.«

Lacey nickte. »Und Celeste ist sicher, dass ich ihren Mann um seinen Anteil betrogen habe. Sie können mich beide nicht ausstehen.«

»Warum hast du ihm denn dann überhaupt Geld gegeben?«
Jack wurde klar, dass sie seine ursprüngliche Frage vergessen hatte.

»Er hatte Schulden bei einigen ziemlich unangenehmen Leuten. Das Geld ging an sie, nicht an ihn.«

»Du hast seine Kredite abgelöst?«

»Kredite würde ich das nicht nennen«, sagte Lacey trocken. »Es waren eher Schlingen, die sich unerbittlich um seinen Hals zusammenzogen. Die Leute, die die Enden der Stricke in den Händen hielten, wurden langsam ungeduldig.«

»Er hat gespielt?«

»Üble Angewohnheit. Kann einem das Genick brechen. Vielleicht könnte man mir vorwerfen, ich hätte ihn bei dieser Dummheit auch noch unterstützt. Aber das passierte nicht während unserer Ehe. Diese Sucht entwickelte sich erst danach. Ich hätte ihn selbst damit klarkommen lassen können. Aber ich konnte das Geld entbehren. Er schwor, mit dem Spielen sei endgültig Schluss.«

Jack schnaubte. *Klar.* »Glaubst du, er hat wieder dieselben Probleme?«

»Ich kann nur raten. Aber ich möchte wetten, dass er bei irgendjemandem hohe Schulden hat. Wahrscheinlich ist er froh, in einer Zelle zu sitzen. Dort ist er sicher.« Lacey machte ein nachdenkliches Gesicht. »Ich könnte Michael bitten herauszufinden, bei wem Frank in der Kreide steht. Michael hat durch die Arbeit bei der Zeitung die unterschiedlichsten Kontakte.«

»Michael?« Jacks Kehle wurde eng. »Du sprichst nicht zufällig von Michael Brody?« Jack hatte Mühe, den Satz zu beenden. Seine Zunge gehorchte ihm nicht. »Meinem speziellen Kumpel beim *The Oregonian*? Mit dem bist du befreundet? Mit dem Reporter, der in meiner Vergangenheit herumwühlt und mit allerhand Details über mich die Titelseiten vollschmiert?«

Lacey öffnete den Mund und mache ihn wieder zu. Sie blinzelte heftig. Jacks Brust fühlte sich an wie ein Dampfkessel. Er wollte gerade noch einmal nachfragen, als jemand an die Tür klopfte. Mit lautem, wütendem Hämmern.

Achtzehn

Stumm sahen sie sich an. Lacey kannte nur einen einzigen Menschen, der es fertigbrachte, um drei Uhr morgens bei ihr aufzutauchen. Und normalerweise klopfte er nicht an, sondern spazierte einfach herein. Er hatte einen Schlüssel. *Na großartig. Das konnte garstig werden.* Was Jack von Michaels Artikeln hielt, hatte er deutlich gesagt. Lacey glitt von ihrem Hocker, doch Jack packte sie am Unterarm.

»Geh nicht hin.«

»Glaubst du, dass jemand, der mir etwas antun will, an die Haustür klopft?«

Lacey wollte sich auf den Weg zur Tür machen, aber Jack ließ sie nicht gehen. Aus seinem Blick sprach eine Mischung aus Besorgnis und Besitzanspruch. *Neandertaler.*

»Geh nicht.«

Ungeduldig schüttelte sie seinen Arm ab. »*Ich weiß, wer das ist.*« Jack hatte sich tatsächlich zu ihrem Bodyguard ernannt. Wie lang sie das wohl aushielt?

Wie ein Wachhund folgte er ihr zur Tür und trat ihr dabei fast in die Hacken. »Erwartest du jemanden?«

»Nein. Aber es gibt nur einen, der bei mir auftaucht, wann immer es ihm passt. Das muss er sein.«

»Einen? Er? Wer ist das?«

War da etwa ein eifersüchtiger Unterton? Oder meldete sich hier wieder der Neandertaler zu Wort?

Lacey linste durch den Spion und entriegelte die Tür. »Jack Harper, ich glaube, du hast deinen speziellen Kumpel noch nicht persönlich kennengelernt. Michael Brody.«

Draußen auf der Veranda stand, die Hände tief in den Jeanstaschen vergraben, ein grüblerisch dreinblickender Michael. Gerade hatte er noch den fremden Truck in der Einfahrt düster gemustert, jetzt musterte er dessen Besitzer. Michael hatte sich denken können, dass Lacey nicht allein war, und auch, wem der Wagen gehörte. Keiner sagte ein Wort.

Lacey sah von einem Mann zum anderen, während die beiden einander taxierten.

Alle zwei waren groß und sportlich gebaut. Dabei war Michael eher der gertenschlanke, elastische Typ und Jack massiv wie ein Felsblock. Jeder von ihnen hatte einen ausgeprägten Beschützerinstinkt und konnte überaus besitzergreifend sein. Darin standen sie einander in nichts nach.

Auf Ärger reagierte Michael mit Verschlossenheit, Jack mit Angriffslust. Das hatte Lacey bereits festgestellt. Selbst als Ex-Cop strahlte er noch immer das Selbstbewusstsein und die Entschlossenheit aus, die sie von vielen Polizisten kannte. Michael traute man hingegen eher zu, seinen Gegner mit einem überraschenden Karatetritt außer Gefecht zu setzen.

Jack machte wortlos kehrt und marschierte in die Küche. Michael stand an der Tür, sah Lacey lang an und berührte sie dann sanft an der Wange. »Alles klar?«

Sie nickte.

»Was ist denn passiert? Eine meiner Polizeiquellen hat mir gesagt, du wärst knapp einem Überfall entgangen.« Michael schob Lacey in die Küche.

Jack hatte sich wieder auf dem Barhocker niedergelassen. Betont entspannt schlürfte er dort seinen Kaffee. Michael sollte sehen, dass er zuerst hier gewesen war. Ohne ihn eines Blickes zu würdigen, nahm Michael eine Packung Orangensaft aus dem Kühlschrank und trank direkt aus dem Karton. Jack erstarrte.

Anschließend holte Michael sich einen Becher aus dem Schrank und schenkte sich Kaffee ein. Lacey schaute staunend zu. »Ach. Frank. Du weißt schon … Er war mal wieder ganz er selbst.«

»Er hat ihr in der Fakultät aufgelauert, sie bedroht und ihr beinahe ein Veilchen verpasst.« Jack steuerte die Details bei.

»Ich hätte es mir denken können. Dieses Arschloch.« Obwohl er ganz eindeutig von Frank sprach, fixierte Michael dabei Jack. Dann rümpfte er die Nase, als hätte er saure Milch gerochen. »Wollte er wieder Geld? Ich habe dir doch gesagt, du sollst dich von ihm fernhalten.«

»Habe ich auch. Aber *er* sich nicht von *mir*. Und was er wollte, konnte ich ihn nicht mehr fragen.« Lacey verstummte. Sie hatte Jacks Gesichtsausdruck bemerkt und folgte seinem Blick zu der Tasse in Michaels Hand. »Michael« stand in großen Buchstaben darauf.

»Wenn es nach dir ginge, müsste ich mich von vielen Leuten fernhalten, Michael.« Sie neigte den Kopf ein wenig in Jacks Richtung.

»Ja. Aber gutgemeinte Ratschläge scheinen dich nicht zu interessieren.«

Jack schnaubte in seinen Kaffee. Michael starrte ihn an. »Sind Sie anderer Meinung?«

»Sie hört auf niemanden, tut, was ihr passt, und schert sich nicht darum, was für sie am sichersten wäre.«

Nun starrten beide Männer sie vorwurfsvoll an. Sie hatten eine Schnittmenge gefunden: die Sorge um Laceys Sicherheit.

Zeit für einen Themenwechsel. »Ich dachte, du wolltest nach Mount Junction?«, sagte Lacey zu Michael.

»Ich bin quasi schon auf dem Weg zum Flughafen. Aber vorher wollte ich noch nachschauen, wie es dir geht.« Michael stellte die geleerte Tasse so auf die Arbeitsplatte, dass der Schriftzug zu Jack zeigte.

»Hast du ihm von dem Video erzählt?« Jack fixierte die Tasse. Lacey verschluckte sich an ihrem Kaffee. Im Strudel der Ereignisse der letzten Stunden hatte sie die DVD kurzfristig vergessen.

»Von was für einem Video?«

Lacey erklärte Michael, worum es sich handelte, war aber froh, dass sie die Disk bei der Polizei gelassen hatte. Sonst hätte Michael sie auf jeden Fall sehen wollen. Noch einmal würde sie das nicht ertragen.

»Wo ist das Ding? Hast du es noch?«

Sie kannte ihn einfach zu gut.

»Nein. Die DVD ist bei …«

»Ich habe eine Kopie«, sagte Jack.

Lacey starrte ihn an. Wann hatte er die Disk kopiert? Jack zuckte die Schultern. »Bevor wir uns die DVD bei der Polizei angesehen haben, hat Detective Lusco erst mal Kopien gemacht. Ich habe ihn um eine gebeten.«

»Ich will das sehen«, forderte Michael.

Jack sprang auf und marschierte zum Fernseher im Wohnzimmer.

Oh Gott. Lacey folgte den Männern zögernd. Die Bilder waren einfach zu schrecklich.

Während Jack die DVD in den Player steckte, sank sie verzagt auf die Couch. Michael pflanzte sich neben sie, legte die Unterarme auf die Oberschenkel und konzentrierte sich auf den Bildschirm. Jack nahm in exakt derselben Haltung auf ihrer anderen Seite Platz.

»Augenblick.« Er legte ihr die Hand auf den Arm. »Bist du sicher, dass du dir das noch mal ansehen willst?«

Lacey sprang auf. »Nein. Eigentlich will ich das nicht. Ich warte in der Küche.«

Emsig räumte sie in der Küche die Kaffeetassen weg und wischte die Arbeitsplatten ab, obwohl sie völlig sauber waren. Alles war besser, als noch einmal sehen zu müssen, was sich auf der Disk befand.

»Verdammte Scheiße.«

Michaels Fluch aus dem Wohnzimmer ließ sie zusammenzucken. Das Bild der schwangeren Suzanne spukte durch ihren Kopf und trieb ihr die Tränen in die Augen. Schniefend rubbelte

Lacey an einem unsichtbaren Fleck auf dem Herd herum. Was hatte Suzanne damals durchgemacht? Schrecken, wie sie selbst sie kannte. Und Schrecken, die sie sich nicht ausmalen wollte.

»Oh bitte! Das glaube ich jetzt nicht!«

Was? Warum war Michael ...

Lacey hörte, wie jemand zur Haustür polterte und sah gerade noch, wie Michael das Haus verließ. Über die Schulter warf er ihr einen grimmigen Blick zu. »Pass auf dich auf, Lace.« Dann zog er die Tür hinter sich zu.

Jack saß auf der Couch, die DVD lief noch. Auf dem Bildschirm sah Lacey, wie Jack ihre Autotür zuschlug.

Aha. Michael hatte den Kuss gesehen.

Die Hände in die Hüften gestemmt baute sie sich vor Jack auf. Er hatte keine Ahnung von der Freundschaft, die sie und Michael verband.

»Du bist ein echter Kotzbrocken«, erklärte sie Jack mit fester Stimme.

»Ich konnte ja nicht wissen, dass er so reagiert. Aber dass er das gesehen hat, bedauere ich nicht.«

Das klang ziemlich aufrichtig. Lacey konnte nur den Kopf schütteln. Dann rannte sie hinter Michael her.

Um acht Uhr morgens hatte Detective Callahan bereits zwei Stunden lang gearbeitet. Er knallte den Hörer auf. Wieder nichts. Der Mann, mit dem er sprechen wollte, war vor zwei Jahren bei einem Jagdunfall ums Leben gekommen. Mit der Bitte, ihren Gatten ans Telefon zu holen, hatte er die Witwe ziemlich aus der Fassung gebracht. Grimmig stierte er auf seine Liste. Eigentlich hätte er das erst mit den standesamtlichen Registern abgleichen und danach zum Telefonhörer greifen sollen. Höflicher wäre es auf jeden Fall gewesen. Aber dazu hätte er erst einmal wissen müssen, wie man so etwas anstellte. Computer waren ihm ein Mysterium.

Mason überprüfte sämtliche Zellengenossen und alle Bekannten, die DeCosta innerhalb und außerhalb des Gefängnisses gehabt hatte. Er suchte jemanden, dem DeCosta vertraut hatte. Vielleicht hatte er einer bestimmten Person seine Jagd- und Mordmethoden offenbart oder es gab einen Spinner, der ihn rächen wollte, weil er zu mehrmals lebenslänglich verurteilt worden war. Jeder noch so kleine Hinweis auf einen weiteren Killer konnte wichtig sein. Aber bislang liefen Masons Bemühungen ins Leere. Ray hatte bei dem Versuch, DeCostas Familie ausfindig zu machen, hoffentlich mehr Glück.

Mason rieb sich die Augen. Er hatte es so satt, diese Liste anzustarren. Diese Ansammlung gescheiterter Existenzen. Die Mehrheit der Männer saß im Knast. Einige waren irgendwann entlassen worden, aber schon innerhalb eines Jahres wieder eingefahren. Die Gespräche mit ihnen verliefen alle nach demselben Muster:

»Sie sind ein Cop? Scheiße, Mann. Und warum sollte ich mit Ihnen reden?«

Den Spruch hatte Mason inzwischen in den unterschiedlichsten Variationen gehört. Gefolgt vom Aufknallen des Hörers.

Nur ein einziger Knastbruder wollte sich mit ihm unterhalten. Aus der rauchigen Stimme und der reichlichen Verwendung des Wortes »fabelhaft« schloss Mason, dass er es mit einer Tunte zu tun hatte, die mehr als nur ein bisschen für DeCosta geschwärmt hatte. Sein Gesprächspartner erklärte ihm wortreich, wie sehr er den Mann bewunderte und wie entzückt er gewesen sei, als er und DeCosta Zellengenossen geworden waren. Voller theatralischer Verzweiflung berichtete er, wie DeCosta ihn hatte abblitzen lassen, um gleich anschließend in einem deutlich heitereren Ton die Vorzüge seines derzeitigen Freundes so detailgenau zu beschreiben, dass Mason ganz heiß wurde. Hinterher war ihm, als hätte er sich im Schlamm gesuhlt.

Alles in allem hatte dieser Anruf Mason nichts weiter eingebracht als das dringende Bedürfnis, seiner Heterosexualität Ausdruck zu verleihen. Er legte eine Pause ein und flirtete mit den Baristas im Starbucks unten an der Ecke. Jetzt saß er wieder am Schreibtisch, trank aus seinem Kaffeebecher und fühlte sich gereinigt.

Er sah sich ein Fax von seinem Kumpel, Special Agent Jeff Hines aus dem FBI-Büro in Portland, an. Mason hatte Jeff um

Unterstützung bei der Erstellung eines Täterprofils gebeten. Doch das FBI erstickte in Arbeit. Im Augenblick hatte die Terrorismusbekämpfung Priorität und das Büro konnte ihm erst in einem Monat jemanden schicken.

Aber so lang konnte er nicht warten.

Um ihm wenigstens einen kleinen Gefallen zu tun, hatte Jeff einen kurzen Blick auf die beiden aktuellen Mordfälle geworfen und den Killer in die Kategorie »planvoll vorgehender Einzeltäter« eingeordnet. Was bedeutete, dass er nicht dumm war, über soziale Kompetenz verfügte und die Morde systematisch vorbereitete. Jeff tippte sogar auf einen hochintelligenten Profi mit maskuliner Ausstrahlung. Möglicherweise handelte es sich um eine charismatische Persönlichkeit, einen Menschen, der seine Emotionen während der Tat unter Kontrolle hatte, sich aber sehr für die Darstellung seiner Verbrechen in den Medien interessierte. Er war das Gegenteil des »willkürlich agierenden« Serienmörders, der in einem plötzlichen Anfall von Gewalttätigkeit tötete und über eine unterdurchschnittliche Intelligenz verfügte.

Und das sollte ihm nun weiterhelfen? Mason zerknüllte das Fax.

Er wollte die Adresse des Arschlochs auf dem Schreibtisch liegen haben.

Ray schob sich auf seinen Bürosessel und bettete die Stirn auf einen Aktenstapel. Die Krawatte hatte er in eine Jacketttasche gestopft, seine Manschetten waren voller Tintenflecke. Anscheinend lief es bei ihm auch nicht besser. Mason hatte ihm die undankbare Aufgabe zugeschoben, die Leute zu suchen, die er selbst nicht auf Anhieb gefunden hatte. Das bedeutete jede Menge Onlinerecherchen in irgendwelchen Registern und viel geduldige Puzzlearbeit. Aber Rays Computerkenntnisse waren nun mal viel besser als Masons. Mason schätzte sich schon glücklich, wenn es ihm gelang, seine E-Mails zu lesen.

»Ich kann seine Familie nicht finden.« Rays Worte klagen gedämpft aus einem Stapel von Gefängnisakten.

»Was soll das heißen?«

»Dass sie nicht bloß aus Oregon verschwunden sind, sondern vermutlich den Planeten verlassen haben.« Ray hob den Kopf. Beim Anblick seiner rot geäderten Augen verzog Mason das Gesicht. Sie sahen aus wie eine Straßenkarte. Das kam davon, wenn man zu viel Zeit am Computer verbrachte.

Mason dachte einen Moment lang über die Familie nach. »Die Sterberegister hast du dir angesehen?«

Der Blick, den Ray ihm zuwarf, sagte deutlicher als Worte, dass er ihn für einen Idioten hielt. »Selbstverständlich. Als Allererstes. Womit hätte ich denn sonst anfangen sollen?«

Mason zuckte die Schultern. »Ich dachte, ich frage mal.« Er suchte DeCostas Geburtsurkunde aus seinem Ordner.

An der Stelle, an der normalerweise der Name des Vaters stand, fehlte bei DeCosta ein Eintrag.

Dabei war Mason sich relativ sicher, dass DeCosta nicht das Ergebnis einer unbefleckten Empfängnis gewesen sein konnte.

Das leere Feld bedeutete normalerweise, dass die Mutter nicht genau wusste, wer der Vater war, oder dass sie den Mistkerl nicht ausstehen konnte. Vielleicht auch, dass er sich vor der Geburt verdünnisiert hatte. Somit blieb die väterliche Seite von Rays Checkliste leer. Die Onkel, Tanten und Großeltern dieses Familienzweigs fehlten. »Irgendwo muss die Familie doch sein.«

»Mütterlicherseits sind die meisten schon gestorben. Außerdem war die Frau ein Einzelkind.« Ray hob lapidar eine Augenbraue. »Ich habe die Totenscheine ihrer Eltern gefunden.« Als Mason schwieg, fuhr Ray fort: »Mit ein paar Nachbarn habe ich mich zwar unterhalten, aber die wussten nicht viel.«

»Vermutlich hat DeCostas Mutter noch mal geheiratet und ihren Namen geändert.« Mason griff nach Strohhalmen. Die Mutter war eine Klette gewesen, jemand, der verzweifelt klammerte. Unsicher. Blickkontakt hatte sie stets gemieden und ihre Antworten nur genuschelt. Bei jeder Gelegenheit hatte sie sich am Arm irgendeines Cops festgekrallt. Die Frau hatte die Task Force fast um den Verstand gebracht. Mason bezweifelte, dass irgendein Mann sich durchringen konnte, sie zu heiraten. Es sei denn, er wünschte sich eine Partnerin, die aussah, als hätte die ganze Welt auf ihr herumgekaut, sie dann ausgespuckt und ihr die Zähne ausgeschlagen. Und zwar alle.

Fehlende Zähne fand Mason überaus abstoßend.

»Falls sie noch mal geheiratet hat, dann auf keinen Fall standesamtlich. Jedenfalls konnte ich bislang nichts finden.«

Dave DeCostas Verwandtschaft trennten Welten von dem lückenhaften FBI-Profil. Charismatisch? Soziale Kompetenz?

Während Mason im Kopf alle Fakten noch einmal durchging, nahm er seinen Kugelschreiber auseinander und setzte ihn wieder zusammen. Seine Finger wollten beschäftigt sein. »Was hast du denn über Suzanne Mills' Ring herausgefunden?«

Ray betrachtete sein Notizbuch. Die Buchstaben glichen Vogelspuren im Schnee. »Ihre Mutter meint, er sähe definitiv aus wie ihrer. Sie weiß nicht, was nach dem Verschwinden ihrer Tochter damit passiert ist, geht aber davon aus, dass Suzanne ihn am Tag ihrer Entführung trug.« Er blätterte um. »Auf dem Ring sind nur ein paar partielle Fingerabdrücke von Dr. Campbell. Sonst nichts. Oh – und Dr. Campbell sagt, sie kann ihren eigenen Ring aus demselben Meisterschaftsjahr nicht finden. Sie fragt sich, ob ihn jemand aus ihrem Haus gestohlen haben könnte.« Ray seufzte. »Dr. Campbell hat keine Ahnung, wann er verschwunden ist. Sie hat das Ding jahrelang nicht getragen.«

Mason rieb sich den Nacken. Zwei Ringe. Was für ein Elend.

Ray riss sein vibrierendes Handy vom Schreibtisch. »Lusco.« Er hielt inne. »Und Sie sind sich absolut sicher?« Ray schlug eine neue Seite in seinem Notizbuch auf, deckte den Hörer ab und sah Mason stirnrunzelnd an.

»Wir haben den nächsten Toten.«

Neunzehn

Im Barrington Drive parkten die Streifenwagen dicht an dicht. Für Zivilfahrzeuge war das vornehme Viertel im Augenblick gesperrt. Er ließ den Blick über die Szenerie schweifen. Gemeinsam mit den Nachbarn und den Medienvertretern stand er so dicht wie möglich an den gelben Absperrbändern. Cops in Uniform sicherten das Band im Abstand von jeweils zwei Metern. Wie viele Einsatzkräfte brauchte man, wenn das Opfer schon tot war?

Er wischte sich das Grinsen aus dem Gesicht. Die medienwirksame Mordserie sorgte dafür, dass die Cops aus allen Ritzen krochen. Aber wo waren sie, wenn das Opfer sich zwei volle Stunden lang buchstäblich die Seele aus dem Leib schrie?

Nur ein Mord trieb bei diesem Wetter Schaulustige auf die Straße. Er zitterte. Immer wieder fielen Schneeschauer aus den grauen Wolken. Doch vor allem der eisige Wind machte der neugierigen Meute zu schaffen.

Er wandte sich an die Frau neben ihm. Sie trug eine signalrote wollene Jagdmütze, war groß, aber vom Alter gebeugt. Das Treiben auf der Straße beobachtete sie mit lebhaftem Interesse. Die Mützenoma brabbelte aufgeregt in ihr Handy. Dabei betonte sie fortwährend, wie erstaunt sie sei, dass direkt gegenüber ein Mord passiert war.

»Haben Sie den Verstorbenen gekannt?« Er mochte das Wort Verstorbener. Es klang so professionell. Laut dem gefälschten Namensschild an seiner Jacke hieß er Jeff Thomas und schrieb für das Wochenblatt *Portland Tribune*. Er lächelte sie aufmunternd an.

Irritiert über die Störung runzelte die Frau die Stirn. Doch als sie seine Requisiten, den gezückten Stift und den Notizblock, bemerkte, wurden ihre Augen gierig. Sie schmolz unter seinem interessierten Blick.

»Ich muss Schluss machen, Shirl. Die Presse will mit mir sprechen.« Sie steckte das Handy in die Tasche des Nickibademantels, den sie unter der dicken Skijacke trug und wandte ihm ihre volle Aufmerksamkeit zu.

»Kannten Sie Richard Buck persönlich?«, fragte er zum zweiten Mal. Er registrierte das begeisterte Funkeln in den Augen der Frau. Es gab nichts Schöneres als Tratsch. Wie nett er doch sein konnte. Eigentlich hatte er für die Freude, die er dieser betagten Mitbürgerin bescherte, eine Auszeichnung verdient.

»Ja, natürlich. Ich wohne schließlich seit Jahren direkt gegenüber.« Sie zeigte auf eine Minivilla, in deren Vorgarten sage und schreibe sieben Vogeltränken standen. Blinzelnd stellte er fest, dass jede einzelne vom Schnee befreit und mit frischem Wasser gefüllt war. Wie schaffte sie es, dass die Dinger nicht zufroren? An zahllosen Zweigen ihrer Birken baumelten bunte Futterspender.

Die Frau bemerkte seinen Blick. »Jemand muss sie doch füttern, wenn es schneit. Wissen Sie, nicht alle Vögel fliegen im Winter in den Süden«, sagte sie spitz.

Er bezweifelte, dass sie die Futterspender im Sommer abnahm.

Ihre vornehmen Nachbarn liebten sie sicher heiß und innig. Ganz offensichtlich hatte das Eigentümer-Komitee des Viertels vergessen, eine Klausel über Futterspender und Kitsch im Vorgarten in die Statuten zu schreiben.

Er zeigte ihr beim Lächeln seine perfekten Zähne. »Was Sie da tun, ist wirklich lobenswert. Ist Ihnen in den letzten zwölf Stunden irgendetwas Ungewöhnliches aufgefallen?«

»Ach? Ist es vor zwölf Stunden passiert?«

Der Ausrutscher nahm ihm eine Sekunde lang den Atem. »Ich habe zufällig aufgeschnappt, wie ein Cop diesen Zeitraum erwähnte.« Er zuckte die Schultern. »Keine Ahnung, ob das stimmt.«

Oh doch. Die hatte er.

»Nein. Ich habe nichts mitbekommen. Irgendwann heute Morgen hat ein UPS-Mann geklingelt. Er hat ein Päckchen vor die Haustür gelegt und ist wieder gegangen.« Sie zeigte über die Straße auf die Villa, um die die Cops herumwuselten. Das UPS-Paket lehnte noch immer neben der Tür. In der Nähe standen zwei Bullen in Zivil mit angespannten Gesichtern. Heftig diskutierend zeigten sie auf das Päckchen.

Er erinnerte sich daran, die Türglocke gehört zu haben. Ganz kurz hatte sie ihn aufgeschreckt. Dann hatte er durch die Jalousien im Obergeschoss gespäht, einen der üblichen braunen Lieferwagen gesehen, und den Fahrer, der bereits wieder durch die Eiseskälte zu seinem Fahrzeug zurückjoggte. Er hatte seine Arbeit zu Ende gebracht und war Minuten später aus dem Haus verschwunden.

Seine Quelle plapperte unbefangen weiter. »Buck hatte im Lauf der Jahre ein paar spektakuläre Fälle. In Corvallis hat er damals den Serienkiller verteidigt, der die College-Studentinnen umgebracht hat. Mit Erfolg, finde ich: Dieses Monster landete lebenslang im Knast.« Sie lachte gackernd.

Bei genauerem Hinsehen erkannte er die beiden Zivilbullen wieder. An den zwei vorigen Tatorten hatte er sie ebenfalls gesehen. Er nahm sich vor, ihre Namen herauszufinden und ihnen als Dank für ihre harte Arbeit ein Geschenk zukommen zu lassen. Wie es sich für einen guten Bürger gehörte. Die Polizei erfuhr viel zu wenig Wertschätzung.

»Soweit ich gehört habe, waren Bucks Beine gebrochen. Genau wie bei dem alten Cop vor ein paar Tagen und bei dem ermordeten Staatsanwalt, der damals auch mit dem Serienkiller-Fall zu tun hatte.« Die Frau rückte näher, versicherte sich mit hektischen Blicken, dass sie nicht belauscht wurden, und flüsterte: »Jemand nimmt Rache, weil der Mörder damals verurteilt wurde und in den Knast ging.« Sie nickte energisch.

»Schon möglich.« Wie war die Information über die gebrochenen Beine so schnell durchgesickert? Soweit er wusste, sagte die Polizei den Schaulustigen auf der Straße kein Wort über den Zustand der Leiche. Aber anscheinend sprangen die grausigen Details irgendwie von Mund zu Ohr.

Seine Brust wölbte sich fast automatisch vor und er drückte den Rücken durch. Alles lief perfekt. Genauso hatte er es geplant. Die Öffentlichkeit verfolgte begierig das Geschehen und die Polizei tappte im Dunkeln. Er fragte sich, wann die Sache mit der Angelausrüstung durchsickern würde. Jemanden mit einer Angelrute zu töten, war nicht einfach. Aber er benutzte gern Gegenstände aus dem näheren Umfeld des Opfers. Etwas, was dessen Beruf oder Hobby symbolisierte. Mit der Rute hatte er getan, was er konnte, und versucht, mit den Angelhaken kreativ zu sein. Vor einer Weile hatte er Cops mit grünen Gesichtern aus dem Haus stolpern und würgend in die Büsche laufen sehen. Er konnte also annehmen, dass er gute Arbeit geleistet hatte. Die Detectives diskutierten immer noch über die UPS-Lieferung. Vermutlich hielten sie das Ding für eine Bombe.

Hmmm. Mit explosiven Postsendungen hatte er lang nicht experimentiert. Früher hatten sie ihn fasziniert. Man mischte ein bisschen was zusammen, packte es hübsch ein und WUMM. Was für ein Hochgefühl. Baumstümpfe, Briefkästen, sogar ein paar Katzen waren Opfer seiner Sprengstoffversuche geworden. Aber beim Gedanken an sein letztes Explosionsopfer wurde ihm ganz schummrig.

Dabei war die Teenager-Schlampe selbst schuld, die ihm in der Highschool ins Gesicht gelacht hatte, als er ihr Hilfe bei ihrem Physikprojekt angeboten hatte. Er wusste, dass sie Gefahr lief durchzufallen, und hatte geglaubt, sie würde das Angebot des Klassengenies dankbar annehmen. Doch da hatte er sich gründlich getäuscht. Sie war vor ihm zurückgewichen, als wären seine Strebermarotten ansteckend. Und dann hatte sie ihn ausgelacht. Und ihren Freundinnen davon erzählt, die natürlich auch lachten. *Highschool-Matratzen.* Sie stolzierten herum, ließen ihre BHs und Slips unter den Kleidern hervorblitzen und verpassten dann hämisch jedem eine Abfuhr, der in ihre kleinen Nuttenfallen stolperte.

Ihr hatte er den Sprengstoff auf die Veranda gestellt. Ein echtes kleines Kunstwerk. Er war wirklich stolz darauf gewesen, denn er hatte Stunden damit verbracht, es akribisch genau zusammenzumischen. Eigentlich hatte er ihr nur ihr gemeines Gelächter heimzahlen und ihr ein bisschen Angst machen wollen. Wie hätte er wissen sollen, dass das Haus Feuer fangen und ihre kleine Schwester, ein Baby, bei dem Brand umkommen würde? In die Schule kehrte die Schlampe nie zurück. Es hieß, ihre Eltern hätten so weit wie möglich wegziehen wollen, damit die Erinnerung sie nicht immer quälte. Monatelang hatten seine Mitschüler damals hinter vorgehaltener Hand geflüstert und einen großen Bogen um ihn gemacht. Einige hatten gewusst, dass er mit Sprengstoff experimentierte. Und alle wussten, dass die blöde Schnalle ihn gedemütigt hatte.

Das winzige Grab hatte er oft besucht, war dort voller Unbehagen von einem Fuß auf den anderen getreten, hatte den kleinen Grabstein betrachtet und sich gefragt, ob das Baby gelitten hatte. Die Schuldgefühle hatten ihn überrascht. Dass er eine Schwäche für Babys hatte, war ihm damals noch nicht bewusst gewesen.

»Kennen Sie Tony McDaniels?«

Die alte Frau hatte er beinahe vergessen. Schnell wandte er sich ihr wieder zu. »Wen?«

Sie studierte noch einmal sein Namensschild. Ihre Augen verengten sich. Ihr Hirn arbeitete schneller, als er ihr zugetraut hatte. »Tony McDaniels. Er ist Sportreporter bei der *Tribune* und mein Großneffe.«

»Ach *der* Tony. Ja, sicher. Ich sage ihm, dass wir uns kennengelernt haben.« Er warf einen Blick auf die Uhr. »Ich muss los. Vielen Dank für Ihre Hilfe.« Ihm prickelte vor Schreck das Rückgrat. Er musste verschwinden, bevor die Alte ihr Handy zückte, ihren Großneffen anrief und ihm sagte, sie hätte mit Jeff Thomas gesprochen. Er wich zwei Schritte zurück, dann wandte er sich ab.

»Ich heiße Evelyn Wakefield«, rief sie ihm hinterher. Dann buchstabierte sie laut ihren Nachnamen.

Ohne sich noch einmal umzudrehen, hob er die Hand als Zeichen, dass er sie verstanden hatte. Er hoffte, dass sein hastiger Abgang niemandem auffiel. Warum bewegte er sich so schnell? Er zwang sich, langsamer zu gehen, tat, als würde er sich Notizen machen. Ein paarmal schaute er zwischen dem Haus und seinem Block hin und her, damit es aussah, als notiere er sich eine Beschreibung. Einer der Detectives sah zu ihm herüber, wandte sich dann aber wieder dem Päckchen zu.

Er hatte sein Glück herausgefordert. Warum war er vom ursprünglichen Plan abgewichen? *Dumm, dumm, dumm.*

Sein Verlangen, das Nachspiel mitzuerleben, war einfach zu groß gewesen. Bis in die Fingerspitzen durchrieselte ihn das wohlige Machtgefühl. Die verwirrten Cops, die aufgeregte Menge: *sein Werk!* Jeder rätselte, wer er war. Er blieb stehen, atmete heftig aus – befreite sich von dem zersetzenden Stolz. Wenn er Erfolg haben wollte, musste er sich besser unter Kontrolle haben.

Von jetzt an würde er keine Fehler mehr machen.

Obwohl einiges dagegensprach, beschloss Mason, das Päckchen gleich an Ort und Stelle öffnen zu lassen. Der Kampfmittelräumdienst durchleuchtete es und erklärte es für unbedenklich. Er hatte immerhin gewartet, bis jemand da war, der sich mit so etwas auskannte. Jetzt sah er zu, wie eine Frau das Päckchen fotografierte, das glänzende Klebeband auf Fingerabdrücke untersuchte und das Ding dann vorsichtig öffnete. Auf dem UPS-Aufkleber stand die Adresse des Opfers. Die Absenderadresse war ein Postfach in Portland.

Er und Lusco hatten sich nicht einigen können, ob das Päckchen geöffnet werden sollte oder nicht. Lusco wollte es erst ins Labor schicken. Mason wollte sofort wissen, was drin war. Die leitende Kriminaltechnikerin der Spurensicherung hatte es ebenfalls nicht am Tatort aufmachen wollen, doch Mason hatte ihr eine Dienstanweisung gegeben. Das Gemetzel im Haus trug dieselbe Handschrift wie bei Trenton und Cochran. Mit einem Unterschied: Es gab keinen Gegenstand, der auf ein vorausgegangenes Verbrechen hinwies.

Der Täter ließ immer etwas zurück. Trentons Dienstmarke an Mills' Fundort. Trentons Haar am Cochran-Tatort. Selbst die

DVD auf Dr. Campbells Veranda und der Ring in ihrem Laborkittel entsprachen halbwegs dem Muster.

Am liebsten wollte Mason das Päckchen einfach aufreißen. Er trat von einem Fuß auf den anderen, konnte einfach nicht stillstehen. Lusco warf ihm einen seltsamen Blick zu. Wahrscheinlich glaubte sein Partner, er müsste mal. Mason stellte das Gezappel ein und drehte die Fäuste in die Manteltaschen. Sein Atem hing in Wolken in der Luft.

Was zum Teufel ging hier vor? Es sah aus, als hätten sie jetzt einen dritten Mord, der irgendwie im Zusammenhang mit diesem verdammten Serienkiller DeCosta stand. Jemand wollte ihnen eindeutig etwas sagen. Die gebrochenen Oberschenkel in allen Fällen waren eine klare Botschaft an die Polizei, dass immer derselbe Täter am Werk war.

Hatten sie damals den Falschen eingesperrt? Einen Komplizen übersehen? Und wer war als Nächstes an der Reihe?

Diese Fragen verfolgten ihn bereits im Schlaf. Er knirschte mit den Zähnen. Dr. Campbell konnte die Nächste sein. Sie hatte bei der Überführung DeCostas eine wichtige Rolle gespielt. Zum Glück war der vorsitzende Richter von damals, Stanley Williams, bereits vor ein paar Jahren gestorben. Wenigstens eine Person, um die sie sich keine Sorgen mehr machen mussten.

Richard Buck hatten sie vor zwei Tagen gewarnt. Ihm vorgeschlagen, er solle Urlaub machen oder die Stadt für eine Weile verlassen. Sie hatten ihm dasselbe geraten wie der kleinen Zahnärztin. Aber Buck hatte gerade einen wichtigen Fall. Über Masons Vorschlag, sich vertreten zu lassen, lachte er nur.

Mason hätte gern gewettet, dass Buck ihm jetzt glaubte.

Endlich. Das Päckchen war offen. Diese Frau war eine Schnecke! Er zog den Kopf ein und öffnete die Fäuste. Die Technikerin machte nur ihre Arbeit und sie machte sie gründlich. Aber verdammt noch mal, er wusste, dass der Inhalt wichtig war.

Einige Nachbarn hatten der Polizei gesagt, sie hätten den UPS-Lieferwagen gesehen. Sie beschrieben ihn als völlig normal und unverdächtig. Die Auslieferung eines Paketes war leicht zu überprüfen. Bei einem so komplett computerisierten Unternehmen ließ sich jeder Schritt nachverfolgen. Mason war sicher, dass es sich bei dem Paket um eine Standardsendung handelte und dass die Absenderadresse ihnen nicht weiterhelfen würde. Es war in einem Paketcenter aufgegeben worden.

Er beugte sich vor und spähte über die Schulter der Technikerin. Der Anblick überraschte ihn nicht. Das Haar in der kleinen Tüte stammte ganz sicher von Joseph Cochran, doch dazwischen glänzte etwas Goldenes. Mit einer Pinzette hielt ihm die Kriminaltechnikerin die Tüte vor die Augen.

Mason starrte den Goldring in der Plastikhülle an und spürte wie sein Herz aussetzte. Dass der Ring Dr. Campbells Initialen trug, konnte er sich denken. Wieder eine Verbindung.

Scheiße.

Er zog sein Handy aus der Tasche, fuhr zu einem der Uniformierten auf der Veranda herum und zeigte mit dem Finger auf ihn. »Schicken Sie einen Streifenwagen zu Dr. Campbells Haus. Jemand soll nach ihr schauen, seinen Hintern vor ihrer Tür parken und sich nicht von der Stelle rühren, bis wir dort sind. Sobald wir hier fertig sind, fahren wir hin.« Während er Dr. Campbells Nummer wählte, betrachtete er die riesenhafte Villa des Strafverteidigers. »Sagen Sie, es könnte eine Weile dauern.«

Zwanzig

Mount Junction zeigte sich in allen Schattierungen von Grau bis Weiß. Makellos weißer Schnee bedeckte die umliegenden Gebirgszüge, ein dunkelgrauer Dreckfilm die Schneehaufen an den Rändern der hellgrauen Straßen. In dieser südöstlichen Ecke Oregons war Mount Junction die größte Stadt im Umkreis von hundert Meilen und mehr oder weniger um die Universität herum gewachsen. Die Hochschule war der größte Arbeitgeber des Countys. Wer nicht dort arbeitete, bewirtschaftete eine Ranch oder verdiente sein Geld in Restaurants und Kleiderläden, deren Kunden wiederum Studenten waren. Mount Junction galt als konservativ und die Uni pflegte stolz ihren Ruf als republikanisch ausgerichtete Institution in einem Staat, in dem bei den Wahlen stets die Demokraten die Nase vorn hatten. Aber Michael fiel sofort etwas ganz anderes auf: Die Autofahrer von Südost-Oregon kamen mit den winterlichen Straßenverhältnissen weitaus besser zurecht als die Bürger Portlands. Hier draußen gehörte Schnee zum täglichen Leben.

Michael stellte die Heizung in seinem gemieteten Geländewagen auf die höchste Stufe und studierte die Karte. Er wollte die Sache hier so schnell wie möglich hinter sich bringen, denn er hatte Lacey nur sehr ungern mit Jack Harper allein gelassen. Eigentlich durfte es ihn nicht kümmern, wen sie küsste. Aber bei diesem Kerl war das etwas anderes. Harper hatte sich in ihren engsten Umkreis gedrängt und schien die Beschützerrolle übernehmen zu wollen, die Michael als sein ureigenstes Privileg betrachtete. Jack würde sich gut um sie kümmern und sich mit ganzer Kraft für ihre

Sicherheit einsetzen – aber das bedeutete nicht, dass er ihn deshalb mögen musste.

Verdammt, er ließ sich zu leicht ablenken. »Reiß dich zusammen!«, murmelte Michael. *Erledige alles Notwendige und dann nichts wie zurück zu ihr.*

Lacey war ihm zu nichts verpflichtet. Das wusste Michael. Doch nicht alle Aspekte ihrer Beziehung hatten sich verändert. Sie behandelte ihn immer noch wie eine besorgte Schwester, er bewachte sie wie ein älterer Bruder. Und falls sie je das Bedürfnis haben sollte, die alten Zeiten wieder aufleben zu lassen ... er hätte nichts dagegen. So kurz ihre gemeinsame Zeit als Paar auch gewesen war, für ihn war diese Beziehung die bislang wichtigste in seinem Leben gewesen. An Knalleffekten hatte es nicht gemangelt. Im Bett und außerhalb. Schluss gemacht hatte sie vermutlich wegen letzteren. Über das Ende ihrer Liebe war er lang nicht hinweggekommen, aber inzwischen hatte er gelernt, sich auf die Zunge zu beißen und abzuwarten. Die Sache mit Harper beunruhigte ihn allerdings. Hier bahnte sich etwas Größeres an. Das sagte ihm sein Gefühl.

Michael schüttelte die Karte und atmete tief aus. Konzentration.

Er hatte bei der örtlichen Polizei eine kooperative Kontaktperson aufgetan, die bereit war, den offiziellen Unfallbericht von Amy Smith auszugraben, der Turnerin aus Mount Junction, die mit ihrem Auto im Fluss gelandet war. Michael hatte zwar eigene Recherchen über den Unfall angestellt, war aber bei den Nachforschungen über Amys Lebensumstände bald auf Probleme gestoßen: zu viele Smiths in Oregon. Die Quelle hatte versprochen, ihm alles zu mailen, was sich über die persönlichen Verhältnisse des Mädchens herausfinden ließ. Aber am meisten interessierte ihn der Autopsiebericht.

Die gebrochenen Oberschenkel gingen ihm nicht aus dem Kopf. Amys, Suzannes und jetzt die der drei Männer aus Portland und Umgebung. Es war immer dieselbe Art von Bruch.

Michael suchte auf der Karte nach der Stelle, an der Amys Wagen gefunden worden war. Laut dem, was in den Zeitungen stand, war sie in den Fluss gefahren, von der starken Strömung aus ihrem Fahrzeug gerissen und durch das felsige Flussbett geschleift worden. Paddler hatten den Wagen, der im Uferschlick steckengeblieben war, am nächsten Tag entdeckt. Drei Wochen später war eine Meile flussabwärts die Leiche angetrieben. Das junge Paar, das am Fluss gecampt hatte und buchstäblich über Amys sterbliche Überreste gestolpert war, hatte anfangs gar nicht erkannt, dass es sich um eine menschliche Leiche handelte.

Michael wollte genau an der Stelle stehen, an der Amy verschwunden war, und versuchen, sich vorzustellen, was an diesem Tag geschehen sein könnte. Als Nächstes würde er zu dem Campingplatz fahren, an dem sie gefunden worden war. Auf Fotos und Hörensagen allein wollte er sich nicht verlassen. Er ging den Dingen gern auf den Grund und machte sich selbst ein Bild.

Die Karte führte ihn auf einer kurvigen, schneebedeckten Straße drei Meilen weit aus der Stadt zu der Fundstelle des Wagens. Er hätte ein Navigationsgerät benutzen können, aber er wollte die Topografie der Gegend kennenlernen und ein Gefühl für die Umgebung entwickeln. Das ging am besten mit einer echten, altmodischen Karte aus Papier.

Er parkte den Truck am Straßenrand und ging die letzte Viertelmeile bis zum Fluss zu Fuß. Mühsam kämpfte er sich durch den Schnee, der hier fast einen halben Meter tief war, und kam schwitzend am Ufer an. Michael fluchte. Der Unfall war im Frühjahr passiert. Wie sollte er ihn sich um diese Jahreszeit realistisch vorstellen können? Die ganze Landschaft lag unter einer dicken Schneedecke.

Langsam drehte er sich im Kreis und ließ die Schönheit der Umgebung auf sich wirken. Er betrachtete den schmalen Pfad, den er von der Straße bis zum Fluss getrampelt hatte und legte die Stirn in Falten. Amy war von der Straße abgekommen, eine Viertelmeile durch die Landschaft geholpert und dann im Wasser gelandet? Große Felsblöcke und Buschgruppen säumten seinen eigenen Zickzackkurs. Offensichtlich war es ihr gelungen, diesen Hindernissen auszuweichen, dem Fluss aber nicht. War sie betrunken gewesen? Niemand erinnerte sich daran, sie an diesem Tag schon einmal gesehen zu haben. Bis zur Entdeckung ihres kleinen Corollas hatte sie kein Mensch vermisst.

An der Stelle, an der Michael stand, fiel das Ufer steil ab. Er schätzte die Distanz bis zur Wasseroberfläche auf sechs oder sieben Meter. Auf gar keinen Fall hätte sie die steile Böschung wieder hochfahren können. Vielleicht hatte sie aussteigen wollen und war dabei von der starken Strömung erfasst worden. Hätte sie ans Ufer waten können, wenn sie nicht zu schwer verletzt gewesen wäre?

Ein Blick auf die umgebenden Berghänge sagte ihm, dass die Wassertemperatur auch im Frühjahr nur wenig über dem Gefrierpunkt lag. Ein Sturz in eisiges Wasser war immer ein Schock. Michael lief ein kalter Schauer über die Beine bis in die gefrorenen Wanderstiefel. Auch er war schon einmal in mörderisch kaltem Wasser gelandet. Bei der Erinnerung an das unfreiwillige Bad in dem zähflüssigen Eisbrei zog sich sein ganzer Körper schmerzhaft zusammen. Er war so ungeschickt gewesen, sich an einer Krabbenfalle festzuhalten, die vom Deck eines Krabbenkutters über den Ozean geschwenkt war, und hatte dann prompt den Halt verloren. Ohne die blitzschnelle Reaktion des Captains und der Crew würde er heute als menschlicher Eisklumpen durch die Beringsee treiben. Einen Sturz in dieses Gewässer überlebte fast niemand.

Er riss den Blick von dem dunklen Wasser los, rieb sich die Hände und versuchte, sein rasendes Herz zu beruhigen, indem er seine Gedanken in eine andere Richtung lenkte. Befand er sich auf Privatbesitz oder gehörte das Flussufer der Stadt, dem County, dem Staat? Etwa eine Meile weit entfernt auf der anderen Flussseite stand eine Scheune. Kalt und verlassen lag sie da. Der Zaun, der einmal zwischen der Scheune und dem Fluss gestanden hatte, war nur noch eine undeutlich erkennbare Linie aus bröseligem verrottetem Holz. Er musste herausfinden, wem das Grundstück gehörte.

Michael stellte den warmen Kragen seiner dicken Jacke auf, um seinen Hals zu schützen. Dann arbeitete er sich zum Wagen zurück. Ein sanftes Schneegeriesel setzte ein und verwandelte die Landschaft in eine Weihnachtspostkarte. Noch einmal wandte er sich um, sah hinunter auf den tödlich grauen Fluss und fragte sich, ob er einer fixen Idee hinterherjagte.

Mit einer dampfenden Kaffeetasse in der Hand klickte Michael sich durch die Seiten des Grundstücksregisters. Seine Zehen waren immer noch nicht ganz aufgetaut, obwohl er die Heizung im Hotelzimmer voll aufgedreht hatte. Die Fahrt zu dem Campingplatz, an dem Amys Leiche gefunden worden war, hatte sich als Pleite erwiesen. Der Platz war geschlossen, die Zufahrt über den Winter durch ein Tor versperrt. Er hatte sich überlegt, ob er den Wagen abstellen und vom Tor aus zu Fuß weitergehen sollte. Aber von dort bis zum Fluss waren es fast zwei Meilen. Außerdem war aus dem romantischen Schneegeriesel ein heftiges Schneetreiben geworden und er hatte Hunger. Er konnte sich die Stelle auch auf Google Earth ansehen. Vielleicht fand er dort ein paar gute Bilder aus der Vogelperspektive.

Seine Augen glitten über die aktuelle Seite des Grundstücksregisters auf dem Bildschirm seines Laptops. Er suchte nach den Besitzern der Grundstücke am Fluss. Ungeduldig scrollte er sich durch jede Menge Kleingedrucktes, dann stand mitten auf der Seite ein Name. Michael hielt den Atem an. Seine Gedanken überschlugen sich. Die öffentliche Hand war definitiv nicht Eigentümer des Landes direkt am Ufer. Die Stelle, an der er am Morgen gestanden hatte, war Teil einer über hundert Hektar großen Parzelle im Besitz von Joseph und Anna Stevenson.

Laceys ehemaligen Schwiegereltern.

Ärgere nie einen Reporter.

Jack warf die Zeitung auf den Schreibtisch und versuchte, Michael in der Redaktion zu erreichen. Janice, Jacks Sekretärin, hatte ihm die Nachmittagsausgabe des *The Oregonian* ein wenig beklommen hingelegt. Sie war zum Kiosk hinuntergelaufen und hatte die Zeitung gekauft, weil ihre Mutter ihr am Telefon gesagt hatte, ihr Boss sei auf der Titelseite.

Brody riss sich bei den Recherchen über Jacks Vergangenheit anscheinend regelrecht den Hintern auf. Der verdammte Artikel schilderte detailgetreu Jacks über zehn Jahre zurückliegende Befragung zu den Campus-Morden durch die Polizei in Corvallis. Die Fakten waren korrekt wiedergegeben. Aber das bedeutete nicht, dass er sie auf der Titelseite lesen wollte.

Laut Brodys Anrufbeantworter befand sich der Reporter auf einer Auswärtsrecherche und Jack erinnerte sich wieder daran, dass er und Lacey in der Nacht etwas von einem Kurztrip nach Mount Junction gesagt hatten. Wie lang würde der Kerl wohl weg sein? Jack rieb sich den Nacken und legte auf. Er lehnte sich auf seinem Bürosessel zurück und starrte stumm auf das Telefon. Was jetzt? Untätig herumsitzen war ihm zuwider, aber Lacey nach Brodys Handynummer zu fragen, war auch keine Option. Er hatte noch immer ein leicht ungutes Gefühl wegen der Geschichte mit der DVD.

Lacey hatte ihn um vier Uhr morgens vor die Tür gesetzt – nicht ohne ihm vorher einen Vortrag über ihre Beziehung zu dem Reporter zu halten. Jack hätte sich geweigert zu gehen, aber sie hatte ihren Vater angerufen und ihn gebeten, zu ihr zu kommen. Schon nach wenigen Minuten war er dagewesen. In den ersten zehn Sekunden ihrer Tirade hatte Jack erfahren, dass Michael Brody zu Laceys allerbesten Freunden gehörte, die sie beschützte wie eine Gänsemutter ihre Brut. Eine Gänsemutter mochte nicht besonders groß sein, aber wenn sie laut kreischend auf einen zustob, rannte man besser in der Gegenrichtung davon.

Es musste ihm gelingen, sie zu besänftigen. Irgendwie.

Wenigstens wusste er nun, dass sie und Brody kein Paar waren und nichts miteinander hatten.

Jack schob die Gedanken an die peinliche frühmorgendliche Situation beiseite. Stattdessen nahm er sich den Artikel noch einmal vor. Natürlich war da zu lesen, Jack habe ausgesagt, er hätte nichts mit dem Knochenfund unter seinem Gebäude zu tun. Auch sei in keinem Punkt Anklage gegen ihn erhoben worden. Weiter hieß es, er kooperiere in allen Belangen bereitwillig mit der Polizei. Eigentlich musste er doch dankbar sein, oder?

Doch dann kam die Liste seiner Berührungspunkte mit den Verbrechen vor zehn Jahren, gefolgt von der Feststellung, das

Mehrfamilienhaus in Lakefield hätte ihm auch damals schon gehört. Das entsprach nicht ganz den Tatsachen. Jack schürzte die Lippen. Besitzer des Hauses war zu jener Zeit sein Vater gewesen. Ein paar Zeilen weiter hieß es, Jack habe zum Zeitpunkt der ersten Entführungen noch an der Oregon State University studiert. Das stimmte zwar, aber dasselbe galt für fast ein Drittel aller College-Absolventen aus Oregon. Auch dass er sich öfter mit Sportlerinnen vom College verabredet hatte, erfuhren die Leser. Alle Mordopfer waren blonde Athletinnen gewesen. Und Brody hatte von einer Quelle, die nicht namentlich genannt werden wollte, erfahren, dass Jack während seiner Studentenzeit immer nur blonde Freundinnen gehabt hätte. Er runzelte die Stirn. *War das tatsächlich so gewesen?* So sehr er sich auch das Gehirn zermarterte – ihm fiel keine Ausnahme ein. Aber das hieß noch lang nicht, dass er jemanden umgebracht hatte.

Lacey. Blond. Sportlerin. *Kacke.* Er warf die Zeitung zum Altpapier, drehte den Sessel zum Fenster und starrte den Berg an.

Im Kopf ging er den Artikel noch einmal durch. Nach fünfmaliger Lektüre kannte er ihn fast auswendig.

Und Hillary Roske.

Jack fischte die Zeitung noch einmal aus dem Abfall, sah sich das alte Bild von ihr an und suchte nach Erinnerungen an ihre gemeinsame Zeit. Viel fiel ihm nicht mehr ein. Sie war ein hübsches Mädchen gewesen. Süß. Aber sie hatten nie wirklich gut zusammengepasst.

Ihre Augen bohrten sich in seine. Stumm und vorwurfsvoll. Damals war er wie besessen davon gewesen, bei der Suche nach ihrem Entführer zu helfen. Auch während der Zeit bei der Polizei in Lakefield hatte er die Verbrechen immer im Hinterkopf gehabt. Die Verbrechen an ihr und den anderen Mädchen.

Jetzt sprach die Öffentlichkeit wieder über die alten Fälle und sein Name tauchte auf wie ein versenkter Korken, der an die Wasseroberfläche schoss. Er kniff die Augen zusammen, aber es half nichts. Er sah immer noch Hillarys forsches Lächeln vor sich.

Mit schlechter Presse hatte er sich schon öfter herumschlagen müssen. Normalerweise saß er so etwas einfach aus. Als Chef einer großen, bekannten Firma musste man mit so etwas immer rechnen und durfte es nicht allzu persönlich nehmen. Er war stolz auf die Bauprojekte des Unternehmens und darauf, wie er es nach dem Rückzug seines Vaters weiter vorangebracht hatte. Möglicherweise gab es Leute, die ihm den Erfolg neideten. Aber sie würden darüber hinwegkommen.

Diese Sache hier jedoch war ein anderes Kaliber.

Als das Telefon klingelte, öffnete er erst einmal nur ein Auge. Nach drei Anrufen von irgendwelchen lästigen Zeitungsfritzen hatte er Janice gesagt, sie solle alle weiteren Anrufer abwimmeln. Der hier musste wichtig sein. Janices Stimme tönte aus der Sprechanlage.

»Es ist Bill Hendricks, Jack. Ich dachte, mit dem wollen Sie vielleicht reden.«

»Ja. Das sollte ich wohl. Danke, Janice.«

Jack legte die Zeitung weg und fuhr sich durchs Haar, was dazu führte, dass die kurzen Igelstoppeln noch stacheliger in die Höhe standen. Hendricks kam immer sofort zur Sache und war im Augenblick einer der wichtigsten Geschäftspartner von Harper Immobilien. Er und Jack steckten mitten in der Planung für einen Wohnturm im heiß umkämpften South-Waterfront-Viertel, das sich derzeit zu einem von Portlands teuersten Wohnquartieren mauserte. Jack griff nach dem Hörer. Bill Hendricks wollte immer nur unverblümte Fakten hören. Der Mann witterte eine Lüge zehn Meter gegen den Wind.

»Morgen, Bill.«

»Jack! Was zum Teufel ist eigentlich los?«, brüllte Hendricks. Jack riss den Hörer vom Ohr. Hendricks redete wirklich nicht um den heißen Brei herum.

»Du kannst jedes Wort glauben, das in der Zeitung steht, Bill. Unter einem meiner älteren Mehrfamilienhäuser in Lakefield wurde ein Skelett gefunden.«

»Hast du es dort versteckt?« Die Stimme des alten Mannes klang mächtig. Mächtig aufgebracht.

»Ich bitte dich, Bill! Natürlich nicht! Traust du mir das etwa zu?« Jack versuchte, nicht über die gnadenlose Offenheit des alten Haudegens zu lachen.

»Nein. Aber ich dachte, ich frage mal, was du dazu zu sagen hast.« Zum Glück fuhr Bill nun die Lautstärke herunter. »Drei Zulieferer haben mich schon angerufen, weil sie befürchten, dass ich wegen ein paar lausigen Artikeln im *The Oregonian* aus dem Turmprojekt aussteige. Haben diese Leute eigentlich zwei Gramm Hirn zwischen den Ohren? Jeder, der dich kennt, weiß, dass dieses Geschreibsel ein Haufen Eselmist ist.«

Eselmist? Wenn er sich eine Person aussuchen konnte, die sich für ihn stark machte, dann war das definitiv Bill Hendricks. Das Wort dieses Mannes hatte in Oregon Gewicht und konnte Jacks angeschlagenes Image durchaus ein Stück weit kitten.

Bills Monolog dauerte noch eine weitere Minute. Nach dem Gespräch rieb Jack gedankenverloren die gefühllose Stelle an seinem rechten Oberschenkel. Wenn schon Bill Hendricks von Vertragspartnern angerufen wurde, die sich Sorgen um seine geschäftliche Zukunft machten, dann gab es sicher noch viele andere Leute mit ernsthaften Bedenken. Die miese Publicity war wie ein Morast, aus dem man nur schwer wieder herauskam. Wie viel bleibenden Schaden hatte Michael Brody der Firma Harper Immobilien bereits zugefügt?

»Mr Harper, Ihre Schwester ist auf Leitung zwei.«

»Danke, Janice.« Er hatte vergessen, seiner Sekretärin zu sagen, dass sie Melody auf keinen Fall zu ihm durchstellen sollte. Vermutlich erwartete sie, dass er sich auf irgendeiner Wohltätigkeitsveranstaltung blicken ließ oder einen Scheck für eine gute Sache unterschrieb. Wenn es darum ging, das Geld der Firma für mildtätige Zwecke auszugeben, war seine ältere Schwester unschlagbar. Widerstrebend nahm er das Gespräch an.

Nach Melodys Anruf lehnte er sich zurück. Er konnte sich ein Grinsen nicht verkneifen. Die Lösung für wenigstens eines seiner Probleme rückte näher. Das Schicksal hatte sie ihm gerade auf einem Silbertablett präsentiert und er würde diese Gelegenheit nutzen.

Dafür warf er sich gern für eine glamouröse Party in Schale.

Im Dämmerlicht der frühen Abendstunden hetzte Lacey zur Turnakademie. Endlich konnte sie dem Cop entkommen, der schon den ganzen Tag vor ihrer Haustür saß. Er war geblieben, bis Detective Callahan zurückgerufen und sie über den Toten, der am Morgen gefunden worden war, auf den neuesten Stand gebracht hatte. Bei dem Ermordeten handelte es sich um den Rechtsanwalt Richard Buck. Wieder eine Verbindung zu DeCosta. Als Lacey auf dem schummrig beleuchteten Parkplatz aus dem Truck stieg, warf sie einen Blick über die Schulter. Unruhig war sie schon den ganzen Tag. Aber deshalb würde sie sich noch lang nicht unter dem Bett verkriechen.

Der Detective war immer noch der Meinung, sie sollte die Stadt verlassen. Sie hatte ihm gesagt, sie würde bei ihrem Vater übernachten. Morgen musste sie zu einer Benefizveranstaltung im luxuriösen Benson Hotel. Vielleicht konnte sie sich dort anschließend einquartieren.

Callahan sagte ihr, Frank sei auf freien Fuß gesetzt worden, und Lacey erklärte noch einmal, dass sie auf eine Anzeige verzichten würde. Vor Frank hatte sie keine Angst. Sie wollte nur einfach nichts mehr mit ihm zu tun haben. Außerdem hoffte sie, dass ihm der Vorfall eine Lehre gewesen war. Seine erste und bisher einzige Nacht im Gefängnis würde er sicher nicht so schnell vergessen. Was Franks Patienten wohl denken würden, wenn sie erfuhren, dass er wegen eines Angriffs auf seine Exfrau in einer Zelle übernachtet hatte?

Falls Frank keine Ruhe gab, konnte sie ihm diese Frage ja einfach einmal stellen.

Lacey drückte die schwere Tür der Turnakademie auf. Sie atmete den charakteristischen Geruch von Desinfektionsmitteln und verschwitzten Körpern ein. Diese vertraute Mischung wirkte entspannend auf sie. Beim Betreten einer Sporthalle spürte sie immer eine gewisse Harmonie, eine besondere beruhigende Schwingung. Sie fühlte sich in ihrem Element. Anfeuerungsrufe und die Rockmusik, die eine Bodenübung begleitete, brachen sich an den Wänden. Ihr geschultes Auge folgte den Bewegungen eines jungen Mädchens auf dem Schwebebalken.

Sie hatte einen langen Tag hinter sich und war völlig durch den Wind. Angefangen hatte er mit Michaels wütendem Abgang. Anschließend hatte sie Jack vor die Tür gesetzt, später den üblen Artikel auf der Titelseite der Zeitung gelesen und dann von Richard Bucks Ermordung erfahren. Zu allem Überfluss war auch noch ihr Ring am Tatort gefunden worden. Dass sie nach diesem Tag nicht mehr klar denken konnte, wunderte sie kein bisschen. Am liebsten hätte sie das Denken komplett eingestellt. Die Versuchung war groß, sich die Bettdecke über den Kopf zu ziehen und die Realität mit ein paar dämpfenden Pillen in Schach zu halten. Nur mit einiger Mühe war es ihr gelungen, dieser Versuchung zu widerstehen. Fünf Minuten lang hatte sie das Xanax-Röhrchen in der Hand gehalten, es dann wieder ins Regal gestellt und sich bewusst gemacht, dass sie sich gefährlich nahe am Rand einer Depression befand. Sie wusste, dass sie sich in diesem Zustand einen Tritt geben, das Haus verlassen und Sport treiben musste. Deshalb war sie ins Studio geflüchtet. Wenn sie sich jetzt ins Bett legte, konnte es Tage dauern, bis sie die Kraft fand, wieder aufzustehen. Das durfte ihr nicht passieren. Sie musste herausfinden, was mit Suzanne geschehen war.

Wie hatte Michael eine weitere Story über Jack in die Zeitung setzen können? Sicher, der Artikel war sorgfältig recherchiert. Michael überprüfte sämtliche Informationen immer dreimal. Wenigstens hatte die Geschichte in der Spätausgabe gestanden, die lediglich einen Bruchteil der Auflage der Morgenzeitung erreichte. Lacey konnte nur hoffen, dass irgendeine Sensationsgeschichte Jack morgen von der Titelseite verdrängen würde.

Dass Michael nach dem Kuss auf der DVD wutentbrannt aus ihrem Haus gerannt war, fand sie ziemlich überzogen. Sie war ihm bis zum Wagen gefolgt und hatte ans Fenster geklopft. Doch er hatte nur ablehnend den Kopf geschüttelt und war weggefahren.

Michael hatte Glück, dass er im Augenblick weit weg war. Wenn sie ihn das nächste Mal sah, würde sie ihn erdrosseln. Er führte sich auf wie ein verwöhnter Fratz, der nicht ertrug, wenn jemand anderes mit seinen Sachen spielte.

Kleine Arme schlangen sich um Laceys Oberschenkel. Sie beugte sich zu Megan hinunter und umarmte sie. Seit drei Jahren unterrichtete sie die Zwergenriege und genoss jede einzelne Minute. Die vierjährigen kleinen Turnerinnen schäumten über vor Energie und Lebendigkeit. Lacey ließ sich jede Woche einen neuen Parcours mit einfachen Turnübungen und Spielen einfallen. Die Kinder waren jedes Mal Feuer und Flamme, warfen sich in den Behälter voller Schaumgummistücke, sprangen auf dem Trampolin und hüpften einen niedrigen Übungsbalken entlang.

Die Zwergenriege brachte Lacey immer zum Lachen und oft freute sie sich die ganze Woche über auf das Training.

»Hey.«

Lacey wandte sich um. Kelly Cates sah sie mit einer Mischung aus Besorgnis und Neugier an. Kelly und ihr Mann Chris waren die Besitzer der Turnakademie.

»Alles klar bei dir?«, fragte Kelly leise. Dann umarmte sie Lacey lang und fest. Kelly war schon immer ein eher stiller Mensch gewesen. In den letzten Jahren hatte sie ihren durchtrainierten Turnerinnenlook verloren und war etwas fülliger geworden. Doch das zarte, spitzbübische Gesicht und der blonde Bob hatten sich nicht verändert.

»Mehr oder weniger. Zurzeit passiert einfach zu viel auf einmal«, antwortete Lacey.

Kelley war eine Mannschaftskameradin von Lacey und Suzanne gewesen und hatte Lacey blutend auf dem Gehsteig gefunden, als sie den beiden Mädchen in jener Nacht hinterhergerannt war. Eigentlich hätte sie zusammen mit Chris zum Restaurant kommen sollen, aber er hatte es sich anders überlegt. Deshalb war Kelley ein gutes Stück hinter ihren Teamkolleginnen gewesen. Sie gehörte immer noch zu Laceys engstem Freundeskreis. Genau wie Michael und Amelia.

Was wäre geschehen, wenn Kelly und Chris ihnen damals direkt gefolgt wären? Wäre Suzanne dann noch am Leben?

Lacey schob den Gedanken weg. *Schon tausendmal durchgekaut. Erledigt.*

Sie lächelte Kelly an, dann begrüßte sie ein anderes Kind, das aufgeregt zu ihnen rannte.

Jahrelang hatte Lacey gegen die Vorwürfe angekämpft, die sie Kelly und Chris insgeheim gemacht hatte, weil sie nicht dagewesen waren, als sie sie am meisten gebraucht hatte. Natürlich wusste sie, dass die beiden keinerlei Schuld traf. Aber es hatte eine Zeit gegeben, in der sie jemanden verantwortlich machen wollte.

Lacey beneidete Kelly um ihre Beziehung zu Chris. Genau wie Lacey und Frank waren sie während der gesamten College-Zeit zusammen gewesen. Anfangs hatte es zwischen den beiden gelegentlich gekracht. Aber Chris war ein wunderbarer Mann und die Ehe hielt. Er betete Kelly geradezu an.

Kelly sah sich um. Dann sagte sie leise: »Die Polizei hat mich angerufen. Es ging um meine Aussage damals beim DeCosta-Prozess.« Kelly hatte weder den Angriff noch den Täter gesehen. Im Zeugenstand hatte sie lediglich den Zustand beschrieben, in dem sie Lacey vorgefunden hatte. »Die meinen, ich muss mich in Acht nehmen. Anscheinend arbeitet der neue Killer eine Liste von Leuten ab, die etwas mit dem DeCosta-Prozess zu tun hatten.« Ihre Augen wurden feucht, ihre Stimme ein wenig unsicher.

»Du musst unbedingt vorsichtig sein, Kelly. Geh nicht allein aus dem Haus und schließ nachts die Tür gut ab. Vielleicht wäre jetzt sogar der passende Zeitpunkt für einen Besuch bei deiner Mom in Nevada.«

Kelly nickte. »Ich rede mit Chris darüber.«

»Ich habe mir schon eine Alarmanlage einbauen lassen und heute Nacht schlafe ich bei meinem Dad.«

»Hast du denn keine Angst?«, fragte Kelly.

Lacey konnte ihr nicht mehr antworten. Ein großer, muskulöser Mann hatte sich an sie herangepirscht, warf die Arme um die Schultern der Freundinnen und drückte sie herzhaft an sich. »Wie geht es meinen beiden Lieblingsfrauen?« Lacey zuckte zusammen. Chris. Inzwischen erschrak sie schon fast vor ihrem eigenen Schatten.

Ein wenig zittrig boxte Lacey ihm in die Brust. Chris war ein lieber Kerl. Mit dem rotbraunen Haar, dem bronzenen Teint und seinem guten Aussehen wirkte er auf Frauen jeden Alters anziehend. Aber er hatte nur Augen für Kelly.

»Ach, entschuldige. Ich muss mich korrigieren. Lace, du kommst leider erst an dritter Stelle. Gleich hinter Jessica.«

Erleichtert stellte Lacey fest, dass ihm nicht aufgefallen war, wie sehr er sie erschreckt hatte. »Ich glaube, das verkrafte ich.« Jessica war die Tochter der beiden, ein furchtbar verwöhntes Einzelkind. »Wie geht's ihr denn? Interessiert sie sich inzwischen fürs Turnen?« Lacey wusste, dass die Viertklässlerin diesen Sport hasste wie die Pest.

Kelly verdrehte die Augen. »Sie tut, als wäre Turnen die Höchststrafe. Dafür ist sie komplett fußballverrückt. Ganz der Vater eben.«

Chris hatte nach dem College ein paar Jahre lang in der Profiliga gekickt. Nach seinem Karriereende durch eine schwere Knieverletzung hatte Kelly ihn überredet, mit ihr zusammen die Turnakademie zu eröffnen. Überraschenderweise machte es ihm Spaß, als Coach in einer völlig anderen Sportart zu arbeiten. Außerdem hatte er ein gutes Auge fürs Turnen. Vermutlich weil er Kelly jahrelang beim Training zugesehen und sie zu den Wettkämpfen begleitet hatte.

»Jess fragt dauernd nach dir, Lacey. Kommst du morgen Abend zum Essen zu uns?«

»Das geht leider nicht. Morgen muss ich zu einer Benefizveranstaltung für die rollende Zahnklinik. Die darf ich nicht schwänzen.«

Kelly nickte, wirkte aber nach wie vor alles andere als unbekümmert.

»Die neuen Morde beschäftigen dich – oder, Lace?« So ernst schaute Chris sonst nie.

»Ja. Es ist grauenhaft. Die Polizei warnt alle, die damals irgendetwas mit dem DeCosta-Prozess zu tun hatten. Und sie sucht in DeCostas ehemaligem Umfeld nach einer Person, die ihn vielleicht rächen will oder als Nachahmungstäter infrage kommt.«

»Was ist mit dem Typ aus der Zeitung?«, fragte Chris. »Der, über den Michael so viel schreibt. Meinst du, die verhaften ihn? Er scheint ziemlich viel mit den alten und den neuen Fällen zu tun zu haben. Verdächtig viel.«

»Jack Harper weiß selbst nicht, wie ihm geschieht. Er hat keinerlei Motiv und es gibt keinen Grund, ihn aus dem Verkehr zu ziehen.« Lacey verteidigte ihn, obwohl einiges von dem, was in der Zeitung stand, sie überrascht hatte. Aber Jack hatte ihr beigestanden, als sie der Polizei die DVD gezeigt hatten, und mit seiner Einschätzung ihres Exgatten lag er genau richtig. Außerdem fühlte sie sich in Jacks Gegenwart sicher.

Und das sprach eindeutig für ihn.

Einundzwanzig

Jack zog mit dem Finger den viel zu engen Kragen des Smokinghemdes von seinem Hals weg. Normalerweise fühlte er sich in eleganter Abendgarderobe ganz wohl, aber heute fuhr er fast aus der Haut. Bei dieser Spendengala fühlte er sich irgendwie fehl am Platz. Seit Lacey ihn gestern vor die Tür gesetzt hatte, weil er zu ihrem Reporterfreund garstig gewesen war, hatten sie sich nicht mehr gesehen. Aber ihr Name stand auf der Gästeliste der Veranstaltung. Zumindest behauptete das seine Schwester.

Jack hätte das Event wie üblich vergessen, aber Melody erinnerte ihn stets zuverlässig an seine Verpflichtungen. Er deutete Melodys Anruf vom Vortag als Wink des Schicksals. Bei dieser Gelegenheit konnte er Lacey auf neutralem Boden treffen. *Verdammt.* Erneut zerrte er unwirsch an seinem Kragen. Normalerweise hatte er die Fäden in der Hand und musste nicht auf die freundliche Unterstützung irgendwelcher Schicksalsgötter hoffen.

Auf der Suche nach ein wenig Ablenkung schlenderte er durch den Ballsaal, hielt aber gleichzeitig Ausschau nach einer ganz bestimmten zierlichen Blondine. Melody hatte sich wieder einmal selbst übertroffen. Ihr Organisationstalent war legendär und sie wusste, wie man potenzielle Spender großzügig stimmte. An einem Ende des gigantischen Raumes spielte ein kleines Orchester. Silberne und schwarze Stoffbahnen an den Wänden akzentuierten die aufwändigen Stuckverzierungen; üppige Arrangements aus frischen weißen Rosen und zahlreichen anderen weißen Blumen, deren Namen Jack nicht geläufig waren, säumten die Wände des Saales.

Das Motto lautete »Unter dem Mond«, der Dresscode »Schwarz und Weiß«. Die meisten Gäste hielten sich auch daran. Nur hier und da entdeckte er ein feuerrotes Kleid. Für Frauen, die einmal im Mittelpunkt stehen wollten, gab es kaum eine günstigere Gelegenheit als eine Schwarz-Weiß-Party.

Die Einnahmen des Abends sollten dem Projekt »Rollende Zahnklinik« zugutekommen. Die flexibel einsetzbare Zahnarztpraxis bestand aus zwei umgerüsteten Wohnmobilen. Eine gemeinnützige Organisation sicherte in den einkommensschwachen Gebieten des Staates auf diese Weise eine kostenfreie zahnmedizinische Grundversorgung.

Die Zähne der Gäste, mit denen Jack sich unterhielt, waren makellos. Er ging zur Bar und bestellte sich einen Drink.

»Jack. Komm. Ich möchte dir jemanden vorstellen.« Melody schob ihm die Hand unter den Arm. Es gab kein Entkommen. Seine Schwester sah blendend aus. Mit ihren zweiundvierzig Jahren war sie immer noch schlank und faltenlos. Jack nahm an, dass sie der Natur gelegentlich ein bisschen auf die Sprünge half. Melody war groß, hatte dunkelbraunes Haar und Augen, denen recht viele Männer nicht widerstehen konnten. Sie war zweimal geschieden. Beide Ehemänner hatten sich als Glücksritter erwiesen, die nur auf ihr Geld aus waren.

Jack sah sich noch einmal erfolglos nach Lacey um, dann setzte er für Melodys Gäste ein höfliches Lächeln auf. Der grauhaarige Herr und seine Begleiterin wurden ihm als die Gründer der Hilfsorganisation vorgestellt. Jack gab sich alle Mühe, nicht gebannt auf die schiefen gelben Zähne des Mannes zu starren. Er revidierte sein Urteil über den perfekten Zustand der Zähne sämtlicher Anwesender und plauderte mit den Hamptons, während Melody strahlend an seinem Arm hing und sich in ihrem Erfolg sonnte.

Plötzlich spürte Jack, dass seine Schwester der Unterhaltung nicht mehr mit voller Aufmerksamkeit folgte. Als er sich unauffällig umschaute, wen sie ins Visier genommen hatte, kollidierte sein Blick mit einem braunen Augenpaar in knapp fünf Metern Entfernung. Die Augen sahen erst ihn an, dann Melody.

Einem Moment lang stockte ihm der Atem. Lacey trug ein schlichtes schwarzes Neckholder-Kleid. Es ließ die Schultern frei und betonte ihre Kurven perfekt. Ihr Haar hatte sie zu einem lockeren Knoten aufgesteckt, die Diamanten in ihren Ohren mussten noch größer sein als Melodys. Jacks Blick wanderte nach unten zu dem Saum, der knapp über dem Knie endete, und weiter über die wohlgeformten Waden zu den nadelspitzen Stöckelabsätzen, für die sie eigentlich einen Waffenschein brauchte. Lacey sah schlichtweg umwerfend aus. Doch an ihrem Blick merkte er, dass sie immer noch sauer auf ihn war.

Im Moment war ihm das egal. Er wollte die Finger in ihr Haar graben, den Knoten lösen, es über ihre Schultern fließen sehen. Ein einziger kleiner Handgriff in ihrem Nacken würde das Kleid bis zu den Mörderschuhen hinabgleiten lassen. Jack schluckte. Er versuchte, das elektrische Knistern zu ignorieren, das seine Nervenenden unter Strom setzte und seinen Griff um das Glas fester werden ließ.

Lacey hatte nicht ahnen können, dass er auch hier war. Ihn plötzlich dastehen zu sehen, musste ein Schock sein. Gut. Es schadete nicht, wenn sie sich ein wenig überrumpelt fühlte. Besser hätte er dieses unverhoffte Zusammentreffen gar nicht einfädeln können. Jetzt musste er sie nur noch auf die Tanzfläche komplimentieren, sich zerknirscht entschuldigen und dann ... Dann konnte alles Mögliche passieren.

»Verdammt.«

Lacey wandte sich ab. Das Rückendekolletee, das bis knapp über ihren Hintern reichte, bot Jack eine atemberaubende Aussicht. Seine Hormone führten einen Kriegstanz auf. Nur – wer war der hochgewachsene Mann, der ihr einen Drink reichte und sie am Arm nahm?

War denn das die Möglichkeit? Jacks Herz kam ins Stottern. Jetzt prostete ihm dieser Widerling auch noch stumm zu. »Wer ist das? Wen starrst du denn so an?« Melodys schwesterlicher Beschützerinstinkt erwachte.

»Ich kenne diese Leute«, murmelte Jack. Sollte der nervige Reporter nicht auf einer Recherchereise sein? Auf der Gästeliste stand

Lacey jedenfalls gemeinsam mit ihrem Vater. Naiverweise war Jack davon ausgegangen, dass die beiden auch zusammen kommen würden.

Melody musterte das Paar eingehend. Jack wusste, dass sie versuchte, den Preis von Laceys Kleid und den Wert ihres Schmucks zu schätzen. »Der Mann kommt mir bekannt vor. Ich glaube, er arbeitet für eine Zeitung. Ihn habe ich schon mal gesehen, aber seine Begleiterin nicht.« Melodie musterte ihren Bruder von der Seite. »Aber du kennst sie anscheinend.«

Die Hamptons entschuldigten sich und schlenderten weiter.

Michael zog Lacey zur Tanzfläche.

»Verdammte Schei…«

»Jack!« Melody sah sich hektisch um. »Achte bitte darauf, was du sagst! Was hast du denn für ein Problem mit den beiden?«

Jack klappte den Mund zu. Wie sollte er ihr das erklären? Seine ganze schöne Verführungsstrategie erwies sich gerade als Rohrkrepierer.

Jack nahm Lacey den Atem. Der Anblick eines solchen Mannes im Smoking war der Traum aller schlimmen Mädchen. Die breiten Schultern, die selbstbewusste Haltung, die grauen Augen, die sich wie Laser in ihre bohrten. Wie konnte kühles Grau so brandheiß sein? Wäre sie tatsächlich ein schlimmes Mädchen gewesen, dann hätte sie ihn unter den Augen seiner Begleiterin verführt, ohne sich um die Gefühle der anderen Frau zu scheren. Sein Blick sagte ihr, dass sie nur mit den Fingern schnippen musste, und er würde ihr für diese Nacht gehören.

Was, wenn ihr Begleiter eine andere Frau so ansehen würde wie Jack sie? Lacey wäre stinksauer gewesen. Sie hätte sich denken können, dass Jack sich mit anderen Frauen traf. Ein Mann wie er zog die Damen an wie eine frische Karotte die hungrigen Häschen.

Wo hatte sie bloß ihr Hirn gehabt?

Sie war kein Mädchen für eine Nacht. Ganz gleich wie verlockend …

Die Enttäuschung legte sich als bitterer Geschmack auf Laceys Gaumen. Sie versuchte, ihn hinunterzuschlucken. Was war denn bislang überhaupt zwischen ihnen gelaufen? Ein ... halboffizielles Date? Eine gemeinsame Befragung durch die Polizei? Ein Kuss? Besitzansprüche konnte sie daraus wohl nicht ableiten. Und warum sollte er sich nicht mit anderen Frauen verabreden? Sie hatte er allerdings noch nie offiziell um ein Date gebeten. *Ach Mist.*

Sie waren nur zwei Menschen, die durch ungewöhnliche Umstände zusammengetroffen waren. Mehr nicht.

Lacey spürte Michael an ihrer Seite und löste mühsam den Blick von Jack. *Wer war diese Frau?* Sie war schön, trug ein teures Kleid und teure Schuhe und sie hing an Jacks Arm, als würde sie ihn sehr gut kennen.

Michael reichte Lacey ein Glas Champagner. »Schau nicht hin«, raunte er ihr ins Ohr. »Komm, wir tanzen.«

Lacey nickte benommen. Nach einem letzten Blick über die Schulter ließ sie sich von Michael zur Tanzfläche ziehen.

Warum war Jack hier? Lacey unterstützte die rollende Zahnklinik seit Jahren, hatte ihn aber noch nie bei einer Benefizveranstaltung gesehen. Vermutlich war er wegen seiner Begleiterin hier. Sie musste ihn zu der Veranstaltung geschleppt haben.

Bevor Lacey einen Schluck Champagner getrunken hatte, gab Michael ihr Glas einem Kellner und wirbelte mit ihr auf die Tanzfläche. Sie lächelte ihn matt an, war dankbar für seine Gegenwart und die Gelegenheit, nach diesen lähmenden Sekunden die Füße bewegen zu können. Michael gehörte zu der seltenen Spezies Mann, die nicht nur gut tanzte, sondern sogar Spaß daran hatte. Warm lag seine Hand auf ihrem nackten Rücken. Lacey spürte, wie sie ein bisschen lockerer wurde.

»Wusstest du, dass er hier sein würde?« Lacey konnte Jacks Namen nicht aussprechen.

»Nein. Aber es überrascht mich nicht.«

Sie legte den Kopf in den Nacken, um Michael ins Gesicht schauen zu können. »Wie meinst du das?« Hatte Jack herausgefunden, dass sie auf der Gästeliste stand, und deshalb beschlossen, ebenfalls zu kommen? Ihr Herz schlug plötzlich doppelt so schnell.

Michael ließ sich mit der Antwort Zeit. »Seine Begleiterin ist eine der emsigsten Spendensammler-Diven der Stadt«, sagte er schließlich.

»Ach.« Laceys Schultern fielen ein wenig nach vorn.

Langsam drehten sie sich über die Tanzfläche. Sie sprachen nicht miteinander. Mit Michael musste sie keinen höflichen Smalltalk machen. Ihn um sich zu haben, war unkompliziert und bequem. Fast wie mit ihren Katzen.

Ein Tanzpaar streifte sie. Als Lacey aufblickte, sah sie ihren Vater mit einer jüngeren Frau in den Armen. James Campbell machte in seinem Smoking eine hervorragende Figur. »Kommst du nachher zu mir?«, fragte ihr Vater.

Lacey nickte.

James Campbell sah Michael direkt ins Gesicht. »Passen Sie gut auf sie auf.«

»Selbstverständlich, Sir.«

Laceys Vater schwebte mit seiner Tanzpartnerin davon. Lacey lächelte ihm hinterher.

»Er amüsiert sich prächtig.«

»Ja. Er ist ganz in seinem Element.« Michael machte eine kleine Pause. »Deine Mutter hätte diesen Abend grauenhaft gefunden.«

Lacey lachte. Michael hatte recht. Ihre Mutter hatte für glamouröse Wohltätigkeitsveranstaltungen nie viel übrig gehabt. Die Erinnerung an die wunderbare Frau ließ ihr Lächeln ein wenig zusammenfallen.

»Möchtest du gehen?«

Laceys Kinn schoss in die Höhe.

»Nein. Auf gar keinen Fall.«

»Okay.« Michael starrte über ihre Schulter. »Aber dann machst du jetzt besser ein glückliches Gesicht.«

»Warum das denn?«

»Darf ich um diesen Tanz mit Lacey bitten?«, sagte eine bekannte, tiefe Stimme direkt hinter ihr.

Lacey blieben stehen. Sie spürte Jacks Wärme wie Hitzestrahlen an ihrem nackten Rücken. Ein wenig beklommen drehte sie sich um und schaute die Hitzequelle an. Jack sah nicht sie an, sondern ihren Tanzpartner. Und das nicht eben freundlich. »Kein Problem.«

Und schon hatte Jack sie im Arm. Er zog sie enger an sich als Michael und hielt sie fester. Sein Griff sagte »du gehörst mir«, die Berührung seiner Hand versengte ihren Rücken. Eine halbe Minute lang war Lacey sprachlos.

»Gefällt dir die Party?« Etwas Besseres fiel ihr im Augenblick nicht ein. Sie sah ihn an und fühlte sich in der Intensität seines Blickes gefangen. Siedend heiß, stahlgrau.

»Jetzt ja.«

Sie blinzelte, fixierte seinen obersten Hemdknopf und dachte an die harten Worte, die sie ihm zum Abschied an den Kopf geworfen hatte. Sie taten ihr ein bisschen leid, aber er bot ihr gerade einen Olivenzweig an.

»Vor den Augen deiner Begleiterin mit mir zu flirten, ist aber nicht sehr galant«, stellte sie fest. Sie empfand eine Spur Mitleid mit der Frau. *Eine extrem winzige Spur.*

Er sagte nichts, doch um seine Lippen spielte das hintersinnigste Grinsen, das sie je bei ihm gesehen hatte.

Als sie stehenblieb, wurde das Grinsen noch breiter.

»Was ist denn los? *Was ist denn so lustig?*«

»Meine Schwester möchte gern wissen, wo du dein Kleid gekauft hast.«

»Deine ... Wer?«, fiepte Lacey.

»Meine Schwester«, antwortete er lässig. »Das Kleid gefällt ihr.« Jacks Augen blitzten. »Mir übrigens auch. Sehr.« Er machte einen winzigen Schritt von ihr weg und musterte sie provokativ von oben bis unten.

Lacey rückte näher, um diese Inspektion zu unterbinden und hob die Nase. »Bei Saks«, antwortete sie spitz. Michael konnte sich auf etwas gefasst machen. Dass die Frau Jacks Schwester war, hatte er ihr absichtlich verschwiegen.

Jack warf lachend den Kopf zurück. Die Blicke der anderen Paare auf der Tanzfläche prallten an ihm ab. Noch immer lachend schwenkte er Lacey im Kreis und drückte ihr einen Kuss auf die Stirn.

Ihr Herz machte einen Sprung.

Melody hob eine perfekt gestylte Braue. So sah sie ihren Bruder nur selten lachen. Er kannte die Frau. Warum hatte er ihr nicht geantwortet, als sie ihn nach der Blonden gefragt hatte? Ihr Blick wanderte über das rückenfreie Kleid. So etwas hätte sie nie tragen können. Zu viele Muttermale sprenkelten ihren Rücken. Die größten hatte sie zwar entfernen lassen, aber die übrigen fand sie immer noch unattraktiv.

Melody nahm eine Frau aus dem Organisationskomitee am Arm, die gerade vorbeigehen wollte. »Sheila, mit wem tanzt mein Bruder da gerade?« Die diamantenbehängte Dame blieb stehen und fixierte Jack.

»Keine Ahnung.« Sheila wedelte wegwerfend mit der Hand. »Nie gesehen. Ach. Augenblick.« Sie kniff die Augen zusammen und musterte Lacey.

»Ich glaube, das ist Dr. Campbell. Ihr Vorname fällt mir gerade nicht ein. Irgendwas mit Mode.«

Dr. Campbell? Diese zarte Frau hatte einen Doktortitel?

»Sie hat einen Doktor in Mode? In Textildesign vielleicht?« Melody starrte Sheila an.

»Nein, nein.« Sheila betastete ihren mit Highlights durchsetzten Bananenknoten. Der Blick, mit dem sie Jack musterte, versetzte Melody in den Wachsame-Schwester-Modus. »Sie ist Zahnärztin. Aber an den Vornamen erinnere ich mich nicht. So was wie Calico oder Indigo. Du weißt schon, etwas Ausgefallenes.« Sie schnippte mit den Fingern. »Ich hab's. Lacey. Lacey Campbell. Ihr Vater ist Gerichtsmediziner. Ein ganz hohes Tier. Ihn habe ich vorhin auch schon gesehen.«

Melody sah zu, wie die geschiedene Frau davonschwirrte – vermutlich auf der Suche nach James Campbell. Wenn man auf etwas ältere Männer stand, war er keine schlechte Partie. Gutaussehend, wohlhabend, verwitwet. Selbst Melody hatte schon den einen oder anderen Gedanken an ihn verschwendet, war dann allerdings zu dem Schluss gekommen, der Altersunterschied sei zu groß. Aber Sheila war zehn Jahre älter als sie. *Mindestens.*

Melody staunte, als ihr Bruder die Blondine plötzlich auf die Stirn küsste. Hmm. Zärtlichkeiten in aller Öffentlichkeit waren normalerweise nicht sein Stil. Eine Zahnärztin? Das erklärte zwar, warum die Frau heute Abend hier war – aber nicht, weshalb Jack die Augen und Hände nicht von ihr lassen konnte. Hatte ihr kleiner Bruder endlich die Richtige gefunden? Mit leicht schräg gelegtem Kopf studierte Melody das Paar. Die beiden sahen wirklich glücklich aus, wie sie so miteinander tanzten. Melody fing Jacks Blick auf und hob diskret den Daumen. Als Antwort strahlte er übers ganze Gesicht.

Lacey schmiegte lächelnd die Schläfe an Jacks Jackett. Er roch so gut. So männlich und warm. Seine Hand glitt an ihrem Rücken nach oben und dann wieder hinab. Liegen blieb sie schließlich ein Stück weiter unten als zuvor. Noch ein klein bisschen tiefer und er würde merken, dass sie unter dem Kleid nichts anhatte. Das war einfach nicht möglich gewesen. Jedes Wäschestück zeichnete sich ab oder lugte aus dem tiefen Rückendekolletee. Das Kleid hatte zwar eine eingearbeitete Korsage, aber weiter unten war nichts.

Als die Musik langsamer wurde, zog Jack sie enger an sich. Lacey schloss die Augen und genoss das Gefühl beschützt zu werden und geborgen zu sein. Die Musik war wunderschön, der Mann ein Traum und sie so glücklich wie lang nicht mehr. Vielleicht war das ja der Anfang einer wirklich guten Sache.

Die Hand auf ihrer Schulter riss sie jäh von ihrer Wolke. Michael.

»Lace. Kann ich bitte kurz stören?«

»Jetzt nicht«, knurrte Jack.

Michaels Schultern zuckten zurück, trotzdem beugte er sich näher zu Jacks Gesicht. »Es ist aber *jetzt* wichtig.«

Lacey fürchtete, einer der beiden gereizten Männer würde demnächst zu einem Faustschlag ausholen. Sie machte sich von Jack los und schob Michael einen Schritt zurück. »Reißt euch zusammen. Dem nächsten von euch beiden Neandertalern, der hier knurrt, ramme ich den Absatz in den Fuß.« Lacey funkelte Michael mit verschränkten Armen an. »Was ist denn so wichtig, dass es keine Sekunde länger warten kann?«

Michael holte tief Luft. »Ich muss dir sagen, was ich in Mount Junction herausgefunden habe.«

»Ach?« Das nahm sie ihm nicht ab. »Warum hast du mir das nicht auf dem Weg hierher erzählt? Als ich dich danach gefragt habe, bist du ausgewichen.«

»Ich habe gerade den Anruf bekommen, auf den ich gewartet habe.«

»Hier? Jetzt?«

Michael nickte. »Ich konnte die Polizei dort überreden, sich ein paar ältere Fälle noch einmal anzusehen. Als ich denen sagte, dass ich glaube, Amys Tod …«

»Um wen geht es?«, fragte Jack dazwischen.

Lacey bat ihn mit einer Geste zu schweigen. »Moment, bitte.« Sie war ganz Ohr. »Was haben sie gesagt?«

»Es war nicht leicht, sie zu überzeugen. Aber ich habe noch zwei weitere Todesfälle in der Gegend dort recherchiert, die eigentlich als Unfälle galten. Die Opfer waren blonde Frauen und beide wurden mit gebrochenen Oberschenkeln gefunden. Man nahm an, das wären Unfallfolgen. Bei Amy hieß es zum Beispiel, es könnten die Felsen im Flussbett gewesen sein oder es sei beim Aufprall des Wagens passiert.«

»Wovon zum Teufel reden Sie da eigentlich?« Jacks Ton klang frustriert.

»Es geht um eine meiner früheren Mannschaftskameradinnen.« Lacey hob instinktiv die Hand, um Jack daran zu hindern, näher an Michael heranzurücken. »Sie starb durch ein Unglück. Sie ist mit ihrem Wagen in einen reißenden Fluss in der Nähe von Mount Junction gefahren. Aber Michael glaubt nicht an einen Unfall.«

Laceys Worte kamen nur langsam. Es fiel ihr schwer, sie auszusprechen, und noch schwerer, sie zu glauben.

»Und jetzt meint die Polizei, es gäbe noch mehr Morde wie den an Suzanne Mills? In Mount Junction?«, fragte Jack fassungslos.

»Ja. Fahren Sie nicht auch gelegentlich dorthin, Jack?« Jack hechtete auf Michael zu, aber Lacey schob sich zwischen die Männer und verstellte ihm den Weg. »Schluss jetzt! Hört auf! Alle beide. Und du Michael, spar dir die Sprüche. Das ist nicht lustig.«

Jacks gemurmelte abfällige Bemerkung bezüglich Michaels Abstammung ignorierte sie. »Er hat ein Apartment in Mount Junction, Lace. Im Skigebiet.«

»Wie bitte?« Ihr Magen zog sich zusammen, als sie verstand, was Michael ihr damit sagen wollte. Das war wirklich komplett daneben.

»Jack. Er besitzt eine Wohnung im Skigebiet. Sie gehört seiner Familie seit zwei Jahrzehnten. Direkt an der Abfahrt hinter Mount Junction. Er ist ein paarmal im Jahr zum Skifahren dort.«

»Das beweist gar nichts.« Lacey funkelte Michael warnend an.

»Stimmt. Aber das ist ein weiterer seltsamer Zufall, eine weitere Verbindung zu den Morden.«

»Sie Drecksack! Was wollen Sie damit sagen?«, fauchte Jack. »Wollen Sie das auch wieder quer über die Titelseite schmieren? Wollen Sie Ihren Lesern einflüstern, ich könnte etwas mit dem Tod eines weiteren Mädchens zu tun haben?« Jacks Stimme war laut geworden. »Oder wollen Sie meine Firma ruinieren? Die Firma, die mein Vater gegründet hat?«

Jack schob sich um Lacey herum auf Michael zu. Der wich rasch zwei Schritte zurück, dann stieß er gegen die Wand. Jack drückte ihm die Hand auf die Brust. »Für wen halten Sie sich eigentlich? Woher nehmen Sie das Recht, das Leben anderer Menschen zu zerstören?«

Lacey versuchte, Jack an der Smokingjacke von Michael wegzuzerren. Aber genauso gut hätte sie versuchen können, einen Elefanten von der Stelle zu bewegen.

Michael zog das Knie hoch, er verfehlte Jack nur knapp. Jack stolperte rückwärts, Lacey strauchelte. Sie spürte, wie die Seitennaht ihres Kleides auf Hüfthöhe riss.

Jack hielt sich auf den Beinen. Schwungvoll rammte er Michael die Schulter in die Brust. Jetzt krachten beide Männer zu Boden.

»Michael!«, japste Lacey. Ihr Haar löste sich und fiel ihr in die Augen. Unwirsch strich sie es beiseite und sah nach, wie groß der Schaden an ihrem Kleid war. Der klaffende Riss gab den Blick auf etwa fünfzehn Zentimeter Hüfte frei, offenbarte aber nichts allzu Intimes.

Um die Kampfhähne bildete sich im Nu eine Menschentraube. Die Festgäste kamen angeschwärmt wie Haie, die Blut gerochen hatten. Frauen in Glitzerroben kreischten oder starrten in stummem Entsetzen. Ihre Münder bildeten erstaunte Os. Einige Männer tauschten Blicke aus, als wollten sie feststellen, auf wessen Seite man mitmischen sollte. Andere genossen die Darbietung grinsend.

Lacey riss zwei Drinks vom Tablett eines verdutzten Kellners und kippte sie über die Köpfe der Kontrahenten. Die beiden zuckten nicht einmal zusammen. Starke Hände griffen nach ihren Schultern und zogen sie weg. Sie konnte zuschauen, wie ihr Vater Jack an der Jacke packte, ihn mit einem beherzten Ruck von seinem Gegner trennte und fallen ließ. Zwei Männer packten ihn sofort an den Armen. James Campbell stellte derweil den Fuß auf Michaels Brust und drückte ihn zu Boden.

»Das reicht!«, brüllte er. Zwei Sicherheitsleute des Hotels drängten sich durch die Menge, blieben dann aber abrupt stehen. Sie hatten mit einem Blick gesehen, dass die Situation unter Kontrolle war und warteten nun, was der Mann tun würde, der den Fuß auf der Brust des am Boden Liegenden hatte.

Lacey holte tief Luft. Sie machte einen Schritt nach vorn und sah zwischen den beiden begossenen Männern hin und her. Jack fing ihren Blick auf, hob eine Augenbraue und leckte sich ein kleines Rinnsal Alkohol aus dem Mundwinkel. Er wirkte kein bisschen verlegen, sondern versuchte nur, die Arme freizubekommen. Die zwei Männer, die ihn festhielten, packten kräftiger zu. Voller

Abscheu bemerkte Lacey die Begeisterung in ihren Gesichtern. Sie genossen ihre bescheidenen Rollen in dem Handgemenge zutiefst.

Als sie Michael einen bösen Blick zuwerfen wollte, stellte sie fest, dass er wie gebannt auf den Riss an ihrer Hüfte starrte. Sie versicherte sich, dass alles noch jugendfrei war, dann gab sie ihrem Vater ein Zeichen. Er nahm den Fuß von Michaels Brust. Michael setzte sich auf. Von seiner aufgeplatzten Lippe tropfte eine Mischung aus Blut und Alkohol auf sein weißes Hemd. Lacey schnappte sich eine Serviette und tupfte damit das Blut weg.

»Du führst dich auf wie ein Bekloppter. So was kannst du nicht machen. Warum zum Teufel musst du ihn dermaßen provozieren? Du weißt, dass er kein Mörder ist. War das die Revanche für die DVD? Bitte sag, dass das kein Racheakt sein sollte. Das ist unter deiner Würde, Michael.«

»Lass das.« Michael schob ihre Hand beiseite und stand mit einer fließenden Bewegung auf. Er warf Jack einen eisigen Blick zu, dann wandte er sich an einen der Sicherheitsmänner des Hotels, der gerade über Funk mit jemandem sprach. »Ist die Polizei unterwegs?« Als der Mann nickte, warf Michael Jack einen weiteren vernichtenden Blick zu. »Gut. Ich möchte Anzeige erstatten.«

Zweiundzwanzig

Auf dem Heimweg sprach Lacey kein Wort. Sie wusste, dass Michael nicht als Erster mit der Faust zugeschlagen hatte, verbal hatte er aber durchaus ins Wespennest gestochen. Ihre Gedanken schossen immer noch kreuz und quer durcheinander.

Als Michael mit dem Land Rover in ihre Straße einbog, richtete sie sich auf. Wenn er glaubte, er könnte mit ins Haus, mit ihr reden und sich entschuldigen, hatte er sich geschnitten. Er würde schnurstracks nach Hause fahren. Noch mehr Testosterondunst ertrug sie heute nicht mehr. Sie sah den Lichtkegel der Scheinwerfer über die Wagen huschen, die am Straßenrand geparkt waren und wappnete sich für die Konfrontation.

Wie konnten die beiden es wagen, sich zu raufen wie Straßenköter? Männer benahmen sich gelegentlich wie Idioten. Aber der Auftritt heute Abend schlug dem Fass den Boden aus. Lacey stieß ein unwilliges Schnauben aus; Michael sah sie fragend an.

Dass sie wütend war, konnte er sich denken. Lacey fand, er müsste eigentlich vor Angst bibbern. Am liebsten hätte sie ihn verprügelt. Und Jack gleich mit. Aber der war nicht da. Deshalb würde Michael jetzt ihren ganzen Zorn zu spüren bekommen.

Er hielt in ihrer Einfahrt an und stellte den Motor ab.

»Lace …«, begann er zögernd.

»Sag einfach gar nichts«, fuhr sie ihn an. »Ich musste heute Abend mit ansehen, wie zwei erwachsene Männer aufeinander losgegangen sind wie zwei Jungs aus einer Straßengang. Meine Frisur ist im Eimer und mein neues, sündhaft teures Kleid zerrissen.« Sie berührte ihr Ohrläppchen. »Und irgendwo habe ich auch noch meinen Diamantstecker verloren. Mit zweieinhalb Karat.« Sie wurde langsam warm. »Ich weiß, es war nicht allein deine Schuld, Michael. Aber du bist hier und er hockt irgendwo in einer Zelle. Wenn ich nicht so verdammt müde wäre und nicht noch meine Sachen packen müsste, damit ich bei meinem Dad übernachten kann, würde ich runter in die Stadt marschieren und ihm so was von den Kopf waschen. Ich dachte, ihr beide wollt mir helfen. Wie soll ich denn allein damit klarkommen, dass dort draußen ein Killer herumläuft? Wie könnt ihr euch bloß so danebenbenehmen?«

Immerhin besaß Michael den Anstand, ein beschämtes Gesicht zu machen. »Es tut mir leid, Lace. Wirklich. Aber dieser Typ bringt einfach meine schlechtesten Seiten zum Vorschein. Du weißt, ich würde dich nie im Stich lassen. Als ich kürzlich nachts abgehauen bin, war er ja noch da, und mir war klar, dass er dich nicht aus den Augen lassen würde.« Michael rutschte verlegen hin und her. »Er hat etwas an sich. Dasselbe, das ich von mir kenne. Nenn es übertriebenen Beschützerinstinkt. Einerseits macht es mich wahnsinnig, dass er dir gegenüber so etwas empfindet. Andererseits vertraue ich genug darauf, um die Stadt zu verlassen, weil ich weiß, dass du bei ihm sicher bist.«

Damit nahm er ihr komplett den Wind aus den Segeln. »Aber warum hast du dann angedeutet, dass er irgendwie an Amys Tod beteiligt sein könnte? Das war niederträchtig.«

»Ich wollte bloß sehen, wie er reagiert.«

»Tja, das weißt du ja jetzt. Wirklich intelligent war das nicht, Michael. Und warum hast du Anzeige erstattet? So lang er in einer Zelle sitzt, kann er schlecht auf mich aufpassen.«

»Warum bist du bloß so verdammt logisch?«, murrte Michael. »Ich ziehe die Anzeige zurück und hole ihn raus.«

»Ich bin logisch, weil durch *mein* Hirn nicht nur Testosteron wabert.«

Sie tastete nach dem Türgriff und warf dabei einen Blick zu ihrem Haus.

Was war das?

Lacey erstarrte und fixierte den Punkt im Dunkeln. Da war es wieder. Irgendjemand kauerte im Schatten an der Seite ihres Hauses unter der umlaufenden Veranda.

»Michael.« Sie flüsterte. »Schau.« Ohne die Hand über das Armaturenbrett zu heben, zeigte sie auf den Hauseingang. »Siehst du das? Da ist jemand.« Ihre Stimme zitterte. Sie drückte auf den Türschließer.

»Ja, ich seh's.« Michael war bereits in Habachtstellung. »Bleib hier.« Er griff ins Seitenfach und glitt aus dem Wagen, bevor sie ein weiteres Wort sagen konnte.

Sie hatte die Pistole in seiner Hand gesehen. Dieser Anblick verschlug ihr die Sprache. *Was hatte er vor?* Michael besaß eine Lizenz zum verdeckten Tragen einer Waffe. Aber außerhalb der Schießanlage hatte sie nie eine bei ihm gesehen.

Die Person, die sich an der Seite ihres Hauses versteckte, konnte sicher deutlich erkennen, dass Michael aus dem Wagen gestiegen war und dass sie noch darin saß. Michael joggte lässig die Verandastufen hoch und rief über die Schulter: »Ich hole dir kurz deine Sachen, dann können wir fahren!«

Laceys Herzschlag beschleunigte sich. Der Schatten neben der Veranda bewegte sich nicht. Sie sah, wie Michael mit seinem Schlüssel die Tür aufschloss und ins Haus spurtete. Die Tür ließ er sperrangelweit offen stehen.

Wie würde Jack reagieren, wenn er wüsste, dass Michael einen Schlüssel hatte?

Lacey riss die Augen auf. Auf der Veranda schob sich ein zweiter Schatten am Haus entlang. Michael. Er hatte sich zur Hintertür hinausgeschlichen und arbeitete sich langsam zu der Stelle vor, an der die andere Person kauerte.

Lacey biss die Zähne so fest zusammen, dass ihre Kiefermuskeln schmerzten. Ohne die Augen von der Veranda zu lassen, zog sie das Handy aus ihrer Handtasche und drückte es an die Brust. Michael glitt lautlos über das Geländer der Veranda und ließ sich auf den Schatten unter ihm fallen. Lacey konnte einen Aufschrei nicht unterdrücken. Die Schatten verschmolzen und rollten unsanft in die Einfahrt.

Während sie den Notruf wählte, behielt Lacey mit einem Auge die ringenden Männer im Schnee im Blick.

Für diesen Ausflug zum städtischen Gefängnis war Mason am frühen Sonntagmorgen gern aus dem warmen Bett gekrochen. Wirklich notwendig wäre das nicht gewesen, aber diesen Anblick wollte er sich nicht entgehen lassen. Bei der Fahrt in die schlafende Stadt rief er sich noch einmal ins Gedächtnis, wie der Streifenpolizist die Festnahme beschrieben hatte. Mason lachte leise vor sich hin.

Verhaftet wegen Körperverletzung bei einer Prügelei um eine Frau – bei einer schicken Champagnerfete. Den Namen der Frau hatte der Cop zwar nicht genannt, aber als Mason gehört hatte, dass hinter der Anzeige ein gewisser Michael Brody steckte, wusste er, dass es sich nur um Dr. Campbell handeln konnte. Mason marschierte den engen Flur entlang, grüßte hier und da einen Uniformierten, den er kannte, und blieb vor einer Arrestzelle stehen.

Unbezahlbar. Köstlich. Der Insasse hockte mit mürrischem Blick auf der Bank. Er trug einen Smoking mit zerrissenem Kragen. Irgendetwas Klebriges war in seinem Haar eingetrocknet. Mit den Händen in den Hosentaschen verlagerte Mason das Gewicht auf die Stiefelabsätze und genoss diesen Anblick. Der wütende Blick seines Gegenübers prallte an ihm ab. Mason bleckte die Zähne zu einem Grinsen. Zu gern hätte er jetzt eine Zigarre gehabt.

Verdammt, er hätte seine Kamera mitbringen sollen.

Schade, dass Dr. Campbells Ex, Frank Stevenson, nicht mehr hinter Schloss und Riegel saß. Mason hätte ihn gern nur so zum Spaß mit zu Harper in die Zelle gesteckt. Aber genauso gut konnte man ein hinkendes Huhn in einen Wolfsbau werfen. Harper hätte den Kerl mit Haut und Haaren gefressen. Mason lachte leise auf.

Der Wolf fuhr ihn an. »Was ist denn so scheißlustig?«

Mason nickte, musterte den wütenden Mann und verriet ihm dann, was er gerade gedacht hatte. Der Wolf ließ sich besänftigen und brachte sogar ein widerwilliges Raubtiergrinsen zustande.

»Ja. Gegen einen Boxsack hätte ich gerade nichts einzuwenden. Und Stevensons Visage wäre perfekt«, knurrte Harper.

Mason schürzte die Lippen. Der Mann beeindruckte ihn von Mal zu Mal mehr. Nicht unbedingt bescheiden, aber ehrlich und direkt. Leidenschaftlich im Kampf für eine gute Sache – wie zum Beispiel Dr. Campbell zu beschützen. Harper war vermutlich ein guter Cop gewesen. Die Sache mit der Schießerei war ein Jammer.

Schon nach dem ersten Gespräch mit Harper hatte Mason sich intensiver mit dem Vorfall beschäftigt. Harper war im Dienst angeschossen worden. Seine Vorgesetzten waren der Meinung, das hätte ihn emotional derart aus der Bahn geworfen, dass er ein Sicherheitsrisiko geworden sei. Trotz etlicher Sitzungen beim Seelenklempner der Lakefielder Polizei war er schließlich aus dem Polizeidienst ausgeschieden.

In seinem eigenen Revier war Harper der Platzhirsch. Das hatten Mason und Lusco bei ihrem Besuch in seinem Büro erleben können. In seinem Territorium herrschte er unangefochten, als Firmenchef hatte er seinen Laden und seine Angestellten im Griff. Mit den Arbeitsbedingungen eines Cops war das nicht zu vergleichen. Mason konnte sich vorstellen, dass Harper viel Geduld mit seinen Angestellten hatte, von seinen Geschäftspartnern aber einiges erwartete. Wer seinen Teil des Handels nicht erfüllte, musste sich auf etwas gefasst machen.

Aber bei der dickköpfigen Zahnärztin konnte er ganz sicher nicht den Platzhirsch markieren. Nur eine Frau brachte es fertig, einen Kerl wie ihn so aus dem Gleichgewicht zu bringen. Fast wie seine Exfrau bei ihm … Mason schob den Gedanken an sie sofort beiseite, doch seinen Sohn bekam er nicht so leicht aus dem Kopf. Jake hatte er seit … seit Weihnachten nicht mehr gesehen. Bald war Februar und er war seit den Feiertagen nicht mehr mit Jake zusammen gewesen. Klar, sie telefonierten regelmäßig. Aber sie sahen sich nicht. Der Junge hatte zu tun. Stand kurz vor dem Highschool-Abschluss. Spielte Basketball. Musste lernen. Dieser ganze Quatsch.

»Callahan.«

Mason schreckte aus seinen Gedanken. Harper stand jetzt an den Gitterstäben, nur einen guten halben Meter von ihm entfernt, und Mason hatte es nicht bemerkt. »Was ist?«

»Ich habe gefragt, wann ich aus diesem Dreckloch wieder rauskomme. Sie wissen genau, dass es dort draußen eine Frau gibt, die ich im Auge behalten möchte.« Jack starrte Mason ins Gesicht. »Nicht gut geschlafen? Tut mir leid, dass Sie so früh aus der Kiste mussten.« Er lächelte.

»Nein. Ich habe bloß gerade daran gedacht, dass ich meinen Sohn seit Weihnachten nicht mehr gesehen habe. Er lebt bei seiner Mutter.« Mason schoss die Röte ins Gesicht. Warum vertraute er sich einem Kerl an, den er kaum kannte?

Harpers Grinsen fiel in sich zusammen. Sein Blick wurde undurchdringlich. »Das ist übel.« Er wusste, wovon er sprach. Im Grunde hatte er seinen Vater schon seit Jahren nicht mehr wirklich gesehen. *Diese Alzheimer-Kacke.*

»Ich erkundige mich mal, wann Sie raus können.« Mit rotem Kopf und ohne ein weiteres Wort wandte Mason sich ab und stapfte den Flur entlang. Er spürte, wie Harpers Augen ihm folgten.

»Notrufleitstelle. Welche Art von Notfall wollen Sie melden?«

»Vor meinem Haus ist jemand!« Lacey ratterte die Adresse herunter. »Und er prügelt sich mit Michael! Die zwei rollen …«

»Wo sind Sie, Ma'am?«

»Im Wagen! Aber Michael hat eine Waffe und ich habe Angst, dass jemand …«

»Eine Waffe? Ist jemand verletzt? Brauchen Sie einen Notarzt?«

»Nein! Nein. Er hat nicht geschossen. Aber ich weiß nicht, ob der andere Kerl auch bewaffnet ist!«

»Die Polizei ist unterwegs. Sie bleiben besser im Fahrzeug, Ma'am. Sind die Türen verschlossen?«

»Nein. Ich meine …« Lacey drückte den Schließknopf. Als Michael ausgestiegen war, hatte sie das vergessen. »Die Türen sind jetzt zu.« Warum fragte die Frau nach ihr? Michael war doch in Gefahr!

Die Gestalten im Schnee hörten auf, sich herumzuwälzen. Michael kniete auf dem Rücken des anderen Mannes und drehte ihm die Arme nach hinten.

»Er hat ihn. Er kniet auf ihm«, schrie sie ins Telefon.

»Steigen Sie auf keinen Fall aus, Ma'am.«

Lacey schlitterte bereits die Einfahrt entlang. Das Telefon hatte sie am Ohr. Mit den hohen Absätzen fand sie kaum Halt auf dem eisigen Untergrund. Angestrengt versuchte sie, mit den Augen die Dunkelheit zu durchdringen. Sie wollte sehen, ob Michael verletzt war. Zwei Schlägereien in einer Nacht! Morgen würde er jeden Knochen spüren.

»Ma'am. Bleiben Sie im Wagen.«

»Schon okay. Er kann nicht mehr weg.«

»Ich habe die Polizei informiert, dass einer der Männer bewaffnet ist.«

»Was?« *Hatte sie das Problem noch größer gemacht?* »Michael! Wo ist die Pistole?«

Zu der Frau in der Notrufzentrale sagte sie: »Sagen Sie der Polizei, die Waffe ist weg! Sie liegt hier vor mir im Schnee. Die sollen auf keinen Fall schießen! Ich nehme die Pistole an mich.«

»Fassen Sie die Waffe nicht an, Ma'am.«

Lacey knirschte mit den Zähnen. Die besorgte Telefonistin ging ihr mächtig auf die Nerven. »Ich kicke sie auf die Straße raus. Wahrscheinlich fährt die Polizei direkt darüber.«

Vorsichtig trat Lacey die Pistole mit dem Fuß ein paar Meter von Michaels Truck weg. Sie hörte, wie die Frau die Information an irgendjemanden weitergab, wusste aber, dass das kaum einen Unterschied machen würde. Die Polizei war bereits in höchste Alarmbereitschaft versetzt. Einsätze, bei denen Waffen im Spiel waren, erfreuten sich keinerlei Beliebtheit. Sie ließen den Stresslevel ins Unendliche hochschnellen.

Vor ihren Augen drückte Michael das Gesicht des Mannes in den schneebedeckten Schotter der Einfahrt. Michael hatte anscheinend nichts abbekommen. Aber seine Ausdrucksweise sorgte dafür, dass Laceys Augenbrauen in die Höhe schossen. Der Gute war stinksauer.

Schwankend ging Lacey in sicherem Abstand in die Hocke. Sie wollte das Gesicht des Eindringlings sehen, hoffte aber, dass er sie nicht direkt anstarrte. Die Einblicke, die ihr Kleid bot, waren nicht für fremde Augen bestimmt. Heulende Polizeisirenen zerrissen die Nachtstille.

Michael packte den Kerl schnaufend an den Haaren, riss seinen Kopf nach hinten und drehte sein Gesicht zu Lacey. »Kennst du ihn?«

Der erschrockene Gesichtsausdruck des Mannes wich sofort tiefer Verlegenheit. Anscheinend gewährte Laceys Outfit freie Sicht auf sehr persönliche Details.

Doch Laceys Schreck war größer als seiner.

»Sean?«, presste sie mühsam hervor. »Sean? Sind Sie das?«

Michael kniete auf dem Uni-Hausmeister, ihrem Retter.

Jack nahm gerade an der Ausgabetheke im Zellentrakt seine Brieftasche und sein Kleingeld an sich, als Callahan plötzlich neben ihm auftauchte. »Vielleicht möchten Sie ja noch ein bisschen bleiben«, sagte er.

»Und welchen verdammten Grund sollte ich dafür haben?« Jack dachte sehnsüchtig an sein Bett.

»Freunde von Ihnen sind auf dem Weg hierher.«

Jack antwortete mit einem vollendeten Und-wer-juckt-das-Brauenzucken.

»Eine Zahnärztin ist auch dabei.«

Jetzt war Jack hellwach. Die Hand, mit der er die Brieftasche in seine Jacke stecken wollte, erstarrte mitten in der Bewegung. »Was? Lacey? Fehlt ihr etwas? Ist sie hier?«

»Zusammen mit ihrem Lover.« Callahan zeigte sämtliche Zähne.

»Und der Arsch will verhindern, dass ich hier rauskomme?« Dank Callahans Wortwahl hatte Jack nun lauter Herzstechen.

»Nein. Anscheinend hat der Lover vor ihrem Haus einen Eindringling überwältigt.«

Jacks Herz wurde endgültig zu einem Klumpen. »Ist er es?«

Callahan musste nicht erst fragen, wen er meinte. »Keine Ahnung. Die sagen, Dr. Campbell kennt den Typen. Anscheinend ist es jemand aus der Uni.«

»Trotzdem kann er der Killer sein.« Hatte der Reporter ihn davon abgehalten, sein nächstes Opfer zu töten?

»Ich weiß.«

Die Männer sagen einander beklommen an.

»Geht er jetzt oder bleibt er?«, fragte der Cop hinter der Theke.

Callahan nickte dem Mann zu. Dann zog er Jack am Ärmel in den Flur. »Wollen Sie sich ein bisschen frisch machen?«

Jack rückte seinen Kragen zurecht und hörte eine Naht reißen. Er fuhr sich durchs alkoholverkrustete Haar und betrachtete sein fleckiges Hemd. *Keine Krawatte.* Er suchte in seinen Taschen. *Nichts.*

»Sehe ich denn nicht gut aus?«

»Fast so gut, wie Sie riechen.«

Laceys aufgebrachte Stimme drang durch den Flur bis zu Jack und Callahan. »Nein! Wieso denn einsperren? Er wusste doch gar nicht, was er tat! Er ... er denkt nicht so wie wir. Wir kennen uns von der Arbeit und er versteht nicht, dass er etwas falsch gemacht hat!«

Jack sah Lacey zwar nicht, hörte aber deutlich, dass sie ziemlich in Rage war. Seine Anspannung ließ ein wenig nach. So lang sie derart schäumte und brodelte, konnte ihr nicht viel fehlen. Im Kopf wiederholte er noch einmal ihre Worte und versuchte zu verstehen, worüber sie sich so aufregte. Wer ... Sprach sie vielleicht von dem Hausmeister? Von dem geistig zurückgebliebenen jungen Kerl, der mit einem Besenstil und Stevensons Kopf Baseball gespielt hatte? Der sollte in ihr Haus eingebrochen sein?

Die Arme vor der Brust verschränkt starrte Lacey aus dem tristen Foyer der Polizeiwache hinaus auf die dunkle Straße. Michael und Jack saßen so weit wie möglich voneinander entfernt an den jeweiligen Enden der Stuhlreihe an der Wand. Beide ließen Lacey nicht aus den Augen. Sie nahmen ihre Aufgabe als ihre persönlichen Bewacher überaus ernst. Die zwei mieden jeden Blickkontakt miteinander und schwiegen eisern. Lacey nahm an, es war besser so. Sie fing wieder an, auf und ab zu gehen. Sie machte sich Sorgen um Sean. Der Junge war vor Angst erstarrt, als die Streifenwagen mit blitzenden Lichtern in die Einfahrt gebraust kamen und bewaffnete, brüllende Cops herausgesprungen waren. Michael hatte Sean gar nicht mehr festhalten müssen. Er hatte sich mit ausgestreckten Armen und Beinen auf den Boden gedrückt und sich nicht mehr bewegen wollen.

Nur mit einigem Kraftaufwand war es gelungen, Sean vom Boden hochzuhieven und in einen Streifenwagen zu verfrachten.

Lacey hatte kein Wort aus ihm herausbekommen. Genauso wenig wie die Cops. Die Polizisten sahen sich in ihrem Haus um, meinten, es hätte keinen Einbruch gegeben, und erklärten, sie würden den Mann mit in die Stadt nehmen. Anfangs hatte Lacey heftig dagegen protestiert. Aber die Cops hatten ihr versichert, sie wollten ihn nur befragen. Schließlich fügte sie sich. Sean sagte nicht, wo er wohnte, und nannte auch keine Person, die ihn abholen konnte. Dass er nichts bei sich hatte, womit er sich ausweisen konnte, passte den Cops überhaupt nicht. Sie wollten seine Adresse wissen und wer er war. Aber Lacey konnte ihnen auch nicht weiterhelfen. Sie kannte seinen Namen, mehr nicht.

Auf der Wache hatte Sean sich sofort zusammengekauert. Zwischen ihm und den beiden Cops, die ihn den Flur entlangschieben wollten, war es zu einem Gerangel gekommen. Lacey und Michael waren gerade rechtzeitig aufgetaucht, um mitanzusehen, wie allseits die Emotionen hochkochten. Lacey war es gelungen, Sean zu beruhigen und ihn zu überreden, mit den Polizisten mitzugehen. Sie hatten ihn in ein Befragungszimmer gebracht und ihr die Tür vor der Nase zugeschlagen.

Das bekannte Gesicht von Detective Callahan zu sehen, war eine gewisse Erleichterung. Auf Laceys Bitte hin setzte er sich als Zeuge in das Befragungszimmer. Darüber war sie froh. Michael und Jack erklärte sie, sie würde erst gehen, wenn die Polizei mit Sean fertig war. Jack wollte das Präsidium erst verlassen, wenn sie es tat, und ließ sich auf einen Stuhl fallen. Michael hatte sich nach einem einzigen Blick in Jacks stures Gesicht auf dem Stuhl am anderen Ende der Reihe niedergelassen. Die düsteren Blicke der Männer sagten Lacey, dass Widerspruch zwecklos war.

Die zwei sahen aus, als hätten sie sich die ganze Nacht geprügelt. Was ja beinahe stimmte. Michael hatte sich bei dem Gerangel mit Sean die Hose zerrissen. Das Jackett hatte er nachlässig auf einen Stuhl geworfen, an seinem Hemd fehlten zwei Knöpfe. Er krempelte die schmuddeligen Ärmel hoch, sah ihr zu, wie sie auf und ab tigerte, und schaffte es irgendwie, dabei bedrohlich zu wirken.

Jack sah mindestens genauso verwahrlost und gefährlich aus. Und beide Männer stanken immer noch nach dem Alkohol, den sie ihnen über die Köpfe gekippt hatte. Der Geruch von Tequila hing im Raum. Vermutlich war das der Grund für die missbilligenden Blicke der Cops, die durchs Foyer gingen.

In Laceys Kleid klaffte immer noch der Riss. Ohne Nadel und Faden konnte sie erst einmal nichts daran ändern. Sie hatte sich im Damenklo die verschmierte Wimperntusche vom müden Gesicht gewaschen. Ihre Haarspange blieb unauffindbar, ihre Frisur war endgültig hinüber. Mit den Fingern kämmte sie sich das Haar notdürftig hinter die Ohren.

Sie sahen aus wie Gäste eines Staatsbanketts, die von einem Erdbeben überrascht worden waren.

Lacey seufzte. *Sechs Uhr morgens. Und es war Sonntag.* Eigentlich sollte sie im Bett liegen. Sie sollte sonst wo sein, aber auf keinen Fall hier.

Als ihr Handy klingelte, zuckten alle drei zusammen. Es steckte in ihrer Handtasche, und die lag unter Michaels Jacke auf dem Stuhl. Ohne sie anzusehen, hielt er ihr die Tasche hin.

Der Anruf kam von Chris, Kellys Mann.

»Hast du etwas von Kelly gehört?« Er war völlig außer Atem.

»Nein. Nicht seit vorgestern, als ich euch beide in der Sporthalle gesehen habe.« Lacey wusste nicht, was sie davon halten sollte. Chris klang ziemlich gestresst.

»Was ist los?« Chris war sonst nie gestresst.

»Kelly ist heute Nacht nicht nach Hause gekommen.«

»Was? Wo ist sie?« Lacey erstarrte. Sie spürte, wie die Angst nach ihr griff.

»Ich weiß es nicht! Sie ist nach dem Abendessen in die Turnakademie gefahren und wollte Schreibkram erledigen. Als es immer später wurde, habe ich sie auf dem Handy angerufen, aber nur die Mailbox erreicht. Also bin ich zur Halle gefahren. Ihr Wagen stand aber nicht da. Ich habe trotzdem im Büro nachgesehen. Den Schreibkram hat sie erledigt, aber sie ist weg. Hast du irgendeine Ahnung, wo Kelly sein könnte?« Chris sprach, ohne Luft zu holen.

»Nein, Chris. Wirklich nicht. Hast du bei ihren Eltern nachgefragt und bei ihrer Schwester?« Laceys Gedanken jagten. Ihr Magen zog sich zusammen. *Lieber Gott. Bitte nicht auch noch Kelly.*

»Ich habe gestern Abend noch ziemlich spät dort angerufen, aber nicht nach Kelly gefragt. Weil ich nicht wollte, dass sie sich Sorgen machen, habe ich mir eine Ausrede ausgedacht. Aber von Kelly hat niemand etwas gesagt.«

»Hast du die Polizei angerufen?«

Lacey hörte Stiefelschritte. Sie blickte auf. Detective Callahan warf ihr einen langen Blick zu und er sah nicht glücklich aus.

»Augenblick, Chris. Ich bin gerade bei der Polizei. Ich sorge dafür, dass die sich darum kümmern.« Sie bedeckte das Handy mit der Hand und wandte sich an den Detective. »Meine Freundin ist verschwunden. Ihr Mann ist am Telefon. Er hat furchtbare Angst um sie. Er hat sie seit gestern Abend nicht mehr gesehen.«

»Wen? Welche Freundin?«

»Kelly. Kelly Cates. Ich habe Ihnen doch erzählt, dass sie denselben Ring hat wie ich.« Lacey brach ab. Callahans Augen verengten sich.

»Die Turnerin? Das andere Mädchen, das im DeCosta-Prozess ausgesagt hat? Verdammt, warum hat er uns nicht gleich angerufen?« Callahan schnappte sich das Telefon und fing an, Chris mit Fragen zu bombardieren.

Er hat sie. Er hat Kelly.

Lacey rang nach Luft.

Dreiundzwanzig

Jack sah zu, wie Lacey telefonierte. Aus ihrem Teil des Gesprächs schloss er, dass sie sich Sorgen um eine Freundin machte. Wer waren Chris und Kelly? Verdammt, über ihren Freundeskreis wusste er so gut wie nichts. Er kannte nur den Reporter am anderen Ende der Stuhlreihe. Überhaupt wusste er viel zu wenig über Lacey Campbell. Das musste sich dringend ändern. Aber jedes Mal, wenn sie zusammen waren, passierten völlig irre Dinge. Gestern Abend hatte alles ganz gut angefangen. Bis ihr selbsternannter, vorlauter Bodyguard die Klappe aufgerissen hatte und Jack der Kragen geplatzt war.

Ja, schön. Er besaß ein Apartment in Mount Junction. Na und? Er fuhr Ski. Seine Schwester auch. Melody nutzte die Ferienwohnung sicher zehnmal häufiger als er. Ihr Vater hatte sie vor vielen Jahren für die Skiausflüge der Familie gekauft, aber Brody drehte diese Tatsache jetzt so hin, dass ihn das verdächtig machte.

Man suchte krampfhaft nach Verbindungen zwischen den neuen Morden und alten Fällen in Mount Junction. Aus dem Augenwinkel warf Jack einen Blick auf Brody. Der verfolgte konzentriert Laceys Telefongespräch. Vermutlich wusste er genau, über wen sie redete. Sicher waren alle Details, die Jack unbedingt erfahren wollte, für ihn längst ein alter Hut. Welche Sorte Eiscreme aß sie am liebsten? Welche Musik hörte sie gern?

Jack sah, wie Callahan sich Laceys Handy schnappte und selbst mit dem Anrufer sprach. Plötzlich fing Lacey an zu schwanken. Ihre Knie knickten weg. Jack war mit einem einzigen Sprung an ihrer Seite. Doch der Detective stand näher bei ihr. Mit einem beherzten Griff nach ihren Armen verhinderte er, dass sie hinfiel. Dabei entglitt ihm das Handy. Es knallte auf den Boden und zerbrach. Plastikteile und der Akku schlitterten durch den Raum. Jack schob die Arme unter Laceys Schultern und Knie und hob sie mühelos hoch. Brody war ebenfalls aufgesprungen und nur einen Sekundenbruchteil nach Jack bei Lacey. Er streckte die Hände nach ihr aus, doch Jack schleuderte ihm einen eisigen Blick entgegen.

»Lass das. Setz mich ab.« Dass ihre Stimme so ruhig klang, machte Jack fast noch besorgter.

»Was ist passiert?« Jacks Frage war an Callahan gerichtet, der dem Beamten am Empfangstisch des Foyers im Befehlston Anweisungen gab. »Was haben Sie zu ihr gesagt?«

»Nichts.« Callahan war mit seinen Anweisungen noch nicht fertig. Jack musste warten. Schließlich sagte Callahan: »Eine ihrer Freundinnen ist verschwunden. Wahrscheinlich hat unser Mann sie.« Callahan drehte sich weg und wählte auf seinem eigenen Handy eine Nummer.

Jack ließ Lacey beinahe fallen. »Was? Wer?« Vorsichtig stellte er sie auf die Füße und drehte sie zu sich. Er hob ihr Kinn an, dann sah er ihr forschend in die Augen. »Was ist passiert? Wer ist weg?«

Lacey war blass. Die halbmondförmigen Schatten unter ihren Augen zeigten, wie müde sie war. »Kelly. Sie ist verschwunden. Ihr Mann war am Telefon. Er kann sie nirgends finden und sie ist schon seit gestern Abend nicht mehr da.« Laceys Augen füllten sich mit Tränen. »Kelly war auch Zeugin beim Prozess, aber ihre Aussage war nicht wirklich wichtig. Sie konnte nur beschreiben, wie sie mich gefunden hat«, flüsterte Lacey.

»Dich gefunden? Wo? Wann?« Jack schüttelte sie sanft an den Schultern. Ihre Augen blickten verschwommen durch ihn hindurch.

»Danach.« Mehr sagte sie nicht.

»Kelly war die Turnerin, die kurz nach Suzannes Entführung an die Stelle kam, an der Lacey lag«, erklärte Brody leise. Er sammelte die Einzelteile des Telefons vom Boden auf und setzte es mit ein paar geschickten Handgriffen wieder zusammen. Michael war schlau genug, in Jacks derzeitiger Verfassung die Hände von Lacey zu lassen.

»Dieses Mädchen war in der Nacht damals auch dabei?« Eine weitere Beteiligte am DeCosta-Prozess war verschwunden?

»Kelly hat nur Lacey am Boden liegen sehen. Blutend. Sonst nichts«, sagte Brody.

Lacey hatte Jack davon erzählt. Von dem gebrochenen Bein. Dem zerschlagenen, blutigen Gesicht.

Als Brody von dem reparierten Handy besorgt zu Lacey schaute, sah Jack, wie wütend er war. Vermutlich dachten sie beide dasselbe: Lacey befand sich in höchster Gefahr. Brody machte den Eindruck, als wollte er sie am liebsten den Flur entlangschleifen und in eine Zelle sperren.

Gut. Vielleicht konnten sie die Frau gemeinsam zur Vernunft bringen.

Verdammt. Verbündete er sich etwa gerade mit der Konkurrenz? Jack musste sich eingestehen, dass er im Moment sogar mit einem Terrorkommando zusammengearbeitet hätte, um Lacey zu beschützen.

Callahan fing Jacks Blick auf und machte eine Kopfbewegung.

Jack setzte Lacey auf einen Stuhl, kniete sich vor sie und rieb ihre eisigen Hände. »Ich bin gleich wieder da. Ich muss mit Callahan sprechen.« Lacey nickte stumm. Als Jack aufstand, glitt Michael auf den Stuhl neben ihr. Wachablösung. Fliegender Wechsel. Wegen des Reporters konnte Jack sich im Augenblick keine Gedanken machen. Wenn er nicht selbst auf Lacey aufpassen konnte, war Brody eine akzeptable Alternative.

»Was ist los?« Callahans Gesichtsausdruck gefiel Jack ganz und gar nicht.

Callahan zog ihn so weit in den Flur, dass Michael und Lacey außer Hörweite waren. »Ich wollte ihr gerade zeigen, was wir dem jungen Hausmeister abgenommen haben, aber da kam schon der Anruf, und sie ging in die Knie.« Der Detective zog einen Plastikbeutel aus der Tasche und gab ihn Jack. »Ich glaube nicht, dass ich ihr das jetzt auch noch unter die Nase halten sollte. Im Augenblick hat sie schon genug zu verdauen.«

Jack strich den Beutel glatt. Er enthielt eine Karte und einen kleinen Briefumschlag. Auf den Umschlag stand in Blockschrift »LACEY«. Die Karte war mit dem Bild von einem Strauß zarter gelber und blauer Blumen verziert, die Jack an die Farben in ihrer Küche erinnerten.

»Ich denk an dich ...« stand in Prägeschrift unter den Blumen. Stirnrunzelnd und mit einiger Mühe klappte Jack die Karte im Beutel auf. »Ich habe eine besondere Feier für uns beide geplant«, las er. »In zwei Tagen werden wir voller Bedauern seinen Jahrestag begehen. Gemeinsam.«

Jacks Lippen wurden schmal, seine Fingerknöchel traten weiß hervor. »Seinen Jahrestag? Um welchen Jahrestag geht es hier?«

»In zwei Tagen jährt sich DeCostas Verurteilung wieder mal«, erklärte Callahan.

»Und das haben Sie Sean abgenommen?«

»Ja. Er behauptet, er hätte vor Dr. Campbells Haus auf sie gewartet, weil er sich Sorgen machte. Der Vorfall in der Uni hat ihn ziemlich mitgenommen. Bei der Befragung wiederholte er immer und immer wieder, Dr. Campbell sei in Gefahr.« Callahan schüttelte grimmig den Kopf. »Als ich ihm sagte, dass Frank Stevenson auf freien Fuß gesetzt wurde, geriet er völlig außer sich. Wir konnten ihn nur mit Mühe wieder beruhigen.«

»Sean sagte, sie sei in Gefahr?« Jack sah rot. Lacey hatte sich mit dem Jungen angefreundet und jetzt sah es so aus, als wäre er das eigentliche Problem.

Der Detective nickte. »Er sagte, ein Mann hätte ihm die Karte gegeben, als er vor Dr. Campbells Haus gewartet habe. Der Mann sagte Sean, er müsste ihr die Karte unbedingt aushändigen und er solle gut auf Dr. Campbell aufpassen. Sonst könnte ein böser Mann der Zahnärztin etwas antun.«

Jacks Kopf schnellte hoch. Er sah Callahan in die Augen. »Glauben Sie, Sean sagt die Wahrheit?« *Sean war nicht derjenige, den sie suchten?*

Callahan holte Luft und kniff die Lippen zusammen. »Falls er lügt, müsste er ein verdammt guter Schauspieler sein. Mit seinem IQ ist es nicht weit her. Ich glaube, er hat tatsächlich Angst um Dr. Campbell.«

Jack schnappte nach Luft. Die eigentliche Bedrohung für Lacey lauerte immer noch irgendwo da draußen.

»Konnte er den Kerl beschreiben?«

»Es war ein Mann.«

»Und das ist alles?« Jack sah Callahan ungläubig an. Sie hatten einen Augenzeugen und keine bessere Beschreibung?

»Ein Mann mit einer Mütze.«

»Na prima.« Jack betrachtete die Karte. Von außen wirkte sie so unschuldig. Und innen war sie tödlich. »Auf Fingerabdrücke haben Sie das Ding sicher untersuchen lassen.«

»Außer denen des Jungen auf dem Umschlag haben wir nichts gefunden.«

»Ich glaube, er ist gar kein Junge mehr.«

»Ja, das stimmt. Ich schätze ihn auf Ende zwanzig. Er wirkt nur ziemlich jung.«

»Die Nachricht in der Karte gefällt mir nicht.« Jack atmete tief durch. Am liebsten wollte er sie samt Umschlag und Beutel zerreißen. »Dieses Arschloch plant in zwei Tagen ein großes Finale. Mit Lacey als Ehrengast.« Hinter den oberflächlich kühlen Augen des Cops sah Jack brodelnde Wut.

»Das denke ich auch. Ich wüsste nur gern, warum er uns seinen nächsten Schritt so deutlich ankündigt.«

»Das könnte eine Finte sein.«

»Vielleicht. Vielleicht auch nicht.« Der Detective starrte Jack an. »Sollen wir abwarten und herausfinden, wer recht hat?«

»Sie muss dringend hier weg.«

»Sehe ich auch so. Sorgen Sie dafür.«

Jack brachte es nicht fertig, Lacey von der Karte zu erzählen.

Aus einiger Entfernung sah er wortlos zu, wie Brody und Lacey sich verabschiedeten. Überraschenderweise gab es ihm keinen Stich, als Brody sie auf die Stirn küsste und für fünf lange Sekunden an sich zog. Die Botschaft auf der Karte hatte seine Eifersucht betäubt. Er war zu wütend, um sich über Brody zu ärgern.

Mit der Nachricht bestätigte der Killer, dass Lacey auf seiner Liste stand. Verdammt, der Kerl wurde immer dreister. Jack schüttelte den Kopf. Nein. Das war er von Anfang an gewesen. Dieser Psycho war in Laceys Haus eingebrochen und hatte den Ring gestohlen. Danach hatte er es gewagt, Suzannes Ring in Laceys Laborkittel in der Uni zu schmuggeln. Der Mann strotzte vor Selbstbewusstsein. Vor Arroganz.

Die Selbstüberschätzung konnte ihm das Genick brechen.

Jack war klar, dass er Lacey eigentlich von der Karte erzählen sollte. Aber die Sache mit Kelly musste ihr doch zeigen, in welch großer Gefahr sie sich befand. Wenn sie das nicht sah, war sie wirklich blind.

Auf keinen Fall würde er sie noch einmal zu ihr nach Hause bringen. Wenn sie irgendetwas brauchte, würde er es ihr kaufen. Er konnte einen Katzensitter damit beauftragen, sich um ihren Stubentiger zu kümmern, aber Lacey würde er nicht mehr aus den Augen lassen.

Jetzt musste sie nur noch Ja sagen.

Und wie standen die Chancen dafür? Er schüttelte den Kopf.

Brody musste noch einmal nach Mount Junction. Er wollte dort noch weitergraben. Die Karte hatte er gesehen und Callahan hatte sie fast mit Gewalt wegziehen müssen, damit er sie nicht in Stücke riss. Brody sagte Jack und Callahan, dass das Ufergrundstück in Mount Junction den Eltern von Laceys Exmann gehörte, und erzählte kurz, was er bislang über die Umstände von Amy Smiths Tod wusste. Die Tatsache, dass die Stevensons in Mount Junction ein Stück Land besaßen, machte alle irgendwie stutzig, und Brody wollte sich unbedingt noch mit Amys Eltern treffen. Jack und Brody besprachen in knappen Worten, wie sie Lacey schützen konnten. Sicher würde sie auf den Plan, dass Jack in den nächsten Tagen regelrecht an ihr kleben würde, wütend reagieren.

Dabei konnten aus den Tagen sogar Wochen werden. So lang es eben dauerte, bis der Wahnsinnige gefasst war.

Jack sah zu, wie der Reporter sich nach einer letzten Umarmung von Lacey löste. Bevor Brody auf den verschneiten Gehsteig hinaus trat, warf er Jack einen langen, eindringlichen Blick zu. Jack starrte zurück.

Brody überließ ihm einen wertvollen Schatz und er schwor stumm, dass dieser Schatz während seiner Schicht als Wachhabender unversehrt bleiben würde.

Vierundzwanzig

»Du kannst mich nicht zwingen, da reinzugehen!« Lacey stemmte die Füße in den Boden. Ärgerlich musterte sie das fremde Haus.

»Stimmt. Und wenn du einen anderen geheimen Ort kennst, an dem du dich verstecken kannst, bringe ich dich gern hin.« Jack nahm sie am Arm.

»Was?«

Sie bewegte sich nicht von der Stelle. Er trat vor sie hin und legte ihr die Hände schwer auf die Schultern. Sie sollte ihm zuhören. »Lacey! Deine Freundin ist verschwunden. Drei Männer sind tot. Glaubst du wirklich, du solltest jetzt allein sein?« Er wollte sie schütteln.

»Aber ich kenne ihn doch gar nicht. Ich will nicht die Privatsphäre eines fremden Menschen stören und schon gar keinen psychopathischen Schlächter in sein Haus locken.« Sie starrte an Jack vorbei zur Haustür.

Sie in ein Hotel zu bringen, kam für Jack nicht mehr infrage. Er hatte keine Ahnung, wie gut der Mörder elektronisch vernetzt war, aber der Einsatz seiner Kreditkarte erschien ihm zu riskant. Es war zu leicht, anhand der Daten seinen Standort zu bestimmen. Und Jack zweifelte keine Sekunde daran, dass der Täter ihn mit Lacey in Verbindung brachte. Der Irre hatte ihr schließlich die DVD geschickt.

»Alex und ich sind uralte Freunde. Niemandem würde ich mein oder dein Leben bedenkenloser anvertrauen als ihm.« Mit Blicken bat er sie stumm um Einsicht. Sie war keine seiner Angestellten, denen er Anweisungen geben konnte. Sie war eine sture Frau, die sich mehr Sorgen um eine Freundin machte, die vor zehn Jahren ermordet worden war, als um sich selbst.

Die Haustür öffnete sich quietschend. Ein hochgewachsener Mann stand stumm vor ihnen. Hinter ihm brannte Licht, sein Gesicht lag im Schatten. Jack lockerte seinen festen Griff um Laceys Schultern. Gut. Er brauchte die Unterstützung eines anderen Mannes und auf Alex Kinton war Verlass.

Lacey hob das Kinn. »Es tut mir wirklich leid. Er hat mich einfach hierhergeschleppt. Ich möchte mich wirklich nicht aufdrängen. Ich wusste nicht …«

»Schon gut. Er wird seine Gründe haben und er würde für mich dasselbe tun.« Alex' unterbrach sie mit rauer Stimme. Der Mann hörte sich an, als hätte er seit einer Woche kein Wort gesprochen.

Lacey klappte den Mund zu. Alex' Ton erstickte ihren Widerstand.

Das Schweigen, das folgte, hing schwer in der kalten Luft. Jack hoffte, dass sie sich endlich einen Ruck geben würde.

»Okay. Wenn es Ihnen nichts ausmacht …«, sagte sie lahm.

Alex wich einen Schritt zurück und forderte sie mit einer Geste auf einzutreten. Jack gab Lacey einen sanften Stoß. Zögernd machte sie einen Schritt nach vorn.

Lacey gab sich Mühe, ihren Widerwillen zu überspielen. Sie unterzog den Mann einer kurzen Musterung. Umwerfend gutaussehend, war ihr erster Eindruck. Unnahbar und gefühlskalt der zweite. Jack hatte ihr erzählt, dass er und Alex Kinton in derselben Studentenverbindung gewesen und seit dieser Zeit eng befreundet waren. Mit einem matten Lächeln schob Lacey sich an dem großen, stummen Kerl vorbei ins Haus.

Hinter ihr schüttelten die Männer einander die Hände und klopften sich auf die Schultern. Als Lacey sich umwandte, sah sie gerade noch die mechanische Lippenbewegung, mit der Alex so etwas wie ein Lächeln andeutete. Vielleicht waren sie ihm tatsächlich lästig. Jack hingegen schien sich über das Wiedersehen mit seinem Freund aufrichtig zu freuen.

»Hey, verdammt. Schön, dich zu sehen. Wie geht's?«

»Es geht.«

Männer im Strudel der Gefühle.

Jack steuerte Lacey in den Küchenbereich. Kein weiblicher Touch – nirgends. Alles wirkte kahl. Nichts lag auf den Arbeitsflächen, an Möbeln gab es nur das Nötigste. Keine Bilder an den Wänden. Die einzigen persönlichen Gegenstände waren die Fotos auf dem Kühlschrank. Lacey trat näher. Eines zeigte Alex zusammen mit einem anderen Mann. Ganz offensichtlich sein Bruder. Mit ihrem dunklen Haar und den hellen Augen sahen die beiden einander sehr ähnlich. Die Männer lachten übers ganze Gesicht, doch der Blick des Bruders wirkte seltsam leer. Frauen sah Lacey auf keinem der Fotos.

»Habt ihr Hunger?«

Lacey wollte Alex wirklich keine Umstände machen, aber sie kam vor Hunger fast um. Weil Jack sie auf keinen Fall nach Hause hatte fahren wollen, waren sie kurz zusammen durch einen Kleiderladen gerannt und hatten ein paar Sachen gekauft. An etwas zu essen hatten sie nicht gedacht.

»Klar, Mann.« Jack fand anscheinend nichts dabei, den Kühlschrank seines Freundes zu plündern.

»Ich habe nur nichts im Haus. Soll ich kurz zum Chinesen fahren?« Laceys Magen knurrte so laut, dass beide Männer sie ansahen. Jack mit einem Grinsen, Alex völlig ausdruckslos.

»Ich glaube, das heißt Ja.« Jack legte ihr besitzergreifend die Hand auf die Schulter. Lacey schüttelte sie sofort wieder ab und bemerkte prompt einen Funken von Belustigung in Alex' Augen.

»Okay. Ich bin gleich wieder da.« Er sah Lacey zum ersten Mal wirklich an. »Den Flur runter und dann rechts ist ein blaues Gästezimmer mit Bad, falls Sie duschen wollen oder so.« Sein Blick huschte kurz an ihr hinab. Dann wandte er sich ab und verließ das Haus.

Lacey hatte das Gefühl, als unzulänglich eingestuft und abgehakt worden zu sein. Unsicher strich sie sich übers Haar. Zuletzt hatte sie gestern Abend vor der Gala geduscht. Anstatt des zerrissenen Kleides trug sie die neuen Sachen, die sie im Laden gleich angezogen hatte. Aber Alex hatte sie angeschaut, als hätte sie sich einen dreckigen Autopsiekittel übergeworfen.

Lacey stand da wie ein verwundetes Kätzchen, fand Jack.

»Er kann mich nicht ausstehen.«

»Er kennt dich doch gar nicht.«

»Ja. Aber er hat mir nicht mal die Chance gegeben, wenigstens kurz mit ihm zu reden.«

»Er hat in den paar Minuten mehr mit dir gesprochen als mit jeder anderen Frau im ganzen letzten Jahr.«

»Wie bitte?« Sie blinzelte.

Jack zuckte die Schultern. »Er lebt ziemlich zurückgezogen. Alex war früher U.S. Marshal, aber den Job macht er schon eine ganze Weile nicht mehr. Alle vier Wochen schleppe ich ihn auf ein Bier und ein Spiel aus dem Haus.«

»Nicht verheiratet?«

»Geschieden. Alex hat sein Bestes getan. Aber nach dem Tod seines Bruders wurde einfach alles zu viel.«

»Sein Bruder ist gestorben? Ist er das?« Lacey zeigte auf das Foto und Jack nickte.

»Er war geistig behindert. Ist ertrunken. Genauer gesagt – einer seiner Betreuer hat ihn ermordet.«

»Oh Scheiße.« Lacey konnte sich so etwas kaum vorstellen. »Dein Freund wirkt so …«

»Still? Verschlossen?«

Sie schüttelte den Kopf. »Unglücklich.«

Jack dachte an Alex' kühle Augen. »So ist er, seit sein Bruder gestorben ist. Seit damals ist er nicht mehr der Alte. Das ist nun schon ein paar Jahre her.«

Lacey konnte sich nicht von den Bildern am Kühlschrank lösen. Lang schaute sie ein Foto an, das Alex und Jack gemeinsam zeigte.

»Komm, wir suchen dein Zimmer.«

Sie folgte Jack den Flur entlang. Hinter der ersten Tür rechts fanden sie den blau gestrichenen Raum.

Jack ließ die Macy's-Tüte zu Boden fallen, plumpste auf eines der beiden Betten und dehnte seinen Rücken. Er war schon den ganzen Tag komplett verspannt. Jetzt endlich entknotete sich sein Rückgrat ein wenig. »Alex hat eine topmoderne Alarmanlage und vermutlich in jeder Schublade eine Knarre. Dieses Haus ist eine Festung. Er ist immer auf alles vorbereitet.«

»Wie ein echter Pfadfinder.« Lacey setzte sich an einen schmalen Schreibtisch und linste vorsichtig in die oberste Schublade. »Sieht aus, als hätte er eine Schublade vergessen.«

Jack war froh über den kleinen Scherz.

»Hier bist du sicher. Nur Callahan weiß, wo wir sind. Musst du morgen an der Fakultät unterrichten?«

Lacey schüttelte den Kopf. »Aber ich habe einen Fall, den ich schnell zu Ende bringen muss.«

»Einen Fall?«

»Im Leichenhaus liegt ein unidentifizierter Toter. Die Zähne habe ich bereits untersucht und geröntgt. Morgen müssten die zahnmedizinischen Unterlagen für den Vergleich eintreffen. Die muss ich mir ansehen und meinen Bericht fertig schreiben.«

»Und wie oft machst du so was?«

»Ein paarmal im Monat. Es gibt noch einige andere Zahnspezialisten, die das gerichtsmedizinische Institut anfordern kann.«

»Und was ist das für ein Gefühl, wenn du so einen Fall untersuchst?« Jack legte die Unterarme auf die Oberschenkel und sah sie aufmerksam an. Er betrachtete ihr Gesicht. Ihm gefiel, wie ihr seidiges Haar ihre Augen umrahmte. Sie hatten ein paar Hygieneartikel gekauft, doch an den Regalen mit dem Schminkzeug hatte Lacey sich nicht aufhalten wollen. Der ungeschminkte natürliche Look passte perfekt zu ihr.

Er atmete langsam durch. In den Jeans heute gefiel sie ihm mindestens so gut wie gestern Abend in dem schwarzen Kleid.

»Ich mache das gern. Es ist ein gutes Gefühl, beim Lösen eines Rätsels zu helfen, den Angehörigen Gewissheit zu verschaffen.« Ihre Lippen wurden schmal und Jack wusste, dass sie an Suzanne dachte.

Er betrachtete seine Hände. »Was glaubst du – wer steckt hinter dieser Sache? Wer hat die Männer umgebracht und beobachtet dich?«

Lacey ließ sich mit der Antwort Zeit. »Ich weiß es nicht«, sagte sie schließlich. »Ich habe mir das Hirn zermartert, habe nachts wach gelegen und nach dem fehlenden Teil in diesem Puzzle gesucht. Wer könnte Rache für DeCosta wollen?«

»Du glaubst, es hat etwas mit Rache zu tun?«

»Du nicht? Warum sollte der Mörder sonst die Leute umbringen, die daran beteiligt waren, DeCosta in den Knast zu bringen?«

»Und wenn die Polizei damals den Falschen geschnappt hat? DeCosta hat Suzanne vielleicht verschleppt. Aber getötet hat sie anscheinend ein anderer. Ich glaube, dieser zweite Täter steckt hinter den Morden von damals und hinter den Morden heute. Es gibt einfach zu viele Übereinstimmungen.«

»Nein. Die haben damals schon den Richtigen verurteilt.« Lacey fing an, in dem kleinen Raum auf und ab zu gehen.

Jack konnte die Augen kaum von ihrem Hinterteil in den eng anliegenden Jeans lassen, dabei wollte er sich eigentlich auf das Gespräch konzentrieren. Lacey war eine Ablenkung auf zwei Beinen – in verwaschenen Jeans und süßen Cowboystiefeln. »Außer den gebrochenen Beinen gibt es keine Gemeinsamkeit. DeCosta hatte es auf Frauen abgesehen. Auf junge Sportlerinnen. Er hat weder Männer getötet noch die Opfer so gefoltert, wie es jetzt passiert. Die Frauen, die er vor zehn Jahren umgebracht hat, sind sexuell missbraucht worden und hatten Schnittverletzungen.«

Wie bitte? »Was heißt das? Schnittverletzungen?«

Lacey blieb stehen. »Sie waren nicht sehr tief. Es ging wohl vor allem darum, den Opfern Schmerzen zuzufügen und sie gefügig zu machen. Diese Information wurde damals unter Verschluss gehalten. Die Polizei brauchte etwas, womit sie die vielen Spinner aussortieren konnte, die aus sämtlichen Ritzen krochen und die Morde gestanden. Aber DeCosta wusste über die Schnitte Bescheid.« Sie ging wieder auf und ab. »Die Männer jetzt hatten ganz andere Verletzungen. Callahan sagte mir, dass sie mit ihren eigenen

Gegenständen umgebracht wurden. Der Mörder hat Utensilien benutzt, die dem Opfer wichtig waren oder die es gern benutzte. Der erste Tote war ein Cop und die Tatwerkzeuge waren unter anderem Handschellen und Trentons eigene Waffe. Die beiden anderen wurden mit Golfschlägern und Angelruten umgebracht. Dieser Kerl ist sehr kreativ. Für DeCosta war das Morden damals vor allem ein Nervenkitzel.« Sie atmete tief durch und blieb stehen. Dann sah sie Jack in die Augen. »Okay?«

Sie hatte gerade seine Theorie zerpflückt. Der neue und der alte Killer waren nicht identisch. Aber der neue musste jemand sein, der mit den alten Fällen sehr vertraut war.

»Okay. Aber glaubst du nicht, dass der jetzige Täter eine Verbindung zu DeCosta hatte? Wäre das nicht die einzig mögliche Erklärung für das, was er tut?«

»Vielleicht gehört er zu den Freaks, die Serienmörder geradezu verehren und sich mit ihnen identifizieren. Von solchen Leuten habe ich gelesen. Es gibt Mörder, für die sind ihre Vorbilder wie Götter. Bundy, John Wayne Gacy. Richard Rodriguez. Diese Killer haben eine ansehnliche Fangemeinde. Oder aber DeCosta hatte damals einen Komplizen. Das soll es ja geben. Vielleicht wurde dieser Partner nie gefasst und hat nun beschlossen, wieder aktiv zu werden.«

»Was ist mit dem Mädchen aus Mount Junction? Glaubst du, sie gehört auch zu den Opfern von damals?« Jack hatte Mühe, klar zu denken. Er spürte Laceys Anziehungskraft wie ein elektrisches Knistern. Die Funken, die zwischen ihnen stoben, verbrauchten den gesamten Sauerstoff im Raum. Kein Wunder, das ihm das Atmen schwerfiel.

»Ich weiß es nicht.« Lacey sprach langsam. »Als erfolgreiche Turnerinnen lebten wir ein sehr ungewöhnliches Leben. Wir mussten vorsichtig sein. Ich habe dir ja schon erzählt, dass wir eine Art Promistatus genossen. Wir nahmen andauernd an irgendwelchen Meisterschaften teil und in Mount Junction ist man sehr, sehr stolz auf die College-Turnmannschaft. Unsere Telefonnummern waren geheim. Aber auf der Straße wurden wir ständig von Leuten angesprochen, die uns erkannten. Die Professoren behandelten uns in den Seminaren anders als die anderen Studenten. Wir standen ununterbrochen im Rampenlicht.«

»Aber?« Jacks Augen hingen an Laceys Gesicht. Irgendetwas war ihr gerade eingefallen.

»Ich würde nicht von Stalkern sprechen, aber es kam vor, dass überall, wo wir hinfuhren, immer wieder dieselben Typen auftauchten. Einige Mädchen mussten sogar Männer anzeigen, die sie auf dem Campus verfolgten. Diese Kerle sprachen die Mädchen zwar nicht an, liefen ihnen aber andauernd hinterher. Wenn ich dieselbe Person mal an zu vielen unterschiedlichen Orten gesehen hatte, reichte es schon, dass ich während eines Gesprächs mit einem Professor oder mit jemandem vom College-Sicherheitsdienst demonstrativ auf den Kerl zeigte. Dann merkte er, dass er aufgefallen war, und verzog sich.«

»Und das genügte?« Jack war skeptisch.

»Normalerweise schon.« Laceys Mundwinkel kräuselten sich nach oben. »Suzanne hat die Typen manchmal zum Spaß fotografiert. Sie hat es extra so gemacht, dass sie es mitbekamen. Meist gerieten sie dann in Panik und flüchteten.«

»Glaubst du, sie hat diese Bilder behalten?« Lagen etwa in irgendeiner vergessenen Schuhschachtel die Fotos der Stalker?

Lacey erriet Jacks Gedanken. Sie schüttelte den Kopf. »Nein. Wir hängten sie immer an die Pinnwand im Trainerbüro, damit alle wussten, wie die Kerle aussahen. Nach einer Weile fielen sie ab und wurden weggeworfen. Es geschah auch weiter nichts. Es wurde niemand deswegen verhaftet. Die Typen waren bloß neugierig.«

»Das muss doch ziemlich beunruhigend gewesen sein.« Jack versuchte, sich nicht anmerken zu lassen, wie schockiert er war. Falls er je eine Tochter hatte, würde sie während der Collegezeit zu Hause wohnen. Bei ihrem Leibwächter.

»Aus heutiger Sicht gebe ich dir recht. Aber damals fanden wir das vor allem lästig und manchmal ein bisschen witzig. Eine Gefahr sahen wir darin nicht, und niemand kam auf die Idee, Amy könnte durch ein Verbrechen gestorben sein. Für uns war das ein tragischer Unfall.«

»Weißt du noch, ob sie sich über einen Verfolger beklagt hat?«

Lacey dachte kurz nach. Dann schüttelte sie den Kopf. »Ich erinnere mich an nichts in der Art. Außerdem war Amy ein paar Jahre älter als ich und ein paar Semester über mir.«

»Was könnte DeCosta damals nach Mount Junction geführt haben?« Jack dachte laut vor sich hin. »Und warum wurde ausgerechnet der Mord an Amy als Unfall getarnt? Michael hat doch gesagt, es gebe ähnliche Fälle, bei denen erst Monate nach dem Verschwinden einer Person ihre Leiche aufgetaucht sei. Aber hier sind die Opfer immer sehr schnell gefunden worden. Außer Suzanne. Das stimmt doch. Oder?«

Lacey schluckte und nickte.

»Ihr wart wirklich gute Freundinnen«, sagte Jack leise. Er hatte den gequälten Ausdruck in ihren Augen bemerkt.

»Ja. Wir haben uns vom ersten Augenblick an prima verstanden. Hast du schon mal jemanden getroffen und sofort gewusst, dass ihr zusammenpasst?«

Sie ließ ihm keine Zeit für eine Antwort. Jack dachte an den Funken, der bei der ersten Berührung zwischen ihm und Lacey übergesprungen war.

»Wir haben alles zusammen gemacht. Gelernt, trainiert. Wir waren etwa gleich groß und haben uns gegenseitig Klamotten und Schuhe ausgeliehen. In den Sommerferien wohnten wir abwechselnd bei ihren Eltern und bei meinen. Wie Schwestern.«

Dass die Freundschaft so eng gewesen war, hatte Jack nicht geahnt. Er runzelte die Stirn.

»Wie bist du mit ihrem Tod klargekommen?«

»Schlecht.«

Mehr sagte sie nicht. Seinem Blick wich sie aus.

Schließlich sprach sie mit belegter Stimme weiter. »Ich hatte Depressionen. Und zwar jahrelang. Ständig grübelte ich darüber nach, was sie wohl durchmachen musste. Ich weiß nicht, was ich ohne Frank gemacht hätte ... Er war damals meine wichtigste Stütze. Ohne ihn hätte ich es wahrscheinlich nicht geschafft.«

»Wie meinst du das?« Jack war nicht sicher, ob er die Antwort tatsächlich hören wollte. Gleichzeitig wollte er die Dämonen kennen, mit denen sie sich herumschlug. Ihn interessierte alles, was sie erlebt hatte und womit sie lebte. Erfreuliches und Schlimmes.

»Nach Suzannes Verschwinden war ich immer wieder in psychiatrischer Behandlung. Die Schulgefühle konnten so übermächtig werden ...« Sie wandte sich ab und starrte schweigend die lilafarbenen Vorhänge an.

Ihm war klar, dass sie an Selbstmord gedacht, vielleicht sogar kurz davon gestanden hatte. Manchmal schien es schwerer, sich selbst zu verzeihen und weiterzuleben, als zu sterben. »Und ich habe dich fast genötigt, dir die DVD noch einmal anzusehen.« Jack schlug sich mit der Hand an die Stirn. Er fühlte sich schäbig. »Das tut mir ehrlich leid. Das Video muss grauenhaft für dich gewesen sein.«

Er würde seine Kopie vernichten. Als er sich das Gesicht rieb, spürte er die rauen Stoppeln. Er hatte noch keine Zeit gehabt, sich zu rasieren.

Ohne ihm zu antworten, setzte Lacey sich an den Schreibtisch und betrachtete den Computer. Jack ließ sie nicht aus den Augen. Er wollte sie haben und er wollte sie beschützen. Seine Hormone liefen Amok. Er krallte die Finger in die Matratze.

Mühsam riss er den Blick von Lacey los, stand auf und sah nach, wohin die zweite Tür des Zimmers führte. Er musste sich irgendwie beschäftigen, irgendwie die Spannung durchbrechen, die die Luft zum Knistern brachte. Im Augenblick hatte das weniger mit sexuellem Verlangen zu tun als mit Intimität. Ein Mensch hatte dem anderen einen Einblick in seine Seele gewährt und der andere half ihm nun, seine Last zu tragen. Für Jack war das ein viel intimerer Akt als der eine Kuss, und es berührte ihn tief, verwirrte ihn. Lacey hatte ihm gerade etwas sehr Schlimmes und Persönliches anvertraut und er wollte sie auf das schmale Bett werfen, sie mit seinem Mund und seinem Körper trösten.

Die Tür führte zu dem Badezimmer, das Alex erwähnt hatte. Im Bad gab es noch eine zweite Tür. Vielleicht zu Alex' eigenem Zimmer? Jack verschränkte die Arme und schob eine Hand unter jeden Bizeps. Er würde Lacey nicht berühren. Im Augenblick traute er sich selbst nicht.

Als ihr Handy zirpte, atmete er erleichtert auf.

Dem Himmel sei Dank für Mobiltelefone.

Ihre aufgewühlten Gefühle hingen in der Luft wie ein Gewitter. Lacey wusste nicht, woran Jack dachte. Aber sie hatte ihn aus dem Augenwinkel beobachtet. Hier in dem blauen Gästezimmer war ihr seine Gegenwart nur allzu bewusst. Auf so engem Raum wirkte sie fast erdrückend. Selbst eine Frau, die eher auf Frauen stand, wäre von dem Testosterondunst, der aus seinen Poren stieg, nicht unbeeindruckt geblieben.

Jack hatte sie gedrängt, sich an die schwere Zeit in ihrem Leben zu erinnern, in der die Zukunft mehr als düster ausgesehen hatte. In der sie gedacht hatte, es gebe gar keine. Inzwischen ließ sie diese Erinnerungen nur noch selten zu. Es war zu anstrengend, den Schmutz wieder loszuwerden, der anschließend immer an ihrer Seele klebte. Sie hatte Mauern um sich errichtet, die die Erinnerungen und den Schmerz draußen halten sollten. Und Jack Harper riss die Mauern nun ein. Stein für Stein.

Sie fühlte sich ausgeliefert und nackt.

Das Verlangen, von ihm berührt zu werden, war übermächtig. Doch der Preis dafür war hoch. Sie wusste nicht, ob sie sich das leisten konnte. Dazu, sich einer anderen Person derart auszuliefern, war sie noch nicht bereit. Sie wollte den schützenden Panzer um ihr Herz nicht ablegen, denn es war durch Suzannes Tod und dann durch den Tod ihrer Mutter bereits zweimal fast zerbrochen. Auch das Ende ihrer Beziehung mit Frank hatte tiefe Narben hinterlassen. Lacey wusste nicht, ob sie inzwischen gut genug verheilt waren. Ob sie stark genug für das war, was sich zwischen ihr und Jack anbahnte.

Die greifbar aufgeladene Luft im Zimmer schien ihre Bewegungen zu bremsen, als sie das Telefon aus der Tasche zog. Das Symbol auf dem Display zeigte eine Videonachricht an. Kein Wunder, dass das Handy nicht wie sonst geklingelt, sondern nur gezirpt hatte. Sie berührte das Display. Ein körniges Bild erschien. Die Kamera schwenkte zu einem Mann.

Einem Toten.

Ein Lebender hätte die Angelhaken, die in seinen Augen steckten, nicht ausgehalten.

Ihre Lunge streikte.

»Lacey?«

Ihr war schwindelig, doch sie sah, wie Jack näher kam und die Hände ausstreckte, als wollte er etwas auffangen. Sie auffangen. Lacey spürte, wie sich Arme um sie legten, drückte die Stirn an Jacks harte Brust und machte die Augen fest zu. Der Anblick der Angelhaken hatte sich aber bereits in ihre Netzhaut gebrannt. Ihre Schultern bebten. Ihr war so schrecklich kalt.

Doch er war warm. Sie sank tiefer in seine Arme. Trotz der Hitze, die er ausstrahlte, konnte sie nicht aufhören zu zittern.

Fünfundzwanzig

Irgendetwas stimmte nicht.

Lacey war von seinem Radar verschwunden. Vielleicht war er mit der kleinen Botschaft an sie zu früh zu weit gegangen. Er hatte beobachtet, wie sie mit Harper zusammen das Präsidium verlassen hatte, und war davon ausgegangen, dass sie zu ihr fahren würden. Deshalb war er vorausgeeilt, hatte gewartet. Eine ganze Stunde lang. Aber niemand kam.

Niemals von irgendwelchen Annahmen ausgehen. Das war Regel Nummer eins und er hatte dagegen verstoßen.

Er nahm sich fest vor, stark zu sein, auf seine Selbstdisziplin zu vertrauen. Keine unüberlegten Handlungen mehr. Warum brachte Lacey Campbell ihn immer wieder von seinem Kurs ab? Wegen ihr traf er spontane Entscheidungen, für die in seinen Plänen kein Platz war. Er musste Kurs halten.

Ihr die verdammte Nachricht zukommen zu lassen, war völlig unnötig gewesen. Dasselbe galt für den Videoclip von Richard Buck, den er ihr aufs Handy geschickt hatte.

Er konnte dem Drang, mit dieser Frau zu kommunizieren, einfach nicht widerstehen, und jetzt bezahlte er den Preis dafür.

Wo waren die beiden bloß? Er war in die Stadt gefahren und hatte Harpers Wohnung überprüft. Hinter einem Minivan voller lärmender Kinder hatte er sich in das gesicherte Parkhaus geschoben. Der gestressten Mutter am Steuer war das gar nicht aufgefallen. Aber Harpers Wagen stand nicht an seinem Platz. Hatte er Lacey so viel Angst eingejagt, dass sie sich jetzt versteckte? Aber dann hätte sie doch sicher vorher ein paar Sachen aus ihrem Haus geholt. Dort hatte er ihre Spur eigentlich aufnehmen wollen.

Er fuhr wieder zu ihr, parkte auf der gegenüberliegenden Straßenseite und wartete. Und wartete.

Er hatte das *New-York-Times*-Kreuzworträtsel fast fertig, als jemand ans Seitenfenster klopfte. Vor Schreck ließ er den Stift fallen. Ein älterer Herr mit einem lebhaften schwarzen Labrador an der Leine gab ihm durch eine Geste zu verstehen, er solle das Fenster herunterlassen. Während er der Aufforderung nachkam, rief er sich hastig die Geschichte ins Gedächtnis, die er sich für neugierige Anwohner zurechtgelegt hatte.

Forschende Augen unter buschigen grauen Brauen musterten ihn. »Bewachen Sie das Campbell-Haus?«, bellte der Mann.

»Ja. Ist Ihnen seit der Sache letzte Nacht irgendwas aufgefallen? Hat sich jemand hier herumgetrieben?« Er gab sich gelangweilt. Ein Bulle in öder Mission. Sein schwarzer Wagen ging gerade so als polizeiliches Zivilfahrzeug durch.

Der alte Mann schüttelte den Kopf, dass die Hängebacken nur so wackelten. »Die vielen Einsatzwagen und die Sirenen haben mich letzte Nacht geweckt. Seither kann ich nicht mehr schlafen. Aber ich habe niemanden gesehen. Was zum Teufel ist da drüben eigentlich los?«

»Anscheinend hat sich auf Dr. Campbells Grundstück jemand herumgetrieben.«

Die buschigen Brauen schossen in die Höhe. »Und ihr Freund, dieser Reporter, hat sich den Kerl geschnappt? Der ist oft hier. Sieht aus wie jemand, der sich zu helfen weiß.« Verschwörerisch rückte der alte Mann näher. Sein Atem stank. »Sie lebt allein, müssen Sie wissen. Das kann ja nicht gut gehen. Eine attraktive junge Frau und keiner, der auf sie aufpasst. Ich weiß gar nicht, was ihr Vater sich dabei denkt, sie hier einfach so wohnen zu lassen.«

»Sie kennen James Campbell?« Ein Nachbar, der gern tratschte. Was er wohl alles aus ihm herauslocken konnte?

»Klar doch. Ich wohne schon seit zwanzig Jahren direkt gegenüber. Die Campbells waren immer gute Nachbarn. Kümmern sich um ihre eigenen Angelegenheiten, halten das Grundstück in Schuss. Ich erinnere mich noch daran, wie seine Frau gestorben ist.« Der Alte schüttelte bedauernd den Kopf. »Anfangs dachte ich, James würde nie darüber hinwegkommen. Wunderschöne Frau. Das Mädchen sieht ihr ähnlich.«

»Hatte sie in letzter Zeit Besucher, die Sie nicht kannten?«

»Vor ein paar Tagen blieb ein Mann über Nacht. Nicht der Freund, der sonst immer kommt. Der Neue war schwarzhaarig und ich hatte ihn noch nie gesehen. Viel Besuch kriegt sie aber nicht.« Der Hund schnüffelte am Vorderrad und hob das Bein.

Sein Griff um das Steuer wurde fester, doch er versuchte, den Hund nicht zu beachten. Im Kopf ließ er die Worte des Mannes noch einmal ablaufen. Schwarzhaarig? Über Nacht? Waren Lacey und Harper sich bereits näher gekommen, als er gedacht hatte? Bisher hatte er nur den einen Kuss beobachtet. Hatte die Schlampe ihn etwa bereits in ihr Bett gelassen? *Diese Nutte.*

»Vor ein oder zwei Tagen stand auch mal ein Streifenwagen vor dem Haus.«

Er nickte den alten Mann an, als wäre ihm das bekannt. »Sicher haben Sie mitbekommen, dass die beiden Detectives ein paarmal da waren.« Er warf einen Blick auf die Uhr. Vermutlich würde er nicht mehr viel Nützliches erfahren.

»Ach, das waren Detectives? Für mich sahen die aus wie Versicherungsvertreter. Die Krawatten und die Jacketts. Sie wissen schon. Cooper, sitz!« Der Hund gehorchte sofort. Mit schief gelegtem Kopf musterte er den Wagen und den Fahrer. Sein wedelnder Schwanz fegte durch den Schnee.

Er dachte an einen anderen Hund aus einer anderen Zeit.

»Schönen Hund haben Sie da. Ich muss jetzt wieder in die Stadt runter, aber ich glaube, so schnell werden Sie hier keinen Ärger mehr bekommen, Mr …«

»Carson. Jefferson Carson.« Der Nachbar richtete sich auf, dabei gab seine Wirbelsäule mehrere Knacklaute von sich.

»Schönen Tag noch, Mr Carson. Und rufen Sie uns an, wenn Ihnen etwas Ungewöhnliches auffällt.«

Der alte Mann ging davon.

Er wendete in Laceys Einfahrt. Dabei winkte er dem Alten mit dem Hund noch einmal lässig zu.

Netter Kerl. Verbringt sicher sein halbes Leben damit, den Nachbarn hinterherzuspionieren.

Hoffentlich muss ich ihn nicht ausschalten.

Sechsundzwanzig

Amy Smiths Vater wollte Michael am liebsten aus dem Haus werfen. Sein Gebaren ließ daran keinen Zweifel. Aber immer, wenn der Zorn des Mannes überschäumen wollte, berührte Janet Smith, seine Ehefrau, ihn einfach nur an der Hand. Diese schlichte Geste reichte aus, um ihn zu besänftigen. Das Zusammenspiel der beiden faszinierte Michael. Die Smiths waren wie zwei Teile eines Ganzen – jeder konnte die Gedanken des anderen lesen. Gary Smith war immer in Bewegung und sehr emotional. Janet war ruhig und die Vernunft in Person.

Eine perfekte Ehe.

Michael wollte in Mount Junction mit Amy Smiths Eltern und danach mit anderen Familien sogenannter Unfallopfer reden. Sein Gefühl sagte ihm, dass ihm mit der Entdeckung einer Verbindung zwischen den Opfern in Mount Junction und denen in der Gegend von Portland ein großer Wurf gelungen war. Sogar die Polizei von Mount Junction hatte er überzeugen können. Die Beamten hatten die Akten aller fraglichen Ermittlungen noch einmal aus den Archiven geholt und überprüften die Übereinstimmungen, auf die Michael sie bei seinem letzten Besuch aufmerksam gemacht hatte. Michael ging fest davon aus, dass er hier draußen eine Spur finden würde, die zu dem Killer führte.

»Seit Sie die Idee in die Welt gesetzt haben, Amy könnte ermordet worden sein, ist unser Leben völlig aus den Fugen geraten.« Die Miene des Vaters war ein einziger Vorwurf. »Aufdringliche Reporter kriechen aus allen Ritzen, Nachrichtensender belagern uns und wir wurden häufiger von der Polizei befragt als ein Verdächtiger bei *CSI Miami*.«

»Gary, es ist doch nicht seine Schuld, dass die Polizei sich alle alten Fälle noch mal vornehmen muss. Willst du denn nicht wissen, was damals tatsächlich passiert ist? Ich hatte schon immer so ein seltsames Gefühl. Wir wussten nicht, wohin Amy wollte, als sie in den Fluss fuhr. Eigentlich dachten wir, sie wäre meilenweit entfernt beim Einkaufen.«

Janet Smith war ein Ausbund an gesundem Menschenverstand. Für Anfang sechzig hatte die kleine Frau ein erstaunlich glattes Gesicht. Spuren der Schönheit, die Gary früher einmal um den Verstand gebracht haben musste, konnte Michael darin immer noch erkennen. Gary war massig wie ein Football-Linebacker und unfähig stillzusitzen. Sein schneeweißes Haar bildete einen harten Kontrast zu den schwarzen Brauen und dem schwarzen Schnauzbart. Irgendwie war es der zarten kleinen Frau gelungen, diesen energiestrotzenden Kerl zu zähmen. Michael machte es schon nervös, im selben Raum mit ihm zu sitzen.

Das Gespräch fand im fast schon sterilen Wohnzimmer im stillen Haus der Smiths statt. Dieses Heim hatte eine Aura akuter Leere – so als warte es nur darauf, dass die Zeit verging.

Janets verständnisvoller Blick weckte in Michael für einen kurzen Moment den Wunsch, seine Mutter wäre wie sie. Doch seine karrieresüchtige Frau Mama ähnelte eher Gary.

Aus dessen Augen funkelte ihm Hass entgegen. »Wir müssen nicht mit Ihnen reden und Ihre neugierigen Fragen beantworten. Ich frage mich sowieso, warum Janet Sie überhaupt ins Haus gelassen hat. Wenn Sie wissen wollen, was wir gesagt haben, wenden Sie sich an die Polizei.«

»Gary. Ich habe ihn hereingelassen, weil er die Wiederaufnahme der Ermittlungen angestoßen hat. Und dafür bin ich ihm dankbar. Dass dir das nicht gefällt, ist mir schon klar. Aber bisher hat er uns nur geholfen.« Sie legte die Hand auf den Arm ihres Mannes.

Gary wollte etwas sagen, klappte den Mund aber wieder zu.

Michael wandte sich an Janet. »Ich weiß, dass Sie das bereits mehrmals gefragt wurden. Aber können Sie mir etwas über die Jungs erzählen, mit denen Amy damals ausging?« Gary sah er bei dieser Frage lieber nicht an.

»Sie war damals mit Matt zusammen. Die beiden waren seit mindestens zwei Jahren befreundet; mit anderen Jungs traf sie sich nicht. Sie redeten übers Heiraten, wollten aber erst beide zu Ende studieren. Eigentlich betrachteten wir ihn schon als unseren zukünftigen Schwiegersohn.«

Michael warf einen Blick in seine Notizen. »Matt Petretti?«

»Ja. Er hat vor sieben Jahren geheiratet. Er und seine Frau schicken uns jedes Jahr eine Weihnachtskarte. Sie haben zwei kleine Jungs und ein Mädchen.«

Der wehmütige Unterton in Janets Stimme entging Michael nicht. Keine Enkel für dieses Paar. Amy war ihr einziges Kind gewesen.

»Dann haben Sie also immer noch Kontakt.«

»Als Amy gefunden wurde, war Matt uns eine große Stütze. Er wird immer so etwas wie ein Sohn für uns bleiben.« Diesmal nickte Gary stumm, als sie ihn ansah.

»Ich weiß, dass ein paar Wochen vor Amys Tod in ihr Apartment eingebrochen wurde«, sagte Michael. »Im Polizeibericht steht, ihre Stereoanlage und einige CDs seien gestohlen worden. Ist Ihnen außerdem noch etwas eingefallen?«

»Damals kamen wir gar nicht auf die Idee, dass beides irgendwie zusammenhängen könnte«, sagte Gary nachdenklich. »Wir mussten jetzt alles noch einmal erzählen, was wir aus der Zeit noch wissen. Aber es ist so lang her, dass wir uns nicht an viel erinnern. Die gestohlenen Sachen sind nicht mehr aufgetaucht. Wenigstens das weiß ich sicher.«

»Ein paar Bilder wurden ihr auch geklaut. Die hat sie damals bei der Polizei nicht angegeben, weil sie keinen materiellen Wert hatten.« Janet sprach leise.

»Bilder? Zum an die Wand hängen?« Michael dachte an die billigen Poster, mit denen College-Studenten die kahlen Wände ihrer Studentenbuden tapezierten.

»Nein. Fotografien. Ihr wurde ein ganzes Album voller Fotos gestohlen.«

»Neue? Alte? Familienbilder?«

»Sie waren neu. Das weiß ich noch, weil sie darüber so traurig war. Sie hatte mir die Fotos nicht zeigen können, bevor sie gestohlen wurden. Ich nehme an, es waren Bilder von ihren Freunden, von anderen Sportlerinnen und von ihr und Matt. Hier bei uns hatte sie schon jahrelang keine Bilder mehr gemacht.«

Fotografien. Warum stahl jemand Fotos von Leuten, die er gar nicht kannte?

Aber vielleicht kannte der Dieb sie ja.

»Hat Amy sich je darüber beklagt, dass sie sich auf dem Campus verfolgt fühlte? Wegen ihrer Bekanntheit als Turnerin?« Michael wechselte das Thema. Über die gestohlenen Bilder wollte er erst einmal in Ruhe nachdenken. Möglicherweise steckte mehr dahinter. Oder auch nicht.

Gary und Janet tauschten einen betroffenen Blick aus.

»Amy konnte sich nicht daran gewöhnen, überall erkannt zu werden. Das lag vor allem an den Plakatwänden.«

»Waren das Plakate von der ganzen Mannschaft?«

»Nein. Normalerweise war nur ein einzelnes Mädchen bei einer spektakulären Übung darauf abgebildet. Die Poster dienten als Werbung für die Wettkämpfe. Gelegentlich beklagten sich die Leute in der Stadt, die Posen seien zu gewagt. Nach hinten gewölbte Rücken, nackte Arme und Beine … In einer konservativen Stadt wie dieser sorgten manchmal allein die eng anliegenden Trikots für Kritik.« Janet stand auf. »Über ein ganz wunderbares Plakat von Amy gab es auch Beschwerden. Ich habe noch ein Poster davon. Ich zeige es Ihnen.«

Michael nickte. Als Janet aus dem Zimmer eilte, fühlte es sich sofort kalt und spannungsgeladen an. Er und Gary musterten einander schweigend.

»Mein Leben war besser, als ich noch an einen Unfall glauben konnte.« Garys Augen wanderten zu dem Porträt eines Kleinkindes über dem steinummantelten offenen Kamin. Amy.

Michael nickte. Verständlich.

Eine stille Feindseligkeit stand fast greifbar im Raum.

»Ich hab's.« Mit Janet kam die Wärme zurück. Aus ihrer Stimme sprach Stolz auf ihre Tochter und als Michael das Poster sah, konnte er sie verstehen.

Amy war wunderschön gewesen. Das Bild zeigte sie im Profil auf dem Boden sitzend, ihr Körper füllte die gesamte Fläche. Weit zurückgelehnt stützte sie sich auf einen Ellbogen. Den Kopf hatte sie in den Nacken geworfen, ihr Kinn zeigte in den Himmel, ihre Kehle wölbte sich vor. Das rechte Bein hatte Amy angezogen. Der Fuß stand flach auf dem Boden. Das andere Bein war gestreckt bis in die Zehenspitzen. Ihre freie Hand lag lässig auf dem angewinkelten Knie. Das rote Mannschaftstrikot, das sie trug, betonte die für eine Turnerin typischen ausgeprägten Muskelpartien. Über ihr stand in fetten Buchstaben »Southeast Oregon University – Turntage«. Ohne den Schriftzug konnte man sich das Foto auch in einer Männerzeitschrift vorstellen. Es wirkte gleichzeitig sexy und athletisch.

Michael betrachtete das lange blonde Haar, das von Amys Kopf bis auf den Boden floss.

Es erinnerte ihn an Lacey.

Gary betrachtete das Poster mit einer Mischung aus Missfallen und Stolz. Michael versuchte, das Bild mit den Augen eines Vaters anzuschauen.

Würde er sich wünschen, seine Tochter so auf einer Plakatwand zu sehen?

Nein, verdammt.

»Sie ist wunderschön.« Michael räusperte sich. Er griff nach seinem Notizbuch und seiner Jacke. »Vielen Dank, dass Sie sich Zeit genommen haben. Es tut mir leid, dass ich Sie belästigen musste.«

Ein wenig perplex riss Janet den versonnenen Blick von dem Poster los. Sie war ganz weit weg gewesen. Michael fühlte sich wie ein Eindringling. Hastig machte er sich auf den Weg zur Tür. Mit der Hand auf dem Türknauf drehte er sich noch einmal zu Janet um. »Könnten Sie mir vielleicht Matt Petrettis Telefonnummer geben?«

Zwanzig Minuten, nachdem das Video auf Laceys Handy angekommen war, kam Alex mit zwei prallen Tüten vom Chinesen zurück. Dicht gefolgt von zwei Cops. Würzige Essensdüfte zogen jetzt durchs Haus, sorgten aber nur dafür, dass Lacey aus der Küche stürzte. Würgend hing sie über der Toilette und war dankbar, dass sie in den letzten Stunden so gut wie nichts gegessen hatte.

Als die Polizisten mit Laceys Handy und dem Protokoll ihrer Aussage wieder gingen, war das Essen kalt. Die Männer machten sich trotzdem darüber her und drängten Lacey, sich auch etwas zu nehmen. Aber ihr war der Appetit gründlich vergangen. Wie konnten die beiden nach dem Anblick der Angelhaken auch nur einen Bissen hinunterbringen? Alex und Jack hatten sich den kurzen Film mehrmals angesehen. Lacey war schon nach dem einen Mal komplett bedient gewesen.

Alex aß hastig, dann entschuldigte er sich. Er sagte, er müsse einen dringenden Anruf erledigen. Danach verschwand er im Flur. Das Telefonat führte er von seinem Schlafzimmer aus. Lacey hörte, wie er die Tür hinter sich zuzog. Sie und Jack blieben allein am Tisch zurück. Zwischen ihnen standen einige halb leergegessene Pappschachteln. Die Männer hatten ordentlich zugelangt. Trotzdem blieben Alex genügend Reste für ein paar weitere Tage.

Anscheinend fand er Lacey inzwischen ein wenig sympathischer. Jedenfalls hatte er auf das Video sehr ärgerlich reagiert und schien sich ernsthaft um ihre Sicherheit zu sorgen. Während des Essens hatten zwar fast nur er und Jack geredet, aber er hatte Lacey ein paar Fragen zu DeCosta gestellt.

Jetzt wünschte Lacey sich Alex zurück in das stille Esszimmer. Er taugte gut als Puffer zwischen ihr und Jack. Jack einfach zu ignorieren, war unmöglich. Er gehörte zu den Menschen, die allein durch ihre Anwesenheit einen Raum füllten. Seine männliche Aura drang bis in den letzten Winkel des kleinen Zimmers. Keine Frau konnte ihm gegenübersitzen, ohne die Wirkung körperlich zu spüren. Das heiße Kribbeln, das Lacey plötzlich durchrieselte, überraschte sie. Wie war das möglich, wo sie doch gerade erst die grauenhaftesten Bilder ihres Lebens gesehen hatte?

Die schlichte Antwort lautete, dass sie sich zu ihm hingezogen fühlte, und das fand sie beängstigend.

Dieser Mann benahm sich gegenüber Frauen wie ein Kind, das man in einem Bonbonladen allein ließ. Er naschte hier und da, fand einen Geschmack schnell fad und griff nach einer anderen Süßigkeit. Der Artikel im *Portland Monthly* hatte keinen Zweifel daran gelassen: Bindungsfähigkeit war für Jack Harper ein Fremdwort.

So einen Mann brauchte sie nicht.

»Magst du kein chinesisches Essen?«

»Doch, schon.« Lacey verzog das Gesicht. »Mir ist bloß der Appetit vergangen.«

Jack legte die Gabel weg und sah sie forschend an. »Und was magst du sonst noch?«

»Mexikanisch, italienisch ...«

Er schüttelte den Kopf. »Ich spreche nicht vom Essen. Ich weiß überhaupt nichts über dich. Nicht, welche Musik du gern hörst, auf welcher Highschool du warst oder wodurch du deine Mutter verloren hast.«

Sie blinzelte. Jack Harper wollte wissen, wie sie tickte. Lacey musterte ihn und fragte sich, was für Absichten er hatte. Er schien es ernst zu meinen. Sie konnte sich nicht erinnern, wann ihr das letzte Mal jemand derart persönliche Fragen gestellt hatte. Weil sie sich von Beziehungen so lang ferngehalten hatte, hatte sie vergessen, wie man mit einer anderen Person Vertrautheit entwickeln konnte. Sie lebte schon zu lang sehr zurückgezogen. Die einzigen Menschen, die sie wirklich kannten, waren Michael und Amelia. Und Kelly.

Beim Gedanken an ihre verschwundene Freundin traten Lacey Tränen in die Augen.

»Ach, Mist. Ich wollte meine Nase nicht in Dinge stecken, die mich nichts angehen. Ich habe gar nicht daran gedacht, dass meine Fragen dir wehtun könnten. Ist es wegen deiner Mom?« Jack sah ziemlich betroffen aus.

Lacey drückte sich eine saubere Serviette an die Augen, dann tupfte sie sich damit die feuchte Nase ab. Verdammt. Vor anderen

Leuten zu weinen, war ihr zuwider. »Nein. Das ist nicht das Problem.« Sie versuchte, sich damenhaft zu schnäuzen. Unmöglich. »Es ist wegen Kelly. Lieber Gott. Was macht er jetzt mit ihr?« Neue Tränen stiegen ihr in die Augen.

Lacey hatte so etwas schon einmal durchgemacht. Damals nach Suzannes Verschwinden war sie jahrelang wie eine Schiffbrüchige auf dem Was-wenn-Ozean getrieben. In ihrer Fantasie hatten sich die schrecklichsten Szenarien abgespielt. Die Zeitungsartikel, in denen von den Folterspuren an den ermordeten Mädchen die Rede war, waren zur Vorlage für ihre Alpträume geworden.

»Ich wollte dich nicht an sie erinnern. Es tut mir leid.«

»Ich weiß, dass du das nicht wolltest. Aber sie ist einer der wenigen Menschen, die mich in- und auswendig kennen. Und als du deine Fragen gestellt hast … wurde mir klar, dass ich nur sehr wenige Leute an mich heranlasse.« Lacey schniefte sich durch die Sätze. Den forschenden Augen voller Mitgefühl wich sie aus.

Dabei wollte sie am liebsten alles bei ihm abladen, ihm sagen, wie viel Angst sie um ihre Freundin hatte. Und um sich selbst. Sie wolle ihm erzählen, wie allein sie sich nach dem Tod ihrer Mutter und nach Suzannes Verschwinden gefühlt hatte. Und warum sie sich davor fürchtete, andere Menschen zu nahe an sich heranzulassen: Es tat einfach zu sehr weh, wenn sie plötzlich nicht mehr da waren.

Aber welcher Mann kam schon mit einem solchen Berg Altlasten zurecht?

Plötzlich war er neben ihr, kniete an ihrer Seite. Eine Hand legte er tröstend auf ihre Schulter, mit der anderen strich er ihr das Haar aus den Augen. Die zarte Berührung brachte die Tränen erneut zum Fließen, aber diesmal schaute sie ihn an, obwohl sein Gesicht hinter dem Tränenschleier verschwamm. Aus den stahlgrauen Augen sah ihr echtes Mitgefühl entgegen. Es waren die Augen, die sie schon seit ihrer ersten Begegnung nicht mehr losließen.

Ihre Tränen machten ihm keine Angst.

Er durfte nicht der Fels in der Brandung werden, den sie sich für ihr Leben so sehr wünschte. Denn wenn er wieder ging, würde sie das in Stücke reißen. Aber jetzt, in diesem Augenblick, brauchte sie jemanden, der sie festhielt.

Sich an ihn zu schmiegen, war ein Risiko, das sie eingehen wollte. Sie vergrub die feuchten Augen an seiner Schulter. Er legte die Arme um sie und drückte sie an sich. Lacey spürte seine Lippen an ihrer Schläfe; seine wohltuende Wärme hüllte sie ein, dämpfte ihre Angst und ließ in der dicken Mauer um ihr Herz noch mehr Risse entstehen.

Mason Callahan hatte drei tote Männer, eine vermisste Frau und keine heiße Spur. Der gemeinsame Nenner hieß Dave DeCosta. Er war die Mitte, von der aus die Fäden in alle Richtungen liefen. Callahan musste das Suchfeld begrenzen. Bei der Verfolgung unergiebiger Hinweise Zeit zu verlieren, frustrierte ihn zutiefst. Aber ob ein Hinweis unergiebig war oder nicht, stellte sich meist erst nach langwierigen Nachforschungen heraus. Da war zum Beispiel die Tatsache, dass Suzanne ein Kind geboren hatte, von dem aber niemand etwas wusste. Wo sollte er anfangen? Lebte das Kind überhaupt noch? Im letzten Jahrzehnt waren keine namenlosen Säuglinge und auch keine sterblichen Überreste von Babys gefunden worden. Er trat aus dem Präsidium in das leichte Schneegeriesel hinaus und starrte in den verhangenen Himmel. Für die nächsten Stunden waren noch ein paar Zentimeter Neuschnee vorhergesagt. Mit einer großen Tasse schwarzem Kaffee in der Hand stapfte er kreuz und quer über den Parkplatz, pflügte Pfade in der Schnee, die die geparkten Wagen umrundeten und sich immer wieder kreuzten. Er dachte gern draußen nach. Nach den vielen Stunden unter den Leuchtstoffröhren im Büro sorgte die klirrend kalte Luft für einen klaren Kopf. Er trat nach einem schmutzigen Eisklumpen, der von einem Fahrzeug abgefallen war. Der Klumpen hinterließ einen dunklen Streifen im frischen Schnee. Mason schaute hinauf zu dem Fenster, von dem aus er und Ray zusammen Dr. Campbell und Harper beobachtet hatten. Jetzt beobachtete Ray ihn.

Ray schüttelte im Augenblick sicher den Kopf, stapfte dann durchs Büro und sagte jedem, der es hören wollte, dass Mason nicht mehr alle Tassen im Schrank haben konnte, weil er draussen durch die Kälte stolperte. Aber bald würde er zu ihm herunterkommen. Im Lauf der Jahre hatten sie beide auf dem Parkplatz hunderte Meilen zurückgelegt. Und es war erstaunlich, wie gut sie manchmal mit einem Fall vorankamen, während sie sich die Nasen abfroren. Mason stellte Vermutungen an, hinterfragte sie und dachte laut vor sich hin. Ray machte in seinem idiotischen Buch Notizen, ordnete das Chaos und präsentierte Mason das Ergebnis.

Komm schon, Ray.

Mason nahm einen Schluck von seinem kälter werdenden Kaffee und versuchte, sich zu konzentrieren. Er wusste, dass die Person, die die Karte für Dr. Campbell abgegeben, sie und Harper gefilmt und das scheußliche Video von Richard Buck geschickt hatte, sein Mann war. Der Killer.

Aber wer war er?

War DeCosta für die Morde damals in Mount Junction verantwortlich? Oder steckte der aktuelle Serienkiller, der gerade zur Hochform auflief, dahinter? DeCosta hatte nie etwas über tote Mädchen in Mount Junction gesagt. Dabei hatte der Kerl sich immer gern reden gehört.

Er hatte seine Opfer in Waldgebieten abgelegt, sie nicht versteckt. Förster oder Wanderer hatten die Mädchen immer schnell gefunden. Die Leichen aller Opfer waren jeweils ein paar Wochen nach der Entführung aufgetaucht, wiesen Folterspuren auf und gebrochene Beine.

Dagegen war der Tod der Mädchen in Mount Junction als Unfall getarnt worden und man hatte sie erst nach Monaten entdeckt. Der Wagen, der in den Fluss gefahren war. Eine vermisste Skiläuferin, die nach der Schneeschmelze gefunden wurde. Eine einsame Wanderin, die in eine Schlucht gestürzt war. Alle waren irgendwann aufgetaucht, aber das Wetter und die Tiere hatten deutliche Spuren hinterlassen. Die Oberschenkelknochen – jedenfalls die, die noch geborgen werden konnten – waren stets gebrochen.

Auch die Oberschenkel der drei kürzlich Ermordeten wiesen diese Brüche auf. Aber die Opfer waren Männer.

Verdammt. Mason wollte etwas kaputtschlagen. Es gab so viele Übereinstimmungen und gleichzeitig so viele Unterschiede zwischen den Fällen, dass ihm der Kopf schwirrte. Wo blieb Ray mit seinem Notizbuch?

Zwei Mörder. Einer lebte, der andere war seit achtzehn Monaten tot. Wer würde das nächste Opfer sein?

Ray schlug die Hintertür zu und schlurfte missmutig auf Mason zu. Demonstrativ setzte er eine Mütze auf und stülpte den Kragen seiner Jacke hoch. »Dieses Wetter ist eine Scheißlaune der Natur. So viel Schnee und Eis über einen so langen Zeitraum hatten wir noch nie in dieser Stadt.«

»Das muss an der Klimaerwärmung liegen.«

Ray warf Mason einen ungläubigen Blick zu. Schnaubend zog er Notizbuch und Stift aus der Tasche. »Los, rede.«

Sie diskutierten und marschierten eine ganze Stunde lang. Schnee und Kälte waren vergessen. »Frank Stevenson war an beiden Orten. Er stammt aus der Gegend um Mount Junction und ist nach dem Studium hierhergezogen. Damit war er zur fraglichen Zeit an den entsprechenden Orten.« Ray kritzelte während des Redens Aufzählungsstriche unter Stevensons Namen.

»Es gibt keine direkte Verbindung zu DeCosta«, konterte Mason.

»Vielleicht ist er bloß ein Fan.«

Mason lachte sarkastisch auf. Frank Stevenson war ein Volltrottel. Das hatte er in der Nacht bewiesen, in der er Dr. Campbell aufgelauert und anschließend in der Zelle fünf Stunden lang herumkrakeelt hatte. Der Wachhabende hätte ihn am liebsten auf freien Fuß gesetzt, nur damit Ruhe war.

»DeCosta hat Stevensons Exfrau angegriffen. Da hast du deine Verbindung.«

Mason dachte kurz darüber nach und fällte dann sein Urteil. »Schwach. Unwahrscheinlich.«

»Was bist du? Ein Borg? Du hörst dich an wie ein Computerprogramm.«

»Der nächste Datensatz, bitte.«

Ray schnaubte frustriert. Seine Atemwolke stand einen Moment lang in der Luft, dann löste sie sich auf. »Okay. Jack Harper.«

Mason blieb stehen und schaute Ray an. »Hast du den immer noch auf der Liste? Der Mann hat sich selbst zu Dr. Campbells Leibwächter erkoren.«

»Ja. Wie praktisch.«

»Ach, komm. Du hast doch nichts als Scheiße im Hirn.« Mason pflügte sich weiter durch den Schnee, doch Ray überholte ihn, drückte ihm die Hand auf die Brust und zwang ihn stehenzubleiben.

»Pass auf. Harper war an beiden Orten. Sogar in der Nacht, in der Suzanne Mills verschwand, befand er sich ganz in der Nähe. Ihre Knochen wurden auf seinem Grundstück gefunden und er war der Freund eines der Opfer. Sein Name taucht bei unseren Ermittlungen öfter auf als jeder andere. Und abgesehen davon, ist er leicht reizbar.«

Mason wischte Rays Hand von seiner Brust und stapfte weiter.

»Hey, ich weiß, du magst den Typen, und ich mag ihn auch. Aber das bedeutet nicht, dass wir ihn von der Liste nehmen können.«

Mason fuhr zu seinem Partner herum. »Er war früher ein Cop, hat von damals ein Einschussloch im Bein und führt jetzt eines der erfolgreichsten Unternehmen der Stadt.«

»BTK.«

»Was?«

»Dennis Radar – der BTK-Killer. Er war Kirchenvorstand oder so was in der Art. Seine Nachbarn haben ihm mit Sicherheit keinen Mord zugetraut. Aus irgendeinem Grund setzt bei dir der Verstand aus, wenn es um Harper geht.« Ray musterte Mason, als hätte er Zweifel an dessen mentaler Verfassung.

Mason dachte schweigend über Rays Worte nach. Der BTK-Killer war jahrzehntelang aktiv gewesen, ohne dass seinen Freunden oder seiner Familie irgendetwas aufgefallen wäre. Man sah einem Menschen nicht an, ob er ein Mörder war oder nicht. Das lernte jeder Cop auf der Polizeiakademie. Im Grundkurs.

Ohne dass Ray es erwähnen musste, wusste Mason, dass sein Partner an das kurze FBI-Profil dachte. Es passte zu Harper wie das Tüpfelchen aufs I. Charismatisch, intelligent, sozial kompetent.

»Was hast du über DeCostas Familie herausbekommen?« Es gab schließlich noch andere Verdächtige, mit denen sie sich beschäftigen mussten.

Ray verzog das Gesicht. »Immer noch nichts. Ich finde einfach niemanden. Nur eine frühere Adresse der Mutter, Linda DeCosta, in Mount Junction habe ich gefunden.«

»Hat sie während unseres Zeitfensters dort gewohnt?«

»Größtenteils.«

»Was heißt das?« Mason hasste halbe Antworten.

»Na ja. Anscheinend hat sie zur Zeit des Amy-Smith-Falls und eines weiteren Todesfalls in Mount Junction dort gelebt. Aber nicht, als die Wanderin in die Schlucht stürzte.«

»Und wo wohnte sie zu dem Zeitpunkt?«

»Keine Ahnung, vielleicht bei ihrer Familie oder Bekannten.«

»Es gibt keine Familie. Und dass die DeCostas Freunde haben, möchte ich bezweifeln.«

»Du weißt, was ich meine. Irgendeine vorübergehende Bleibe. Vielleicht auch ein Obdachlosenasyl.«

»Kümmer dich darum.«

Ray machte sich eine Notiz und Mason hörte buchstäblich die Zahnräder im Kopf seines Partners knirschen. Ray überlegte, wo er mit der Onlinesuche anfangen sollte. Für so was hatte er ein Händchen.

»Mir gefällt die große Lücke nicht, die die DeCosta-Familie hinterlässt. Aus irgendeinem Grund ...«

Ray nahm den Stift vom Papier und beendete den Satz seines Partners: »... denkst du immer wieder an die Mutter und den jüngeren Bruder.«

»Ja. Stimmt. Viel haben wir nicht, aber mein Gefühl sagt mir, dass wir an dieser Stelle weitergraben müssen. Wer hätte ein besseres Motiv, seinen Sohn zu rächen, als eine Mutter?« Mason sprach den Gedanken laut aus, obwohl er Rays Gegenargument bereits kannte.

»Weibliche Serienmörder sind selten. Und wenn sie töten, dann mit weniger … brutalen, blutigen … Methoden. Frauen greifen häufig zu Gift.«

»Genau. Häufig. Das ist hier das Stichwort. Und was ist mit dem Jungen? Vielleicht ist die Mutter das Hirn und ihr Sprössling die Hand.« Mason griff nach jedem Strohhalm. »Er ist kein Kind mehr, sondern etwa Mitte zwanzig.«

»Aber warum die seltsame Fixierung auf Dr. Campbell? Die ganze bekackte Inszenierung, die Karte und die Videoüberwachung – das alles deutet auf einen Mann hin. Nicht auf eine Mutter.«

»Vielleicht ist sie ja lesbisch.« Die Bemerkung entlockte Ray lediglich ein Grunzen.

»Lach nicht. Erinnerst du dich an *Monster*, den Film über diese Serienmörderin? Aileen Wuornos hat etliche Lastwagenfahrer umgebracht. Dass sie lesbisch war, gehörte mit zu den Gründen. Nichts ist unmöglich.«

»Gerade hast du noch behauptet, Frank Stevenson sei unmöglich«, gab Ray zurück.

»Aber er steht immer noch auf unserer Liste. Im Moment können wir noch niemanden ausschließen.«

Der Blick, mit dem Ray ihm antwortete, sagte Mason, dass sein Partner wieder bei Harper und Masons unerklärlichem Wohlwollen gegenüber dem Mann angekommen war.

Masons Finger waren inzwischen taub vor Kälte. »Gehen wir rein. Wir haben ein paar Ansätze, die wir weiterverfolgen müssen.«

Die beiden Männer stampften den Schnee von ihren Stiefeln. Ihr Atem stand in Wolken in der Luft. Schweigend stiegen sie die Eingangstreppe des Präsidiums hinauf und Mason war sicher, dass sie keinen Schritt weitergekommen waren. Im Gegenteil: Sie hatten nicht eine einzige Antwort gefunden, nur noch mehr Fragen.

Siebenundzwanzig

Als Lacey auf dem Weg zu ihrem Zimmer im Flur verschwand, atmete Jack tief durch. Noch zehn Minuten allein mit ihr und er hätte sie auf das schmale Bett geworfen. Dass sie sich weinend an seine Schulter geschmiegt hatte, hatte ihn beinahe um den letzten Rest Selbstbeherrschung gebracht. Er hatte sie getröstet und dabei im Kopf sämtliche Baseballergebnisse der letzten Saison aufgesagt, damit das Verlangen ihn nicht übermannte. Jetzt wollte sie sich ein wenig hinlegen und er suchte im Kühlschrank nach einem Bier.

Den glasigen Blick auf ihren leeren Stuhl gerichtet, trank er die erste Flasche mit einem Zug aus und griff gleich nach der zweiten.

»Sie ist toll.«

Jack zuckte zusammen. Er hatte Alex nicht zurückkommen hören. In der Hoffnung, dann etwas lockerer zu werden, schüttete Jack das zweite Bier in sich hinein. »Ja.«

Nach einem vielsagenden Blick auf die beiden leeren Flaschen öffnete Alex die Tür des Gefrierfachs. »Vielleicht hilft dir das hier weiter.« Er stellte eine Flasche Grey Goose und zwei Gläser auf den Tisch, setzte sich und schenkte ihnen ein.

»Ist es so offensichtlich?«

»Dich hat's böse erwischt. Man sieht es beim ersten Blick in deine hübsche Visage.«

»Sie glaubt, du kannst sie nicht ausstehen.« Jack trank das Wodkaglas aus.

Alex schwieg.

»Ich habe ihr gesagt, du wärst ein großer Schweiger und sie soll es nicht persönlich nehmen. Mit Frauen nett zu plaudern, gehört nicht zu deinen Stärken.«

Alex leerte wortlos sein Glas und schenkte ihnen noch einmal nach. Jack stimmte in das freundschaftliche Schweigen ein und dachte dabei an die Frau im Gästezimmer.

Wie sollte es mit ihm und Lacey weitergehen? Wenn sie zusammen waren, brannte die Luft und er wollte jedes andere männliche Wesen verprügeln, das es wagte, auch nur einen Blick auf sie zu werfen.

Kein gutes Zeichen.

Etwas Vergleichbares hatte er noch nie für eine Frau empfunden.

Wurde er womöglich monogam? Er wollte nur noch sie. Was war aus dem Jack geworden, der vor allem seinen Spaß im Sinn hatte? Dem Kerl, der von ersten Dates nicht genug kriegen konnte, aber selten um ein zweites bat?

Seit Neuestem hatte er nichts Besseres zu tun, als sich zwischen eine Frau und einen durchgeknallten Serienmörder zu stellen. Gehirnzellenschwund. Eindeutig. Der Täter hatte in den letzten Tagen drei Männer umgebracht und ließ keinen Zweifel daran, dass er Lacey im Visier hatte.

Vielleicht tat sie Jack ja einfach nur leid.

Ja. Sicher. Und die Erde war eine Scheibe.

Oder erhoffte er sich vielleicht unbewusst Absolution? Rette diese Frau und tilge damit die Erinnerung an die Frau, die du nicht retten konntest? Jack starrte in das Wodkaglas und wünschte sich, er könnte sein Gehirn in dem Zeug marinieren. Vielleicht würde er dann endlich alles vergessen.

»Seltsam, dich wegen einer Frau so gefühlsduselig zu sehen. Diesen Jack kenne ich gar nicht.« Alex leerte erneut sein Glas. »Hast du ihr schon gesagt, warum du kein Cop mehr bist?« Alex besaß die unheimliche Gabe, seine Gedanken zu lesen.

»Nein.«

»Es war nicht deine Schuld, Mann. Du musst drüber hinwegkommen.«

Leichter gesagt als getan. Jack drückte die Handballen auf die Augen. Die Gespenster ließen sich damit nicht vertreiben.

Es war in seinem dritten Dienstjahr passiert. Man hatte ihm als Greenhorn Calvin Trenton zum Partner gegeben. Cal hatte erst gestöhnt und sich gewunden, ihm dann aber mit großem Einsatz alles beigebracht, was ein guter Cop können musste.

Jack hatte Cal bewundert. Dieser Mann konnte reden wie mit Engelszungen. Er schaffte es, einen betrunkenen Fahrer glauben zu lassen, er täte den Cops einen Gefallen, wenn sie ihn auf die Wache bringen durften. Häusliche Auseinandersetzungen endeten mit Lachsalven, verängstigte Kleinkinder klammerten sich an seine Hand. Er fand immer die richtigen Worte, um eine Situation zu entschärfen.

Aber ausgerechnet eine häusliche Auseinandersetzung hatte Jacks Leben komplett aus dem Lot gebracht. Die Wohnanlage kannten sie bereits. Jack und Cal waren schon öfter dorthin gerufen worden. Aber das streitende Paar an diesem Tag war neu. Die Nachbarn hatten die Polizei gerufen, beklagten sich über den Lärm und das Geschrei.

Die Leute waren Hispanoamerikaner. Vielleicht war es ja ein Sprachproblem gewesen, aber Jack und Cal hätten geschworen, dass das Paar sie verstand.

Die zweiundzwanzigjährige Rosalinda Quintero war hochschwanger und völlig außer sich. In ihrem Gesicht und an ihren Armen schillerten Blutergüsse in allen Farben und die sagten deutlich, dass sie mit jemandem zusammenlebte, dem die Hand ziemlich locker saß. Und das war nicht ihre zweijährige Tochter. Er und Cal hatten das Paar vor der Wohnung getrennt. Jack sprach mit der Frau, Cal redete beruhigend auf den Mann ein, Javier.

Javier war kleiner als seine Frau. Er war schmächtig und drahtig und sah mit dem schmalen Oberlippenbart aus wie ein Neunzehnjähriger. Doch das herausfordernde Blitzen in seinen Augen verriet, dass er sich für einen großen Mann hielt.

Rosalinda räumte ein, Javier hätte sie schon früher geschlagen, aber das sei im Moment nicht das Problem. Sie war wütend geworden, weil er »auf seinem faulen Arsch« saß, während die Kleine schrie und sie das Abendessen machte. Als sie Javier aufgefordert hatte, sich um ihre Tochter zu kümmern, damit sie das Essen zum Tisch bringen konnte, war er explodiert. Von da an hatten sie über alles mögliche gestritten. Über Geld, schmutzige Schuhe auf sauberen Fußböden, immer weiter und weiter.

Während sie sich bei Jack über Javier beklagte, wurde Rosalindas Stimme schriller. Jack fiel auf, dass Javier ihnen immer wieder feindselige Blicke zuwarf. Als Rosalinda anfing, ihren Mann anzuschreien, versuchte Jack, sie in die Wohnung zu drängen. Er wollte für mehr Abstand zwischen den Parteien sorgen. Cals Stimme klang weich und schmeichelnd. Das sollte Javier besänftigen. Aber den interessierte das nicht.

Er fing an, seine Frau mit Schimpfworten zu überschütten. Jack hatte in den vergangenen zwei Jahren ganz gut Spanisch gelernt, verstand aber nur ein einziges Wort: *puta*. Hure.

Rosalindas Kopf färbte sich dunkelrot. Sie schob eine stützende Hand unter ihren schwangeren Bauch, dann schrie sie zurück. Jack betrachtete nervös die pralle Wölbung. Er hatte Angst, die Wehen könnten gleich einsetzen.

Aus den umliegenden Wohnungen kamen Nachbarn, um sich das Spektakel anzusehen. Ein paar Frauen ergriffen lautstark Partei für Rosalinda, was Javier noch wütender machte. Die Männer traten von einem Fuß auf den anderen, sahen sich das hitzige Schauspiel an und gaben gelegentlich einen Kommentar ab. Das allgemeine Gemurmel auf Englisch und Spanisch wurde lauter. Jack fing Cals Blick auf. Die Situation drohte zu eskalieren, vielleicht sogar in eine Massenkeilerei auszuarten.

»Gehen Sie bitte zurück in Ihre Wohnungen! Das hier geht nur die Quinteros etwas an. Alle anderen verlassen jetzt das Treppenhaus.« Der Menge gefielen Cals Anweisungen nicht.

»Er schlägt sie. Sie ist schwanger und er schlägt sie!«, schimpfte ein hübsches junges Mädchen im Jennifer-Lopez-Look. Die anderen Frauen nickten zustimmend.

»Halt die Fresse!« Ein älterer Hispanoamerikaner in schlabbrigen Jeans schlug dem Mädchen in Zuhältermanier ins Gesicht. Die

Frauen und einige Männer schrien empört auf. Kleinere Gruppen drängten näher. So nahe, dass Jack unbehaglich zumute wurde. Erneut versuchte er, Rosalinda in die Wohnung zu schieben.

Doch sie drängte sich an ihm vorbei und schrie dem Kerl, der das Mädchen geschlagen hatte, Beleidigungen ins Gesicht. Jack warf Cal einen gehetzten Blick zu. Cal sagte gerade etwas in sein Funkgerät. Gleichzeitig bemühte er sich, den Ehemann in Schach zu halten. Gott sei Dank. Sie brauchten dringend Verstärkung. Jack bemerkte, wie sich drei junge Männer mit listigen Mienen immer näher an Cal und Javier heranschoben.

Bevor Jack Cal warnen konnte, stellten sich den jungen Kerlen zwei ergraute Großmütter in den Weg und lasen ihnen auf Spanisch tüchtig die Leviten. Mit schuldbewussten und verlegenen Mienen zogen sich die drei Jungs zurück. Die Frauen applaudierten den alten Damen mit Jubelrufen, die Männer murrten.

Cal drängte Javier in Richtung Streifenwagen, um ihn von der Menge zu trennen. Rosalinda sah, wohin sie unterwegs waren. Sie japste auf und stieß Jack beiseite. Erstaunlich agil rannte die hochschwangere Frau die Betontreppe hinunter und kämpfte sich durch die Schaulustigen hindurch. Jack stürzte ihr nach.

Er nahm an, sie wolle Cal davon abhalten, ihren Mann mitzunehmen. Mit schriller Stimme stieß sie einen ganzen Wortschwall aus. Javiers Gesicht wurde rot vor Zorn. Jack verstand ansatzweise, dass Rosalinda hoffte, die anderen Kerle im Gefängnis würden es Javier richtig besorgen. Jack hätte es nicht für möglich gehalten, aber Javiers Gesicht färbte sich noch dunkler, als Rosalinda schrie, jetzt könne sie endlich mit dem Vater des Babys zusammen sein.

Schlagartig wurde es still. Die Menge schwieg wie im Schock. Nur das leise Jammern von Rosalindas zweijähriger Tochter war zu hören.

Die zwei Sekunden der Stille dröhnten so laut in Jacks Ohren wie der Schuss, der gleich darauf erschallte. Javier zog eine Pistole aus dem hinteren Hosenbund unter seinem Hemd. Lächelnd zielte er auf Rosalindas Bauch.

Als der Schuss sie zu Boden warf, brüllte die Menge auf. Ein Teil der Leute stürzte zu Rosalinda, um ihr zu helfen. Ein anderer Teil wollte sich auf Javier stürzen. Bevor der Erste ihn erreichte, ließ er die Hand mit der Waffe schlaff an seine Seite fallen. Er warf Jack einen triumphierenden Blick zu. In den arroganten braunen Augen lag keine Spur von Bedauern oder Reue.

Die Kugel, die Rosalinda getroffen hatte, war wieder ausgetreten und hatte sich in Jacks Oberschenkel gebohrt. Den unsäglichen Schmerz in seinem Bein spürte er erst, als er bereits neben der verletzten Frau kniete. Hart setzte er sich auf den Boden, betrachtete seine bluttriefende Hose und fragte sich, warum er Schmerzen spürte, wo doch Rosalinda angeschossen worden war.

Jack umklammerte seinen Drink mit beiden Händen. Er saß immer noch an Alex' Tisch. Angestrengt versuchte er, den Gesichtsausdruck der sterbenden Frau aus seinen Gedanken zu wischen. An diesem Tag hatte er versagt und Rosalinda hatte den Preis dafür bezahlt.

Die anschließende Untersuchung ergab, dass ihn und Cal keine Schuld am Ausgang des Streits traf. Die Situation war einfach viel zu schnell aus dem Ruder gelaufen. Javier hockte jetzt im Knast, seine Tochter lebte bei ihrer Großmutter. Ihre ungeborene kleine Schwester hatte es nicht geschafft.

Jack hätte viel schneller handeln müssen.

Alex schenkte sich nach und ließ sein Glas in einem freudlosen Zuprosten gegen Jacks Glas klirren.

»Ich hab was.«

Mason blicke von den Tatortfotos aus Richard Bucks Haus auf. Ray sah aus, als hätte er den Lotto-Jackpot geknackt. Zweimal hintereinander. Mason hatte erfolglos versucht herauszufinden, wo die Angelhaken herkamen. Anscheinend hatte Buck die Köder fürs Fliegenfischen selbst hergestellt.

»Was gibt's?« Mason war müde und genervt. Pochende Schmerzen hinter der Stirn sprengten ihm fast den Schädel.

Rays Augen glühten. »Eine religiöse Kommune, eine Art Sekte. Linda DeCosta lebt mit denen irgendwo am Arsch der Welt. Ganz im Südosten von Oregon. Ziemlich fanatische Truppe. Jeder Mann hat fünf Frauen und mindestens zwanzig Kinder.«

»Ja!« Mason stieß die Faust in die Luft. Die Kopfschmerzen waren wie weggeblasen.

»Und ihr Sohn?«

Ray schüttelte den Kopf. »Über seinen Bruder habe ich nichts. Und die Mutter habe ich auch nur mithilfe der zornigen Exfrau des Mannes gefunden, bei dem Linda jetzt lebt. Die Exfrau arbeitet dort unten mit der Polizei zusammen. Die sammeln Material für die Strafverfolgung. Der Kerl arrangiert Ehen. Und soweit ich verstanden habe, sind einige der Bräute erst vierzehn.« Ray rümpfte angewidert die Nase.

»Das ist total krank.« Der Fall wurde mit jedem neuen Detail, das sie entdeckten, widerwärtiger. »Wer zum Teufel heiratet gleichzeitig eine Vierzehnjährige und eine Mittfünfzigerin wie Linda DeCosta?«

»Sie ist nicht verheiratet. Sie arbeitet dort als Haushälterin oder Kindermädchen. Selbst fanatische Polygamisten heiraten nicht wahllos.«

»Wir müssen unbedingt hinfahren.« Mason fühlte sich plötzlich wieder frisch. Endlich hatten sie eine Spur, die sie vielleicht weiterbrachte. Er stand auf, schob die Fotos auf einen Stapel zusammen und knallte die Aktenordner zu.

»Ich habe Brody einen kleinen Hinweis gegeben.«

Mason erstarrte mitten in einer Bewegung. »Scheiße, was hast du grade gesagt?« Wie kam Lusco bloß auf diese abstruse Idee? »Hat deine Mutter dich zu früh abgestillt, Ray? Stimmt irgendwas mit deinen grauen Zellen nicht?«

»Brody ist in Mount Junction, nicht allzu weit von der Kommune entfernt. Dieser Reporter ist ein helles Kerlchen. Außerdem hat er mehr Kontakte als J. Edgar Hoover. Ich dachte, er könnte schon mal ein bisschen recherchieren, damit wir keine Zeit verschwenden, falls die Spur wieder mal in eine Sackgasse führt.« Ray hielt Masons aufgebrachtem Blick stand. Sein Partner sollte bloß die Luft anhalten. »Unser Killer ist hier in Portland. Nicht irgendwo in einem abgelegenen Kaff im Südosten.«

Schweigend dachte Mason über Rays Vorgehen nach. In der Sache hatte er recht. Aber nicht mit seinen Methoden. So etwas konnte sie beide den Job kosten. »Kein Wort zu irgendjemandem. Finde eine Polizeiwache in der Nähe. Die sollen sich mal ganz offiziell mit der Frau befassen.«

»Schon passiert. Die nächstgelegene Dienststelle ist hundert Meilen von der Kommune entfernt. Die Cops dort suchen gerade nach ein paar vermissten Jägern. Das hat Vorrang vor einer Zeugenbefragung. Der Sheriff von Malheur County meinte, sie würden versuchen, sich in ein oder zwei Tagen darum zu kümmern. Die Kommune liegt einfach zu weit draußen und dem Sheriff fehlt das Personal.« Ray zog eine bedauernde Grimasse. »Deshalb kam ich ja erst auf die Idee, Brody anzurufen.«

»Er soll sich alle zwei Stunden bei uns melden.«

»Ich habe gesagt stündlich. Er braucht keine Extraaufforderung, keinen Blödsinn zu machen. Brody steckt emotional tiefer drin als jeder andere. Er ist halb wahnsinnig vor Sorge um Dr. Campbell. Eigentlich bin ich sogar froh, dass er grade aus der Stadt und aus der Schusslinie raus ist.«

Mason teilte Rays Meinung nur bedingt. Ihm fiel auf Anhieb ein Mann ein, der emotional noch tiefer drinsteckte.

Jack schloss die Tür des Zimmers, das Alex ihm zur Verfügung gestellt hatte, und stolperte in das angrenzende Bad. Ein toller Beschützer war er. Betrank sich mit einem Kumpel, während Cals Killer Jagd auf die hilflose Frau im Zimmer nebenan machte. Wobei er Lacey im Grunde gar nicht als so hilflos empfand. Sie war zäh und klug. Er wusste, dass sie Pfefferspray in der Tasche hatte und ihre Umgebung aufmerksam im Auge behielt.

An keinem anderen Ort der Welt würde er sich derart gehen lassen. Doch in Alex' Haus fühlte er sich sicher. Sein Freund gab ihm Rückendeckung. Ein- oder zweimal, wenn die Ereignisse aus der Vergangenheit ihn überrollt hatten, hatte Alex ihn vom Boden aufgekratzt, wieder auf die Beine gestellt und an seine Verantwortung sich selbst und anderen gegenüber erinnert. Seit dem fatalen Schuss damals war Alex' Haus für Jack so etwas wie eine Oase geworden, in die er sich hin und wieder flüchtete. Lacey hatte er hierher gebracht, weil er wusste, dass sie hier sicher war.

Wegen des Alkohols schwankte er ein wenig. Er stützte die Hände aufs Waschbecken und sah in den Spiegel. Lacey brauchte ihn nicht. Er wollte es nur gern glauben. Dabei hätte ihre Katze sie genauso gut trösten können. *Na prima.* Er war vom Leibwächter zum schnurrenden Fußwärmer mutiert.

Irgendwer versank da gerade in Selbstmitleid.

Das passierte jedes Mal, wenn er an den Schuss dachte. Dann fühlte er sich wie eine Mogelpackung. Er hatte immer unbedingt ein Cop sein wollen, ein Teil des Schutzwalls zwischen den guten Bürgern und dem Abschaum. Aber er hatte versagt. Und kam mit den Folgen nicht klar.

Seit jenem Tag hatte er seinen Biss verloren. Seinen Mumm. Unsichere Situationen ertrug er nicht mehr. Aber das Leben eines Cops war voll davon. Der harmloseste Einsatz konnte plötzlich lebensgefährlich werden. Eine Verkehrskontrolle. Die Festnahme eines Ladendiebs. Eine häusliche Auseinandersetzung. Fahrlässigerweise hatten weder er noch Cal den jungen Mann nach Waffen durchsucht, und dieser Fehler hatte ein Menschenleben gekostet. Darüber kam Jack nicht hinweg. Deshalb hatte er den Dienst quittiert.

Und nun stand er da, ein betrunkener Idiot, der glaubte, er könne eine Frau vor einem Mörder schützen. Endlich hatte er diejenige getroffen, die bei ihm die richtigen Knöpfe drückte – und jetzt hatte er das Gefühl, nicht gut genug für sie zu sein.

Als er die Hand nach dem Wasserhahn ausstreckte, stieß er eine Haarbürste zu Boden. Er wollte sie aufheben, verlor das Gleichgewicht und knallte mit dem Kopf voran gegen die Tür der Duschkabine. »Scheiße!« Jack saß auf dem Fußboden, rieb sich den Kopf und hoffte, der Raum würde bald aufhören, sich zu drehen.

Die Tür zum anderen Schlafzimmer öffnete sich einen Spalt breit.

»Jack?«

»Nicht reinkommen.« So durfte sie ihn nicht sehen.

Sie stieß die Tür ein wenig weiter auf.

»Bist du betrunken?«

»Sieht so aus.« Er versuchte, ihr in die Augen zu sehen, konnte sich aber für keines der vier entscheiden. Trotzdem bemerkte er die Verwunderung in ihrem Blick.

»Du bist tatsächlich betrunken. Was hast du denn gemacht?«

»Getrunken.« Da musste sie noch fragen?

Er stemmte sich hoch und schlurfte aus dem Badezimmer zu seinem Bett. Auf der Bettkante sitzend schnürte er seine Stiefel auf. Das dauerte eine Weile.

Schließlich ließ er die Stiefel zu Boden fallen. Mit geschlossenen Augen legte er sich zurück. *Viel besser.*

Die Haarbürste landete mit lautem Geklapper auf der Spiegelkonsole. Jack riss die Augen auf. »Tschuldigung«, nuschelte er. *Konnte noch nicht mal hinter sich aufräumen.* Seine bleischweren Augenlider fielen wieder zu.

Es war zu still. Mühsam öffnete er ein Auge einen Spalt breit und zuckte zusammen. Ihr Gesicht war nur einen halben Meter von ihm entfernt. Sie musterte ihn mit gerunzelter Stirn. »Was ist?«

»So habe ich dich noch nie gesehen.«

»Du hast ja auch noch nicht viel von mir gesehen.« Er schloss die Augen, damit ihr Gesicht keine Pirouetten drehte. »Du weißt überhaupt nichts über mich. Vielleicht liege ich ja jeden Abend so da.«

»Das glaube ich nicht.« Ihre Stimme klang sanft. Er ließ sich auf ihren Worten treiben.

Lacey staunte nicht schlecht. Ihr großer starker Beschützer lag betrunken auf dem Bett. Wegen des Lärms im Bad hatte sie ihn für einen Einbrecher gehalten. Sie schnüffelte an ihm. *Bier.* Warum hatte er sich betrunken? Sie war doch hier diejenige mit dem Ballast.

Ein wenig beneidete sie ihn um das Delirium, das ihr in dieser Nacht gerade recht gekommen wäre. Sie überlegte, ob sie ihm das Sweatshirt ausziehen sollte. Er war in voller Montur aufs Bett gefallen. Nur die Stiefel hatte er ausgezogen. Zwar hatte er drei Minuten dafür gebraucht, aber immerhin war es ihm gelungen.

Jack in dem dicken Sweatshirt daliegen zu sehen, passte ihr gar nicht. Sie hasste das Gefühl, in Kleidern zu schlafen. Ihm war das im Moment vermutlich schnurz. Trotzdem zerrte sie am Ärmelbund des Sweatshirts und befreite den ersten Arm. Sie machte dasselbe mit dem zweiten, dann zog sie ihm das Shirt über den Kopf. Darunter trug er ein schwarzes, langärmeliges T-Shirt, das seine Brust- und Bauchmuskeln gut zur Geltung brachte. Lacey sah ihn sich in aller Ruhe an. Der Mann war wie aus Marmor gemeißelt. Und fast bewusstlos.

Seine Jeans störten sie zwar auch, aber davon würde sie die Finger lassen. Ganz sicher. Bei genauerer Betrachtung stellte sie fest, dass er sich mal wieder rasieren sollte. Vorsichtig berührte sie die Stoppeln an seinem Kinn. Ihn so ungeniert anschauen zu können, gefiel ihr.

Mit dem zerzausten kurzen Haar sah er unglaublich sexy aus. So als hätte er sich die ganze Nacht mit jemandem zwischen den Laken gewälzt. Die Bartstoppeln ließen ihn noch verwegener wirken als sonst. Lacey mochte diesen wilden Piratenlook, aber sie war froh, dass die beunruhigenden Augen sie im Moment nicht anstarrten. Die dichten, schwarzen Wimpern machten sie neidisch. Dafür würde eine Frau töten.

Aus dem Halsausschnitt des T-Shirts lugten ein paar schwarze Brusthaare. Vielleicht gehörte er zu den Männern, die so haarig waren wie ein Bär. Deren Rücken aussah wie ein Flokati. Das wäre dann der gerechte Ausgleich für die Traumwimpern. Vorsichtshalber sah sie nach, ob seine Augen noch zu waren. Er schlief, aber jetzt lächelte er. Es war ein kleines, zufriedenes Lächeln.

Lacey zog die Augenbrauen zusammen. Wovon träumte er? Von seinem letzten Trip nach Hawaii? Der letzten heißen Nacht mit einer Flugbegleiterin? Der Mann war ein Playboy. Das wusste sie. Mit ihm war Ärger vorprogrammiert; sie musste Abstand von ihm halten.

Lacey schnupperte an dem Sweatshirt in ihren Händen. Es roch nach einer Mischung aus Bierdunst und Jacks eigener maskuliner Note. Ein Cologne verwendete er anscheinend nicht. Das war gut. Es gefiel ihr, dass er immer nur nach gesundem, sauberem Mann duftete. Mit geschlossenen Augen sog sie den Geruch noch tiefer ein, spürte wie ihre Bauchmuskeln sich dabei lockerten. Bei diesem Gefühl musste sie lächeln. Widerstrebend öffnete sie die Augen, um nachzusehen, ob Dornröschen noch schlief.

Jack sah ihr direkt ins Gesicht. Ihre Hände erstarrten. Hatte er sie an seinem Shirt schnuppern sehen? Seine Mundwinkel kräuselten sich, die Augen mit den schweren Lidern blitzten triumphierend.

»Ich wusste, dass du mich magst.« Die Worte klangen ruhig, nicht betrunken. »Komm her.«

Bevor sie den Kopf schütteln konnte, schloss sich eine starke Hand um ihr Handgelenk und zog sie zu sich herunter. Sie stemmte das Knie gegen das Bett, doch er gab nicht nach.

»Leg dich hin«, befahl er ihr. Dabei hatte er alle Mühe, die Augen offen zu halten.

»Ich werde nicht ...«

»Ich werde nicht über dich herfallen. Du sollst dich nur hinlegen. Ich will sicher sein, dass du sicher bist. Aber wenn du dort drüben im anderen Zimmer sitzt, so lang ich hier schlafe, geht das nicht.«

Sie versuchte, das Handgelenk wegzuziehen. Sich zu ihm ins Bett legen? Kam gar nicht infrage. Ihre Hormone führten einen Kriegstanz auf.

»Herrje. Ich lasse meine Klamotten an. Und du deine auch. Ich muss jetzt schlafen. Wenn ich dich dabei im Arm halten kann, weiß ich, dass dir nichts passiert, und kann mich eine Weile ausruhen.«

Das klang logisch. Irgendwie. Steif legte sie sich neben ihm auf die Decke. Sofort drehte er sie auf die Seite, weg von sich, dann schmiegte er sich in Löffelchenstellung gegen ihren Hintern und ihre Beine. Ein schwerer Arm fiel über ihre Brust, sein warmer Atem kitzelte sie am Ohr.

»So ist's besser.«

Lacey spürte, wie seine Muskeln sich entspannten. Binnen Sekunden war er eingeschlafen. *Wie schön für ihn.*

Sie selbst war hellwach.

Blinzelnd schlug Lacey die Augen auf und sah sich erschrocken um. Sie lag in einem fremden Zimmer. Der warme Körper neben ihr gab ihr ein Gefühl von Geborgenheit. Aber die Umgebung passte nicht.

Alex' Haus. Richtig. Ihr Kopf sank zurück auf das Kissen. Jacks stiller, geheimnisvoller Freund mit den traurigen Augen. Und ein betrunkener Jack, der sie überredete, sich neben ihn zu legen. Sie streckte sich. Dabei rieben ihre Beine aneinander.

Nackte Beine?

Mit einem Schlag saß sie aufrecht im Bett. Sie riss die Decke zu ihrer Brust hoch. Wenigstens hatte sie ihr Shirt noch an. Ihr Blick fiel auf die glatte Haut von Jacks Rücken. Laceys Atem stockte. Gleichzeitig registrierte sie, dass er keinen pelzigen Bärenrücken hatte. Aber Kleider hatte er beim Einschlafen noch angehabt. Und sie hatten beide auf der Decke gelegen, nicht darunter.

Vorsichtig berührte sie ihn mit dem Zeh. Sie wollte wissen, ob seine Beine so nackt waren wie sein Rücken. Ihr Fuß fuhr zurück. Eindeutig ja. *Oh Kacke.* Laceys Mund wurde trocken.

Sie schwang die Beine aus dem Bett und fischte ihre Jeans aus dem unordentlichen Kleiderhaufen auf dem Fußboden. Seine Kleider lagen auf demselben Berg. Auweia. Sie sprang in die Jeans, dann saß sie auf der Bettkante und drückte die Finger gegen die Augen.

»Wohin willst du?« Seine Stimme klang rau vom Schlaf. Die Art, wie er die Worte in die Länge zog, jagte ihr kleine Schauer über den Rücken.

Zögernd drehte sie sich zu ihm um. Eine Hand unter den Kopf geschoben lag er auf dem Rücken. Die Augen unter den schweren

Lidern sahen sie hellwach an. Und die verdammte Decke war nach unten gerutscht. Sie gab den Blick auf die muskulöse Brust und die Bauchmuskeln frei, die Lacey bereits durch das T-Shirt hindurch bewundert hatte. So sah er noch viel besser aus. Mit Mühe gelang es ihr, sich nicht zu besabbern. Sie zwang sich, ihm in die Augen zu schauen. Bloß nicht auf die Brust.

»Ich … ich stehe auf.«

Ein behäbiges Grinsen war die Antwort. Lacey spannte ihre eigenen Bauchmuskeln an, damit sie nicht einfach wieder zu ihm unter die Decke kroch. Dieser Mann war die reine Sünde.

»Vielleicht bist du es gewöhnt, mit einer fremden Person im Bett aufzuwachen. Ich bin es jedenfalls nicht«, sagte sie schnippisch. Sarkasmus als letzte Zuflucht.

Seine Augen verengten sich und schossen silberne Pfeile auf sie ab.

»Ich gehe nicht mit Fremden ins Bett.«

»Oh, entschuldige. Dann ändere ich meine Aussage: mit einer Person, die du seit vier Stunden kennst.«

Sie sah, wie seine Kiefermuskeln sich anspannten, und hörte seine Zähne knirschen. Es klang, als zermalme er Steine.

»Lass das!«

Er riss die Augen auf. »Was denn?«

»Du sollst nicht mit den Zähnen knirschen. Das schadet ihnen.«

Einen Moment lang starrte er sie verblüfft an. Dann lachte er lauthals los. Er zog ihr Kopfkissen über sein Gesicht, um die Lautstärke zu dämpfen.

Nach einem pikierten Blick auf das hüpfende Kopfkissen machte sie sich mit hoch erhobenem Kopf auf den Weg ins Badezimmer.

»Augenblick. Moment«, presste Jack lachend hervor.

Lacey fuhr herum, stemmte die Hände in die Hüften und funkelte ihn so zornig wie möglich an. Doch die Neugier war zu groß. »Wie hast du es geschafft, mir die Jeans auszuziehen? Und warum hast du nichts an? Als ich eingeschlafen bin, lagen wir beide in unseren Kleidern *über* der Decke.« Ihr eigener Redeschwall machte sie verlegen.

»Das weißt du nicht mehr?« Das laute Lachen wurde zu einem stummen Vibrieren der Brust, das sich alle paar Sekunden wiederholte.

»Nein. Ich erinnere mich bloß an einen sehr betrunkenen Mann mit widerlichem Bieratem, der sich kaum die Stiefel ausziehen konnte.« In Wirklichkeit hatte er warm und malzig gerochen. Wie eine kleine Brauerei.

Er grinste wie eine zufriedene Katze. Dabei musterte er sie von Kopf bis Fuß, so als wären ihm ihre sämtlichen Details bestens bekannt. »Es ist nichts passiert. Ich habe nichts gemacht.«

Verwundert stellte Lacey fest, dass sie so etwas wie Enttäuschung empfand. »Aber ...«

Er zuckte die Schultern. »Ich bin mitten in der Nacht in meinen unbequemen Jeans aufgewacht. Also habe ich sie ausgezogen. Und das Shirt auch.« Das Grinsen wurde noch breiter. »Du hast ausgesehen, als wäre dir furchtbar warm. Also habe ich es dir ein bisschen bequemer gemacht.« Er blinzelte unschuldig.

Ach ja.

»Das hättest du hübsch bleiben lassen sollen. Du konntest dir doch denken, dass ich beim Aufwachen ausflippen würde.«

Die Stahlaugen saugten sich an ihr fest. »Vielleicht habe ich ja gehofft, dass du nicht ausflippen, sondern etwas anderes tun würdest.« Sein heißer Blick sagte das, was sein Mund nicht aussprach. »Ich habe dich nicht angefasst.«

»Aber angeschaut!«

»Es war dunkel.«

Sie wusste, dass er log. Und das auch noch schlecht. Er hatte sich alles angeschaut, was er sehen wollte. Genau wie sie. Jack setzte sich auf, warf die Decke zurück und schwang die Beine aus dem Bett. Lacey kreischte leise auf, schaute weg und flüchtete ins Badezimmer.

Hinter der abgeschlossenen Tür betrachtete im Spiegel ihr zerzaustes Haar und versuchte, mit reiner Willenskraft ihr Herz zu beruhigen. Wenigstens hatte sie keine Augenringe aus verwischter Wimperntusche. Diese Brust. Diese Augen. Herr im Himmel. Sie rieb sich die Schläfen, als könnte sie damit die verlockenden Bilder aus ihrem Kopf rubbeln. Der entschlossene Blick, mit dem er sich hochgestemmt hatte, hatte bei ihr sämtliche Alarmlämpchen aufblinken lassen. Dass er ohne Jeans im Bett lag, wusste sie. Aber sie hatte keine Ahnung, ob er sonst noch etwas anhatte.

Sie traute ihm zu, dass er zu den Typen gehörte, die Unterwäsche für Zeitverschwendung hielten.

Achtundzwanzig

Sie ließen ihn nicht hinein.

Frustriert stapfte Michael vor einem kleinen Gemischtwarengeschäft im Südosten Oregons auf und ab. Er hatte sich auf sein entwaffnendes Lächeln verlassen und geglaubt, er könne einfach ans Tor klopfen, seinen Charme spielen lassen und auf diese Art an Dave DeCostas Mutter Linda herankommen. Leider hatte ein Mann aufgemacht.

Die Recherchen über das Grundstück von Frank Stevensons Eltern lagen im Moment auf Eis. Luscos Auftrag interessierte Michael mehr. Das Gespräch mit Amys früherem Freund, Matt Petretti, hatte ihn auch nicht wirklich weitergebracht. Petretti war es sichtlich unangenehm gewesen, in Gegenwart seiner Frau über Amy zu reden. Er hatte nur kurz ein paar Fragen beantwortet, Michael aber nicht viel Neues sagen können.

Erst Luscos Anruf hatte Michael von dem frustrierenden Gefühl befreit, der Trip in den Südosten des Staates wäre reine Zeitverschwendung.

Lusco wollte, dass er ein paar Nachforschungen über die Mutter des Killers anstellte. Außerdem brauchten Lusco und Callahan Informationen über DeCostas jüngeren Bruder Bobby. Sie hielten es für möglich, dass er etwas mit den Morden in und um Portland zu tun hatte und vielleicht der Stalker war, der Lacey bedrohte.

Auch Michael hatte das Gefühl, diese Spur könnte tatsächlich wichtig werden.

Der Mann am Tor des Sektengrundstücks hatte Michael in deutlichen Worten gesagt, was ein Reporter aus seiner Sicht mit seiner Tastatur tun konnte. Michael musste sich eingestehen, dass es vermutlich keine gute Idee gewesen war, dem Kerl seine Visitenkarte unter die Nase zu halten. Die Öffentlichkeit gierte nach Geschichten über Polygamie und fanatische Sekten. Deshalb saßen diesen Freaks sicher ständig irgendwelche Journalisten im Nacken, die auf sensationelle Nachrichtenhäppchen aus waren.

Die Sicherung des Grundstücks erinnerte Michael an Waco, wo vor Jahren so viele Menschen ihre Sektenmitgliedschaft mit dem Leben bezahlt hatten. Hohe Mauern, Zäune, Tore. Laut seinen bisherigen Recherchen regierte der Sektengründer dort wie ein König. Er herrschte uneingeschränkt über seine Frauen und Kinder. Die anderen Männer, die dort lebten, bekamen ihre Frauen von ihm zugeteilt. Eine große, glückliche Familie. Michael dachte an die Bhagwan-Jünger in ihren orangefarbenen Pyjamas. Vor drei Jahrzehnten hatte die Sekte die Big Muddy Ranch im Herzen Oregons übernommen und dort die Siedlung Rajneeshpuram gebaut. Jahre später hatte ihr dramatisches Ende die Schlagzeilen beherrscht.

Die Sekte, die Michael im Augenblick beschäftigte, hatte sich weit draußen auf dem Land, eine Autostunde von Mount Junction entfernt, niedergelassen. Und im Moment sah es so aus, als hätte er sich umsonst hier herausgequält. Lusco versuchte, Unterstützung durch die örtlichen Polizeikräfte zu organisieren. Bislang ohne Erfolg. Michael war auf sich selbst gestellt und er wollte unbedingt rein in diese Festung.

Mit dampfendem Atem ging er weiter vor dem Geschäft auf und ab. Dabei spielte er im Kopf verschiedene Möglichkeiten durch. Was tun? Am Tor darauf zu warten, dass Sektenmitglieder herauskamen, und ihnen dann zu folgen, war sinnlos. Reden würden sie sowieso nicht mit ihm.

Aber wenn jemand hineinmusste? Er rieb sich die kalten Hände. Es musste doch Leute geben, die drinnen irgendetwas zu tun hatten. Einen Klempner vielleicht oder einen Lieferanten.

Michael betrachtete das verstaubte Schild des Ladens. Gingen die Sektenmitglieder selbst zum Einkaufen oder ließen sie sich Lebensmittel liefern? Er schüttelte den Kopf. Wahrscheinlich kauften sie selbst ein und pflanzten auch einiges im eigenen Garten an. Über irgendwelche geschäftlichen Aktivitäten der Gruppe hatte er nichts herausgefunden. Vermutlich gehörte Sparsamkeit zu ihren Glaubenssätzen.

Was brauchten sie überhaupt aus der Welt draußen?

Ein rostiger Viehtransporter fuhr vorbei. Michael lächelte. Die Tiere auf dem Grundstück hatte er vom Tor aus riechen können. Wahrscheinlich hielt die Sekte Hühner, Rinder und Hunde. Da wurde doch sicher hin und wieder ein Tierarzt benötigt. Michael ging zu dem antiquierten Münzfernsprecher an der Außenwand des Ladens. Das Telefonbuch, das dort hing, sah aus, als wäre es Mitte der 1970er-Jahre gedruckt worden. Er schnappte sich die dünne Kladde und sah unter »V« wie Veterinärmedizin nach.

Irgendwo musste er schließlich anfangen.

Irgendwo war am Ende ein Hufschmied, etwa dreißig Minuten von der Sekte entfernt. Der Tierarzt, Jim Tipton, hatte am Telefon mit viel »Ähm« und »Tja« reagiert, als Michael erklärt hatte, was er wollte. Michael hatte seine Verbindungen mit der Polizei ein wenig offizieller klingen lassen, als sie es waren. Zum Glück erinnerte der Tierarzt sich an die DeCosta-Morde. Eigentlich wollte der Mann ihm auch gern helfen, doch er hatte Skrupel, Michael auf das Grundstück zu schmuggeln. Tipton kannte die Sekte und war auf den Oberindianer dort nicht gut zu sprechen. Aus seiner Sicht ließen die Haltungsbedingungen der Tiere zu wünschen übrig. Der Tierarzt wurde nur bei schweren Verletzungen oder lebensbedrohlichen Krankheitssymptomen gerufen.

Tipton gefiel der Lebensstil der Gruppe kein bisschen.

Er verwies Michael an einen Hufschmied namens Sam Short und meinte, der Schmied hätte eine noch schlechtere Meinung von den Leuten und wäre sicher begeistert, helfen zu können.

Begeistert? Tiptons Wortwahl hallte Michael noch im Ohr, als er den Mietwagen vor dem eleganten Haus des Schmieds parkte. Dahinter lagen ein großer Stall und eine Reitbahn. Warum sollte der Mann begeistert sein?

Michael stieg aus dem Truck. Auf dem Weg zum Stall sah er sich eingehend um. Was für eine Anlage. Das Grundstück, die Gebäude, die Pferdetransporter und die Pferde – das waren Millionenwerte. Er ging zu einer Weide, lehnte sich an den Zaun und beobachtete lächelnd, wie sechs Pferde übermütig durch den Pulverschnee tobten. Ein dunkles Pferd mit zwei weißen Fesseln entdeckte Michael und trabte neugierig an den Zaun. Schnaubend untersuchte es Michaels ausgestreckte Hand. Nachdem es freundschaftlich an seinem Ärmel geknabbert hatte, rieb es den Kopf an Michaels Ellbogen. Lang und ausdauernd. Fasziniert sah Michael zu, wie das Pferd sich an ihm kratzte. Mit der freien Hand tätschelte er den Hals des Tieres.

»Wenn Sie ihn lassen, macht er das den ganzen Tag.«

Michael zuckte zusammen. Damit erschreckte er das Pferd. Es galoppierte zurück zu seinen Kameraden.

»Oder auch nicht.«

Michael musterte sein Gegenüber eingehend. Welliges schwarzes Haar, zu zwei lockeren Zöpfen zusammengebunden. Schmutzige Jeans, rote, schneeverkrustete Stiefel. Doch die fleecegefütterte, königsblaue Jacke war makellos sauber. Die Augen hatten denselben Farbton. Michael schätzte die Frau auf um die dreißig. Die Arme vor der Brust verschränkt stand sie da und maß ihn mit misstrauischen Blicken.

»Michael Brody. Jim Tipton sagte, ich würde hier einen Sam Short finden. Wissen Sie wo?« Er versuchte es mit seinem charmantesten Lächeln. Die Schwarzhaarige war ein lebhafter Farbtupfer vor dem verschneiten Hintergrund. *Hübsch.*

»Sam Short?« Die forschenden Augen wurden kein bisschen weicher. »Steht vor Ihnen.«

Verspätet registrierte Michael die Stickerei auf ihrer Jacke. *Samantha Short. Shorts Pferdepension.*

»Oh«, sagte er. »Wenn nicht grade tiefster Winter wäre, würde ich sagen, ich habe mich in die Nesseln gesetzt.«

Lacey nahm einen Schluck von ihrem extragroßen Latte. Sie sah die beiden Männer in der Kochnische an. Jack hatte den Vorfall im Schlafzimmer nicht mehr erwähnt und war dankenswerterweise in Jeans zum Frühstück erschienen. Es fiel ihr schwer, ihm ins Gesicht zu schauen. Sich mit Alex zu unterhalten, war im Moment einfacher. Nervös löcherte sie ihn mit Fragen über sein Haus und den Garten. Seine Antworten bestanden meist nur aus einem oder zwei Worten. Alex hatte einen kurzen Ausflug zu Starbucks gemacht. Der Gute. Sie fing an, den stillen Mann zu mögen. Ans Spülbecken gelehnt blies er in seinen Kaffee.

Jack beendete ein Telefongespräch mit Detective Callahan und starrte danach still in seinen Becher. Einen Kater schien er nicht zu haben. Überhaupt merkte man ihm eigentlich nicht an, dass er betrunken gewesen war. Seit dem Morgen knisterte die Luft zwischen ihnen noch heftiger als zuvor. Er hatte sie bei sich im Bett haben wollen und sie hatte sich dasselbe gewünscht. Die wohlige Wärme tief unten in ihrem Bauch verstärkte sich. Lacey befeuchtete ihre Lippen mit der Zunge. Sie und Jack befanden sich auf Kollisionskurs. Warum kämpfte sie dagegen an?

Das Gespräch mit Callahan schien ihn zu beschäftigen.

»Die Detectives verfolgen eine Spur.«

»Ich hoffe, nicht nur eine!«

Er ignorierte ihren Sarkasmus. »Sie haben DeCostas Mutter im Südosten von Oregon aufgespürt und wollen nun von ihr wissen, wo ihr anderer Sohn ist.«

Lacey versuchte, sich Dave DeCostas jüngeren Bruder ins Gedächtnis zu rufen – mit mäßigem Erfolg. Sie erinnerte sich nur an einen stillen, dunkelhaarigen Jungen, der während des Prozesses seiner Mutter nicht von der Seite gewichen war. »Er war damals noch fast ein Kind. Irgendetwas stimmte nicht mit ihm. Was es genau war, weiß ich nicht mehr, aber die Polizei schloss ihn als möglichen Komplizen seines Bruders mit größter Wahrscheinlichkeit aus. Ich glaube, der Junge hatte eine geistige Behinderung. DeCosta hat allein gemordet. Keine Familie. Keine Freunde.« Laceys Worte klangen sicherer als sie sich fühlte. Denkbar war alles. DeCostas Bruder war zur Zeit des Prozesses jünger gewesen als sie. Vierzehn oder fünfzehn vielleicht.

»Callahan meint, Rache könnte ein Motiv sein. Damit kämen die Mutter und der Bruder infrage.«

»Mutter und Sohn?« Lacey schüttelte den Kopf. Bei den Verhandlungen hatte Linda DeCosta ausgesehen, als könnte sie keiner Fliege etwas zuleide tun. Und diese Frau sollte eine Mörderin sein?

Jack nickte.

Lacey bemerkte den granitharten Zug um sein Kinn.

Trotzdem schüchterte er sie nicht ein. Zumindest nicht, solang er voll bekleidet vor ihr saß. Jack konnte gelegentlich geradezu beängstigend wirken, doch sie wusste, dass er ihr nie etwas zuleide tun würde. Nachdenklich nahm sie einen Schluck Kaffee. Wenn er sich über sie ärgerte, würde er ihr sicherlich ordentlich den Kopf waschen. Aber nie, niemals würde er die Hand gegen sie erheben. Diese Gewissheit hatte sie bei ihrem Exmann am Ende ihrer Ehe nicht mehr gehabt.

»Hat er etwas über Kelly gesagt? Kommen sie bei der Suche weiter?« Lacey hielt gespannt die Luft an.

Jack schüttelte den Kopf. »Es gibt nichts Neues. Vielleicht findet die Polizei ja bei DeCostas Familie den entscheidenden Hinweis.«

Alex warf einen Blick auf die Uhr. Jack stand auf und schob seinen Stuhl an den Tisch. Auch er hatte die Bewegung bemerkt.

»Wohin gehen wir?« Lacey drückte den Deckel auf ihren Becher.

»An einen Ort etwas südlich von Hood River.«

»Hood River? Südlich? Da ist doch der Berg. Bei dem Schnee?« Lacey ließ beinahe den Pappbecher fallen. Von der Ortschaft Hood River war es nur ein Katzensprung bis zum Mount Hood.

Jack hob eine Augenbraue. »Im Moment schneit es überall.«

»Ja. Aber ...« Lacey beließ es dabei. Ihn umstimmen zu wollen, wenn er so entschlossen guckte, war aussichtslos. Das hatte sie bereits gelernt. Wenn er wirklich eineinhalb Stunden lang durch dieses Hundewetter an einen Ort fahren wollte, wo das Wetter noch scheußlicher war – bitte.

»Fahrt ihr zur Hütte?« Alex griff nach der Macy's-Einkaufstüte mit Kleidern, ihrem einzigen Gepäckstück.

»Hütte?« Das klang nach einem Bretterverschlag ohne Wasser und Strom. Eindeutig nichts für sie. »Aber warum denn? Gibt es kein Hotel, wo wir ...« Jacks Blick sorgte dafür, dass sie sich den Rest der Frage sparte.

»Es ist die Berghütte der Firma. Dahin gehen wir.«

»Aber wieso denn?« Lacey hatte ihr Rückgrat wiederentdeckt. Sie hielt Jacks Blick stand. *Sag jetzt bitte nichts von einem Plumpsklo.*

»Fällt dir etwas Besseres ein? Wir wissen beide, dass wir nicht in ein Hotel einchecken können. Und ich möchte weder deine noch meine Freunde in Gefahr bringen.« Er warf Alex ein schiefes Lächeln zu. »Sofern nicht bereits geschehen.«

Alex zuckte die Schultern.

»Wir fahren allein dorthin?« Lacey blieb fast die Stimme weg. Nur Jack und sie in einer kleinen, abgelegenen Hütte ...

Alex hustete. Sie sah ihn stirnrunzelnd an.

Ein Hauch von Jacks frischem, männlichem Duft stieg ihr in die Nase, als er sich zu ihr beugte. Ihr wurde ein bisschen schwindelig. »Keine Sorge. Ich werde nichts tun, was du nicht auch willst.« Er zwinkerte.

Lacey zuckte zurück, dabei schwappte ihr ein wenig Kaffee über die Hand. Sie drückte den Deckel fester auf den Becher. Jacks Augen brannten heißer als die Flüssigkeit.

Was *wollte* sie ihn tun lassen?

Hinter der getönten Scheibe der Ladeflächenverkleidung von Sams Truck biss Michael sich auf die Lippen. Sonst hätte er laut aufgejubelt. Sam hatte mit einem Klimpern ihrer langen sexy Wimpern dafür gesorgt, dass das Tor zum Sektengrundstück sich öffnete.

Was sie gesagt hatte, konnte Michael nicht verstehen. Doch der Farmarbeiter war hin und weg von ihr. Genau wie er.

Sam Short beeindruckte ihn über die Maßen. Er hatte ihr erklärt, welche Rolle er bei der Mörderjagd spielte und warum er auf das Gelände der Sekte musste. Und sie war sofort bereit gewesen, ihm zu helfen. Aber vorher stellte sie ihm ein paar Fragen und ließ ihn warten, während sie mit Lusco telefonierte. Dann ging sie flott voran zu ihrem Truck. Sie fuhr oft zu diesen Leuten hinaus, weil sie eine größere Anzahl Pferde hielten. Der Sektenboss mochte nicht viel von Tierärzten halten, aber der Farmverwalter bestand darauf, alle Pferde beschlagen zu lassen.

Auf dem Weg zum Truck erklärte sie Michael deutlich, was sie von Polygamie und Sekten hielt.

»Kranke Idioten. Unterziehen die Frauen einer Gehirnwäsche. Angeblich vermindert Polygamie für Ehemänner den Druck, Ehebruch zu begehen.« Sam schnaubte. »Die Frau muss also keine Angst haben, ihren Mann und Versorger zu verlieren. Er heiratet nur einfach noch jemanden. Eine jüngere, attraktivere Frau. Die dann auch im Haushalt helfen kann.«

»Hmm. Vielehe. Jede Nacht eine andere. Ein Männertraum«, sagte Michael trocken. Dann beschleunigte er vorsichtshalber seinen Schritt. Sam hielt mühelos mit ihm mit. Einen Moment lang fürchtete er, sie würde ihm einen Tritt geben.

»Ha! Und die Männer tun so, als wäre das eine schwere Bürde. Sie stöhnen darüber, wie anstrengend es ist, eine so große Familie zusammenzuhalten. Wie schwer, alle glücklich zu machen. Bevor er sich eine weitere Frau nehmen darf, muss er nachweisen, dass er für den Unterhalt der Kinder sorgen kann. Mir kommen die Tränen.«

»Sie scheinen ziemlich viel über diese Leute zu wissen.«

Sam blieb abrupt stehen, stemmte die Hände in die Hüften und funkelte ihn an. »Ich kenne mich aus. Mein Vater hatte auch mehrere Frauen.« Mit schief gelegtem Kopf starrte sie ihn an. Sie wartete auf seine Reaktion. Die blauen Augen blitzten, ihre Lippen wurden schmal.

»Ähm ...« Ihr Vater? Michael saß schon wieder in den Nesseln. Er ließ den Blick über die luxuriöse Anlage schweifen. »Wie ...?«

Sam erriet seine Gedanken. »Die Pferdepension hat meinem Mann gehört. Und jetzt gehört sie mir.«

»Hat er ...? Sind Sie ...?«

Sam lachte auf, dann marschierte sie mit energischen Schritten weiter. »Ich war seine einzige Ehefrau. Er hielt nichts von der Vielehe. So wenig wie ich. Er ist vor drei Jahren gestorben. Fiel vom Pferd und brach sich den Hals.« Sehr traurig klang sie bei den letzten Worten nicht.

Michael wusste nicht, was ihn mehr überraschte: die persönlichen Informationen, die sie ihm um die Ohren schlug, oder die Tatsache, dass sie das alles einem Fremden sagte. »Tut mir leid.«

»Danke. Mir nicht. Vielleicht hätte er es doch mal mit Polygamie versuchen sollen, anstatt unsere Ehe mit seinen Affären zu ruinieren.« Michael hörte die unterdrückte Wut in ihrer Stimme.

Bevor er wieder etwas Falsches sagte, hielt er lieber den Mund.

Hinten im Truck versteckt dachte er darüber nach, wie es wohl war, mit mehreren Müttern zusammenzuleben. Es gab immer genügend Babysitter, aber auch mehr Kinder zu hüten. Mehr Leute, die Essen kochten, aber auch mehr hungrige Münder. Die Hausarbeit konnte man sich teilen, musste aber gleichzeitig viel mehr waschen und putzen.

Und Sam war unter solchen Umständen aufgewachsen?

Ihr Truck hielt so plötzlich an, dass er mit dem Kopf gegen das kalte Metall knallte. Durchs Fenster sah er heruntergekommene Schuppen und Zäune, die kaum ein Schaf beeindrucken würden – geschweige denn eine Pferdeherde. Nach Sams herrlicher Ranch wirkte diese Anlage absolut abbruchreif.

Sam öffnete die Klappe der Ladefläche, sah sich um und gab ihm ein Zeichen, dass er aussteigen solle. »Im Augenblick ist niemand in der Nähe. Ich wollte Sie nur am Tor verstecken, falls der gleiche Typ aufmacht, der Sie schon gesehen hat. Allen anderen sage ich, Sie würden mir heute helfen.«

»Warum arbeiten Sie für diese Leute, wenn die Ihnen so zuwider sind?«

Sam hob eine Augenbraue. »Geld stinkt nicht. Und abgesehen davon hat der einzige andere Schmied der Gegend zwei linke Hände. Den Pferden zuliebe kümmere ich mich lieber selbst um ihre Hufe.«

Eine knallharte Geschäftsfrau.

Michael wandte sich zum Haus um. Zu den Häusern. Einige Einzel- und Doppeltrailer standen in einem unregelmäßigen Halbkreis um eine verschneite Fläche voller Kinderspielzeug. »Haben Sie eine Ahnung, wo ich die Frau finde, nach der ich suche?«

Sam kräuselte die Nase. »Sie sagten, sie sei um die sechzig? Wie war ihr Name noch mal?«

»Linda.«

»Linda, Linda«, murmelte sie mit zusammengezogenen Augenbrauen. »Das könnte die mit dem grauen Zopf sein. Sie ist die Älteste hier und spricht nicht viel. Ich glaube, sie ist seit etwa fünf Jahren bei der Gruppe. Scheint die meiste Zeit in der Küche zu sein oder sich um die Kinder zu kümmern.«

»Sie waren schon mal im Haus ... in den Trailern?«

Sam nickte. »Ich hole mir dort immer mein Geld ab. In bar. Und bevor ich überhaupt mit der Arbeit anfange. Jed eine Rechnung zu schicken, wäre sinnlos.« Ihr spitzbübisches Lächeln löste in Michaels Magen ein angenehmes Ziehen aus. »Er erträgt es nicht, dass ich als Witwe nicht am Hungertuch nage. Heiratsanträge kriege ich hier draußen öfter.«

»Und wie finde ich jetzt Linda?«

»Kommen Sie.« Eilig ging sie auf den größten Trailer zu. Michael kannte keine andere Frau, die ununterbrochen so schnell unterwegs war. Sam strahlte eine ungeheure Energie aus, war selbstbewusst, intelligent – und sehr attraktiv.

Er trottete hinter ihr her wie ein Esel hinter einer Karotte.

Sie hatten seit zwei Stunden nichts mehr von Brody gehört.

»Ich dachte, du hättest ihm gesagt, er soll sich stündlich melden.« Mason sah zu, wie sein Partner auf die Tastatur einhackte.

Er konnte sich nicht auf die Arbeit konzentrieren, ging nervös im Büro auf und ab und schüttete dabei viel zu viel Kaffee in sich hinein. Er brannte darauf zu erfahren, was die Mutter gesagt hatte. Ihre Antworten bestimmten vielleicht ihre nächsten Schritte.

»Habe ich auch. Bei seinem letzten Anruf sagte er, er hätte eine Möglichkeit gefunden, auf das Gelände zu kommen. Aber der Handyempfang dort draußen sei miserabel. Es kann also eine Weile dauern, bis wir wieder von ihm hören.«

»Scheiße. Wir hätten ihn nicht mit reinziehen sollen. Wenn ihm etwas passiert ...« Mason wollte sich lieber nicht ausmalen, was dann los war. Er zog eine Packung Magensäureblocker aus der Schreibtischschublade. Sie war leer. Verdammt.

»Was soll schon passieren?« Ray warf Mason einen verschwommenen Blick aus seinen geröteten Augen zu. »Er ist bloß in der Südostecke des Staates, Mann. Hast du Angst, ihn könnte eine Schlange beißen?«

Mason schwieg. Er starrte auf sein Diagramm voller sich kreuzender Linien. Er hatte Angst, seinen Job und seine Pension zu verlieren.

»Wow.«

Lacey schaute durch die Windschutzscheibe von Jacks Truck. Etwas so Schönes hatte sie noch nie im Leben gesehen. Als Jack von einer Hütte gesprochen hatte, hatte sie an eine Bretterbude mit Plumpsklo gedacht.

Aber das hier sah aus wie das Feriendomizil eines Millionärs in Aspen. Die riesige »Hütte« war auf drei Seiten von hohen Tannen umgeben, hatte vier Erker und eine umlaufende Veranda. Durch die ganz in Tannengrün und dunklem Holz gehaltene Fassade fügte sie sich harmonisch in die Umgebung ein. Auf dem Dach lag frischer, unberührter Schnee. Das Haus hätte gut auf das Cover des *Sunset*-Magazins gepasst.

»Die Hütte ist wunderschön.« Lacey spürte einen Klumpen im Magen. Aber einen angenehmen. Sie waren meilenweit von jeder anderen menschlichen Behausung entfernt. Der Schnee rieselte sanft, dunkle Wolken kündigten weitere Schneeschauer an. An einem Ort wie diesem hätte sie leben können. Seine Schönheit ließ sie für einen Augenblick die Sorge um Kelly vergessen. Lacey atmete tief ein und merkte, wie die Anspannung von ihr abfiel. Dass sie sich Sorgen machte, brachte niemanden auch nur einen Schritt weiter.

»Drinnen wird es ziemlich kalt sein«, sagte Jack. »Hier war schon seit einem Monat keiner mehr und der Thermostat steht auf der niedrigsten Stufe. Es dauert eine Weile, bis das Haus warm ist.«

»Gibt es einen offenen Kamin? Können wir ein Feuer machen?« Lacey stellte sich vor, wie sie mit einer dampfenden Tasse heißer Schokolade in der Hand in farbenfrohe Pendleton-Decken gehüllt vor einem lodernden Feuer saß. An Jack gekuschelt.

Augenblick. Unter einer warmen Decke konnte es auch allein ganz gemütlich sein. Wenn sie gemeinsam mit Jack unter eine Decke kroch, würde der es ganz bestimmt nicht beim Kuscheln belassen.

Wollte sie denn überhaupt, dass er es dabei beließ? Sie spürte ein angenehmes Kribbeln im Bauch und seufzte.

Jack hatte gerade stirnrunzelnd zu den Schneewolken hinaufgeschaut. »Ja. Der Kamin ist gigantisch. Ich mache ein Feuer an. Fehlt dir was?«

Lacey beendete ihren Tagtraum und drückte den Rücken durch. »Bin bloß müde.«

»Hast du heute Nacht nicht gut geschlafen?«

Ungläubig sah sie ihm ins Gesicht.

»So gut es eben geht, wenn ein betrunkener Bär einem ins Ohr schnarcht.«

»Ich schnarche nicht.«

»Wollen wir wetten?«

»Ja.« Sein Lächeln verwandelte sich in ein lüsternes Feixen. Lacey lachte auf. Dieses Feixen passte so gar nicht zu ihm. Der letzte Rest Anspannung fiel von ihr ab. Lachend öffnete sie die Tür des Trucks. »Wer zuerst oben an der Haustür ist!« Damit rannte sie los. Hinter sich hörte sie ihn fluchen und die Trucktür aufstoßen.

Sie war vor ihm an der Treppe, nahm immer zwei Stufen auf einmal und warf sich oben gegen die ausladende Doppeltür. Lacey schlug mit den Handflächen auf das dunkle Holz.

»Gewonnen!«

Jack kam eine halbe Sekunde nach ihr an. Jetzt war sie zwischen der Holztür und seiner harten Brust gefangen. Er legte die Hände über ihre. Dann knabberte er spielerisch an ihrem Ohr. Lacey schnappte nach Luft. Das fühlte sich genau an wie gestern Nacht im Bett. Nur dass er diesmal nüchtern und hellwach war.

»Und hier ist dein Preis.« Sein Mund tastete sich über ihren Hals. Zärtlich küsste und knabberte er sich bis zu ihrem Schlüsselbein hinunter. Dann hob er ihr Haar an und seine Lippen wanderten zu ihrem Nacken.

Lacey schmolz dahin. Die Außentemperatur lag deutlich unter dem Gefrierpunkt, aber sie schmolz wie Butter in der Sonne.

»Oh Lacey«, presste er hervor. »Das wollte ich schon so verdammt lang tun.«

Lacey schloss die Augen, atmete tief und lehnte sich an ihn. Die heiße Welle, die ihr Rückgrat hinunterrollte, staute sich zwischen ihren Hüften und spülte jeden letzten Rest Widerstand weg. Genau das wollte sie jetzt. Sie hatte sich eine Pause verdient, eine kleine Flucht aus der realen Welt. Sie wollte nichts mehr spüren außer dem Mann hinter ihr. Als sie den Kopf zu ihm bog, nutzte er die Gelegenheit, um seine Lippen auf ihre zu legen und sie zu sich herumzudrehen.

Er nahm ihr Gesicht zwischen die Hände, zeichnete sanft mit der Zunge die Linie zwischen ihren Lippen nach. Lacey stöhnte auf, öffnete den Mund, schob die Hände in seinen Nacken und fuhr mit den Fingernägeln über seine Kopfhaut. Heiß. Viel zu heiß.

Sie spürte, wie sein Körper sich als Antwort auf die Berührung mit ihren Nägeln anspannte. Seine sanfte Zärtlichkeit wich aggressivem Drängen. Jacks Kuss wurde fordernd. Ohne sich von ihr zu lösen, schob er einen Arm hinter ihren Rücken und den anderen unter ihren Oberschenkel. Er hob sie hoch und drückte sie an die

Tür. Als er sie hatte, wo er sie haben wollte, drängte er sich zwischen ihre gespreizten Beine. Seine Erregung war deutlich spürbar.

Und dieser Mann wusste, wie man küsste. Verführte. Anmachte. Laceys Beine schlangen sich fast wie von selbst um seine Hüften. Sie drängte sich an ihn, fühlte, wie ihr Blut zu der empfindlichen Stelle zwischen ihren Beinen strebte. Sie schwelgte in dem, was der Mund mit ihr machte, den sie tagelang angestarrt hatte. Jacks Kuss wurde härter, tiefer. Seine Zunge glitt über ihre. Es war ein himmlisches Gefühl. Ihr war, als wäre sie noch nie zuvor geküsst worden.

War sie auch nicht. Jedenfalls nicht so.

Er küsste sie wie ein Verhungernder. Er hungerte nach ihr.

Und sie wollte alles, was sie kriegen konnte. Mit jeder Faser sehnte sie sich nach ihm, jede Zelle schrie *Ja*!

Sie spürte, wie er am Bund ihres Pullovers zerrte, ihn anhob. Seine Hand glitt darunter und ...

»Aaaah!« Lacey zuckte zurück und Jack fuhr zusammen.

Der Mann mit dem siedend heißen Mund hatte eiskalte Hände.

»Habe ich dir wehgetan? Was ist passiert?«

Er hatte sie beinahe fallen lassen. Der Schreck dämpfte sein Verlangen deutlich.

»Deine Hände sind wie Eiszapfen!«

Er starrte sie ungläubig an. »Und das ist alles?« Er hatte geglaubt, er hätte sie mit seinen Schlüsseln durchbohrt oder einen zarten Teil ihres Körpers zerquetscht. Ihre Beine klemmten noch immer auf seinen Hüften. Jack zog die Hand unter Laceys Pullover hervor. »Besser?«

Sie nickte, doch der wachsame Ausdruck auf ihrem Gesicht sagte ihm, dass sie sich viel zu viele Gedanken darüber machte, was im Augenblick geschah.

»Hör auf zu denken.« Er drückte sie wieder gegen die Tür.

Ihre Mundwinkel kräuselten sich ein wenig. »Dann lenk mich ab.«

Darum musste sie ihn nicht zweimal bitten. Zum Glück. Denn sie hatte diese Ablenkung bitter nötig. Nach all dem Schrecklichen, was geschehen war, wünschte sie sich nichts sehnlicher, als alle Gedanken an Kelly und die Morde eine Zeitlang zu vergessen. Er stürzte sich auf ihre Lippen, als wolle er sie um den Verstand küssen. Sie öffnete den Mund bei der ersten Berührung und er nutzte die Gelegenheit. Ihre Brustwarzen richteten sich auf. Sie bebte in seinen Armen. Er wollte diesen dicken Pullover loswerden. Nur nicht hier draußen. Jack suchte in seiner Tasche nach dem Schlüssel der Hütte.

»Verdammt. Er muss im Truck sein.«

Er machte Laceys Beine von sich los und stellte sie auf die Füße. Lacey lehnte sich schwer atmend gegen die Tür. »Sag jetzt nicht, du hast die Schlüssel zu Hause vergessen. Sonst erdrossle ich dich.«

Jack bewegte sich rückwärts von ihr weg; ihren Blick ließ er dabei nicht los. »Rühr dich nicht von der Stelle.« Mit ein paar Schritten war er am Truck.

Er balancierte die Macy's-Tüte und zwei Tüten Lebensmittel in einem Arm, während er mit der freien Hand den Schlüssel ins Türschloss der Hütte bugsierte. Seine Hände zitterten. *Herr im Himmel.* Er wusste nicht, ob er warten konnte, bis das Feuer brannte, die Heizung lief und die Lebensmittel verstaut waren. Am Ende überlegte sie es sich noch anders.

Jack drückte die Tür auf und schob Lacey ins Haus. Nach zwei Schritten blieb sie wie angewurzelt stehen. Er musste einen Schlenker machen, um nicht gegen sie zu prallen.

»Ich fand die Hütte schon von außen wunderschön. Aber von innen ist sie einfach umwerfend.«

Lacey betrachtete die rustikalen Dachbalken, die die hohe Decke trugen. Der aus Flusssteinen gemauerte offene Kamin reichte bis zum höchsten Punkt des Raumes. Er diente als Raumteiler zwischen der Küche und dem Wohnbereich. Polstersessel und Sofas in warmen Farben sorgten für Gemütlichkeit. Über den Sitzmöbeln hingen Wolldecken mit indianischen Mustern. Jack sah zu, wie Lacey über eine Decke in den Farben eines Sonnenuntergangs strich und dabei etwas vor sich hin murmelte.

»Was hast du gesagt?«, fragte er.

»Pendleton. Das ist eine Pendleton-Decke.«

Er schaute die Decke an. »Ja.« Kurze Pause. »Ist das okay?«

»Perfekt.« Laceys Lächeln war warm, ihre Augen glühten. Sie griff nach den Tüten mit den Lebensmitteln. »Wenn du das Feuer machst, räume ich die so lang weg.« Sie linste in eine der Tüten. »Hast du heiße Schokolade mitgebracht?«

Sie wollte etwas zu trinken? Jetzt? »In der Küche ist welche.«

»Schon wieder perfekt.«

Angetan von ihrem Lächeln sah er zu, wie sie mit den Tüten in die Küche wankte. Hoffentlich konnte sie sich wenigstens für eine Weile entspannen. Mit den langen Streichhölzern vom Kaminsims zündete er einen Stapel Späne und Feuerholz an. Regel Nummer eins in jeder Hütte: Bevor man wieder wegfuhr, reinigte man den Kamin und bereitete alles für das Feuer für den nächsten Besuch vor.

Jack drehte den Thermostat hoch. Und dann noch etwas höher. Lacey sollte nicht frieren, wenn er sie auszog. Leise auflachend hörte er zu, wie sie in der Küche herumkramte.

Und ausziehen würde er sie auf jeden Fall. Bald.

Neunundzwanzig

Sam klopfte an die Tür des Doppeltrailers. Dabei lächelte sie Michael aufmunternd an. Sein Bauch kribbelte. Er war gespannt, wer die Tür aufmachen würde. Situationen wie diese brachten sein Reporterblut in Wallung. Dasselbe galt für die Frau an seiner Seite. Dass sie so draufgängerisch war, gefiel ihm. Sam klopfte noch einmal an. Diesmal mit einem Stirnrunzeln.

»Es muss jemand da sein. Es ist immer jemand da.«

Er merkte, dass sie ihn aus dem Augenwinkel musterte.

Während sie warteten, trommelte sie ungeduldig mit der Stiefelspitze auf den Boden. Michael hörte Geräusche im Trailer, dann öffnete jemand die Tür.

»Hey, Sam.« Der Gruß kam von einem schlaksigen Teenager, der gerade das kritische Alter erreicht hatte, in dem das Längenwachstum dominierte.

»Hi Bruce. Ist deine Mom da?«

Der Junge machte die Tür ganz auf. Er streifte Michael mit einem gleichgültigen Blick. »Nein. Sie ist in der Stadt.«

Michael und Sam zwängten sich durch den schmalen Durchgang.

»Und wer passt auf die Kleinen auf?«

»Lila. Dort drüben.« Er zeigte auf einen kleineren Trailer auf der anderen Seite der Freifläche.

Sam machte auf dem Absatz kehrt und schob Michael gleich wieder aus der Tür. Er stolperte einen halben Schritt rückwärts und verlor beinahe das Gleichgewicht. Ihre Augen sahen an ihm vorbei.

Erstaunt bemerkte er darin so etwas wie ... ein Aufglimmen von Angst? Unmöglich. Nicht bei ihr. Ohne auf ihn zu warten, hastete sie die Treppe hinunter.

Bruce rief hinter ihr her: »Hey, Sam. Dad wollte, dass du bei deinem nächsten Besuch zum Essen bleibst.«

»Aber heute nicht«, antwortete sie über die Schulter hinweg. Inzwischen rannte sie beinahe.

Michael holte sie ein, packte sie am Arm und zwang sie, stehenzubleiben. Dann rückte er mit dem Gesicht ganz nahe an sie heran. »Hey! Was sollte das denn eben?«

»Was meinen Sie?«

Er musterte sie eingehend. Sie starrte unverwandt zurück. Doch dann weiteten sich ihre Pupillen ein klein wenig und sie schüttelte seine Hand von ihrem Arm.

»Ich meine, warum haben Sie mich fast über den Haufen gerannt, um aus dem Haus zu kommen? Und warum haben Sie fast angefangen zu rennen, als der Junge das mit der Essenseinladung gesagt hat?«

»Ich bin nicht gerannt.« Sie drehte den Kopf weg.

Michael lächelte grimmig. »Ihnen mag das nicht so vorkommen. Aber Menschen, die sich in normalem Tempo bewegen, würden von Rennen sprechen.«

Sam starrte ihn an und hob trotzig das Kinn. Wie ein kleines Kind, das einem Schulhofrabauken die Stirn bot. »Ich fühle mich hier nicht wohl. Ich bin nicht gern in den Trailern.«

Michael wich ein kleines Stück zurück und ließ ihre Worte auf sich wirken. Auch er fand die drangvolle Enge in diesen Behausungen alles andere als einladend. Aber er wusste, dass es für Sams fluchtartigen Rückzug noch einen anderen Grund geben musste, den sie ihm allerdings nicht verraten wollte. Er wechselte das Thema. »Wer ist Lila?«

Sams Anspannung legte sich. Mit einer Kopfbewegung schüttelte sie sich ein paar lästige Ponyfransen aus den Augen. »Ich glaube, sie ist die Frau, nach der Sie suchen. Schon ein bisschen älter.«

»Linda. Lila. Vermutlich hat sie ihren Namen geändert. Das täte ich auch, wenn meine Söhne Serienkiller wären.«

»Söhne?« Die schwarzen Brauen schossen in die Höhe.

Verplappert. Verdammt. Er hatte ihr erzählt, er würde nach dem zweiten Sohn und der Mutter suchen, dabei aber nicht erwähnt, dass die Polizei den zweiten Sohn ebenfalls verdächtigte. Sein Atem dampfte in der Schneeluft. Wie viel sollte er ihr sagen?

Michael entschied sich für die Flucht nach vorn. »Laut Polizei könnte es vielleicht sein, dass ihr jüngerer Sohn gerade mordend durch Portland zieht. Es sind Leute getötet worden, die dazu beigetragen haben, seinen Bruder in den Knast zu bringen. Deshalb möchte ich mit der Mutter reden.« Würde Sam sich nun weigern, ihm weiterhin zu helfen?

Sie musterte ihn skeptisch. »Klingt nach einer persönlichen Mission.«

Er richtete sich auf. Merkte man ihm tatsächlich an, wie ungeheuer wichtig ihm die Sache war? Er nickte kurz. »Schon möglich.«

»Dann sehen wir doch mal nach.« Sie stapfte die wackelige Treppe des kleineren Trailers hinauf und klopfte energisch an die Tür. Ein scharfer Wind blies um die Ecken. Sam vergrub Kinn und Nase im Jackenkragen. Michael stand zwei Schritte hinter ihr und stampfte lächelnd den Schnee von seinen Stiefeln. Anscheinend hatte er sich für seine Mission die passende Partnerin ausgesucht.

Eine ältere Frau in einem verwaschenen Hauskleid mit Blumenmuster öffnete die Tür einen Spalt breit und sah Sam mit müden Augen an. Zur Begrüßung nickte sie nur stumm. Dann wartete sie darauf, dass Sam erklärte, warum sie gekommen war. Michael musterte die Frau. Sam sah ihn mit einer hochgezogenen Augenbraue an. Sie fragte ihn damit wortlos, ob dies die Person war, die er suchte.

Sie war älter und wirkte unendlich müde. Doch sie ähnelte der Frau, die er auf den Archivbildern vom DeCosta-Prozess gesehen hatte. Sein Gefühl sagte ihm, dass er hier richtig war.

Er nickte.

»Lila, das hier ist Michael. Er hilft mir heute. Können wir einem Moment reinkommen?«

Die Frau warf einen gleichgültigen Blick auf Michael. »Es ist niemand da.«

»Ich glaube, Sie können uns weiterhelfen. Es dauert nur eine Minute.« Sam gab sich wirklich Mühe.

Nach kurzem Zögern machte Lila die Tür ein Stück weiter auf.

Sie sah aus, als zwänge das Leben sie, täglich einen Wüstenmarathon zu laufen. Der eingefallene Mund ließ darauf schließen, dass ihr die Zähne fehlten. Davon hatte Detective Callahan mehrfach gesprochen. Hatte sie ihren Namen geändert?

Michael folgte Sam in den Trailer. Der stechende Geruch schmutziger Windeln schlug ihm entgegen. Es war viel zu heiß hier drin. Zu heiß, zu eng, und es stank. Michael wurde fast übel. Als er den sauren Klumpen hinunterschluckte, der sich in seiner Kehle bildete, sah er Sam dasselbe tun.

Er musste die Sache hier schnell erledigen.

Lila ging voraus in die Küche, doch es gab keinen Platz zum Sitzen. Auf jeden einzelnen Stuhl am Tisch war ein Kindersitz montiert; auf der Tischfläche standen zahlreiche benutzte Cornflakes-Schalen. An einer Seite des Tisches standen drei klapprige alte Hochstühle. Die Frau lehnte sich gegen den Herd und sah Sam erwartungsvoll an. Michael würdigte sie keines Blickes.

Aus einem angrenzenden Raum drang die Titelmusik einer Daily Soap zu ihnen. Falls Kinder im Trailer waren, verhielten sie sich ungewöhnlich still. Vielleicht schliefen sie gerade.

Sam richtete ihre blauen Augen fragend auf Michael.

Er beschloss, es auf die direkte Art zu versuchen, und gab Lila seine Visitenkarte. Beim Lesen der Karte weiteten sich ihre Augen. Und Michael hätte schwören können, dass ihre gefängnisfahle Haut noch eine Spur blasser wurde.

»Ich bin aus Portland und schreibe für den *The Oregonian*.« Nach einer kurzen Pause setzte er hinzu: »Vielleicht ahnen Sie, warum ich hier bin.«

Lila schüttelte den Kopf und hielt ihm die Karte wieder hin. Er ignorierte die Geste.

»Sie sind Linda DeCosta. Stimmt doch?«

Die Frau zuckte die Schultern.

»Ich habe ein paar Fragen zu Ihrem Sohn.«

»Dave ist tot.« Weil sie keine Zähne hatte, waren die Worte nicht ganz einfach zu verstehen.

»Zu Ihrem anderen Sohn.«

Ihre Lippen wurden zu einem schmalen Strich, wodurch ihr Gesicht noch weiter schrumpfte. »Was soll mit ihm sein?«

»Wo ist er?«

Die Frau studierte die Visitenkarte. Sie mied weiterhin Michaels Blick.

»Wann haben Sie zum letzten Mal von ihm gehört?«

Diesmal bekam er nicht einmal ein Schulterzucken zur Antwort. Er versuchte, sich den Ärger, der in ihm aufloderte, nicht anmerken zu lassen.

»Hören Sie. Unschuldige Menschen sterben und Ihr Sohn ist einer der Verdächtigen. Die Polizei will ihn befragen, kann ihn aber nicht finden. Welchen Namen benutzt er?« Michaels Stimme klang zu laut.

»Ich weiß nicht, wovon Sie reden.«

Michael fand, sie sah mürrisch aus. *Verdammt!* Er atmete tief durch. Dabei strafften sich seine Schultern und seine Brust weitete sich. Er suchte nach den richtigen Worten, um sie aus der Reserve zu locken.

Aber Lila duckte sich, wich ängstlich zwei Schritte zurück und hob schützend den Arm vors Gesicht.

Michael fiel die Kinnlade herunter. Sein Ärger verpuffte. »Grundgütiger. Ich würde Sie doch niemals schlagen!« Was für ein Leben führte diese Frau?

Sam berührte ihn an der Hand. »Lassen Sie mich mit ihr reden.« Sie wirkte ruhig und sicher. »Vielleicht warten Sie am besten draußen.«

Michael bewunderte Sams demonstrative Gelassenheit. Sie glaubte tatsächlich, dass sie die Frau zum Reden bringen konnte.

Lila machte nun einen sehr beklommenen Eindruck. Ihre Hände zitterten. Wortlos verließ Michael den Raum.

Draußen vor dem Trailer sog er die saubere Luft tief in seine Lunge. Den Gestank bekam er damit nicht aus der Nase.

Der Mann fixierte den Computerbildschirm und ballte die Fäuste. Mist! Wo war sie?

Vielleicht kam er ja durch logisches Kombinieren darauf, wohin Lacey Campbell verschwunden war. Er schloss die Augen und drückte die Handballen dagegen. *Konzentration!* Das letzte Mal hatte er sie zusammen mit Harper gesehen. Und der kauzige alte Nachbar hatte behauptet, Harper hätte die Nacht bei ihr verbracht. War sie vielleicht immer noch mit Harper zusammen? Zwischen den beiden lief etwas. Seine Kiefermuskeln spannten sich. Das war nicht in Ordnung, aber im Augenblick tat das nichts zur Sache. Er musste wieder auf den richtigen Kurs zurückfinden und herausbekommen, wo sie war.

Wohin konnte dieser Dreckskerl sie bringen?

Er verfluchte seine mangelnde Weitsicht. Warum hatte er nur an Laceys Truck einen GPS-Tracker angebracht und nicht auch an Harpers? Sie konnten in jedem Hotel im Staat sein. Oder in einem Flugzeug sitzen.

So war das alles nicht gedacht gewesen.

Ein saurer Geruch umwehte ihn. Es roch nach sorgfältig eingefädelten Plänen, die in ihre Einzelteile zerfielen. Die Sache lief immer mehr aus dem Ruder. Dazu gehörte auch der Zeitungsbericht über die vermisste Frau. Er biss sich auf die Innenseite der Wange, bis er den metallischen Geschmack von Blut auf der Zunge hatte. Mit Kelly Cates hatte er nichts zu tun. Es musste noch jemand anderen geben. *Aber wen?*

Vielleicht verbreitete die Polizei ja irgendwelche Fehlinformationen, um ihn zu verwirren. Er stieß sich vom Schreibtisch ab und drehte sich so, dass er auf die kahle Wand starren konnte. Oder aber die Cates-Familie war der Köder in einer perfiden Falle, die die Polizei ihm stellte. Aber bei den Cates hatte er sich sorgfältig umgesehen. Der Mann war völlig aufgelöst, die Tochter hatte verweinte Augen. Außer ihnen schien niemand im Haus zu sein und ihre Verzweiflung wirkte echt. Würde die Polizei tatsächlich ein unschuldiges Kind benutzen, um ihn aus der Reserve zu locken?

Einen Moment lang wurde er zornig.

Dann zwang er sich zur Ruhe, atmete tief und regelmäßig. Über Cates und ihre Tochter konnte er sich im Moment keine Gedanken machen. Erst musste er Lacey Campbell finden. Er drehte sich wieder zum Computer zurück, ließ die Fingerknöchel knacken und begann dann die Suche nach Immobilien im Besitz von Jack Harper und Harper Immobilien.

Die Liste war unsäglich lang. Er überflog den Bildschirm. Wonach suchte er eigentlich? Erwartete er, dass irgendwo ein roter Wimpel erschien? Hier ist sie! Da versteckt sie sich gerade! Er schnaubte angewidert. Dann zwang er sich, die Einträge genau zu lesen.

Jack Harper besaß drei private Häuser in drei verschiedenen Countys in Oregon. Eine Adresse lag sogar in Mount Junction. Der Mann hob die Augenbrauen. Was für ein Zufall.

Ihm fehlte die Zeit, zu allen drei Orten zu fahren. Aber die Chance, dass Lacey sich in einem der Häuser aufhielt, war sowieso verschwindend gering. Er hatte das Gefühl, nach Strohhalmen zu greifen. Die Frustration wurde langsam unerträglich. Er sprang auf und stapfte in die Küche, nahm sich eine Cola light aus dem Kühlschrank und knallte die Tür zu. Wo zur Hölle sollte er nach Harper suchen?

Vielleicht konnte er den Spieß ja umdrehen.

Die Plastikflasche schwebte drei Zentimeter vor seinen Lippen, während sein Gehirn sich auf den Gedanken stürzte und ihn festhielt.

Er musste Harper dazu bringen, nach ihm zu suchen.

Aus Angst, die Idee könnte ihm entgleiten, wenn er auch nur einen Muskel bewegte, stand er wie erstarrt. Wie konnte er Harper dazu bewegen, Jagd auf ihn zu machen? Plötzlich nahmen seine

Gedanken Fahrt auf. Auf Anhieb fielen ihm mehrere Möglichkeiten ein.

Scheiße, ja! Er nahm einen kräftigen Schluck und genoss das Prickeln in seiner Kehle. Dann wischte er sich den Mund mit einer Serviette ab.

Er hatte wieder alles unter Kontrolle.

DREISSIG

An den Kamin gelehnt sah Jack lächelnd zu, wie Lacey heißes Wasser auf das Schokoladenpulver goss. So hatte er schon einmal dagestanden. In ihrer Küche, vor ein paar Nächten. Damals war sie nervös und völlig verängstigt gewesen. Jetzt sah sie ihn mit einem warmen Lächeln an, während sie die heiße Schokolade umrührte. Er trat hinter sie, schlang die Arme um ihren Bauch und zog sie an sich.

Seit der Ankunft in der Hütte war Lacey viel lockerer. Ihre Anspannung, die er während der Fahrt noch deutlich gespürt hatte, war unter seinen Küssen geschmolzen. Auch die Unschlüssigkeit, die sie in den letzten Tagen ausgestrahlt hatte, schien verflogen. Anscheinend hatte sie über ihn nachgedacht und eine Entscheidung getroffen.

Er hoffte, dass sie zum selben Ergebnis gekommen war wie er selbst schon vor Tagen.

»Das riecht gut.« Damit meinte er nicht die heiße Schokolade.

Lacey schnupperte an der Tasse. »Ja, stimmt. In einer Hütte im Schnee gehört heiße Schokolade einfach dazu. Sie bringt mich in die richtige Stimmung.«

»Gut.« Er vergrub die Nase in ihrem Haar und spürte, wie sie sich an ihn schmiegte. Die Sonne war untergegangen. Der Wind trieb dicke Schneeflocken gegen die Küchenfenster. Der urige Duft des Kaminfeuers zog durch den Raum. Jack knipste die Küchenleuchte aus. Nur das warme Licht der Flammen erhellte jetzt noch die Hütte. Lacey erschauerte.

»Ist dir kalt?« Er schlang sich ein wenig fester um sie.

»Nein. Ich bin nur ... ein bisschen angespannt.« Als sie den Kopf drehte, entdeckte er die sorgenvollen Falten auf ihrer Stirn. Er küsste sie weg, ließ seinen Lippen Zeit, ihre seidige Haut zu streicheln.

»Du bist hier sicher. Hier findet er dich nicht. Unten an der Kreuzung gibt es kein Schild und für den Fahrweg bräuchte man jetzt nicht nur einen Allradantrieb, sondern auch ein Nachtsichtgerät.« Nicht einmal er selbst hätte die steile, kurvenreiche Zufahrt zur Hütte um diese Zeit und bei diesem Wetter noch in Angriff genommen.

Lacey atmete aus und nickte. »Ich mache mir nur Sorgen um ...«

Er ließ sie nicht zu Ende sprechen. »Keine Sorgen und Gedanken mehr heute Abend.« Er legte ihr die Hand über den Mund und drehte sie zu sich um. »Hier sind nur wir beide. Und ich will dich. Jetzt und hier. Mehr als alles in der Welt.« Seine Brust zog sich zusammen. Das war die Wahrheit. Mit einem kaum hörbaren Laut drückte sie sich an ihn.

Jack nahm ihr die Tasse aus der Hand und hob sie auf die Arbeitsplatte. Dann stellte er sich zwischen ihre Schenkel, zog sie fest an seinen Bauch und küsste sie. Ihre Hände suchten seinen Hals und fanden die empfindliche Stelle hinter dem Ohr, die ihm Blitze durchs Rückgrat jagte.

Er löste die Lippen von ihren, nahm ihr Kinn zärtlich zwischen die Hände und strich mit dem Daumen über ihre feuchten Lippen. Zischend schnappte er nach Luft, als sie seine Daumenspitze mit den Zähnen festhielt und mit der Zungenspitze berührte. In Laceys geweiteten Pupillen spiegelten sich die Flammen aus dem Kamin. Sie war so schön. Und sie ließ bei ihm sämtliche Sicherungen durchbrennen. Am liebsten wollte er sie auf den Rücken werfen, ihr die Jeans herunterreißen und sie gleich hier auf dem Küchenfußboden nehmen. Jacks Herz schlug schneller, er berührte das weiche Haar um ihre Ohren. Ganz langsam streichelte er sie, wollte jede Sekunde endlos genießen, sich jede Empfindung so tief einprägen, dass er sie nie wieder vergaß.

Er fing wieder an, sie zu küssen, und ließ dabei die Hände durch ihr Haar gleiten. Die Geschmeidigkeit, mit der es durch seine Finger floss, war eine Marter für die empfindliche Haut zwischen seinen Fingern. Ebenso seidig fühlte sich ihre Zunge an. Lacey lockte und verführte ihn. Jack drängte tiefer in sie hinein. Seine Hand schob sich unter ihren Pullover und von dort aus in den tief geschnittenen Bund ihrer Jeans. Auf dem Weg zur glatten Haut ihres Hinterns stießen seine Finger auf ein elastisches Spitzenband. Ein String. Seine Leisten zogen sich zusammen. Er schob die Hand, so tief er konnte, in die Jeans, umfasste eine feste Pobacke und zog Lacey noch enger an sich. Als sie mit einem leisen Aufstöhnen nach Luft rang, hatte er das Gefühl, explodieren zu müssen.

Verdammt. Zwei Minuten mit dieser Frau und er war kurz davor, einen Frühstart hinzulegen wie ein Teenager.

Er hörte auf, sie zu küssen, und lehnte die Stirn gegen ihre. Mit geschlossenen Augen atmete er langsam durch. Sein ganzer Körper schrie, er solle sich beeilen. Sein Kopf sagte leise »warte«. Seit wann hörte er in der Hitze des Gefechts auf seinen Kopf?

Mit ihr war alles anders.

»Jack?« Das klang zögernd, fragend. Heiser.

Er nickte mit geschlossenen Augen. Noch immer verharrten sie Stirn an Stirn. »Gib mir eine Sekunde.«

Sie hob sein Shirt an. »Ich will dich sehen.« Sie zog das Shirt höher. »Ich will dich anfassen.« Ihre geflüsterten Worte klangen ein klein wenig verrucht. »Heute Morgen konnte ich nur gucken. Jetzt will ich wissen, wie sich das anfühlt.« Ihre Zungenspitze berührte sein Ohrläppchen, ihre Fingernägel streiften seine Brustwarzen. Eisige und siedende Pfeile schossen abwechselnd durch die Region unterhalb seines Bauchnabels.

Welchen Teil von »Gib mir eine Sekunde« hatte sie nicht verstanden? Vielleicht wusste sie nicht, was es bedeutete, wenn ein Mann das sagte. Mit zusammengebissenen Zähnen zerrte er sich das Shirt über den Kopf. »Ich hätte mich auch heute Morgen nicht gegen Anfassen gewehrt.« Er ließ das Shirt zu Boden fallen, küsste sie schnell und tief und zog ihr dann den Pullover aus. »Ich hätte dich nicht daran gehindert«, flüsterte er. Ihr BH war schlicht und glatt, ihre Brüste genau richtig. Nicht groß. Aber unsagbar verführerisch. Er hob eine davon leicht an und spürte, wie die Brustwarze sich aufrichtete. Lacey schloss die Augen, bog den Rücken durch und drängte sich an seine Hand.

Sie gehörte ihm, gab ihm die Erlaubnis, mit ihr zu machen, was er wollte. Ihre Reaktion auf diese simple Berührung war heiß. Lacey überließ ihm die Macht über sie.

Jack öffnete den Verschluss ihres BHs, ließ die Träger an ihren Armen heruntergleiten und lehnte sich ein wenig zurück, um sie im unruhigen Licht der Flammen anschauen zu können. Exquisit. Er beugte sich vor, hob eine ihrer Brüste an seinen Mund und kostete die satinglatte Haut. Sanft streifte er ihre Brustwarze mit den Zähnen. Lacey schnappte nach Luft und bog sich noch weiter zurück.

Wem wollte er eigentlich etwas vormachen? Diese Frau hatte ihn im Griff, hatte die unumschränkte Macht über ihn.

Er küsste sich zu Laceys zweiter Brust hinüber. Dabei knöpfte er ihre Jeans auf. Der Gedanke an das Spitzenhöschen, das sie darunter trug, brachte ihn fast um den Verstand. Dass er sich von ihren Brüsten löste und aufrichtete, quittierte sie mit schwachem Protest. Jack zog Lacey behutsam über die Kante der Arbeitsplatte; sie landete auf zittrigen Beinen. Die sexy Cowboystiefel klackten auf den Boden. Er schob die Jeans bis zur Mitte ihrer Oberschenkel. Dann setzte er sie in ihrem String wieder auf die Arbeitsplatte. Das Höschen war knallpink. Schwer atmend klammerte sie sich an der Kante der Platte fest. Jack legte die Hände um ihre Stiefel und zog ihr mit einem kurzen Ruck beide gleichzeitig aus. Die Jeans folgte einen Augenblick später. Er weidete sich an dem Erstaunen in ihrem Blick. Entschlossen, sie um den Verstand zu küssen, rückte er wieder näher.

Jacks Gedanken wirbelten. Er konnte es kaum erwarten, in dieser Frau zu sein und sie absolut rasend zu machen.

Als ihre Jeans zu Boden fielen, schnappte Lacey nach Luft. Das war so schnell passiert. Gerade hatte er noch die langsamsten, sinnlichsten Hände gehabt, die sie je gespürt hatte, und plötzlich preschte er los wie ein NASCAR-Fahrer. Sie kam kaum noch zu Atem. Ständig überraschte er sie aufs Neue. Der besitzergreifende männliche Blick, mit dem er wieder näher kam und sie küsste, fachte die Hitze zwischen ihren Beinen an. Sie drängte sich an ihn, wurde feucht. Geschmeidig. Warum hatte er das Höschen gelassen, wo es war? Es störte doch nur.

Sie machte sich am obersten Knopf seiner Jeans zu schaffen, doch er drückte ihre Arme weg. Die Heftigkeit, mit der er sie küsste, ließ ihre Haut prickeln bis hinab zu den Zehen. Sein Mund war heiß und unerbittlich, nahm sich, was er haben wollte. Sie wollte mit den Fäusten auf seinen Rücken trommeln, damit er ihr erlaubte, ihn anzufassen. Doch für den Moment musste sie sich mit seinen Schultern, der Brust und dem Bizeps zufriedengeben. Die klar definierten Muskeln, die sie am Abend zuvor bewundert hatte, waren hart wie Stahl. Er hatte den Körper eines Athleten. Muskeln, Schnelligkeit, Stärke. Mit den Fingerspitzen zeichnete sie seine Brustmuskeln nach, strich durch das weiche Haar, das dort wuchs. Jacks Mund tastete sich über ihre Wange, zu ihren Lidern und wieder zu ihrem Ohr. Während seine heiße, nasse Zunge ihre Ohrmuschel streichelte, griff seine Hand fest zwischen ihre Beine und berührte durch das Höschen hindurch die empfindlichste Stelle. Laceys Rückgrat schmolz. Als Jack die Berührung wiederholte, krallte sie sich in seine Schultern und schloss die Augen. Das war ein Angriff an zwei Fronten, ihrem Ohr und ihrer Klit.

Sie wollte diesen Mann. Seine Vergangenheit und ihre interessierten sie nicht mehr. Sie hatte ihn vom ersten Moment an gewollt, aber nicht im Traum daran gedacht, dass sie sich einmal in einer verschneiten Hütte am offenen Feuer lieben würden.

»Ohhh. Jack. Ich will ... du musst deine ...« Er berührte sie noch einmal und sie vergaß, was sie sagen wollte. *Jeans. Er musste seine Jeans ausziehen.* Sofort. Wieder griff sie nach seiner Hose. Bevor er sie daran hindern konnte, ließ sie mit einem Ruck alle Knöpfe gleichzeitig aufspringen. Er drückte sie über seinen Arm nach hinten und machte sich mit Zunge und Zähnen über eine ihrer Brüste her. Sie wand sich unter diesem wilden Ansturm von Empfindungen. Jack schob die Hand in ihr Höschen und ließ zwei Finger durch die zarten Fältchen dort gleiten. Er rieb die Stelle sanft, verteilte die Feuchtigkeit, und sie drängte sich an seine Hand, wollte mehr als zartes Streicheln. Ihre Erregung wurde unerträglich, ihre Haut überempfindlich. Laceys Magen zog sich zusammen. Er sollte mehr tun, als sie nur berühren.

»Bitte. Jack. Du musst ... bitte.«

»Bitte was?«

»Was?« Ihr Gehirn bekam nicht genügend Sauerstoff.

»Bitte mich noch mal.« Sein heißer, nasser Mund fand ihre andere Brust und biss sanft zu.

»Bitte. Ich brauche. Dich. Jetzt!« Lacey schnappte nach Luft, als zwei seiner Finger den Eingang fanden und er begann, sie von innen zu streicheln. Es würde ganz schnell gehen. Sie war schon so dicht davor. Ein talentierter Daumen rieb ihre Klit, während die Finger sie innen massierten. Sie spannte die Muskeln um seine Berührung und schon war es passiert. Lichtblitze tanzten vor ihren geschlossenen Augen. Sie warf lustvoll den Kopf zurück. Ihre Kontraktionen pulsierten um seine Finger, während sie sich von der Welle tragen ließ. Er hörte nicht auf sie zu streicheln und schon setzte sie zum nächsten Höhenflug an.

Behutsam legte Jack ihren erschlafften Körper hintenüber auf die Arbeitsplatte, zog ihr das Höschen aus und bettete seinen Kopf zwischen ihre Brüste. Er hörte ihr Herz hämmern und den stoßweißen Atem in ihrer Brust. Ihre betörende Nässe pulsierte noch immer um seine Hand, während ihre Fingernägel seine Kopfhaut zum Prickeln brachten. Er drückte ihr einen Kuss auf den Bauch, tauchte die Zunge in ihren Bauchnabel und spürte, wie sie bebte. So heiß wie jetzt war er noch nie im Leben gewesen. Als er zugeschaut hatte, wie sie kam, hatte er beinahe selbst den letzten Rest Selbstkontrolle verloren.

Widerstrebend ließ er sie los, streifte die Stiefel ab und zog die Jeans aus, die sie vorher aufgerissen hatte. Auf die Ellbogen gestützt sah Lacey ihm zu. Ihre Beine baumelten locker von der Arbeitsfläche, ihre Augen sogen sich an seiner harten Länge fest, die genau dahin zeigte, wo sie sie haben wollte. Lacey setzte sich auf, griff mit zittriger Hand nach ihm und dirigierte ihn näher zu sich. Ihre Berührung war fast zu viel für ihn. Er spannte die Bauchmuskeln an, rang um Kontrolle. Lacey schlang die Finger fest um ihn, hielt ihn einen Augenblick lang und ließ dann die Handfläche über seine Spitze gleiten. Fasziniert von dem hungrigen Ausdruck auf ihrem Gesicht sah er ihr dabei zu. Als sie die Erkundung beendet hatte, legte sie ihm die Hand auf die Schulter, zog ihn zu sich und dirigierte ihn in sich hinein. An den Hüften holte er sie bis an die Kante der Platte. Er tauchte nur ein kleines Stück weit in sie ein, nicht tiefer. Jack wehrte sich gegen das Brüllen der Hormone in seinem Kopf, die allesamt forderten, er solle zustoßen. Er hob Laceys Kinn an und küsste sie zärtlich auf den Mund. Leise seufzend öffnete sie die Lippen. Seine Zunge drang ein, erforschte ihren Mund. Er zog die Hüfte zurück, glitt aus ihr heraus. Protestierend drängte sie sich an ihn. Er schob sich wieder in sie, aber nur bis kurz hinter den Eingang, spürte, wie sie sich öffnete, seiner Form anpasste. Jack atmete tief ein und wieder aus.

»Lacey.« Er wollte, dass sie ihn ansah.

Sie hob langsam die Lider. Im Licht des Feuers wirkten ihre Augen dunkel, die Farbe unbestimmbar. Doch er sah das tiefe Verlangen. Es war so groß wie seines. Mit dem Gefühl, einen schicksalhaften Moment zu erleben, packte er ihren Hintern und glitt mit einem einzigen harten Stoß tief in sie hinein. Ihre Augen weiteten sich, sie schnappte nach Luft.

»Spür' mich. Spür' mich in dir.« Sie fühlte sich heiß an, geschmeidig und eng. Er wollte nie wieder aus ihr heraus. Jack widerstand dem Drang, weiter in sie hineinzustoßen. Er blieb ganz still, konzentrierte sich darauf, wie sie um ihn pulsierte und wie ihre Muskeln ihn umschlangen. Dieses Gefühl würde er nie im Leben vergessen. Sie zerrte an seinen Schultern und drängte sich hemmungslos an ihn.

»Verdammt, Jack! Beweg dich!« Sie schlang die Beine fest um seine Hüften, rieb sich an ihm. Dann hob sie das Kinn und drückte den Hals an seine Lippen. Sie wollte ihn so sehr. Er sog den Duft ihrer Erregung tief in sich ein, zusammen mit dem köstlichen Geruch, der ihr ureigenster war. Dann streichelte er ihren Hals mit den Zähnen. Sie drängte sich weiter an ihn, stieß ungeduldige kleine Laute aus. Es war pure Folter, doch er regte sich nicht. Reine Wonne, reine Qual. Er wünschte sich, es würde niemals enden.

Doch es wurde Zeit. Jack schlang die Arme um sie und hob sie von der Platte. Als er aus ihr heraus glitt, schrie sie ärgerlich auf. Er trug sie in den Wohnbereich, wo er ihnen ein Nest aus dicken Schlafsäcken und weichen Daunendecken gebaut hatte. Dort kniete er mit ihr nieder und legte sie auf den Rücken. Er strich ihr die welligen Haarsträhnen aus dem Gesicht. Ihre Augen blitzten im Licht der Flammen auf. Sie zeigten ihm, dass sie vor Verlangen fast verging. Er beugte sich über sie und murmelte gegen ihre erwartungsvoll geöffneten Lippen: »Halt dich fest, Baby.«

Sie sah nichts. Sie hörte nichts. All ihre Sinne waren auf die eine Stelle in ihrem Körper konzentriert. Jack ließ sich endlich gehen und nahm sie, als hätte er ein ganzes Jahrzehnt auf diesen Augenblick gewartet. Sie passte sich seinem Rhythmus an und krallte sich an seinen Schultern fest. Mit harten Stößen trieb er sie dem nächsten Höhepunkt entgegen. Spürte sie in einer Sekunde noch die Wellen der Befriedigung, so schrie ihr Körper schon in der nächsten danach, wieder von ihm erfüllt zu werden. Dieses Auf und Ab der Gefühle und Empfindungen drohte, ihr Herz zerspringen zu lassen. Seine Muskeln spannten sich, er wurde schneller, seine Stöße kürzer. Dann griff er zwischen ihre Körper und streichelte sie. Sie spürte die Vorboten des Bebens in ihrer Körpermitte. Lacey spannte ihre Muskeln um ihn an, hörte seinen Aufschrei, stürzte über den Gipfelgrat und riss ihn mit.

Später lag sie halb über ihm. Befriedigt und erschöpft ruhten sie sich auf einem Berg von Kissen, Decken und Schlafsäcken aus. Ihr Finger wanderte über seinen Bauch, erforschte seinen Körper. Lacey sah, wie jeder Muskel, den sie berührte, sich anspannte. Er war so schön. Harte Muskeln an den richtigen Stellen. Schweigend und entspannt lagen sie da und erholten sich. Nur manchmal knackte das Feuer. Ihre Hand schob sich auf seinen Oberschenkel, fand einen harten Knoten in seiner Haut. Neugierig stützte sie sich auf einen Ellbogen und sah sich die Stelle an. Dort war eine dunkle, runde Narbe.

»Von einer Kugel.« Er hatte sich ein Kissen in den Nacken gesteckt, das eigentlich auf die Couch gehörte, und die Hand unter den Kopf geschoben. So sah er ihr bei ihrer Erkundung zu. Verwundert über den distanzierten Ton sah sie ihn an.

»Wie ist das passiert?« Als sein Gesicht sich verschloss, hielt sie den Atem an. Jetzt sah er aus wie Alex. Diese Leere in den Augen. Jack wollte nicht darüber reden. Lacey schlängelte sich an seinem Körper hinauf, bis sie die Ausdruckslosigkeit wegküssen konnte, die ihr kalte Schauer über den Rücken jagte.

Seine Silberaugen flackerten im Licht des Feuers, sie spürte, wie sein Herzschlag sich beschleunigte, lag still und wartete ab.

Die Geschichte, die er ihr erzählte, brachte bald ihr eigenes Herz zum Rasen.

»Du hättest dabei umkommen können.« Sie starrte ihn schockiert an.

»Damals hätten ziemlich viele Leute sterben können. Keiner von uns beiden Cops hat die Beteiligten nach Waffen durchsucht. Ein unglaublich dummer Fehler.« Zorn blitzte aus seinen Augen.

Lacey sprach langsam. »Hast du deswegen aufgehört?«

Jack nickte. »Danach konnte ich nicht mehr Streife fahren. Bei jedem Einsatz wollte ich immer gleich die Waffe ziehen. Ich war ein psychisches Wrack. Ich brauchte einen Job, bei dem ich selbst bestimmen konnte, was um mich herum vorging. Aber im Alltag eines Cops gibt es unzählige unkalkulierbare Situationen.« Nach einer kurzen Pause sprach er weiter. »Ich musste aufhören. Bald wurde mir jedes Mal übel, wenn ich eine Waffe in die Hand nahm. Und ich habe seither keine mehr angefasst.« Er starrte ins Feuer. »Ich konnte den Job nicht mehr machen. Ich hatte Angst, dass noch einmal jemand zu Schaden kommt.«

Lacey setzte sich auf. »Du hast diese Frau nicht umgebracht! Das war ihr Mann.«

»Ich weiß.«

Lacey sah ihm an, dass er das nur ihr zuliebe sagte. Sie streichelte sein Gesicht und genoss das Kratzen seiner Sandpapierwange unter ihrer Hand. Dann tastete sie sich mit den Lippen über die Stoppeln und fachte mit diesem Kitzeln die Lust neu an. »Es war nicht deine Schuld. Du könntest nie jemandem etwas antun. Wenn ich mit dir zusammen bin … fühle ich mich sicher. Du würdest nie zulassen, dass mir etwas passiert.« Sie suchte seine Lippen. Er rieb ihren Rücken, küsste sie. »Ich vertraue dir, Jack.« Überrascht lauschte sie ihren eigenen Worten hinterher. »Ich vertraue nur sehr wenigen Menschen. Und du gehörst jetzt dazu.«

Die fließende Bewegung, mit der er sie auf den Rücken drehte, raubte ihr den Atem. Mit der Zunge und den Händen zeigte er ihr, dass er sie haben wollte, und brachte ihr Blut erneut zum Kochen. Sie berührte sein Gesicht. In seinen traurigen Augen sah sie das verzweifelte Bedürfnis, ihr zu glauben. Er drängte sich zwischen ihre Beine und nahm sie noch einmal.

Jack streckte sich und schob die Füße unter der Daunendecke hervor. Die Flammen im Kamin waren niedergebrannt, doch die rotglühenden Kohlestückchen strahlten noch genügend Hitze ab, um seine Zehen zu wärmen. Er musste das Feuer mit ein paar Scheiten neu anfachen. Lacey schlief an ihn geschmiegt. Jack drückte die Nase in ihre weichen Haarwellen und atmete tief ein. Außer ihrem Vanilleduft erschnupperte er noch etwas anderes. Ihr Haar roch, als hätte sie sich mit einem Mann im Bett gewälzt. Aber nicht mit irgendjemandem. Mit ihm.

Zufrieden ließ er seinen müden Körper von dem wohligen Gefühl durchdringen, dass sie ihm ganz gehört hatte. Sie sagte, sie würde ihm vertrauen, glaubte, dass er sie beschützen konnte. Verdammt, er würde ihr beweisen, dass sie recht hatte – und wenn er sie dafür einen ganzen Monat lang in der Hütte einsperren musste. Er spürte die eindeutige Reaktion seines Körpers auf die erotischen

Bilder, die ihm bei diesem Gedanken durch den Kopf tanzten. Im Licht der verlöschenden Glut studierte er ihr Profil, wollte sie aufwecken und gleichzeitig doch einfach nur schlafen sehen. Das war nicht nur das übliche zufriedene Nachglühen.

Sie hatte ihn im tiefsten Inneren berührt und sich in sein Herz gegraben.

Er war ihr verfallen.

Einunddreissig

»Wir haben eine Adresse.«

Lusco klappte das Handy zu und kritzelte etwas auf seinen Notizblock. »Brody hat es geschafft. Er hat Linda DeCosta gefunden und von ihr eine Adresse bekommen. Draußen in Molalla, etwa zwanzig Meilen südlich von hier. Im Grundstücksregister steht der Name Robert Costar. Das muss unser Mann sein. Die Mutter behauptet, sie hätte regelmäßig Kontakt mit ihrem Jungen und er hätte nichts getan.«

»Ja. Klar.« Mason schlüpfte bereits in seine Jacke. »Ruf die County-Polizei an. Die sollen unauffällig dort vorbeifahren, sich umsehen und ihre Spezialeinheit in Bereitschaft versetzen. Wir dürfen kein Risiko eingehen.« Masons Energielevel schoss in die Höhe wie nach einer Doppeldosis Adrenalin. Endlich mal ein vielversprechender Hinweis. Er hatte ein gutes Gefühl. Bislang war die Suche nach Kelly Cates ergebnislos verlaufen. Keine Videoaufzeichnung aus der Turnakademie, kein abgestellter Wagen, keine Zeugen. Sie war wie vom Erdboden verschluckt. Und jetzt endlich sah es aus, als hätten sie eine Spur. Das Telefon auf Masons Schreibtisch klingelte. Ungeduldig schnappte er sich den Hörer und klemmte ihn zwischen Ohr und Schulter. Dabei kämpfte er mit einem verdrehten Jackenärmel. »Callahan.«

Er erstarrte. »Wollen Sie mich verarschen? Sind Sie sicher? Er hat angerufen? Aber warum?« Er packte den rutschenden Hörer.

Während die Stimme weiter in sein Ohr brabbelte, warf Mason Ray einen langen Blick zu. Nach dem Auflegen starrte er noch einen Moment auf das Telefon. Dann schloss er die Augen und spürte, wie sich sein Adrenalinspiegel von einer Klippe stürzte und unten eine Bauchlandung hinlegte. Der Fall schien zu implodieren.

»Das kann doch alles gar nicht wahr sein. Das schlägt dem Fass den Boden aus«, murmelte er.

»Was? Was ist denn los?« Ray sah aus, als wollte er ihn erdrosseln.

»Melody Harper ist weg. Entführt. Letzte Nacht. Ganz spät.« Mason rieb sich müde das Gesicht.

»Harpers Schwester? Noch eine entführte Frau? Sind die sicher? Glauben die, das war wieder unser Mann?«

»Sicherer könnten sie gar nicht sein. Der Kidnapper hat selbst angerufen und der Notrufleitstelle gesagt, wir würden ihn wegen des Mordes an dem Cop und den Anwälten suchen.«

»Wie bitte? Was soll das denn?« Ray war fassungslos.

»Gute Frage. Melodys Haushaltshilfe hat bestätigt, dass ihre Chefin gestern nicht nach Hause gekommen ist. Und Melodys Wagen steht noch im Parkhaus.« Anscheinend war der Killer stinksauer. Dr. Campbell war aus seinem Blickfeld verschwunden. Und dafür revanchierte er sich jetzt, indem er andere Frauen verschleppte. Erst Kelly Cates und jetzt Melody Harper. Offenbar wusste er, dass die kleine Zahnärztin mit Jack Harper zusammen war, denn mit Melodys Entführung wollte er eindeutig Harper treffen. Mason musste ihn informieren. Dem Mann würden sicher sämtliche Sicherungen durchbrennen.

Nachdenklich zog Mason die Jacke vollends an und setzte den Cowboyhut auf, der sich plötzlich anfühlte wie aus Blei. »Sag der Sondereinheit, wir könnten es in Molalla mit einer Geiselnahme zu tun haben. Vielleicht sind Kelly und Melody dort.«

Lacey spürte, wie Jack sich unter ihr bewegte. Die Art, wie er atmete, sagte ihr, dass er wach war. Mit geschlossenen Augen genoss sie den Moment. Jack hatte sie ein paar Stunden lang vor der Realität beschützt. Sie hatte sich fallenlassen und für kurze Zeit die Schrecken vergessen können, die draußen in der Welt lauerten. Stundenlang hatten sie sich geliebt und es war himmlisch gewesen. Das Feuer im Kamin, der Schnee draußen, dieser fantastische Mann.

Zu schön, um wahr zu sein.

Aber es war Wirklichkeit. Er lag tatsächlich bei ihr, sie konnte den Kopf an seine Brust kuscheln und seinen Herzschlag hören. Träge flossen ihre Gedanken zur vergangenen Nacht zurück. Vielleicht war sie nur ein weiterer Eintrag in der langen Liste seiner Eroberungen. Aber im Moment kümmerte sie das nicht. Die vergangene Nacht war es wert gewesen.

Ihr weiblicher Instinkt sagte ihr allerdings, dass die Nacht auch für ihn etwas Besonderes gewesen war. Das hatten ihr seine Augen verraten, als er sie geküsst hatte und in sie gedrungen war. Außer wildem Verlangen und Lust hatte sie dort noch etwas anderes gesehen. Etwas Tiefergehendes. Sie glaubte nicht, dass er sie nun lässig abservieren würde.

Lacey fühlte sich recht ... optimistisch.

Hör auf nachzudenken. Genieß einfach den Augenblick. Ein Lächeln kräuselte ihre Lippen. Unter ihr vibrierte seine Brust in einem stummen Lachen.

Betont langsam schlug sie die Augen auf. Sie wollte ihm zeigen, wie rundum befriedigt sie sich fühlte. Die grauen Augen strahlten sie an. Auch er wirkte sehr entspannt. Laceys Hirn brannte ein lautloses Glücksfeuerwerk ab.

Jack sah atemberaubend aus. So ganz und gar männlich. Und im Augenblick gehörte er ihr ganz allein. Sie fuhr mit den Nägeln durch sein Brusthaar, sah, wie die Brustwarzen sich aufrichteten und genoss die Macht ihrer Weiblichkeit. Die Macht, einen Mann mit einer kleinen Berührung anzumachen. Ein berauschendes Gefühl. Lacey lächelte ihn an, überlegte, ob sie ihn ein bisschen betteln lassen sollte.

»Hey.«

»Selber hey«, flüsterte sie zurück und versank in den Augen, die sie so faszinierten. Mal waren sie dunkelgrau wie regenschwere Wolken, mal silbern wie Sonnenlicht auf einem See.

Er rollte sie auf den Rücken, küsste sie so leidenschaftlich, dass sie wieder ganz kribbelig wurde, zog die Finger durch ihr Haar und drückte ihr seinen Oberkörper auf die Brüste. Am Oberschenkel spürte sie, wie er härter wurde. Dann klingelte ein Handy.

»Verdammt.«

»Das ist meins. Lass es klingeln.« Er versuchte, sie mit den Fingern abzulenken.

»Vielleicht ist es wichtig.« Widerstrebend setzte sie sich auf, warf die Decke zurück und spürte die kühle Luft an den Brüsten. Jacks Augen wurden dunkel. Mit einem trägen Raubtierlächeln griff er nach einer Brust. Lacey schloss die Augen, gab sich beinahe geschlagen, doch das Telefon klingelte erneut. Sie schob seine Hand weg und krabbelte zu seiner Jacke, die auf der Couch lag.

»Wie soll ich die Hände von dir lassen, wenn du so aussiehst?« Ein Blick über die Schulter zeigte ihr, dass er ihr nacktes Hinterteil fixierte. Sie grinste ihn an, dann warf sie einen Blick auf das Display.

Detective Callahan.

Ihr Lächeln fiel in sich zusammen, einen Moment lang vergaß sie sogar das Atmen.

Wortlos reichte sie Jack das Telefon. Der Blick, mit dem sie das Display angestarrt hatte, verhieß nichts Gutes.

Und was Callahan dann sagte, traf Jack wie ein Schlag in die Magengrube. Er wurde erst blass, dann zornig. Seine Kiefermuskeln traten hervor, um seinen Mund bildeten sich tiefe Furchen. Laceys Herz krampfte sich zusammen.

Nach dem Telefongespräch starrte Jack einem Moment lang in die fast erloschene Glut. Der Aufruhr der Gefühle, in dem er sich befand, spiegelte sich in seinem Blick. »Er hat sich Melody geholt.«

Lacey plumpste erschrocken auf ihr Hinterteil. »Was? Deine Schwester?«

Er hat noch eine Frau entführt. Mein Gott. Was hat er mit Kelly gemacht? Braucht er schon wieder ein neues Opfer?

Jack sprang auf, marschierte in die Küche und kam mit seinen Kleidern zurück. Mit zitternden Händen zog er sich an. »Der Dreckskerl hat selbst die Cops angerufen und ihnen gesagt, er hätte meine Schwester. Callahan glaubt zu wissen, wo er ist. Dein

Kumpel Brody hat von Linda DeCosta eine Adresse bekommen. Ihr Sohn Bobby wohnt in einem Haus in Molalla. Die Polizei will es mit einem Sonderkommando stürmen.« Er griff nach seinen Socken. »Von Kelly hat der Kerl allerdings nichts gesagt.«

Lacey zog die nackten Beine an die Brust und vergrub das Gesicht zwischen den Knien.

Ich sollte das Opfer sein. Er wollte mich. Nicht Jacks Schwester.

Die warme Hütte fühlte sich plötzlich an wie ein Eisschrank, Laceys Zähne begannen zu klappern. Es war alles ihre Schuld. Der Killer schickte ihr eine Botschaft. Weil er an sie nicht herankam, hatte er Kelly und Melody verschleppt. Er war wütend, wollte sich rächen.

Sie hatte Jack in das Chaos hineingezogen, zu dem ihr Leben geworden war, und damit seine Familie in Gefahr gebracht. Warum hatte sie zugelassen, dass sie sich näherkamen? Wenn sie ihn zurückgewiesen hätte, sähe jetzt alles anders aus: Seine Schwester wäre nicht in der Hand eines Killers.

Sie hatten sich buchstäblich die Seele aus dem Leib gevögelt und dafür mussten sie jetzt bezahlen.

Erschauernd biss Lacey in ihr Knie. Ihre Zähne hinterließen kleine rote Abdrücke.

Jack kniete sich vor sie. Sein Hemd stand noch offen. »Lacey, zieh dich an. Wenn die in das Haus gehen, will ich dabei sein.« Verwirrt betrachtete er die roten Zahnabdrücke auf ihrem Knie. »Was machst du da?« Er sah ihr nicht in die Augen, doch langsam verstand er, was in ihr vorging. »Ach Gott, Lacey. Das ist doch nicht deine Schuld.«

Sie konnte nicht antworten. In ihren Augen brannten Tränen.

»Du kannst nichts dafür. In diese Kacke wurde ich hineingezogen, weil ich zu oft zur falschen Zeit am falschen Ort war. Aber doch nicht wegen dir.« Er griff nach ihren Händen.

Lacey konnte nichts sagen. Sie schüttelte den Kopf.

»Komm bitte. Niemanden trifft eine Schuld. Nur den kranken Freak, der hinter alledem steckt. Die Polizei greift ihn sich jetzt. Und ich muss dabei sein.« Er hob ihr Kinn, zwang sie, ihn anzusehen.

»Ich wollte mit dir zusammen sein, obwohl ich wusste, dass ein Irrer hinter dir her ist. Und ich bereue keinen einzigen Moment! Ich will ...« Seine Finger gruben sich in ihre Haut, während er nach den richtigen Worten suchte. »Glaub mir. *Es ist nicht deine Schuld!* Hör auf, dir Vorwürfe zu machen und lass uns gehen, okay?«

Laceys Herz zog sich zusammen. Sie wusste, dass er jedes einzelne Wort genau so meinte, wie er es gesagt hatte.

Sie nickte. Er hatte recht. Hier zu sitzen und in Selbstmitleid zu ertrinken, half niemandem.

Schon gar nicht Melody und Kelly.

Melodys Zähne schlugen aufeinander.

Ihr Badezimmergefängnis war eiskalt. Sie ging in dem kleinen, fensterlosen Raum im Kreis, rieb sich die Arme und hoffte, dass ihr dadurch etwas wärmer werden würde. Die blassblauen Wände sahen aus wie aus Eis. Die Seidenbluse und der teure Rock waren viel zu dünn für diese Temperaturen.

Außerdem hatte sie auch noch zwei Laufmaschen in der Strumpfhose, und an der rechten Wade ertastete sie eine weitere. Sie hob den Rock und riss sich das nutzlose Nylonding herunter.

Dann trommelte sie mit den Fäusten an die Badezimmertür. Wieder mal.

»Verdammt noch mal! Lass mich raus, du widerlicher Scheißkerl!«

Stille.

Vielleicht war er weg.

Als ihre Hände zu sehr wehtaten, trat sie mit dem Fußballen gegen die Tür. Ihre kalten Zehen schonte sie lieber. Er hatte die Badezimmertür von außen mit einem Riegel verschlossen.

Ihr Gefängnis war völlig leergeräumt worden. Die Handtuchhalter fehlten genauso wie die Duschvorhangstange. Der Spiegelschrank und alle anderen Regale waren leer. Melody hatte den Raum akribisch nach einem Gegenstand abgesucht, der als Waffe oder Werkzeug geeignet war. Beim Versuch, die metallenen Schubladengriffe abzuschrauben, hatte sie sich die Fingernägel abgebrochen. Als Nächstes hatte sie am Duschkopf gerissen. Das Ergebnis war lediglich ein ansehnliches Loch in der Wand um die Halterung. Auch bei der Lüftungsabdeckung an der Zimmerdecke hatte sie keinen Erfolg gehabt. Bislang war die ganze Mühe umsonst gewesen, aber es tat gut, nicht nur untätig herumzusitzen.

Seit sie auf dem Badezimmerfußboden zu sich gekommen war, zermarterte sie sich das Gehirn darüber, was eigentlich passiert war. Sie erinnerte sich daran, dass sie im Parkhaus gestanden und in ihrer Handtasche nach den Wagenschlüsseln gefischt hatte. Einen Moment lang hatte sie sogar geglaubt, sie lägen noch in der Küche. Dann hatte sie hinter sich ein leises Geräusch gehört, aber nicht groß darauf geachtet, sondern weiter nach den Schlüsseln gekramt. Er war von hinten gekommen. Schnell und brutal.

Wie in einem schlechten Horrorfilm. Und sie hatte die Rolle der dümmlichen weiblichen Hauperson übernommen. Der Kerl hatte ihr einen Stofffetzen auf Mund und Nase gedrückt und sie hatte die Luft angehalten, weil sie wusste, dass es gefährlich war einzuatmen. Aber dann hatte er sie gekniffen und sie hatte vor Schreck und Schmerz nach Luft geschnappt und dabei das Zeug eingesogen, mit dem der stinkende Lappen getränkt war. Mit dichten Nebeln vor den Augen hatte sie den aussichtslosen Kampf gegen die Bewusstlosigkeit gekämpft. Es war ihr gelungen, den Kopf ein wenig zu drehen und einen Blick auf kurzes, dunkles Haar zu erhaschen.

Mehr wusste sie nicht.

Er hatte ihr die Uhr und die Schuhe abgenommen. Sie wusste weder, wie spät es war, noch, wie lang sie schon eingesperrt in diesem Badezimmer hockte.

Wütend über ihre eigene Hilflosigkeit und Dummheit trat sie erneut gegen die Tür. So etwas hätte ihr nicht passieren dürfen. Sie kannte die Vorsichtsmaßnahmen: Frauen sollten ihren Schlüssel stets griffbereit und ihre Umgebung immer im Blick haben. Weil sie sich in dem gut beleuchteten Parkhaus sicher fühlte, war sie nachlässig geworden.

Das würde ihr nie wieder passieren.
Ihr Blick fiel auf das Loch um den lose herunterhängenden Duschkopf. Dabei kam ihr eine Idee. Sie riss den schweren Deckel vom Spülkasten der Toilette und schlug damit gegen das Spiegelschränkchen. Die Spiegelscherben spritzten in alle Richtungen. Melody suchte sich zwei der größeren Stücke heraus. Waffen. Probeweise schlug sie mit einer der Scherben gegen ein Regalbrett. Sie brach, hinterließ jedoch eine tiefe Kerbe in dem Brett. Und einen kleinen Schnitt in ihrer Handfläche.

Melody saugte an der Wunde. Wirklich stabil waren die Scherben nicht, aber sie waren scharf. Damit ließ sich ordentlich Schaden anrichten. Mit einem grimmigen Lächeln sah sie sich noch einmal die Spülkastenabdeckung an. Für eine Waffe war sie zu unhandlich. Aber vielleicht war sie doch zu etwas zu gebrauchen. Kurz entschlossen schlug sie damit auf die Tür ein. Das laute WUMM klang vielversprechend, doch die Tür hielt. Melody schlug noch einmal zu. Und noch einmal.

Als ihre Arme lahm wurden, ließ sie den Deckel ins Waschbecken fallen. Porzellanstücke sprangen ab. Wenn sie schon nicht hier weg konnte, würde sie diese verfluchte Gefängniszelle wenigstens ramponieren, so gut sie konnte. Die Badezimmertür hatte im Bereich der Klinke nun immerhin einen kleinen Riss. Stolz fuhr sie mit dem Finger darüber. Ihre Muskeln schmerzten, aber das war wenigstens ein Anfang.

Sie hielt die hohle Hand unter den Wasserhahn und trank. Dass sie Wasser hatte, war gut. Damit konnte sie lang überleben. Vorsichtig stieg sie über die Spiegelscherben auf dem Fußboden, setzte sich auf den Toilettendeckel und ruhte sich aus. Sie stützte den Kopf in die Hände, wischte ihre Tränen weg und versuchte, nicht an die Zeitungsartikel zu denken. Die Artikel über den Serienkiller. Die grauenhaften Geschichten über die gefolterten, ermordeten Männer. *Sicher hatte das nichts mit ihr zu tun.* Jemand brachte Männer um, die etwas mit dem College-Girl-Killer-Fall zu tun hatten. Dieser Jemand hatte es nicht auf Frauen abgesehen. *Eine vermisste Frau gab es allerdings.* Das hatte sie in den Nachrichten im Autoradio gehört. War ihre eigene Entführung der nächste Akt des Dramas?

Nein. Sicher ging es hier um Lösegeld. Jack würde zahlen, was die Verbrecher verlangten, und sie würde freikommen. Sie schnäuzte sich in ein Stück Toilettenpapier. Als sie sich die dünne Rolle ansah, kamen ihr erneut die Tränen. Vielleicht sollte sie sie nicht fürs Naseputzen verschwenden. Erschöpft richtete Melody sich auf und atmete tief durch. Ihr fielen fast die Augen zu, während sie vorsichtig über die Scherben hinweg in die Badewanne stieg. Dort lagen keine scharfen Spiegelstücke. Sie rollte sich zusammen, aber die Kunststoffwanne war so kalt, dass sie zitterte. Melody zog die Knie an die Brust, schlang die Arme darum und schloss die Augen. Immer wieder schüttelte es sie krampfartig vor Kälte, doch irgendwann fiel sie in einen unruhigen Schlaf.

Ein kurzer Anruf bei Callahan sorgte dafür, dass Jack durch die Polizeiabsperrung in einem Wohngebiet von Molalla gelassen wurde. Er schob sich an den beiden Cops vorbei, die ihn aufgehalten hatten, und sprintete durch den frischen Schnee. Zwei Straßen weiter bereiteten sich die Detectives und das Einsatzkommando auf die Erstürmung des Hauses an der nächsten Ecke vor. Zum Glück hatte Lacey sich bereiterklärt, im Truck zu warten. Sie war völlig verstört und hatte sich selbst während der zweistündigen Fahrt kaum beruhigt. Auch Jack war alles andere als gelassen. Auf dem Highway hatte er zweimal beinahe andere Wagen gerammt.

»Sie haben ihn«, hatte Lacey immer wieder vor sich hin gemurmelt. »Es ist vorbei.« Sie hatte den Kopf an die Kopfstütze gelehnt, ihn hin und wieder geschüttelt und gesagt: »Ich kann es nicht glauben. Ich glaube es einfach nicht.« Die Augen hielt sie fest geschlossen.

»Meinst du, er weiß, was mit Suzanne passiert ist?«, flüsterte sie einmal.

Jack nickte. »Ja, verdammt. Ich glaube, er weiß es ganz genau.«

»Und was ist mit ...« Lacey hatte den Kopf zum Fenster gedreht. Aber Jack sah die Tränen trotzdem. Er wusste, wovon sie sprach.

»Wir werden rausfinden, wo das Baby ist.«

Lacey nickte, konnte aber nicht antworten.

Kein Baby. Ein Kind.

Bitte, Gott. Mach, dass Melody lebt.

Jack hatte den Truck geparkt und Lacey aus dem Wagen helfen wollen. Aber sie blieb stumm und reglos sitzen. Ihre Hände lagen ineinander verschlungen in ihrem Schoß, Jacks Blick wich sie aus.

»Ich will das nicht sehen. Ich will nicht sehen ... wo er sie gefangen gehalten hat. Ich kann das nicht.« Jack stellte ihr keine weiteren Fragen. Er konnte sich vorstellen, wie ihr zumute war. Seit zwei Stunden war ihm übel vor Angst, wenn er daran dachte, was die Polizei vielleicht finden würde. Bilder von Angelhaken und gebrochenen Knochen quälten ihn. Aber immerhin hatten sie jetzt das Haus des kranken Dreckskerls gefunden. Lacey wollte nicht aussteigen, aber hier war sie sicher: Ein ganzes Dutzend Streifenwagen blockierte ringsum die Durchfahrt.

»Verriegle die Tür«, sagte Jack streng.

Wütend sprintete er die Straße entlang. Der Scheißtyp hatte seine Schwester. Wenn er ihr irgendetwas angetan hatte ... würde Jack für nichts garantieren.

Melody musste noch am Leben sein.

Er entdeckte Callahan und Lusco in einer Gruppe von Cops und machte sich auf den Weg dorthin. »Was ist los?« Alle sahen zu einem kleinen Haus im Ranchstil am Ende der Straße. Ein Toyota Camry neueren Baujahres stand in der Einfahrt. Im Schnee hinter dem Wagen waren frische Reifenspuren.

Lusco starrte Jack nur unverwandt an, aber Callahan sagte: »Das Sondereinsatzkommando fährt gleich zum Haus. Die Scharfschützen sind bereits in Stellung. Ein Teil der Mannschaft geht durch die Haustür rein. Der andere durch die Hintertür. Falls der Bekloppte da ist, wird aus dem Einsatz eine Geiselbefreiung. Das kann heiß werden. Also stehen Sie nicht in der Schusslinie rum.«

Callahans Blick verlieh seinen Worten Nachdruck. Er tippte an seine Hutkrempe.

Jack nickte und suchte sich etwas abseits einen Platz, von dem aus er das Haus gut sehen konnte. Callahan wandte sich abrupt noch einmal zu ihm um. »Wo ist Dr. Campbell?«

Jack zeigte in die Richtung, aus der er gekommen war. »Da hinten an der Absperrung. In meinem Truck.«

Die Erleichterung war dem Detective deutlich anzusehen. Er drehte sich zu der Gruppe von Cops zurück.

Jack konnte kaum stillstehen. Am liebsten wollte er ins Haus stürzen und den Kerl windelweich prügeln. Er schloss die Augen und dachte an Melody. *Sie muss hier sein. Wenn er ihr etwas angetan hat, ist er ein toter Mann.*

Angespannt beobachtete er, wie ein gepanzerter Einsatzwagen die Straße entlangdonnerte und vor dem Haus anhielt. Ein Dutzend bewaffneter Männer sprang heraus und verteilte sich. Die Hälfte von ihnen ging zur Vorderseite des Hauses, die andere Hälfte nach hinten.

Ein ohrenbetäubendes Krachen riss Melody aus dem Schlaf. Mit beiden Händen stemmte sie sich hoch, duckte sich dann aber sofort wieder. Gebrüll und lautstarke Befehle drangen durch die Tür zu ihr herein. Eine hohe männliche Stimme schrie, schwere Schritte polterten durchs Haus.

Melody sprang aus der Wanne und trommelte mit schmerzenden Fäusten gegen die Tür. Sie achtete nicht auf die Scherben, die sich in ihre Füße gruben. Schwere Schritte kamen näher.

»Lassen Sie mich raus!« Was, wenn die Stiefel wieder davontrampelten und sie in diesem verdammten Gefängnis verrotten ließen? »Er hat mich hier eingesperrt! Holen Sie mich raus!« Panisch schlug sie gegen die Tür.

»Wer sind Sie?« Eine gedämpfte männliche Stimme drang zu ihr herein. Melody lehnte die Wange und die Brust gegen das Holz.

»Ich bin Melody Harper. Er hat mich entführt und hier eingesperrt …« Das Geschrei draußen war einfach zu laut. Der Mann rief den anderen Leuten im Haus etwas zu. Die einzelnen Worte verstand sie nicht. Dann wurde seine Stimme plötzlich leiser.

Melody trommelte an die Tür und kreischte: »Gehen Sie nicht weg!«

»Treten Sie von der Tür zurück.«

Sie stolperte zur Seite und drückte sich in die Nische zwischen der Toilette und der Wand. *Würde er etwa schießen?*

Die Tür klapperte und bebte, als von außen etwas dagegen donnerte. Melody sah, wie der Riss, den sie ins Holz geschlagen hatte, länger wurde. Noch einmal zitterte die Tür, dann splitterte sie im Bereich der Klinke. Ein weiterer Schlag und sie flog auf. Ein Mann mit einem Helm bog um die Ecke und richtete ein Gewehr auf sie. Vor lauter Erleichterung gaben Melodys Beine nach. Sie sank gegen die Toilette. Das Gesicht des Mannes musste sie gar nicht sehen. Die Panzerung reichte aus.

»Verdammt.« Das Einsatzfahrzeug blockierte Jacks Sicht. Er suchte sich einen neuen Platz und sah gerade noch, wie die Haustür aufflog. Laute Stimmen schrien etwas von Hinlegen. Er presste die Kiefer aufeinander. Eine innere Stimme befahl ihm, hinzurennen und nach seiner Schwester zu suchen.

Geräuschvoll kam ein Teil des Kommandos wieder aus dem Haus. Vor der Gruppe her stolperte ein Mann mit auf den Rücken gefesselten Händen in den verschneiten Vorgarten. Ein Mitglied des Kommandos warf ihn bäuchlings in den Schnee. Zwei schwerbewaffnete Polizisten postierten sich über ihm und richteten die Waffen auf seinen Kopf.

Ja, verdammt! Sie haben ihn!

Jack versuchte, die Gestalt im Schnee besser zu erkennen. Der Mann zitterte vor Angst und drehte ungelenk den Kopf, um sehen zu können, was hinter ihm vor sich ging.

Jack blinzelte. Er kannte den Kerl. Dieses Gesicht hatte er schon einmal gesehen. Als er etwas näher trat, bemerkte er, dass die Detectives überraschte Blicke austauschten. Auch sie wussten, wer vor ihnen im Schnee lag.

Frank Stevenson. Laceys Ex.

Jack erstarrte und rang nach Luft. *Irgendetwas stimmt hier nicht.* Seine Eingeweide zogen sich zusammen. Diese armselige kleine Ratte konnte unmöglich ein Serienkiller sein. Stevenson konnte nicht all die ... Jacks Herz gefror.

Es war eine Falle. Melody war nicht hier. Er war nur hierhergelockt worden ...

Lacey.

Er warf sich herum und sprintete zu seinem Truck. Sein Herz jagte das Blut in seinen Kopf. Callahans Schreie hinter sich ignorierte er.

Anscheinend war auch bei dem Detective der Groschen gefallen.

Mason fluchte. Zu hoffen, der Alptraum sei vorbei, war ein Fehler gewesen.

»Verdammte Scheiße! Das ist Stevenson. Er ist es wirklich.« Ray war verblüfft.

»Er ist es nicht.«

»Doch, er ist es. Dr. Campbells Exmann.« Ray ging näher an den Gefangenen im Schnee heran, wollte ihn sich genau ansehen. Doch Mason packte ihn am Arm. Sein Blutdruck erreichte neue Spitzenwerte.

»Nein. Das ist nicht unser Mann«, krächzte Mason.

Ray blieb stehen, machte den Mund auf, wurde aber durch einen Mann abgelenkt, der die Straße entlangrannte. »Verdammt, wo will der hin?« Der rennende Mann war Jack Harper.

»Ihr Truck, Harper!« Die Sache mit Stevenson war eine Finte gewesen. Harper war bereits selbst darauf gekommen.

»Was geht hier eigentlich vor?« Ray sah verwirrt zwischen der Gestalt im Schnee und dem Mann, der in die andere Richtung rannte, hin und her.

Noch bevor Mason antworten konnte, sah er das Aufblitzen in Rays Gesicht. Sein Partner hatte verstanden. Der Detective fluchte.

»Er hat uns reingelegt.« Ray wollte zum Auto rennen, dann blieb er stehen und sah Stevenson an. Er wusste nicht, was er zuerst tun sollte.

Mason packte Ray am Arm und zerrte ihn zu Stevenson. »Wir sind am richtigen Ort, aber das ist nicht der richtige Mann. Ich kann nur für ihn hoffen, dass er weiß, wo der Killer steckt.«

Stevenson schrie die Männer an, die im Kreis um ihn standen. »Ich habe nichts getan. Die Tür war nicht abgeschlossen.« Er wandte sich an die Detectives, die jetzt auf ihn zukamen. »Ich habe bloß reingeschaut!«

»Was zum Teufel haben Sie in dem Haus gemacht?« Mason wollte Stevenson mit den Cowboystiefeln gegen den Kopf und in seinen feigen Arsch treten.

»Er hat gesagt, sie wäre hier!«, stammelte Stevenson.

»Wer? Wer hat Ihnen das gesagt?«

»Ich weiß es nicht.« Der Mann war den Tränen nahe. »Jemand hat angerufen. Er hat gesagt, Celeste würde mit irgendeinem Kerl rumvögeln. Ich könnte sie in flagranti erwischen.«

»Ihre Frau betrügt Sie?«

»Das wollte ich grade rausfinden!« Rot vor Wut und Eifersucht hob sich Stevensons Gesicht vom Schnee ab. »Bis zu dem Anruf wäre ich gar nicht darauf gekommen. Ich wollte nachsehen, ob da was dran ist!« Mason dachte kurz über die Worte des Mannes nach. Verdammt, er glaubte diesem Arsch. Stevenson konnte unmöglich der Serienkiller sein. Dafür war er nicht intelligent und gerissen genug.

DeCosta hatte diesen Coup raffiniert eingefädelt.

Er hatte Stevenson, Jack und die Polizei gemeinsam in dieses Haus gelockt, weil er wusste, dass die Polizei im Anmarsch war. Stevenson würde hier nach seiner Frau suchen, die Polizei nach einer Geisel.

Bobby DeCosta alias Robert Costar hatte Mason zum Deppen gemacht. Zu einem Idioten, der ganz umsonst die schwere Artillerie hatte anrücken lassen.

Aber wozu das alles?

»Sir, wir haben sie!«

Auf einen Beamten gestützt humpelte Melody Harper aus dem Haus. Ihre Kleidung war zerknittert, ihr Haar hing strähnig herunter und sie hatte keine Schuhe an. Trotzdem schien sie die Kälte nicht zu spüren. Sie hinterließ blutige Fußabdrücke im Schnee. Der Schreck über den Anblick so vieler bis an die Zähne bewaffneter Einsatzkräfte vor dem Haus stand ihr ins Gesicht geschrieben. Mason schloss die Augen.

Danke, lieber Gott. Wenigstens hatte er nicht komplett versagt. Zumindest sein Gefühl, dass sie Melody hier finden würden, hatte ihn nicht getrogen.

Er ging zu der Frau und legte ihr seine dicke Jacke um die Schultern. Dann rieb er ihre Oberarme, damit ihr etwas wärmer wurde. Sie warf ihm mit glasigen Augen einen dankbaren Blick zu. Dann starrte sie den Mann an, der auf dem Bauch im Schnee lag.

»Der hier hat kein dunkles Haar.« Ihre Stimme klang verwirrt. »Er war es nicht. Das ist nicht der Kerl aus der Tiefgarage.«

Mason nickte. »Das wissen wir schon.«

»Und warum trägt er dann Handschellen?« Melodys fragende Augen hatten dieselbe Farbe wie die ihres Bruders. Mason stellte fest, dass die Geschwister auch die gleiche Gesichtsform hatten. Trotzdem wirkte Melody unglaublich feminin.

»Weil er ein Idiot ist.«

»Ah ja.« Melody akzeptierte die Erklärung ohne weitere Fragen. Sie begann heftig zu zittern.

»Bringt sie in einen Wagen und sorgt dafür, dass ihr wieder warm wird.« Mason winkte einen Uniformierten heran. In diesem Moment klingelte sein Handy.

»Callahan.«

»Sie ist weg. Er hat sie sich geholt.« Obwohl Harper außer Atem war, hörte Mason die Wut in seiner Stimme. »Er hat Lacey.«

»Nichts anfassen.« Mason wollte das Gespräch bereits beenden, als ihm einfiel, dass Jack gar nicht wusste, dass sie Melody gefunden hatten. »Harper! Augenblick! Ihre Schwester war im Haus. Es geht ihr gut.«

Zwei Sekunden lang sagte Harper gar nichts. »Sie ist hier? Es geht ihr gut? Als ich Stevenson gesehen habe, dachte ich, die ganze Sache wäre bloß eine Finte. Hat er ihr etwas getan?«

»Es geht ihr gut«, wiederholte Mason. »Ihr fehlt nichts. Wir kümmern uns um sie.«

Jack atmete laut hörbar aus. »Danke.«

»Rühren Sie sich nicht von der Stelle. Wir sind gleich da.«

Mason klappte das Handy zu und gab Ray ein Zeichen.

»Es geht weiter.«

Urplötzlich hatte Mason das Gefühl, um zehn Jahre gealtert zu sein. Die emotionale Achterbahnfahrt bei diesem Fall brachte ihn fast um. Er atmete tief durch, rückte seinen Hut zurecht und marschierte dann die verschneite Straße entlang zur Absperrung. Ein Satz hallte ihm dabei mit endlosen Echos durch den Schädel.

Es ist nicht vorbei.

ZWEIUNDDREISSIG

Es ging alles viel zu leicht.

Während die Polizei mit seinem Haus beschäftigt war, versteckte er sich einfach in einem Nachbarhaus. Die Besitzer hatten ihn gebeten, ihren Hund zu füttern, so lang sie im Urlaub waren. Er mochte Hunde und das Heim seiner Nachbarn war das perfekte Versteck, von dem aus er zuschauen konnte, wie die Polizei sein Haus umstellte. Sogar seinen Wagen hatte er in die fremde Garage gefahren.

Zum Glück bedeutete er seiner Mutter wenigstens noch so viel, dass sie ihn angerufen und gewarnt hatte.

Am Telefon hatte sie ziemlich unsicher geklungen, sich vermutlich gefragt, ob sie das Richtige tat. Wie üblich hatte er sie beschwatzt, ihr über seine Beteiligung an den laufenden Fällen Lügen aufgetischt und behauptet, die Polizei wolle ihm etwas anhängen, weil er Daves Bruder war. Er hatte ihr weisgemacht, er würde mit der Polizei sprechen und alles in Ordnung bringen.

So leichtgläubig. Das waren alle Frauen.
Selbst die unnahbare Dr. Campbell.

Völlig arglos hatte sie ihm abgenommen, Detective Callahan wolle sie zu ihrer eigenen Sicherheit von der Straße weghaben. Er solle sie im Auftrag des Detectives in ein Haus bringen. Die Polizisten an der Absperrung waren von den Ereignissen weiter hinten in der Straße abgelenkt gewesen. Weil sie für alles andere keinen Blick hatten, bemerkten sie auch nicht, dass Lacey aus dem Truck stieg und mit zu einem Haus ging. An einem kurzen Aufflackern in ihrem Blick sah er, dass er ihr bekannt vorkam. Aber wann und wo sie ihn schon einmal gesehen hatte, fiel ihr in dem Moment noch nicht ein. Mit der dunkelblauen Mütze und der dunkelblauen Windjacke sah er aus, als gehöre er irgendwie zu den Polizeikräften. Wahrscheinlich nahm sie an, sie hätte ihn schon einmal zusammen mit den Detectives gesehen. Ohne dass ihr eingefallen wäre, woher sie sein Gesicht tatsächlich kannte, folgte sie ihm.

Als sie durch die Haustür traten und er ihr die Hand ins Kreuz legte, fiel es ihr plötzlich ein.

Aber jetzt war es zu spät. Die Tür hatte sich bereits hinter ihr geschlossen. Was nun folgte, würde dasselbe sein wie bei der Harper-Frau: Lappen aufs Gesicht, zum Einatmen zwingen, ab in den Wagen.

Aber die hier wehrte sich. Wie eine wütende kleine Katze. Zwei Bilder schlug sie dabei von der Wand, eine kleine chinesische Statue zersprang. Die zierliche Frau ging mit Zähnen, Fingernägeln und Füßen auf ihn los.

Behutsam betastete er sein Gesicht. Den Kratzer auf der Wange und die Bissspuren am Arm würde man in einer Woche noch sehen. Schlampe.

Kein Polizist hatte auch nur in seine Richtung geschaut, als er aus der Garage gefahren war. Die zahllosen Abdrücke der Polizeistiefel und die Reifenspuren der Streifenwagen würden seine eigenen Spuren überdecken.

Während er den Kaffee in sich hineinschüttete, sah er sich im Hauptraum der Hütte um. Er musste sich vorbereiten. Die Polizei hatte sein Haus gefunden und hierher würden sie auch kommen. Genau wie er es haben wollte. Hier draußen, mitten im Wald, war er allein. Die windschiefe Hütte hatte er schon als Kind geliebt und zusammen mit Dave während der Jagdsaison oft Monate hier verbracht. Ganz gleich, ob sie Menschen oder Tieren nachstellten. Hier hatte sein Bruder ihn in seine geheime und ganz besondere Welt eingeführt, was ihm natürlich sehr geschmeichelt hatte. Zusammen hoben sie einen Keller aus, versahen ihn mit Betonwänden und einer schweren Tür, damit sie ihre Frauen darin einsperren konnten.

Damals war ihm aufgefallen, dass sein Bruder mit den Frauen schlampig und nachlässig umging. Keine Finesse. Kein Gefühl für technische Details. Dave erledigte die Sache nur einfach irgendwie.

Er hingegen hatte gemerkt, dass Töten so viel mehr sein konnte. Erst der Kick beim Belauern der Beute und während der Jagd – später das Machtgefühl, wenn die Opfer in seiner Hand waren. Auch sich ein Markenzeichen zuzulegen, hatte seinen Reiz. Den Mädchen, die Dave entführte, die Oberschenkel zu brechen, war seine Idee gewesen. Und bei seinen eigenen Morden behielt er das Ritual bei. Einerseits konnte das Opfer dann nicht mehr fliehen, andererseits war der Oberschenkelknochen der längste und einer der stärksten Knochen des menschlichen Körpers. Ihn zu brechen, war ein Ausdruck von Allmacht. Mit zunehmenden Fertigkeiten hatte er ein weiteres Erkennungsmerkmal hinzufügen können, das ihn von nachlässigeren Killern unterschied: Er verwendete Gegenstände aus dem Umfeld der Opfer. Damit zeigte er, dass er sie beobachtet und seine Handlungen exakt geplant hatte. Er lächelte hinter der Kaffeetasse. Seine heutige Perfektion war das Ergebnis jahrelanger Vorarbeit. Die drei letzten Morde waren echte Kunstwerke.

Dass er das Mädchen aus Mount Junction mit ihrem Wagen in den Fluss geschoben hatte, bedauerte er noch immer. Das war sein erster Mord ganz ohne David gewesen, und er hatte sich Sorgen wegen der Spuren gemacht. Deshalb hatte er die Leiche loswerden und alle Hinweise beseitigen müssen. Außerdem fehlte ihm im Südosten Oregons ein abgelegener Ort, an dem er jemanden ein paar Tage lang verstecken konnte. Trotz der Eile hatte er immerhin an sein Markenzeichen, die gebrochenen Oberschenkel, gedacht. Dass der Reporter vom *The Oregonian* endlich die richtigen Schlüsse gezogen hatte, war ein später Triumph. Er wollte Anerkennung für seine Arbeit, hatte aber keine Möglichkeit gefunden, damit gefahrlos an die Öffentlichkeit zu gehen. *Danke, Mr Brody.*

Er zog ein Fotoalbum aus dem obersten Fach des Küchenschrankes und blätterte vorsichtig darin. Die Bilder verfärbten sich zunehmend. Seine Lieblingsfotos hatten Eselsohren von den vielen

Berührungen im Lauf der Jahre. Eigentlich hatte das Album selbstklebende Seiten, auf denen die Fotos halten sollten. Doch inzwischen musste er sie mit Klebestreifen oder Klebstoff befestigen.

Mit geschürzten Lippen betrachtete er einen Schnappschuss von Amy Smith auf einem Schwebebalken. Warum er es damals geklaut hatte, wusste er selbst nicht genau. In dem Glauben, die Turnerin sei zu Hause, war er in ihre Wohnung eingebrochen. Aber er hatte sich getäuscht. Das machte ihn wütend. Er wollte sie aus tiefster Seele. Seit er sie auf einer Plakatwand am Highway in Mount Junction zum ersten Mal in dieser herausfordernden Pose gesehen hatte. Von da an war er den Turnerinnen überall hin gefolgt, hatte Amys Namen herausgefunden und wo sie wohnte. Dann war er endlich bei ihr und sie war nicht da. Deshalb hatte er in ihren Sachen gewühlt und sich über die Banalität des Lebens eines College-Girls gewundert. Es gab Poster von Rockbands, billige Stofftiere von irgendwelchen Jahrmärkten, Kleider, Kleider und noch mehr Kleider.

Die Bilder von Amy, Suzanne und Lacey hatte er sich so intensiv eingeprägt, dass er irgendwann geglaubt hatte, er hätte sie selbst aufgenommen und die lachenden Mädchen wären seine Freundinnen, die für ihn vor der Kamera posierten. In eng anliegenden Trikots, die kaum etwas verhüllten, in Stellungen, die ein ungeheures Gleichgewichtsgefühl und phänomenale Geschmeidigkeit verlangten. Seine Faszination für Turnerinnen rührte aus dieser Zeit. Jahre später hatte er seinen Besuch bei Dave in Oregon so gelegt, dass er mit dem Turnwettkampf in Corvallis zusammenfiel, bei dem auch das Team der Southeast Oregon University antrat. Er hatte seinem Bruder die Bilder gezeigt, eine Turnerin als nächstes Opfer vorgeschlagen, und Dave dafür begeistern können. Das Ergebnis war Suzanne.

Es hätte auch Lacey sein können.

Er strich über die raue Wand seines Verstecks. Kein fließendes Wasser. Nur ein einfacher Ofen zum Heizen und Kochen. Und Ruhe. Hier fühlte er sich eins mit der Natur, lebte das Leben eines Siedlers von vor zweihundert Jahren. Jagen. Fallen stellen. Von Generatoren, fertig gekauftem Feuerholz, Gaslampen und Dosenöffnern wollte er nichts wissen.

Die Polizei hatte nie eine Verbindung zwischen dieser Hütte und seinem Bruder hergestellt. Eigentlich hatte die Bude einem Bekannten seiner Mutter gehört, der den Jungen erlaubte, sie zu benutzen. Vor Jahren hatte er den alten Mann überredet, ihm die Hütte zu verkaufen. Schließlich interessierte sie den Alten schon seit Ewigkeiten nicht mehr. Zwanzig Jahre lang waren die beiden Brüder die einzigen gewesen, die die Hütte benutzt hatten.

Inzwischen gehörte sie ihm allein. Auf der Suche nach einem Job oder einem Mann, der sie aushielt, war seine Mutter mit ihm durch sämtliche Staaten des Westens gezogen. Er hatte sich immer nach einem echten Zuhause gesehnt. Das war die Hütte für ihn schließlich geworden. Hier fühlte er sich verwurzelt.

Obwohl es im Wald recht einsam sein konnte. Er vermisste seinen Bruder, die Gespräche über Fesselspiele, Sexsklavinnen und Waffen. Der Zorn darüber, dass sein Bruder im Gefängnis sterben würde, hatte ihm die Kraft gegeben, sich an denen zu rächen, die ihn in den Knast gebracht hatten. Hier in der Hütte hatte er den perfekten Plan geschmiedet.

Welche Rolle sein kleiner Bruder beim Tod der College-Girls gespielt hatte, hatte Dave nie jemandem verraten. Auch über Suzannes Schicksal hatte die Polizei nichts gewusst, denn sie war *sein* ganz spezielles Projekt gewesen, nicht Daves. Seit seinem fünfzehnten Lebensjahr hatte er mit der Idee gespielt, sich eine Sexsklavin zuzulegen. Eine Frau, die verfügbar war, wann immer er sie wollte, und verschwand, wenn er genug hatte. Er war ein frustrierter Teenager gewesen, mit dem Mädchen nichts zu tun haben wollten, und hatte bereits bezweifelt, dass er je Sex haben würde. Dave hatte die Idee mit der Sexsklavin nicht gefallen. Aber er hatte sich nicht davon abbringen lassen. Sie hatten dann einen Onlinenewsletter für Leute angezapft, die mit Sexsklaven handelten, ihre Gewohnheiten studiert und wie sie vorgingen. Er hatte Suzanne für immer behalten wollen. Dieses wunderschöne Haar, das Temperament.

Als er spürte, dass sich zwischen seinen Beinen etwas regte, ballte er die Hände zu Fäusten.

Es hatte nicht funktioniert. Sein großer Bruder hatte recht behalten. Suzanne ging ihm mit ihrer großen Klappe auf die Nerven und wehrte sich erbittert gegen alles. Dann war sie schwanger geworden und ihn hatte der plötzlich aufkeimende Wunsch nach einer Familie überrascht. Mommy, Daddy und ein Baby. Aber Suzanne war dafür nicht gefügig genug gewesen. Für so etwas hatte er sich die falsche Frau ausgesucht. Nach der Geburt des Babys hatte er sie beseitigt und tief im Wald begraben. Dave hatte die Opfer immer an Stellen abgelegt, wo sie gefunden wurden. Aber er wollte Suzanne für sich haben. Wenn schon nicht im Leben, dann wenigstens im Tod.

Er dachte an Lacey, die gemütlich und still im Keller der Hütte lag. Wäre vielleicht alles anders gekommen, wenn sein Bruder Lacey statt Suzanne entführt hätte? Hätte sie ihn genauso wie Suzanne dazu getrieben, sie zu töten? Oder gäbe es heute eine Familie?

Fragen. Fragen. Er wusste, dass es keinen Sinn hatte, sich mit dem Was-wäre-wenn-Spiel zu quälen.

Auf der Fahrt von Molalla zur Hütte hatte er Lacey eine Spritze gegeben, weil er wusste, dass das Mittel, das sie eingeatmet hatte, nicht lang wirken würde. Sie war leichter zu transportieren gewesen als die Harper-Frau. Vermutlich wog sie kaum mehr als fünfundvierzig Kilo.

Er fläzte sich in einen zerschlissenen Polstersessel und dachte an Melody Harper. Sie zurückzulassen, war die reine Verschwendung gewesen. Aber immerhin hatte sie ihren Zweck als Köder erfüllt. Harper und Lacey waren aus ihrem Versteck gekrochen, als hätte er sie persönlich angerufen. Genau wie er es vorhergesehen hatte. Perfekte Planung.

Es wäre nett gewesen, einige der pikanten Szenarien, die er sich für Melody ausgedacht hatte, in die Tat umzusetzen. Ihr Name gefiel ihm. Melody. Das klang nach Musik. Nach Klavier- und Gitarrensaiten. Nach Geigenbögen und Trommelstöcken. Er wählte gern ein Thema für seine Arbeit. Das steigerte seine Kreativität.

Er hörte ein Summen.

Ärgerlich sprang er auf und warf zwei perfekt zugesägte Holzstücke ins Feuer. Einen Moment lang schaute er auf ein Knie gestützt zu, wie die roten und gelben Flammen an den neuen Holzscheiten leckten. Anfang und Ende.

Er war beinahe am Ziel. Manchmal kam es ihm vor, als arbeite er seit Ewigkeiten an der Umsetzung seiner Pläne. Sorgfältig hatte er Suzannes Knochen ausgegraben und sie dann zusammen mit der Dienstmarke in dem Kellerloch unter dem Mehrfamilienhaus versteckt. Zwar war nicht immer alles exakt nach seinen Vorstellungen gelaufen, doch er war immer noch gut in der Zeit und saß jetzt genau da, wo er sich am Ende hatte sitzen sehen wollen.

Seine Liste von fünf Opfern hatte er weitgehend abgearbeitet. Drei waren tot, eines wartete im Keller und eines kannte er leider nicht. Wenn es ihm doch nur gelungen wäre herauszufinden, wer die fünfte Person war. Derjenige, der Dave mit dem HI-Virus infiziert hatte. Wegen dem er an Aids gestorben war. Dann hätte er die Schwuchtel erledigt. Stattdessen musste er einfach annehmen, dass der Homo langsam an der Krankheit verrecken würde. Vielleicht war er auch schon krepiert.

Er schloss die Augen. Heute war der zehnte Jahrestag von Daves Verurteilung. Ein Nachhall des Schmerzes, der ihn in dem Moment durchzuckt hatte, als der Richter den Hammer niedersausen lassen und seinen Bruder in den Knast und in den Tod geschickt hatte, ließ ihn mit den Zähnen knirschen.

Der Cop, die beiden Anwälte und die Zeugin. Schade, dass der Richter bereits gestorben war. An einem Lungenemphysem. Kein schöner Tod. Man rang verzweifelt nach Atem, während die Lunge langsam ihren Dienst quittierte und der Körper nach Sauerstoff schrie. Gut.

Eine Zeitlang hatte er überlegt, ob er Jack Harper und Michael Brody ebenfalls auf seine Liste setzen sollte. Die beiden hatten ihm immer wieder das Leben schwergemacht und seine Pläne ein paarmal fast durchkreuzt. Aber das reichte nicht aus, um sie zu eliminieren. Brody hatte so schön über seinen Kreuzzug geschrieben.

Robert liebte die Artikel über seine Taten und über die Unfähigkeit der Polizei, die ahnungslos im Dunkeln tappte. Und Harper hatte ihn immer wieder vor Herausforderungen gestellt und damit zu neuen Höchstleistungen angespornt. Harpers Mietshaus hatte er ganz bewusst als Ablageplatz für die Knochen ausgesucht, um die Ermittlungen in die falsche Richtung zu lenken. Immerhin hatte Harper eine Zeitlang zum Kreis der Verdächtigen im College-Girl-Killer-Fall gehört. Er stützte die Hand gegen den Kaminsims und verzog das Gesicht. Dass Harper und Lacey Campbell zusammen im Bett landen würden, war allerdings nicht Teil seines Plans gewesen.

Kelly Cates hatte ebenfalls für eine Überraschung gesorgt. Er kniff die Lippen zusammen. Vielleicht hatten die Morde ihr Angst gemacht und sie versteckte sich jetzt. Immerhin war sie auf ihre ganz eigene verquere Art in die ursprünglichen College-Morde verwickelt.

Sie hatte gute Gründe, nervös zu sein.

DREIUNDDREISSIG

Es ging ihr gut. Seiner Schwester ging es gut.

Jack setzte sich auf die Gehsteigkante, vergrub den Kopf in den Händen und kämpfte gegen den Schwindel an. Erst der Schock über Laceys Verschwinden, dann die Erleichterung, dass Melody sich nicht mehr in den Klauen des Killers befand – das Gefühlschaos drohte, ihn zu überwältigen. Gleich als er Frank Stevenson aus dem Haus hatte kommen sehen, hatte er gewusst, dass Lacey in höchster Gefahr war.

Er hatte sie allein gelassen.

Die Schuldgefühle nahmen ihm fast den Atem. Warum hatte er nicht darauf bestanden, dass sie mitkam? Warum hatte er keinen Uniformierten als Wächter vor den Truck gezerrt? Rückblickend gab es unzählige Dinge, die er hätte tun können. So wie beim letzten Mal, als er eine Frau im Stich gelassen hatte. Wenn er und Cal damals nur … Wenn. Ja, wenn.

Er hatte Lacey versprochen, er würde sie beschützen.

Aber er hatte kläglich versagt und sie würde dafür vielleicht mit dem Leben bezahlen. Die Wut brannte bitter in seiner Kehle, sein Blickfeld verengte sich. *Langsam bis zehn zählen.*

In der vergangenen Nacht hatte sie ihn fast um den Verstand gebracht. Diese dickköpfige Frau hatte sich in sein Herz geschlichen und dort eingenistet. Als sie sich geliebt hatten, hatten ihre Augen ihm ein stummes Versprechen gegeben, und seine Augen hatten dasselbe getan.

Eine Zukunft ohne Lacey Campbell wollte er sich schon gar nicht mehr vorstellen.

Er durfte sie nicht verlieren. Er hatte sie doch gerade erst gefunden.

Jacks Magen rebellierte. Er musste gegen den Brechreiz ankämpfen.

Es war ein paar Grad unter null und er saß in einem Schneehaufen und schwitzte, als wäre er im Sprint einen Marathon gelaufen. Er musste etwas tun.

Die Polizei hatte ziemlich lang gebraucht, um dieses Haus zu finden. Sie hatten nicht noch eine Woche Zeit, um auch Laceys Versteck aufzuspüren. Vielleicht nicht einmal einen Tag.

Jack hörte Stimmen. Niedergeschlagen drehte er sich zu den Detectives um. Callahan sah aus, als würde er demnächst Feuer speien, und Lusco machte ein Gesicht, als wollte er am liebsten um sich schlagen. Die beiden waren gute Männer. Der Fall lag ihnen wirklich am Herzen und sie gaben ihr absolut Bestes, um diesen gerissenen Killer dingfest zu machen. Jack stemmte sich hoch und verzog das Gesicht. Sein Hosenboden hatte sich mit Eiswasser vollgesogen.

Wenn er Lacey finden wollte, musste er sich zusammenreißen.

»Und jetzt?« Er sah zu, wie die Männer um seinen Truck herumgingen und sich das Fahrzeug genau ansahen. Glaubten sie, der Killer hätte einen Pfeil in den Schnee gemalt? Damit sie wussten, in welche Richtung er verschwunden war? Er hatte bereits nachgesehen. Keine erkennbaren Fußabdrücke. Gar nichts.

Lusco zückte sein Handy und einen Bleistift. Callahan trat zu Jack und linste ihn unter der Krempe seines Cowboyhutes hervor prüfend an. *Vermutlich versuchte er abzuschätzen, inwieweit er noch zurechnungsfähig war.*

»Keine Angst. Diesmal gehe ich nicht in die Knie.« Jack brachte ein dürftiges Lächeln zustande.

Callahan musterte ihn noch einmal eingehend. Dann nickte er. Wirklich überzeugt schien er nicht zu sein.

»Ray überprüft gerade, ob noch andere Immobilien auf den Namen Robert Costar eingetragen sind. So nennt sich unser Mann statt DeCosta. Und Ihren Freund Brody versucht Ray auch zu erreichen. Er soll die alte Frau noch mal befragen. Vielleicht weiß sie, wohin ihr Sohn sich zurückziehen könnte.«

Callahan schnaubte. »Sie muss ihn gewarnt haben.« Seine Lippen waren schmal, den Hut hatte er sich tief in die Stirn gedrückt. »Ihrer Schwester geht es gut. Ihr ist bloß eiskalt und der Schreck sitzt ihr in den Knochen. Wir bringen sie vorsichtshalber ins Krankenhaus. Aber sie sagt, er hätte sie nicht angefasst.«

Jack fuhr sich zittrig durchs Haar. »Und was jetzt?«

»Jetzt warten wir.«

»Verdammt, wir können doch nicht einfach Däumchen drehen.«

»Die Polizei sperrt sämtliche Straßen im Umkreis und überprüft jedes Fahrzeug. Aber ich glaube, dafür ist es schon zu spät. Er hat sie vermutlich sofort hier weggebracht«, sagte Callahan grimmig.

Gemeinsam schauten er und Jack zu, wie Lusco mit dem Handy am Ohr sein halbes Notizbuch vollkritzelte. Jack betete, dass unter den Hinweisen die entscheidende Spur war.

Lusco blickte plötzlich auf, als hätte er Jacks Gedanken gehört. Er nickte. Seine Augen glänzten.

»Es gibt eine weitere Adresse unter dem Namen Robert Costar. Eine einsame Hütte in der Nähe von Lakefield. In dieser Ecke von Oregon kennt unser Junge sich anscheinend gut aus.«

»Lakefield«, sagte Mason.

Dort war Suzannes Skelett gefunden worden. Offenbar schloss sich jetzt der Kreis.

»Ruf die Kollegen in Lakefield an. Die sollen rausfinden, was es über die Hütte rauszufinden gibt. Und ich will dort eine Spezialeinheit haben, nicht bloß ein paar Streifenpolizisten.«

Jack fuhr zu seinem Truck herum. Er berechnete bereits die kürzeste Route nach Lakefield. Die Fahrt würde trotzdem Stunden dauern. Doch als er die Hand nach dem Türgriff ausstreckte, schlug Callahan sie weg. *Verdammt, was soll das?*

Der Detective sah angepisst aus. Widerwillig, aber eindeutig angepisst. »Sie können jetzt nicht wegfahren.«

»Was?« Jack war nicht zum Scherzen aufgelegt.

»Ihr Wagen ist ein Beweisstück. Der Truck bleibt hier.«

Jack blieb fast das Herz stehen. *Beweisstück?* Er starrte erst Callahan an, dann Lusco. Lusco nickte.

»Dann fahre ich mit Ihnen.«

Beide Männer schüttelten wie auf Kommando die Köpfe. »Nein.« Callahan beugte sich so weit vor, dass seine Nase beinahe mit der von Jack zusammenstieß. »Sie halten sich da raus. Wenn es etwas Neues gibt, rufen wir Sie an.« Sein Blick sagte Jack, dass Widerspruch zwecklos war. Jack machte den Mund auf und wieder zu, spürte die Wut in seinen Adern kochen und zählte noch einmal langsam bis zehn. Er wollte die Trucktür aufreißen und einfach davonrasen.

Doch er nickte.

Er würde sich etwas einfallen lassen.

Callahan gab ein paar Uniformierten kurze Anweisungen. Dabei zeigte er auf Jacks Truck. Lusco behielt Jack stumm im Auge. Er schien ihm zuzutrauen, dass er sich den Wagen schnappen und wegfahren würde.

Schlaues Kerlchen.

Jack setzte sich wieder auf die Gehsteigkante. Im Moment war er hier so gut wie gestrandet. Mit den Augen suchte er in den Gruppen von Cops, die geschäftig auf der Straße herumliefen, nach dem Gesicht eines Freundes, der ihm vielleicht helfen konnte. Er ging sämtliche Möglichkeiten durch, nach Lakefield zu kommen, und verwarf sie allesamt wieder.

Wie konnte er es schaffen, zu Lacey zu gelangen?

Lacey wachte in der eisigen Dunkelheit auf. Der Schmerz durchzuckte ihren Kopf wie ein Stromschlag. »Verdammt.«

Sie erinnerte sich nicht daran, sich den Kopf angeschlagen zu haben. Aber ihr Schädel pochte höllisch und sie spürte ein Bohren und Stechen in der rechten Schläfe, die gegen den Erdboden pulsierte. Reglos lag sie in der Dunkelheit, blinzelte und versuchte, ruhig zu atmen. *Wie war sie ... DeCosta. Kampf. Der Lappen auf ihrer Nase.* Ihr Körper zitterte, wie von Krämpfen geschüttelt, wehrte sich gegen die Kälte, die aus dem gestampften Lehmboden durch alle Kleider bis tief in ihre Knochen drang.

Langsam gewöhnten sich ihre Augen an die Dunkelheit. Lacey sah sich um und schluckte. Niedrige Decke, enger Raum. Es roch nach feuchtem Schmutz und kaltem Moder. Durch die Balkendecke des Zimmers sickerten ein paar zuckende Lichtstrahlen. Ein Feuer in einem Kamin. Er hatte sie unter einem Gebäude eingesperrt. Vermutlich unter einem Haus. Angestrengt lauschte sie nach Schritten. Dabei starrte sie sehnsüchtig auf die Schlitze in der Decke, wünschte sich, die Wärme möge von oben zu ihr herunterdringen. Alles blieb still. Ihr Atem stand in Wolken in der Luft. Ihr war so furchtbar kalt.

Bei den derzeitigen Temperaturen dauerte es bis zum Erfrierungstod nicht lang.

Sie musste sich bewegen.

Lacey setzte sich auf und betastete die Fesseln an ihren Fußgelenken. Die Hände hatte er ihr ebenfalls zusammengebunden. Zum Glück nicht auf dem Rücken. Aber sie waren fast taub. Die Finger zu bewegen, tat so weh, dass ihr Tränen in die Augen schossen. Doch nach und nach kehrte das Blut in ihre Hände zurück.

Sie war *so dumm* gewesen.

DeCosta. Ihr Entführer war DeCostas jüngerer Bruder, Bobby.

Zu spät war ihr aufgegangen, dass Detective Callahan niemals jemanden schicken würde, der sie in Sicherheit bringen sollte. Aber der Mann war ihr irgendwie bekannt vorgekommen und das hatte sie einen Moment lang verwirrt. Callahans vage Ahnung, wer hinter den Morden stecken könnte, bestätigte sich jetzt. DeCostas kleiner Bruder war erwachsen geworden. Wenn sie nicht so müde und halb krank vor Angst und Schuldgefühlen wegen Melody Harper gewesen wäre, wäre sie vielleicht aufmerksamer und weniger arglos gewesen. Sie blinzelte die Tränen weg und wackelte angestrengt mit den Fingern, um die Taubheit loszuwerden.

Ihr Widerstand hatte nichts genützt. Bobby DeCosta war erstaunlich stark für seine Größe. Das Pfefferspray hatte wieder einmal außer Reichweite in ihrer Handtasche gesteckt, als der Mann ihre Arme gepackt hatte. Sie hatte ihm das Gesicht blutig gekratzt; er hatte aufgeheult und sie geohrfeigt. Der Schmerz veränderte seine Augen. Er sah plötzlich nicht mehr aus wie ein menschliches Wesen, sondern wie etwas, das aus der Wut geboren war.

Lacey zwang sich, die Finger trotz des Schmerzes weiter zu bewegen. Sie biss sich auf die Lippen. Nach einer endlos scheinenden Minute spürten ihre Fingerspitzen den groben Strick, mit der er ihr die Fußgelenke aneinandergefesselt hatte. Die Knoten saßen fest und waren noch dazu aufgequollen, weil ihre Füße in einer Schmelzwasserpfütze gelegen hatten. Beim Versuch, einen der feuchten Knoten zu lösen, riss Lacey sich einen Fingernagel ab. Neue Tränen schossen ihr in die Augen. Sie schnappte scharf nach Luft.

Ihr Kopf dröhnte wie die Bässe in den Lautsprecherboxen eines Teenagers. Eine Gehirnerschütterung? Ihr tat alles weh. Überall. Es war die Art Schmerz, bei der die einzelnen Schmerzquellen sich nicht unterscheiden ließen, weil es so viele davon gab.

Wann würde er zurückkommen? Lacey bewegte die Hände schneller. Er hatte sie noch nicht umgebracht. Und bei Gott, sie würde nicht zulassen, dass er es tat.

Jack mussten sämtliche Sicherungen durchgebrannt sein, als er seinen Truck leer vorgefunden hatte. Erst wurde Melocy entführt und dann sie.

Es tut mir so leid, Jack. Das hast du nicht verdient.

Ein Knoten lockerte sich ein kleines bisschen. Lacey stemmte sich gegen den Schmerz und bearbeitete den Strick noch heftiger. Sie würde diese verdammten Fesseln loswerden und einen Fluchtweg finden. Das Schloss an der Tür verschwamm vor ihren Augen. Als sie blinzelte, waren es plötzlich zwei Schlösser. Sie machte die Augen fest zu und dann wieder auf. Nur ein Schloss. Verdammt. Ihr Kopf hatte tatsächlich etwas abbekommen.

Sie atmete tief durch und konzentrierte sich auf ihre Finger. Sie musste hier weg.

Jack und Alex rasten in Alex' altem Bronco in der einsetzenden Dämmerung den Freeway entlang. Bei diesem Tempo würden sie Lakefield in knapp einer Stunde erreichen. Jack warf einen Blick auf das Navi auf dem Armaturenbrett. Es war ihm gelungen, die Adresse von Luscos Notizbuch abzulesen. Ihr Ziel lag draußen in einer sehr ländlichen Gegend am Rand des Küstengebirges. Dicht bewaldet. Sehr abgelegen. Wenn sie dort ankamen, würde es stockdunkel sein.

Alex' Truck war zwar alt, aber mit jedem erdenklichen elektronischen Schnickschnack ausgestattet, der das Herz eines Technikfreaks höher schlagen ließ. Jacks Freund hatte keine Sekunde gezögert, als er ihn um Hilfe gebeten hatte. Er wollte nur wissen wann und wo.

Die Tachonadel bewegte sich auf die 95-Meilen/Stunde-Marke zu; Jack klammerte sich ein wenig fester an den Türgriff. Möglicherweise war die ganze Mühe umsonst. Der Killer konnte auf dem Weg nach Mexiko sein. Oder nach Kanada. Im Augenblick setzten sie alles auf eine Karte.

Heute war es so weit. Dave DeCostas Verurteilung jährte sich zum zehnten Mal. Alles, was an Schrecklichem passieren konnte, würde heute passieren. Das stand auf der Karte, die Bobby DeCosta an Lacey geschrieben hatte. Seine genauen Pläne hatte er zwar nicht offenbart, aber sein Ziel war klar.

Erst hatte Jack geglaubt, DeCosta hätte sich Melody geholt, weil sie Laceys Platz einnehmen sollte. Aber jetzt wusste er, dass Melody nur der Köder gewesen war, mit dem er Lacey angelockt hatte.

Und Jack hatte ihm die erhoffte Beute auf einem Silbertablett serviert.

Er würde Lacey zurückholen. Er hatte versprochen, sie zu beschützen, und dieses Versprechen würde er halten. Alles andere war einfach undenkbar. Energisch schob Jack die Bilder einer blutüberströmten schwangeren Frau aus seinem Kopf.

Alex konzentrierte sich stumm auf die glatte Straße. Jack war so mit seinen Gedanken beschäftigt, dass er sein Handy anfangs gar nicht hörte. Dann ignorierte er das Klingeln. Es hörte auf, fing aber gleich darauf noch einmal an.

Er drückte die Lautsprechertaste. »Was ist?«

»Er hat Kontakt aufgenommen.« Callahan setzte die knappe Botschaft mit gepresster Stimme ab.

»Was? Wie?«

»Er weiß, dass wir kommen. Er hat gesehen, wie die Polizei und das Sondereinsatzkommando sich in Stellung bringen, und die Zentrale angerufen. Die haben ihn durchgestellt. Er will verhandeln.«

»Verhandeln? Wie viel brauchen Sie? Ich kann das Geld besorgen. Wie viel verlangt er?« In Jack flackerte ein Funke Hoffnung auf. Geld konnte er auftreiben. Über Geld konnte man reden.

Callahan ließ eine Sekunde vergehen. Dann sagte er: »Er will kein Geld, Harper.«

»Was dann?« Der Funke erlosch.

Alex wich einer gefrorenen Pfütze auf der Ausfahrt nach Lakefield aus. Jack wurde auf seinem Sitz zur Seite geworfen und ließ beinahe das Handy fallen.

»Wo sind Sie grade?« Callahan wechselte das Thema.

»Etwa fünfzehn Minuten hinter Ihnen.«

»Verdammt. Ich habe Ihnen doch gesagt, Sie sollen wegbleiben. Wenn ich Sie am Einsatzort sehe, reiße ich Ihnen eigenhändig den Arsch auf. Dass Sie uns im Weg rumstehen, fehlt gerade noch. Wenn es sein muss, lasse ich Sie in Handschellen abführen.«

»Wenn er kein Geld will, was dann?« Jack ignorierte die Drohungen.

»Er verlangt einen Austausch. Dr. Campbell gegen Sie.«

»Geht klar«, blaffte Jack ohne Zögern.

Wieder ließ Callahan sich mit der Antwort Zeit. »Das ist gequirlte Scheiße. Er will uns bloß hinhalten. Ich frage mich, wie er auf eine derart idiotische Idee kommt. Er kann sich doch denken, dass wir auf dieser Basis nicht verhandeln.«

»Sie vielleicht nicht. Ich schon.« Jack legte auf.

Alex sah ihn schweigend an.

»Hast du sie mitgebracht?«, fragte Jack.

»Im Handschuhfach.«

Jack öffnete die Klappe. Er kniff den Mund zusammen, zögerte einen Moment und griff dann zu. Die teure Heckler & Koch gab er Alex. Er selbst behielt die Glock. Mit ihrem Gewicht und dem Gefühl einer Waffe in seiner Hand musste er sich erst wieder vertraut machen. Jack versuchte, nicht auf die dumpfe Übelkeit tief unten in seinem Bauch zu achten. Diese Waffe hatte er früher im Polizeidienst getragen und vor Jahren bei Alex deponiert.

Er legte das Magazin ein und lud durch.

Mason starrte ungläubig auf das Display seines Handys. Dort blinkte noch die Gesprächsdaueranzeige für das kurze Telefonat mit Harper. Der Kerl war so besessen von Dr. Campbell, dass seine Denkfähigkeit litt. Bobby DeCosta hatte keinerlei Interesse an Jack Harper. Er spielte nur mit ihnen.

»Was hat er gesagt?« Ray lenkte mit einer Hand und schaute von der Straße zu Mason, als befänden sie sich auf einer vergnüglichen sonntäglichen Spritztour. Früher hatte diese gefährliche Marotte Mason nervös gemacht. Aber inzwischen hatte er sich daran gewöhnt. Rays Blickfeld war phänomenal groß.

»Willst du raten?«

»Er will sich mit wehenden Fahnen ausliefern.«

Mason schnaubte. Hinter Rays bulligem Äußeren verbarg sich ein weiches, romantisches Herz. Und ein Hang zum Kitsch. »Das Sondereinsatzkommando wird ihn nicht durchlassen. Die haben Unterhändler angefordert und bringen gleichzeitig die Scharfschützen in Stellung.«

»Weiß Harper das?«

Mason sah ihn an. »Du glaubst doch nicht etwa, dass er wirklich bis zum Äußersten geht?«

»Hast du nicht gesehen, wie er diese Frau anschaut? Der Mann steckt drin bis über beide Ohren. Er denkt nicht mehr klar. Er würde sich, ohne zu zögern, zwischen sie und eine Kugel werfen.«

»Aber er macht doch wohl keine Dummheiten«, murmelte Mason. *Oder doch?*

Nach kurzem Schweigen sagte Ray: »Du warst noch nie richtig verliebt, oder?«

Mason verdrehte die Augen. »Ach, halt die Klappe. Das hier ist kein Hollywood-Film.«

Er fummelte an seinem Handy herum und tat, als sehe er den forschenden Blick nicht, mit dem Ray ihn maß. Das Mitleid in Luscos Augen gab ihm einen Stich.

Lacey konzentrierte sich angestrengt auf den Strick um ihre Knöchel. Endlich gelang es ihr, einen der Knoten zu lösen. Das machte ihr Hoffnung für den Rest. Immer wieder musste sie Pausen einlegen. Die Taubheit in ihren Fingern kam und ging. Die Kälte machte ihr furchtbar zu schaffen. Ihre Muskeln krampften, ihre Zähne klapperten und ihr zitterten die Arme. Als wäre es nicht auch so schon schwierig genug gewesen, die Knoten aufzubekommen.

Der Schwindel packte Lacey ganz plötzlich. Sie kippte zur Seite. Obwohl sie versuchte, sich mit den gefesselten Handgelenken abzufangen, schlug sie mit dem Kopf auf dem Boden auf. Der Schmerz in ihrem Schädel steigerte sich um ein Vielfaches und ihr Ellbogen hatte widerlich geknackt. Schwer atmend überlegte sie, ob sie sich etwas gebrochen hatte. Sie holte tief Luft, dann richtete sie sich vorsichtig wieder auf. Der Schmerz schoss wie ein Blitzstrahl durch ihren Arm.

In diesem Moment hörte Lacey ein Rascheln vor der Tür. Vorsichtshalber ließ sie sich zur Seite fallen. Wieder war der Aufprall ihres Kopfes auf dem Boden viel zu heftig. Aber falls der Kerl nach ihr sah, sollte er glauben, sie wäre noch bewusstlos. Das Schloss und die Türklinke klapperten; die schwere Tür öffnete ich langsam und kratzte über den gefrorenen Schnee. Das Geräusch hallte unnatürlich laut durch die arktische Stille. Lacey versuchte, ruhig zu atmen und die Augenlider nicht zu auffällig zuzudrücken.

Entspannt wirken.

So entspannt wie ein eiskalter, gefesselter Körper eben wirken konnte.

»Lacey?«

Sie riss die Augen auf. Die weibliche Flüsterstimme kannte sie nur zu gut. »Kelly?«, krächzte Lacey mit rostig-rauen Stimmbändern.

Eine Taschenlampe flackerte trübe auf. Die Batterien mussten fast leer sein. Kelly legte die Hand über die Lampe, sodass nur ein schwacher orangefarbener Schein über Laceys Gesicht huschte. Dann stürzte sie zu ihr und riss an den straffen Stricken um ihre Knöchel.

Einen Moment lang konnte Lacey sie nur wortlos anstarren.

Kelly trug eine dicke Kapuzenjacke und Stiefel. Die Handschuhe hatte sie sich mit den Zähnen abgezogen, um besser an den Knoten nesteln zu können.

»Kelly! Was machst du hier? Wie hast du mich gefunden? Konntest du fliehen?« Die Fragen stolperten über Laceys vor Kälte ganz lahme Zunge.

»Nein.« Kelly warf einen Blick hinauf zur Decke. »Sei leise«, flüsterte sie.

»Was heißt nein?«, flüsterte Lacey zurück.

»Er hat mich nicht entführt.«

War ihr Gehirn bereits eingefroren? »Er hat dich nicht entführt? Warum bist du dann hier?« Die Erinnerung an den Schmerz, den Lacey bei Kellys Verschwinden empfunden hatte, war noch sehr klar. »Wo warst du? Chris und Jessica kommen fast um vor Sorge um dich.«

Kelly hatte Laceys Fußfesseln schon fast gelöst. Auf ihre Fragen ging sie nicht ein. »Pssst. Wir müssen uns beeilen. Ich hab's gleich.«

»Kelly.« Lacey schüttelte die gefesselten Beine. Kelly sollte sie ansehen. »Was hat das alles zu bedeuten?« Kelly zog den Strick von Laceys Knöcheln. Laceys Rückgrat prickelte. Irgendetwas stimmte hier nicht. Eine undeutliche Erinnerung regte sich: Vor dem Gerichtssaal stand eine viel jüngere Kelly. Sie sprach mit einem verschlossenen Jungen mit hängenden Schultern. »Kennst du ihn? Von früher?«

»Gib mir deine Hände.« Kelly wich ihrem Blick aus.

Lacey wollte Antworten haben. Aber der Wunsch, aus diesem Gefängnis herauszukommen, war im Augenblick noch viel größer. Sie streckte Kelly die gefesselten Hände entgegen.

»Verdammt. Der Strick ist nass und aufgequollen. Ich kriege das nicht auf.« Kelly stellte ihren Kampf mit den Knoten schnaufend ein. »Kannst du laufen? Du musst hier weg, bevor er wieder da ist.« Sie rappelte sich hoch und zerrte Lacey grob auf die Füße.

»Autsch. Augenblick.« Lacey schüttelte die Beine und stampfte mit den Füßen, um das Blut wieder zum Fließen zu bringen. Ihre Füße fühlten sich an wie Backsteine. Sie schwankte ein wenig und wollte einen kleinen Schritt machen, um die Balance zu halten.

Es gelang ihr nicht.

Kelly packte sie an Arm und Schulter, damit sie nicht hinfiel. Der Schmerz, der Lacey daraufhin bis ins Handgelenk schoss, trieb ihr die Tränen in die Augen.

»Ich spüre meine Füße nicht.«

»Das wird beim Laufen sicher gleich besser. Wir müssen hier raus!«, drängte Kelly. Sie zerrte Lacey zur Tür. »Komm, Süße.«

Lacey machte vorsichtige kleine Trippelschritte. Wenn sie hinfiel, würde sie sich das Handgelenk brechen. »Ich versuche es ja.« Die Bilder von Angelhaken, die ihr plötzlich vor Augen standen, sorgten dafür, dass sie die Füße schneller bewegte.

»Gut. So ist es besser.« Kellys Stimme klang freundlich und ermutigend. Doch sie zog Lacey hektisch zur Tür.

Lacey schlurfte weiter, versuchte, den unebenen Boden unter ihren Sohlen zu spüren. Kelly schaltete die schwächer werdende Taschenlampe aus. »Wir müssen die Batterien schonen. Ich weiß, wohin wir gehen können.«

»Wohin denn, Kelly?«, fragte eine männliche Stimme drohend.

Die Frauen erstarrten. Lacey spürte, dass Kellys Hände zitterten. Die Umrisse der männlichen Gestalt erschienen in der dunklen Türöffnung. Im schwachen Licht, das der Schnee reflektierte, sah Lacey sein dunkles Haar.

Vierunddreissig

»Sie haben ihn gewarnt!«, schrie Michael.

Die Frau duckte sich und schaute an seinem wutroten Gesicht vorbei. Er wollte sie schütteln. Schütteln bis zur Bewusstlosigkeit.

Michael war zusammen mit Sam noch einmal auf das Sektengrundstück zurückgekehrt und hatte Linda/Lila erneut aufgestöbert. Detective Lusco hatte ihm gesagt, der Killer sei von der Adresse verschwunden, die Lila ihnen gegeben hatte. Und Lacey mit ihm.

Verdammt, warum hatte Harper das nicht verhindert?

Michael hatte darauf vertraut, dass Lacey bei dem Mann sicher war. Wenn er nicht das Gefühl gehabt hätte, sich auf Harper verlassen zu können, wäre er in der Stadt geblieben.

Michael wusste nicht, auf wen er wütender war – auf die zitternde Frau vor ihm oder auf den adretten Ex-Cop. Oder auf die verschlafenen Detectives. Oder auf Lacey, die sich in Gefahr gebracht hatte. Er hätte sie nach Thailand oder Norwegen verfrachten sollen. Irgendwohin.

Sam berührte ihn besänftigend am Arm. Vor lauter Zorn auf die Mutter der beiden Killer loszugehen, hatte keinen Sinn. Sams blaue Augen blickten düster, doch sie wirkte besonnen und gelassen. Michael wollte ihre Hand abschütteln, spürte aber, wie ihre Ruhe sich langsam auf ihn übertrug. Er atmete tief durch.

Sam konnte nicht ahnen, wie ihm zumute war. Seine Beziehung zu Lacey hatte er ihr nicht näher erklärt. Sie war ja auch schwierig zu beschreiben. Lacey war seine Ex und gleichzeitig seine beste Freundin.

»Sie haben ihn angerufen«, sagte Sam.

Die Frau nickte. In Michaels bohrende grüne Augen schaute sie immer noch nicht.

»Warum?«

Linda DeCosta zuckte die Schultern. Sie sah Sam Verständnis heischend an und Michael dachte daran, dass Sam auch bei ihrem ersten Besuch deutlich mehr aus ihr herausbekommen hatte als er.

»Er ist mein Sohn.« Obwohl Lindas Stimme kaum mehr als ein Hauch war, klangen die Worte fest.

»Und wo ist er jetzt?«, fragte Sam.

Keine Antwort.

Michael explodierte. »Wussten Sie, dass er ein Mörder ist? Er bringt Menschen um und zwar auf brutalste Weise. Und jetzt hat er eine Frau entführt, die ich liebe!« Drohend machte er zwei Schritte auf Linda zu. Er konnte einfach nicht ruhig bleiben, seine Stimme wurde lauter. »Wenn ihr etwas zustößt, nur weil Sie so scheißviel Angst haben …«

»Michael!« Sam zog ihn zurück, schob sich zwischen ihn und die Frau und drückte den Rücken gegen seine Brust. »Lila. Wo würde Ihr Sohn sich verstecken? Wo kann er sein, ohne dass einem Nachbarn etwas auffällt?« Auch in Sams Stimme schwang unterdrückte Wut, doch sie hatte sich im Griff.

Michael hielt den Atem an. Seine Nerven waren zum Zerreißen gespannt. Wenn Sam nicht gewesen wäre, hätte er der Frau vermutlich den Hals umgedreht.

Lila tat, als wäre er gar nicht da. Doch ihre leeren, toten Augen hatten kurz aufgeblitzt, als Sam das Wort Nachbarn gesagt hatte.

Michael kam ein Gedanke. »Wo ist er, Lila?«, knurrte er.

Sie leckte sich nervös die Lippen. »Sie könnten es mal bei seiner alten Jagdhütte versuchen. Ich selbst war nie dort und weiß nur ungefähr, wo sie ist.«

Erzählte sie ihnen irgendwelchen Mist? »Und andere Möglichkeiten gibt es nicht?«

Lilas Gesicht wurde länger. »Das ist der einzige wirklich abgelegene Ort. Wissen Sie, er ist gern da draußen, weil …«

»Was macht er denn dort draußen so gern?«, blaffte Michael. Er zog das Handy aus der Tasche.

»Er probiert dort die Waffen aus, die er sammelt.«

Michaels Finger erstarrten. Er wählte nicht zu Ende. »Und was für Waffen sind das?«

Die Frau starrte zu Boden. Um sie zu verstehen, musste er das Ohr fast an ihre Lippen halten. »Besondere. Irgendwelches Militärzeug. Alte Granaten, Sturmgewehre, Messer. Und er baut Sprengsätze.«

»So etwas wie Rohrbomben? Selbstgemischte Sprengladungen?« Sam schnappte hörbar nach Luft.

Die Frau blickte auf. Eine unangenehme Erinnerung schien in ihr aufzuflackern. »Manchmal. Aber auch Sprengfallen. Mit Selbstzündern oder Fernauslösung.«

»Grundgütiger.« Sam schloss die Augen und grub die Finger in Michaels Arm.

»Kacke.« Er drückte eine Schnellwahltaste.

Lacey starrte die Silhouette an, die sich gegen das schwache Licht abzeichnete. Sie kannte diesen Kerl. Er war der hilfsbereite Nachbar aus Molalla, in Wirklichkeit aber ein Killer. Bobby DeCosta.

»Kelly. Lang nicht gesehen. Schön, dass du mal vorbeischaust.« Seine Stimme klang höflich, aber gleichgültig – so als hätte er eine langweilige alte Bekannte wiedergetroffen.

Lacey musterte ihre Freundin erstaunt. Anscheinend lag sie mit ihrem Verdacht genau richtig: DeCosta und Kelly kannten einander. Und Kelly hatte Chris und ihre Tochter aus freien Stücken verlassen.

Sie war nicht entführt worden.

Kellys Lippen formten stumm die Worte: *Vertrau mir.*

Die Frage, die Lacey stellen wollte, wurde zu einem erschrockenen Japsen, als Kelly ihr einen heftigen Stoß versetzte. Lacey prallte gegen DeCostas Beine und dann auf den Lehmboden. Lichtblitze durchzuckten bei der harten Landung auf den Knien und Handgelenken ihr Gehirn. Ihr blieb die Luft weg.

»Au! Verfluchte Schlampe!«, schrie der Mann.

Kelly schwang die XXL-Taschenlampe wie einen Tennisschläger und traf DeCosta damit im selben Moment an der Schläfe, in dem er über Lacey stolperte. Er knallte zu Boden; Kelly verschwand durch die Tür.

DeCosta rappelte sich auf. Dabei trat er auf Laceys Haar und auf ihre Schulter. Drei wütende Schritte jagte er hinter Kelly her. Dann blieb er stehen und drehte sich um. Er sah, wie Lacey sich auf dem Boden wand und nach Atem rang. »Und du bleibst, wo du bist.« Mit einem Sprung war er bei ihr. Er trat ihr mit seinem schweren Stiefel so brutal in die Rippen, dass sie zur Seite geworfen wurde. Ihr lädierter Kopf prallte auf den Boden. Lacey fühlte einen bitteren Geschmack in der Kehle, dann erbrach sie sich in hohem Bogen.

»Scheiße!« Er hatte gerade zum nächsten Tritt ausgeholt. Jetzt starrte er angewidert auf das Erbrochene auf seinem Stiefel. Wütend trat er gegen Laceys Kopf. Sie sah den Stiefel kommen, drehte sich weg, wurde aber am Hinterkopf getroffen. Der Schmerz war wie Messerschnitte, die Übelkeit kam in Wellen. Er fluchte und stürzte dann aus der Tür. Lacey hörte, wie der Riegel vorgeschoben wurde.

Dann sank sie in eine willkommene, wattige Dunkelheit.

Die Cops würden ihn nicht einmal in die Nähe des Einsatzortes lassen. Das wusste Jack. Er traf eine spontane Entscheidung, bat Alex, scharf rechts abzubiegen, und hielt sich fest, als die Reifen über die eisglatte Fahrbahn schlitterten. Jack kannte die Stadt und ihre Umgebung von seinen früheren Streifen. Die verblassten Erinnerungen an einsame Seitenstraßen kamen langsam zurück. Er würde einen anderen Weg zu der Hütte finden, einen Bogen um sämtliche Polizeisperren machen. Sein Handy klingelte.

»Was ist?« Er drückte auch diesmal auf die Freisprechtaste; in seiner Stimme lag Ungeduld.

»Harper?« Die Verbindung war schlecht.

»Wer ist da, verdammt?« Der Anruf kam weder von Callahan noch von Lusco.

»Brody. Was zum Teufel ist bei Ihnen los? Wo ist Lacey?«

»Hier nicht«, blaffte Jack. »Er hat sie in ein Versteck gebracht. Wir sind auf dem Weg dorthin.«

Brody sagte einen Moment lang nichts. »Sie auch? Zusammen mit der Polizei?«

»Nicht wirklich.«

»Hören Sie«, sagte Michael. »Ich sage Ihnen jetzt dasselbe, was ich gerade auch Callahan gesagt habe. Die Mommy dieses Kranken hat mir gesteckt, dass er jede Menge Spielzeug hat, auf das er total abfährt. Schusswaffen aller Art, Messer und alles, was irgendwie Feuer spuckt. Außerdem baut er gern Fallen. Explosive. Tödliche. Sie könnten auf dem Weg in ein Kriegsgebiet sein. Das sollten Sie wissen. Mom sagt, ihr Kleiner verbringt viel Zeit dort draußen. Manchmal sogar Monate. Nur er selbst weiß, was für Höllenmaschinen er in seinem Versteck installiert hat.«

Alex trat unvermittelt auf die Bremse und lenkte den Wagen an den Rand der verlassenen Schotterpiste. Die beiden Freunde starrten einander an. Was Michael sagte, war kaum zu fassen. Sie konnten nicht einfach ohne jeden Plan drauflosfahren. Nur leider gehörte klares, strategisches Denken im Augenblick nicht zu Jacks Stärken. Er spürte, wie Lacey ihm entglitt. Die Chance, sie zurückzubekommen, wurde von Minute zu Minute geringer.

Das Versteck könnte voller Sprengfallen sein?

Ihre Beine taten weh. Ihre Füße sprangen und holperten über den unebenen Boden. Davon wachte sie auf. Jemand hatte sie an den Achseln gepackt und zerrte sie hinter sich her.

»Kelly?«

Die Antwort auf die tastende Frage war ein bellendes Lachen. »Deine Freundin ist weg. Tolle Freundin. Haut einfach ab und lässt dich liegen.«

DeCosta hatte sie immer noch in seiner Gewalt. Diese niederschmetternde Erkenntnis nahm Lacey den Atem. Sie setzte alles daran, nicht auch noch in Tränen auszubrechen. Kelly war geflohen. Würde sie noch rechtzeitig die Polizei alarmieren können?

Außer ihr wusste keiner, wohin DeCosta sie gebracht hatte. Sie war allein. Allein mit ihm. Was würde er mit ihr machen?

Suzannes Schädel mit seinen leeren Augenhöhlen fiel ihr ein. Ihre mitleiderregenden, schutzlosen Knochen. Würde jemand eines Tages unverhofft über ihre eigenen stolpern? Sie auf einer blauen Plane mühsam zusammenpuzzeln und sich ärgern, dass einzelne Teile fehlten?

Wenigstens war Suzanne von einer Person identifiziert worden, der sie sehr wichtig gewesen war. Als Lacey an das Video von Suzanne dachte, konnte sie die Tränen nicht mehr zurückhalten.

»Wo ist das Baby?«, fragte sie mit zittriger Stimme.

»Welches Baby?« DeCosta schleifte sie in den Hauptraum der Hütte. Rückwärts stakste er mit ihr auf den Kamin zu.

»Das Baby. Suzannes Baby.« Er drehte sie zum Feuer. Lacey starrte die lebhaften, knisternden Flammen an. Die lang ersehnte Wärme auf ihrer Haut rührte sie fast zu neuen Tränen.

»Ach. *Das* Baby. Sie ist kein Baby mehr.« Ächzend lehnte er Lacey mit dem Rücken an die Wand neben dem Kamin. Zum ersten Mal konnte sie sich den Mann, der sie entführt hatte, wirklich ansehen. Er war schmächtig, hatte aber starke Arme. Vermutlich verbargen sich unter der Jacke jede Menge gut trainierte Muskeln. Seine ungewöhnlich blassen blauen Augen bildeten einen auffälligen Kontrast zu dem dunklen Haar. An der Polizeisperre hatten sie freundlich und hilfsbereit geblickt. Jetzt waren sie voller Wut, Hass und Frustration. Manches in diesem Gesicht erinnerte an David DeCosta. Trotzdem hätte Lacey die beiden nie für Brüder gehalten. Dieser Mann passte nicht zu ihrer Erinnerung an den dürren Teenager mit strähnigem Haar, der während des ganzen Prozesses nicht ein einziges Mal aufgeblickt hatte.

Sie? Das Baby war ein Mädchen? Vor Laceys Augen erschien das Bild eines kleinen Wonneproppens in einem Rüschenkleidchen. War das Kind so blond und schön wie seine Mutter?

»Sie hat ein gutes Zuhause«, sagte Bobby spöttisch.

»Wo? Wo ist sie? Bei wem lebt sie?«

»Jedenfalls dachte ich bisher, es sei ein gutes Zuhause. Inzwischen bin ich nicht mehr so sicher. Die Mutter scheint gewisse Probleme zu haben.« Er befestigte die mit komplizierten Knoten verschnürten, neuen Fesseln um ihre Fußgelenke an einem Eisenring im Boden. Lacey starrte den Ring an. Vor hundert Jahren hatte man an so etwas Pferde festgebunden. Ihr Blick wanderte nach links. In etwa einem Meter Entfernung war ein zweiter Ring in den Boden eingelassen. Dann entdeckte sie einen weiteren. Und noch einen.

Hier konnte man Menschen festbinden.

Herr im Himmel, was war in diesem Raum schon alles passiert?

Mit geschlossenen Augen kämpfte sie gegen die grässlichen Bilder an, die ihr durch den Kopf schossen. *Was hatte er gerade gesagt? Die Mutter?*

»Was für Probleme hat die Mutter denn?« Sie durfte nicht an die Ringe denken.

Stirnrunzelnd schürte Bobby das Feuer. Er warf ein weiteres Scheit in die Flammen. »Also, erstens hat sie mir grade eine Taschenlampe über den Schädel gezogen.«

Kelly? Kelly hatte das kleine Mädchen? Lacey schnappte leise nach Luft.

Jessica.

Jessica war Suzannes Tochter.

Ja, natürlich. Das hübsche Mädchen hatte Suzannes Augen. War die tiefe Zuneigung, die Lacey für das Kind empfand, eine Art Instinkt? Sie hatte Jessica vom ersten Augenblick an fest ins Herz geschlossen.

Wusste Kelly, wessen Tochter die Kleine war?

Selbstverständlich.

Lacey sank gegen die raue Wand der Hütte. Sie war gleichzeitig erleichtert und tief schockiert. Suzannes Tochter war immer gut aufgehoben gewesen.

Aber wie war Kelly in diese Sache hineingeraten? Und warum hatte ihr Mann Chris sich darauf eingelassen?

Chris musste doch wissen, woher Jessica kam. Lacey schloss die Augen. Sie dachte an das unselige Jahr nach Suzannes Verschwinden. Es war schwer, die wirren Erinnerungen zu ordnen. Lacey hatte damals unter Depressionen gelitten und über längere Zeit starke Medikamente genommen. Das Studium hatte sie für ein Semester unterbrochen, ihre Freunde gemieden. Und Kelly und Chris hatten sich getrennt.

Erst viele Monate später hatten sie sich wieder versöhnt.

Das perfekte Paar hatte schwierige Zeiten hinter sich. Kelly war für eine Weile an die Ostküste gezogen, um Abstand zu gewinnen. Und mit einem Säugling zurückgekehrt. Jessica.

Chris hatte wohl angenommen, Jessica sei sein eigenes Kind. Und Kellys.

Aber es gab immer noch zu viele offene Fragen.

Lacey schlug die Augen auf und sah, wie DeCosta sie musterte. Ein Lächeln spielte um seine Lippen. Anscheinend genoss er ihre Verwirrung und die Tatsache, dass er an ihrem Gesicht ablesen konnte, was in ihr vorging. Sein Blick schien bis tief in ihr gemartertes Herz zu dringen.

»Wusste Kelly alles? Alles über Suzanne? Was Sie ihr angetan haben?«

Sein Gesicht verschloss sich. Er stand auf, trat gegen Laceys gefesselte Knöchel, marschierte aus dem Raum und schlug die Tür hinter sich zu.

Lacey zuckte zusammen. Stechende Schmerzen pulsierten von ihren Fußgelenken aus durch ihre Beine. Auch die Handgelenke in ihrem Schoß pochten. Sie waren noch immer mit denselben aufgequollenen Seilen gefesselt. Nur der orangegoldene Feuerschein beleuchtete den Raum. Lacey schüttelte sich, atmete tief durch und versuchte, sich zu konzentrieren.

Was jetzt?

Was jetzt, fragte sich Mason.

Es war dunkel und in etwa hundert Metern Entfernung versteckte sich in der schwarzen Nacht ein Killer zwischen dichtem Gestrüpp und Felsbrocken in der Größe von Kleinlastern. Und er hatte Dr. Campbell in seiner Gewalt.

Sie mussten sie rausholen, bevor DeCosta sie umbrachte. Wenn er es nicht bereits getan hatte.

Mason zog die Jacke fester um sich, damit die eisigen Graupelkörner ihm nicht in den Kragen sprangen. Dann konzentrierte er sich wieder auf die Besprechung. Im Schein eines generatorgespeisten Flutlichts lag eine grob gezeichnete Karte der Umgebung auf der Motorhaube eines Trucks. Captain Pattison vom Sondereinsatzkommando des Countys zeigte mit dem Finger auf die Stellen, die er beschrieb. Der Ex-Marine war stets auf jeden erdenklichen Einsatz vorbereitet. Eine kleine Gruppe von Männern in gepanzerten Einsatzanzügen hörte sich seine Erklärungen an. Satellitenbilder der hügeligen Umgebung wurden herumgereicht. Jetzt bei Dunkelheit und unter der dicken Schneedecke sah hier allerdings alles völlig anders aus. Mason warf einen Blick auf einen der Ausdrucke, schüttelte den Kopf und gab ihn weiter. Er fand Pattisons gezeichnete Karte deutlich übersichtlicher. In der Nähe der Hütte hatte der Einsatzleiter drei Stellen mit Kreuzen markiert. Dort sollten sich die Scharfschützen mit ihren Nachtsichtgeräten postieren und das kleine Gebäude im Visier behalten.

»Erst mal lassen wir die Unterhändler ran. Vielleicht können wir die Sache ja unblutig beenden.« Pattison schüttelte den Kopf. »Ich wünschte, ich wüsste, was uns auf dem Grundstück erwartet. Sie sagen, er ist ein Waffennarr?«

Mason nickte stumm. Das beunruhigende Gefühl, nicht mehr wirklich Herr der Lage zu sein, drückte ihm auf die Brust. Irgendetwas lief hier falsch. Gründlich falsch.

»Hat ein Faible für Sprengstoff«, fügte Ray hinzu.

»Verdammt!« Pattison warf einen Blick in die Runde. »Ist Jensen noch nicht hier? Sonst hat ja keiner Erfahrung mit dem Zeug, oder?« Die Männer schüttelten die Köpfe und verneinten murmelnd die Frage.

»Harper irgendwo gesehen?«, fragte Mason Ray. Die hellen Lichter blendeten ihn. Er blinzelte hinaus in die Nacht.

»Wen?« Pattison unterbrach mit einem unwirschen Blick seine Erklärungen.

Mist. Mason presste die Lippen zusammen. »Zivilperson. Dr. Campbell ist seine Freundin.«

»Und er weiß, dass sie hier ist? Haben Sie ihm das gesagt?«, knurrte Pattison. Auch er schaute sich jetzt aufmerksam um.

»Es ist nicht, wie Sie denken«, murmelte Mason. »Der Mann ist ein Ex-Cop. Der Entführer hat sich Dr. Campbell vor seiner Nase weggeschnappt. Sicher taucht Harper früher oder später hier auf. Der Killer hat vorhin am Telefon verlangt, dass wir Harper gegen Dr. Campbell austauschen.«

»Ach. Und das sagen Sie mir jetzt? So ganz nebenbei?« Pattison sah aus, als wolle er Mason am liebsten vor ein Kriegsgericht stellen. »Wissen die Unterhändler davon?«

Mason platzte der Kragen. »Ich bin jetzt seit genau sechzig Sekunden hier. Seitdem reden Sie von nichts anderem als Karten, Satellitenbildern, Geiseln und Scharfschützen. Wann hätte ich denn etwas sagen sollen?« Er machte einen drohenden Schritt auf den kleineren Pattison zu, doch der ließ sich nicht beeindrucken. Er schob seine Nase näher an Masons Gesicht.

»Seit ich in diesem verdammten Wald aus dem Einsatzwagen gestiegen bin, habe ich auch das Kommando. Sie entfernen jetzt umgehend Ihren billigen Cowboyhut und ihren steroidverseuchten Partner aus meinem Blickfeld. Ich werde Sie über alles informieren lassen, was Sie unbedingt wissen müssen.«

Mason sah rot. Seine Hände ballten sich zu Fäusten. Er spürte, wie Lusco ihn an den Armen packte, hochhob und einen Meter weiter wieder absetzte.

»Callahan.« Rays warnender Ton drang wie durch einen Nebel zu ihm durch. Mason warf dem halsstarrigen Kerl mit den Karten einen eisigen Wir-sprechen-uns-noch-Blick zu, der an Pattisons kühlen, abschätzigen Augen abprallte. Der Einsatzleiter drehte sich wieder zu seinen Männern.

»Dieser Scheiß-Marine. Ich werde ihn …«

»Halt' die Klappe«, bellte Ray.

Mason machte den Mund zu. Innerlich brodelte er. Er wollte sich auf Ray stürzen, beschloss aber, sich lieber nach Harper umzusehen. Wenn dieser eigensinnige Spinner es wagen sollte, hier aufzutauchen, würde er ihn in Handschellen auf den Rücksitz eines Streifenwagens verfrachten lassen. Harper konnte die ganze Operation gefährden.

»Wo ist er?« Mason drehte sich um die eigene Achse, als erwarte er, Harper hinter irgendeinem Baumstamm hervorlugen zu sehen. »Ruf Harper an, bevor ihn ein Scharfschütze versehentlich eliminiert.«

Eigentlich keine schlechte Idee.

»Und gib den Scharfschützen eine Beschreibung von ihm durch.«

Ray beäugte seinen Partner so misstrauisch, als könnte Mason gleich an ihm vorbeistürzen und Pattison einen Kinnhaken verpassen. Mason starrte unverwandt zurück. Ray zog das Handy aus der Tasche und wählte. Nur widerwillig ließ er Mason dafür aus den Augen.

Das vibrierende Telefon interessierte Jack im Augenblick nicht. Er ging hinter einer verfilzten Wand aus wildem Rhododendron in die Hocke. Sie schützte ihn vor dem eisigen Wind, der durch den Wald fegte. Alex konnte er zwar nicht sehen, wusste aber, dass sein Freund ihm aus etwa zwanzig Metern Entfernung Rückendeckung gab. Das Licht seiner kleinen Taschenlampe wurde schwächer. Der trübe orangefarbene Strahl beleuchtete kaum noch den Boden vor seinen Füßen. Er war todmüde und er fror. In der vergangenen Nacht hatte er kaum geschlafen und der heutige Tag war einer der schrecklichsten seines Lebens. Und er war noch nicht zu Ende. Jacks innere Anspannung schlug alle Rekorde. Andauernd musste er an das Angebot des Killers denken, Lacey gegen ihn auszutauschen. Der Kerl redete vermutlich nur Stuss. Er spielte mit ihnen. Aber falls er es doch ernst meinte, würde Jack keine Sekunde zögern.

Aus den duftigen Schneeflocken wurden graupelige Eiskörner. Wie spitze Nadeln stachen sie ihm in der dunklen Nacht in die Wangen.

Ob Lacey wohl sehr fror?

Vielleicht hatte sie ja eben angerufen … Er warf einen Blick auf das Handydisplay, hoffte, dort ihre Nummer zu sehen. Stattdessen blinkte Luscos Nummer ihn an. Sein Herz zog sich zusammen. Blöder Gedanke. Laceys Handy war immer noch bei den Cops. Und darauf, sich von Lusco den Kopf waschen zu lassen, hatte er im Augenblick nicht die geringste Lust. Er steckte das Telefon wieder ein.

Diese Sache durfte er auf keinen Fall vermasseln. Sonst würde Brody ihn erdrosseln. Gleich nachdem er sich selbst erdrosselt hatte.

Jack wischte sich die Eiskörner aus den Augen und versuchte abzuschätzen, wie weit er sich bereits von Alex' Truck entfernt hatte. Falls er überhaupt in die richtige Richtung ging, mussten es bis zur Hütte noch knapp zweihundert Meter sein. Wann würde er die Polizeiabsperrung erreichen?

Vielleicht sollte er doch mit Lusco sprechen.

Er drückte die Rückruffunktion. Der Empfang war nicht der beste.

»Harper?« Luscos Stimme klang blechern. »Wo sind Sie?«

Jack richtete den schwachen Lichtschein auf den Rhododendron. »Hinter einem großen Busch.«

»Scheiße, Mann. Bleiben Sie hier weg. Wir haben drei Scharfschützen um die Hütte postiert. Die fragen nicht lang, bevor sie schießen.«

»Sagen sie denen, dass ich eine braune Lederjacke trage. Und Jeans. Alex hat eine schwarze Wollmütze und eine schwarze Jacke an.«

»Sie sind zu zweit?«

»Wie hätte ich sonst hierherkommen sollen?«

Lusco ging nicht auf die Frage ein. »Sind Sie bewaffnet?«

Jack ließ sich zu viel Zeit mit der Antwort. »Nein.« Er berührte das Schulterholster, das er sich noch in Alex' Truck umgeschnallt hatte. Zusätzlich steckte ein Messer in seinem Stiefelschaft. Zum ersten Mal, seit er den Polizeidienst in Lakefield quittiert hatte, trug er eine Waffe. Er hatte nie geglaubt, dass dieser Tag einmal kommen würde. Aber jetzt würde er nicht zögern, die Pistole in seiner Hand zu benutzen.

Bislang hatte er sich ganz gut im Griff.

»Reden Sie kein Blech. Und wagen Sie sich ja nicht in die Nähe. Callahan reißt Ihnen den Arsch auf.«

»Ich gebe Ihnen dreißig Sekunden, um unsere Beschreibung an die Scharfschützen weiterzuleiten. Dann gehen wir weiter.« Jack klappte das Telefon zu. Sicher würde er weit mehr als fünf Minuten brauchen, um die Hütte zu erreichen. Besonders in diesem schwierigen Terrain.

»Halte durch, Lacey«, raunte er.

Seine Handschuhe hatte er vergessen. Fluchend rieb er sich die kalten Hände. Mit tauben Fingern schoss es sich schlecht und Jack wurde das Gefühl nicht los, dass er vielleicht bald sehr geschmeidige Finger brauchen würde. Er staunte, dass seine Nerven nicht viel mehr flatterten. Eine Zeitlang war ihm schon beim Anblick einer Waffe schlecht geworden. Jetzt gab ihr Gewicht ihm sogar Sicherheit. Vielleicht hatte er ja doch eine Chance.

Vorsichtig verließ er seine Deckung, folgte dem orangefarbenen Lichtkegel vor seinen Füßen und wünschte sich sehnlich ein Nachtsichtgerät. *Der Mann baute gern Sprengfallen.* Plötzlich schlug Jack das Herz bis zum Hals. Wie erstarrt blieb er stehen. Er musste sich jeden Schritt genau überlegen, wenn er nicht den Kopf verlieren wollte. Buchstäblich.

Er war ganz in der Nähe. Lacey hörte Bobby im Raum nebenan auf und ab gehen. Sie blinzelte, sah abwechselnd eine Nebelwand und dann wieder alles doppelt. Obwohl sie vorsichtig atmete, zerriss der stechende Schmerz in der Brust sie fast. Vermutlich hatte der Killer ihr mit seinem Tritt vorhin im Keller ein paar Rippen gebrochen.

Vorsichtig drehte sie sich ein wenig mehr zum Feuer, versuchte aber, ihre Rippen dabei zu schonen. War es möglich, ein brennendes Holzstück zu erreichen? Nein. Sie schaute sich nach etwas um, was sie anzünden und als Waffe benutzen konnte, wenn er zurückkam. Oder nach etwas Scharfem, womit sie ihre Fesseln durchtrennen konnte.

Erfolglos.

Matt zupfte sie an den Stricken um ihre Knöchel. Ihre Hände waren nutzlos. Sie konnte nur ein bisschen an den Fesseln reiben. Auf diese Weise würde sie Jahre brauchen, um die Dinger loszuwerden. Sie drückte das Gesicht zwischen die Knie. Das Gefühl der Hilflosigkeit war überwältigend.

Kelly war geflohen.

Michael recherchierte weit weg im Südosten Oregons.

Die Polizei stürmte vermutlich gerade ein leeres Haus in Molalla.

Jack wusste nicht, wo sie war.

Die einzige, die es wusste, war Kelly. *Bitte. Lass Kelly mit der Polizei zurückkommen.*

Wie lang würde Kelly brauchen, um Hilfe zu holen? Hatte sie ein Handy? Oder einen Wagen?

Im Augenblick war sie Laceys einzige Hoffnung.

Die Wärme des Feuers sorgte dafür, dass das Zähneklappern endlich aufhörte. Sie beschloss, ein wenig zu dösen, und versuchte, nicht an den Killer im Zimmer nebenan zu denken. Ihre Hose war immer noch kalt und nass. Aber die Hitze der Flammen drang langsam zu ihr durch. Dankbar spürte sie, wie ihre Muskeln sich ein wenig lockerten. Die Wärme tat gut.

Es tut mir so leid, Jack. Ich wollte nicht, dass Melody etwas zustößt.

Eigentlich durfte sie nicht schlafen. Bei einer Gehirnerschütterung war das nicht gut. Aber es war so angenehm, sich ein bisschen auszuruhen. Sie würde sich ein Nickerchen gönnen. Schließlich wusste sie nicht, wie lang sie noch am warmen Feuer sitzen konnte. Sich wegen ihrer ausweglosen Situation zu sorgen, führte zu nichts. Sie musste ihre Kräfte einteilen. Sicher würde sie sie noch brauchen.

Sie würde ein bisschen schlafen. Nur ein paar Minuten.

Ständig kamen neue Anrufe.

Den ersten nahm Robert entgegen, redete ein paar Minuten mit dem Unterhändler und verlangte vier Hamburger Royal und einen großen Becher Chubby-Hubby-Eiscreme. Er behauptete, er habe nichts zu essen und würde möglicherweise zuhören, wenn sein Magen nicht mehr knurrte. Dann legte er grinsend auf.

Er hatte Zeit gewonnen. Die nächstgelegene McDonald's-Filiale war eine Stunde entfernt.

Nach dem vierten Anruf schaltete er das vibrierende Handy ab. Wenn er alle paar Minuten unterbrochen wurde, konnte er sich nicht konzentrieren. Er würde irgendwann zurückrufen und fragen, wo das Essen blieb. Sie glauben lassen, er wolle verhandeln. So lang sie noch dachten, sie könnten ihn aus der Hütte quatschen, schossen sie nicht auf ihn. Er würde sie hinhalten, bis er bereit war.

Leise öffnete er die Tür zum Zimmer nebenan und sah nach seiner Geisel. Lacey schlief an die Wand gelehnt. Ihr Kopf lag auf den Knien. Richtig heiß sah sie heute nicht aus. Er runzelte die Stirn. Sie war schmutzig, voller Dreckkrusten. Plötzlich fand er sie nicht mehr wirklich attraktiv.

In der Nacht, als sie in dem sexy schwarzen Kleid zu der Wohltätigkeitsveranstaltung gegangen war, hatte sie umwerfend ausgesehen. Und unberührbar. Und er hatte sich nichts sehnlicher gewünscht, als sie anzufassen. Er dachte an ihren nackten, geschmeidigen Rücken und spürte eine Regung. Sie brauchte eine Dusche. Das war alles.

Wo war Kelly hin? Er war beinahe überrascht, sie nicht ebenfalls im Hauptraum der Hütte vorzufinden. Auf eins konnte man sich bei ihr nämlich verlassen: Den Menschen, die sie liebte, war sie treu ergeben. Ihrer Tochter zum Beispiel.

Er lächelte grimmig. Langsam dämmerte ihm, warum sie bei ihm aufgetaucht war.

Sie fürchtete, er könnte der ganzen Welt erzählen, wer ihre Tochter war.

Ihre falsche Tochter. Ein paar Worte aus seinem Mund und ihre Ehe verwandelte sich in einen Trümmerhaufen. Wie würde ihr

Mann reagieren, wenn er erfuhr, dass Jessica nicht sein Kind war? Und auch nicht ihres? War Kelly bereit zu töten, um ihr kleines Familienglück zu schützen? Aber wie? Indem sie ihm eine Taschenlampe über den Schädel zog? Er schüttelte den Kopf. Kelly hatte völlig planlos gehandelt. Sie hätte sich vorher ein paar Gedanken machen sollen.

Reichte Kellys Liebe zu Jessica tatsächlich für einen Mord?

Er runzelte die Stirn. Diese Möglichkeit hatte er nie erwogen. Hätte er nicht sofort daran denken müssen, als er gehört hatte, dass Kelly verschwunden war? Sie wusste, dass er ihr nichts tun würde. Das war er ihr schuldig. Aber anscheinend glaubte sie, dass Jessicas Geheimnis nicht mehr sicher war, wenn die Polizei ihn in die Finger bekam. Kelly wollte sichergehen, dass er nicht reden konnte.

Er schnaubte. Die kleine Kelly glaubte tatsächlich, sie könnte es mit einem Profikiller aufnehmen. Er schüttelte die Gedanken an sie ab und konzentrierte sich stattdessen auf Lacey.

Laceys Haar schimmerte im Licht der Flammen. Obwohl es zerzaust und strähnig war, wollte er mit den Fingern hindurchfahren und spüren, wie es sich anfühlte. Vorhin im Keller hatte er kurz hineingegriffen. Aber das genügte nicht. Er hatte es eilig gehabt und es war dunkel gewesen. Jetzt konnte er sich Zeit lassen und alles an ihr genau erkunden.

Er liebte es, die unterschiedlichsten Materialien zu betasten, ihre Beschaffenheit zu erforschen.

Wie würde es sich anfühlen, wenn er ihr weiches Haar über seine nackten Oberschenkel breitete?

Lautlos schob er sich ins Zimmer. Die Polizei, das Sondereinsatzkommando und seine Pläne zählten jetzt nicht mehr. Er sah nur die Frau, die am Feuer kauerte.

Ihr regelmäßiger, langsamer Atem war außer dem gelegentlichen Knistern und Knacken des Feuers das einzige Geräusch im Raum. Kein Laut von draußen drang herein in seine Welt. Dass vermutlich gerade eine halbe Hundertschaft die Hütte umstellte, interessierte ihn nicht. Es gab nur noch sie und ihn.

Auf dem Weg zu ihr stellte er sich vor, wie sie langsam den Kopf hob und ihn schläfrig anlächelte. Mit vom Schlaf weichen Augen. Sie hatte keine Angst vor ihm. Ein Kribbeln lief ihm vom Rückgrat bis in die Leisten. Er würde sie losbinden. Nur für eine Weile. Und sie würde dankbar sein, so unglaublich dankbar. Sie würde verstehen, dass er ihr nichts tat, solang sie sich fügte.

Abwartend stand er vor Lacey. Er genoss diesen stillen Augenblick. Von jetzt an konnte alles ganz himmlisch werden. Er ging in die Hocke, streckte die Hand nach ihr aus. Lang ließ er sie über ihrem goldenen Haar schweben, zögerte diesen Moment hinaus. Dann berührte er sie liebevoll. Er streichelte ihr Haar, ließ die Finger durch die seidigen Strähnen gleiten, spürte das zarte Kitzeln an den empfindlichen Innenseiten seiner Finger.

Lacey seufzte leise. Benommen drehte sie den Kopf, sodass er sie hinter dem Ohr streicheln konnte. Sein Blut fing an zu kochen, seine Hände wurden heiß. Es würde fantastisch werden. Er hatte es gewusst.

»Lacey«, flüsterte er. Er rückte näher an sie heran.

Sie hob den Kopf kaum merklich von den Knien und öffnete schläfrig die Augen einen Spaltbreit.

»Jack?«

Ihr Blick traf seinen und sie schrie. Er fiel hinten über, wieselte auf allen Vieren von ihr weg. Doch sie kreischte und schrie immer weiter. Ihre weit aufgerissenen Augen starrten ihn an. Hasserfüllt und voller Angst. Panisch drückte sie sich an die Wand.

Die Sache lief überhaupt nicht nach Plan!

Sein Blickfeld verengte sich. Fast blind vor Wut rappelte er sich auf, packte sie am Haar, riss ihren Kopf nach hinten und verpasste ihr eine kräftige Ohrfeige. Und noch eine.

»Halt die Fresse! Halt deine verdammte Fresse!«

Sie presste die Lippen aufeinander, doch ihre Augen blieben weit offen. In ihren Tiefen tanzte die Angst. Er grinste hämisch. So war es besser. Wenn sie seine Zärtlichkeiten nicht wollte, konnte er ihr auch Schmerz schenken.

Fünfunddreissig

Callahan sah, wie Pattison die Hand auf sein Headset schlug und erstarrte. Sein Gesicht wurde leer, seine Lippen bewegten sich, als würde er der Stimme in seinem Ohr etwas antworten.

Irgendetwas war geschehen.

Mit der Hand über dem Ohr warf Pattison einen hektischen Blick zu Mason hinüber.

»Was ist passiert?«, murmelte Mason. Er wollte zu Pattison stürzen und es herausfinden. Dass sie sich nicht ausstehen konnten, war ihm im Augenblick egal.

»Ich frage nach.« Ray drängte sich an Mason vorbei und schob seinen massigen Körper zwischen ihn und den Einsatzleiter. Damit zwang er Mason zu einer Vollbremsung.

Mason brodelte innerlich. Überrascht stellte er fest, dass er sich gern eine Zigarette anzünden wollte. Dabei rauchte er seit zwanzig Jahren nicht mehr.

Dieser Fall würde ihn noch umbringen.

Pattison ging einen Schritt auf Ray zu. Mason schloss er mit einem Blick mit ein. Der Captain sah aus, als wolle er mit bloßen Händen eine Tanne entwurzeln.

»Einer meiner Scharfschützen, Cordova, hat gerade den Schrei einer Frau aus der Hütte gehört. Der Schrei brach abrupt ab.«

Mason stand plötzlich der Schweiß auf der Stirn. Seine Eingeweide fühlten sich an, als hätte ihm jemand ein Messer in den Bauch gerammt. DeCosta hatte sie umgebracht. Sie kamen zu spät. Sie hatten sich zu lang mit dem Unterhändlerschwachsinn aufgehalten. Er drückte die Hand auf den rebellierenden Magen.

»Sie lebt«, sagte Ray ruhig. Die Männer starrten ihn an.

»DeCosta will einen ruhmreichen Abgang«, fügte Ray hinzu. »Das hat er deutlich gesagt. Es steht auf der Karte an Dr. Campbell. Und das große Finale hier hat er sorgfältig vorbereitet. Er wird nicht hinter verschlossenen Türen still und leise einen weiteren Mord begehen. DeCosta will einen Hollywood-Film inszenieren, bei dem er die Hauptrolle spielt.«

Mason musterte seinen Partner. *Ray hatte recht, verdammt. Er hatte recht.*

Aber das war nur ein kleiner Trost.

Jack kauerte nur wenige Meter von der Hütte entfernt im Schnee.

Die entsetzten Schreie hatten sein Blut zum Kochen gebracht. Doch seit sie plötzlich verstummt waren, war ihm, als hätte er Eis in den Venen. Er hätte nie geglaubt, dass es etwas Schlimmeres geben könnte als Laceys Schreie. Aber die lähmende Stille danach war noch zwanzigmal beklemmender.

Er betete, dass er nicht zu spät kam.

Lacey war plötzlich hellwach. Jeder Nerv in ihrem Körper zog sich aus Angst vor dem Mann vor ihr zusammen. Bobby DeCosta war außer sich vor Wut. Speichelfetzen sprühten aus seinem Mund, als er sie anschrie. Er riss ihren Kopf an den Haaren so brutal zurück, dass sie glaubte, er würde ihr die Kopfhaut abziehen. Dann schlug er sie, dass ihr die Ohren klingelten.

Gebannt starrte Lacey DeCostas Zähne zwischen den höhnisch feixenden Lippen an. Die seitlichen Schneidezähne waren im Vergleich zu den anderen Zähnen ungewöhnlich klein, schmal und spitz. Sie sahen aus wie kurze Reißzähne.

Plötzlich klirrte Glas. Lacey schrie erschrocken auf. Bobby ließ ihr Haar los, warf sich zu Boden und legte schützend die Hände über den Kopf. Lacey ließ sich zur Seite kippen, wollte sich so flach wie möglich machen. Ihr entfuhr ein weiterer Schrei. Sie war auf ihren verletzten Ellbogen gefallen. Weißglühende Schmerzpfeile schossen durch ihre Rippen.

Zitternd wartete sie auf weitere Schüsse.

Als sie ihren Entführer fluchen hörte, öffnete sie zögernd die Augen. Ein großer Stein lag mitten in den Scherben des Fensters auf dem unebenen Hüttenboden.

Kein Schuss. Ein Stein.

Sprachlos starrte Lacey auf das graue Ding. Wer hätte gedacht, dass ein Stein DeCosta derart durcheinanderbringen konnte?

Das konnte nur Kelly gewesen sein. In Laceys Augen brannten Tränen. Das dumme Mädchen war noch hier, anstatt wegzulaufen und Hilfe zu holen.

»Blöde Schlampe.« Bobby war zum selben Schluss gekommen. Auf allen Vieren hoppelte er in den Nebenraum und kam gleich darauf mit einem Stück Seil in den Händen zurück.

Noch ein Strick? Wo wollte er sie denn zusätzlich anbinden? Sie konnte doch sowieso nicht weg. Erschöpft drehte Lacey das Gesicht Richtung Boden. Ihre Muskeln waren so schlapp, dass sie sich nicht einmal aufsetzen konnte, und inzwischen war es ihr auch egal, ob sie lag oder saß. Doch Bobby zerrte sie in eine sitzende Position. Sie schwankte wie eine Betrunkene. Er ruckte an dem Strick, mit dem er sie an den Ring im Boden gebunden hatte, überprüfte die Festigkeit der Knoten. Dann nickte er zufrieden.

Als Nächstes legte er ein großes Holzscheit hinter Lacey und überraschte sie damit, dass er sich darauf setzte. Fast zärtlich zog er sie nach hinten und lehnte ihren Rücken gegen seine Schienbeine. Seine Nähe und seine Berührungen ließen ihre Haut unangenehm prickeln. Etwas Dünnes, Kaltes schlang sich fest um ihren Hals. Lacey riss die Augen auf. *Der Strick, den er geholt hatte!* Er wollte sie strangulieren.

Sie hielt den Atem an.

Doch er zog die Schlinge nicht fester zu. Er saß nur reglos hinter ihr und schaute zur Tür.

Lacey ahnte, was er vorhatte. Bobby wartete auf Publikum.

Dann würde er sie erdrosseln.

Ich habe eine nette kleine Überraschung für dich, Kelly. Als Revanche für den Schlag mit der Taschenlampe. Ein Lächeln schlich sich auf Roberts Gesicht. Er war durch Laceys Körper fast vollständig abgeschirmt. Wenn er den Kopf ein wenig senkte, konnte niemand auf ihn schießen oder ihn angreifen, ohne Lacey zu verletzen.

Kelly würde die langsame Strangulation ihrer Freundin mitansehen und natürlich in die Hütte stürzen und Lacey helfen wollen. Dann konnte er sie überwältigen und mit ihrer Hilfe die Cops zum großen Finale in die Hütte locken. Die warteten noch irgendwo draußen im Gebüsch, genau so, wie es in ihren Lehrbüchern stand. Unfähig eigene Ideen zu entwickeln und kreativ zu denken.

»Komm ruhig rein, Kelly.« Robert sprach so laut, dass man ihn draußen hören konnte. »Ich will dir etwas zeigen.« Es gelang ihm nicht, das Lachen aus seiner Stimme zu verbannen.

Seine Gefangene röchelte leise.

»Sitzt der Strick zu fest? Kein Problem. Ich muss nur die Hand ein bisschen drehen, dann bekommst du mehr Luft.« Er demonstrierte, was er meinte, und Lacey machte einen tiefen Atemzug. »Wenn ich die Hand andersherum drehe, wird die Schlinge enger. Siehst du? So!« Ein schmerzhafter Ruck ging durch Laceys Körper. DeCosta ließ den Strick wieder ein klein wenig lockerer.

Dann tätschelte er ihr Haar, als wäre sie eine schnurrende Hauskatze. Lacey riss den Kopf weg und röchelte. Die Bewegung führte nur zu weiteren Schmerzen und zu noch mehr Atemnot.

»Autsch. Das hat wehgetan«, sagte Robert. »Vielleicht solltest du ganz locker bleiben und mich einfach machen lassen.« Seine Hand schob sich über Laceys Schulter, kroch langsam weiter bis zu ihrer Brust.

Sie schüttelte heftig den Kopf.

Ärgerlich zog er die Schlinge fester. »Glaubst du wirklich, du bist in der Position zu verhandeln?« Seine Hand packte zu, krallte sich in eine ihrer Brüste, drehte und riss daran, bis er sie aufschluchzen hörte.

Er ließ ihr ein bisschen mehr Luft. Wie schön es doch wäre, wochenlang mit ihr spielen zu können.

»Du krankes Arschloch.«

Eine männliche Stimme. Robert zuckte zusammen. Doch der Schreck über den Anblick der hochgewachsenen Gestalt in der Tür verwandelte sich sofort in Freude. Daran änderte auch die Waffe in der Hand des Überraschungsgastes nichts.

Die Situation hatte gerade eine exquisite neue Wendung genommen. Nicht Kelly würde zusehen, wie Lacey starb, sondern ihr Lover.

Perfekt.

Lacey riss die Augen auf.

Jack war da. Er hatte sie gefunden und wollte sie retten. Um ihr zu helfen, hatte er sich sogar überwunden, eine Waffe in die Hand zu nehmen. Ihre Augen brannten. Er sah so gut aus. Groß, schön und rasend vor Wut. Mit Kiefermuskeln wie aus Granit. Einen Moment lang wurden ihre Gefühle so übermächtig, dass sie die Augen schloss. »Oh Gott«, formten ihre Lippen stumm. Erst jetzt verstand sie das volle Ausmaß ihrer Gefühle: Sie hatte sich in diesen verdammten Querkopf verliebt. Lacey staunte, dass sie überhaupt noch Tränen übrig hatte. Zwei einzelne, salzige Tropfen glitten ihr über die Wangen.

Sein Einsatz konnte Jack das Leben kosten.

Aber doch nicht jetzt! Nicht, nachdem ihr endlich klar geworden war, was er ihr bedeutete. Sie sah ihn an, schüttelte den Kopf. Der Strick rieb schmerzhaft an ihrer Kehle. Stumm flehte sie ihn an, zu gehen, so lang er es noch konnte. Er hatte seit Jahren keine Waffe mehr in der Hand gehabt, was er hier tat, war viel zu riskant. Doch Jack schien sie kaum wahrzunehmen. Er fixierte den widerlichen Scheißkerl in ihrem Rücken.

»Ich könnte dir in den Kopf schießen, Bobby, dann hätten wir die Sache am schnellsten hinter uns.«

Der Strick zog sich zusammen, vor Laceys Augen tanzten Sterne.

»Mein Name ist nicht mehr Bobby. Ich heiße Robert«, quengelte DeCosta wie ein verzogener Fünfjähriger. Selbst in ihrem benebelten Zustand fiel Lacey auf, wie kindisch seine Reaktion war. Bobby hasste seinen Kleinjungennamen.

»Wenn du schießt, triffst du erst mal sie.«

Lacey spürte, wie Bobby sich hinter sie duckte. »Und wenn du nicht schießt, kannst du zusehen, wie sie stirbt. Egal, wofür du dich entscheidest. Lebendig kriegst du sie nicht.« Bobby zeigte auf die Wände der Hütte. Lacey blieb fast das Herz stehen. Erst jetzt bemerkte sie die hauchfeinen Drähte, die kreuz und quer über jede ebene Fläche liefen.

Diese Vorrichtung würde dafür sorgen, dass die Hütte in Sekundenschnelle in Flammen stand.

Jacks Augen weiteten sich. Er starrte auf einen Punkt schräg hinter Lacey. Sie schaffte es, den Kopf ein wenig zu drehen, und erkannte aus dem Augenwinkel eine kleine Fernbedienung in Bobbys Hand.

Lacey ging nicht davon aus, dass das Ding zu einem Fernseher gehörte.

»Verfluchter Mist! Dieser verdammte Idiot!«

Pattisons Gesicht nahm einen so dunklen Rotton an, dass Mason sich ernsthafte Sorgen um den Blutdruck des Einsatzleiters machte.

»Ihr Freund ist grade durch die Eingangstür der Hütte spaziert. Einfach so. Ein Wunder, dass er noch lebt.«

Mason applaudierte Harper, diesem arroganten Schnösel, stumm, um ihn gleich im Anschluss für seine Dummheit zu verfluchen. Der Kerl mischte sich in die Polizeiarbeit ein, verschärfte damit die Situation und brachte sich und andere in Lebensgefahr. Anstatt seinen Kopf zu benutzen, dachte er mit dem Schwanz.

»Und jetzt? Was passiert jetzt?« Rays Stimme klang gepresst. Vermutlich ging ihm dasselbe durch den Kopf wie Mason: Sollte man Harper für seinen Mut bewundern oder für seine Dummheit erschlagen?

»Nichts. Bislang dringt kein Ton nach draußen. Ihre Zivilperson ist übrigens bewaffnet.« Pattison sah die beiden Detectives vorwurfsvoll an. »Das haben Sie mir verschwiegen.«

»Wir wussten es nicht.« Mason zuckte die Schultern. »Aber er ist nun mal ein Ex-Cop.«

Den fragenden Blick, den Mason seinem Partner zuwarf, ignorierte Ray geflissentlich. Er hatte von der Waffe gewusst und es für sich behalten. Mason presste die Lippen zusammen. Auf keinen Fall würde er beim Oberfeldwebel petzen. Den Kopf konnte er Ray auch noch später waschen, wenn sie allein waren.

Pattison trat gegen den Reifen eines Einsatzfahrzeugs. »Jetzt haben wir zwei Geiseln, die wir rausholen müssen. Scheiße noch mal!«

Robert war stolz auf seine Flexibilität und seine gute Vorbereitung. Die Situation hatte sich völlig unerwartet verändert, aber er kam trotzdem bestens zurecht. Diese Szene hatte er sich in den letzten Monaten immer wieder ausgemalt. Nur hatte er immer geglaubt, an seinem großen Tag würde ein Cop auf ihn zielen. Nicht der Freund der Geisel.

Dass Harper früher Polizist gewesen war, betrachtete er als Bonus. Cop und Lover in einem. *Traumhaft.*

Harpers Brauen zogen sich zusammen. Anscheinend war ihm beim Anblick der verkabelten Wände und des Fernzünders klar geworden, dass er einen idiotischen Fehler begangen hatte. Sicher kam er sich nun nicht mehr so schlau vor. Man sollte eben nie planlos handeln.

Blinder Aktionismus war der sicherste Weg mitten in die tiefste Scheiße. Das zeigte sich hier mal wieder.

Das Machtgefühl füllte Roberts Brust. Seine Rechnung war aufgegangen. Alle tanzten nach seiner Pfeife.

Er spürte, wie Lacey den Kopf drehte, und zog die Schlinge ein wenig fester. Sie erstarrte. Hier hatte er im wahrsten Sinne des Wortes die Fäden in der Hand. Sein Daumen spielte mit dem Knopf des Fernzünders. Eine Sekunde lang empfand er einen Anflug von

Wehmut, weil er dieses traute kleine Heim zerstören würde. Hier war so viel passiert. Hier hatte er so viel gelernt.

Er drückte die Gefühle weg, lächelte Jack zynisch an. »Sieh den Tatsachen ins Auge, Harper. Ihr könnt nicht beide lebend hier rauskommen. Geh jetzt. Dann stirbt wenigstens nur sie.«

»Aber du stirbst auch.«

Hielt der Mann ihn für einen Volltrottel? »Was du nicht sagst, Sherlock. Ich habe keine Angst vor dem Tod. Wenn es sein muss, bezahle ich diesen Preis. Aber vergessen wird man mich nie.«

Jacks Augenbrauen hoben sich. *Gut. Er war verwirrt.*

Robert spürte, wie Laceys Rücken erschlaffte. Sie wankte leicht, dann kippte sie ein wenig zur Seite. Er hatte ihr die Luft abgeschnürt. Sie wurde ohnmächtig. *Nein!* Genau jetzt in diesem Moment musste sie bei vollem Bewusstsein sein. Sie sollte alles miterleben. Hastig lockerte er die Schlinge und versuchte, sie mit den Knien abzustützen.

In diesem Moment warf Lacey sich nach links und riss ihm dabei den Strick aus den Händen.

Die Schüsse hörte er schon nicht mehr.

Lacey hoffte, dass Jack sie verstanden hatte. Fünfmal hintereinander hatte sie ihm erst in die Augen gesehen und dann nach links zu Boden geschaut. Er hatte das Kinn fast unmerklich gesenkt. Ein Nicken.

Sie machte sich schwer und fing an zu schwanken, als würde sie vor Atemnot ohnmächtig. Als sie spürte, wie Bobby den Strick lockerte, warf sie sich zur Seite.

Jacks Pistole brüllte zweimal auf. Fast gleichzeitig rasten Blitze über die Wände der Hütte. Es gab eine Kette kleiner Explosionen. Die Decke ging mit einem ohrenbetäubenden Zischen in Flammen auf.

»Raus hier, Jack! Raus!« Die Zeit reichte nicht, sie mitzunehmen. Sie war immer noch mit unzähligen Knoten an dem Ring am Boden festgebunden. Schluchzend rollte Lacey sich auf dem harten Fußboden zusammen, vergrub den Kopf in den Armen und betete, dass es nicht zu sehr wehtun würde.

»Grundgütiger!«

Jeff Cordova riss seinen Kopf hinter dem Zielfernrohr seines Scharfschützengewehrs hoch. Hinter allen Fenstern der Hütte loderten gleichzeitig Flammen auf. Ohne die Sicherheitseinstellung an seinem Nachtsichtgerät wäre er nun halb blind.

Gerade hatte er noch übers Headset zugehört, wie der Einsatzleiter sich über den hirnverbrannten Zivilisten ereiferte, dann hatte der Hall zweier Schüsse die Stille im Wald zerrissen. Bevor Jeff Meldung machen konnte, brannte die Hütte schon an allen Ecken.

»Das Ding brennt! Er hat die Hütte angezündet!«

Das Geschrei der anderen Scharfschützen in seinem Kopfhörer übertönte Pattisons Anweisungen.

Jeff machte zwei Schritte auf das Inferno zu, dann blieb er stehen. Für einen Einsatz in einem brennenden Gebäude fehlte ihm die passende Ausrüstung. Mit den Augen suchte er die Umgebung nach den beiden Teams ab, die bisher auf den Befehl zur Erstürmung der Hütte gewartet hatten. Er riss sich das Headset herunter. Das panische Geschrei machte ihn fast taub. So konnte er nicht denken.

»Neiiiin! Jack, nein!«

Jeff fuhr zu der Stimme hinter ihm herum. Ein hochgewachsener Mann jagte auf ihn zu. Er starrte direkt in die Flammen. Jeff riss das Gewehr hoch, dann registrierte er die schwarze Strickmütze und die schwarze Jacke. Er ließ das Gewehr wieder sinken. *Die zweite Zivilperson.* Als der Mann an ihm vorbeisprintete, warf Jeff sich auf ihn und riss ihn in den Schnee. Beim Football hätte ihm diese Aktion eine hohe Raumstrafe eingebracht. Der Mann trat um sich, traf Jeff im Gesicht. »Loslassen! Loslassen! Ich muss sie da rausholen!«

Jeff drückte den Mann mit seinem ganzen Gewicht zu Boden und packte ihn an den wild rudernden Armen.

»Runter von mir, verdammt! Ich muss da rein!«

Jeff riss die Hände des Mannes grob nach hinten und presste sein Gesicht in den Schnee. »Das geht nicht! Es ist zu spät!«

Der Mann hörte plötzlich auf, sich zu wehren. Schnaufend hob er den Kopf und starrte auf die brennende Hütte. Dabei murmelte er etwas Unverständliches. Seine Worte klangen nass.

Beim Anblick der Feuerhölle zog Jeffs Magen sich zusammen. Die Hütte brannte noch keine fünfzehn Sekunden und schon loderten die Flammen durch das Dach. Schwarze Rauchwolken mischten sich mit den schweren Schneeflocken.

So etwas konnte kein Mensch überleben.

Noch nie zuvor in seinen acht Jahren beim Sonderkommando hatte Jeff sich so hilflos gefühlt.

Zwei Schüsse hallten durch den Wald. In der Kommandozentrale flogen alle Köpfe hoch. Obwohl die Männer keinen Sichtkontakt mit der Hütte hatten, wussten sie, dass die Schüsse von dort kamen.

»Sind das die Scharfschützen?«, schrie Mason Pattison an. Pattison schüttelte den Kopf. Mason erschrak über die Angst im Gesicht des Einsatzleiters. Der Mann wirkte plötzlich verletzlich.

»Die Hütte brennt«, flüsterte Pattison. Er und Mason starrten einander an.

»Was brennt?«, schrie Lusco.

»Die Hütte. Die verdammte Hütte. Team Eins! Bewegt eure Ärsche da rein!« Pattisons Gesicht glühte vor Wut. Er hatte sich wieder im Griff.

»Cordova! Black! Ellison! Was sehen Sie?«

Mason rannte auf die Bäume zu, doch Ray riss ihn am Arm zurück. Ärgerlich wollte Mason seinen jüngeren Partner abschütteln und ihm gleich noch eine verbale Ohrfeige verpassen. Doch der Zorn in Rays Augen hielt ihn davon ab.

»Was willst du denn tun, du Idiot? Du behinderst die Männer doch bloß bei ihrer Arbeit!«

Mason konnte nicht sprechen. Er hatte einen riesigen Klumpen in der Kehle.

Ray hatte recht.

Er starrte in den goldenen Schein, der zwischen den Bäumen immer heller wurde, schloss die Augen und betete stumm.

Lacey hustete und würgte.

Der dichte Rauch machte ihren Mund und ihre Kehle schmerzhaft trocken. *Noch eine Minute, dann werde ich vom Rauchgas ohnmächtig. Dann spüre ich die Flammen nicht.* Sie drückte erschaudernd ihr Gesicht an den Boden. Der Raum heizte sich immer mehr auf, die Flammen waren nur wenige Meter entfernt.

Lacey schluchzte laut auf. Sie würde verbrennen. Wie die Mädchen im Leichenschauhaus. Wie in ihren schlimmsten Alpträumen.

»Da bist du ja.« Lacey spürte, wie starke Hände sie hochheben wollten. Etwas wurde über ihr Gesicht geworfen. *Jack!*

Er konnte sie nicht wegtragen. Sie war immer noch an den Ring gefesselt. Lacey hörte ihn fluchen, spürte, wie er an den Stricken riss. Sie fiel in sich zusammen, weinte. Er konnte sie nicht mehr rechtzeitig losbinden. »Lauf weg! Lass mich liegen und lauf weg!«, schrie sie. Sie spürte noch einen Ruck an den Stricken, versuchte, Jack mit den gefesselten Händen wegzustoßen. Sehen konnte sie nichts, er hatte ihr seine Jacke übers Gesicht geworfen. *Lauf weg!*

Er ließ sie wieder auf den Boden sinken. Schmerz schoss durch ihren Kopf. Sie spürte, wie er sich entfernte, und atmete erleichtert aus. *Gut. Er floh. Er würde in Sicherheit sein.*

Die Fesseln fingen an, an ihren Fußgelenken zu reiben. Jack bearbeitete sie mit einem Messer. Plötzlich schnappten Laceys Beine hoch. Das Messer polterte zu Boden und Jack riss sie in seine Arme.

Verdammter Idiot! Die Zeit reichte nicht, um sie auch noch mitzunehmen. Lacey trat und schlug um sich, wehrte sich gegen seinen Griff. Sie warf den Kopf hin und her, um seine Jacke loszuwerden.

»Lacey! Halt still, verdammt!«

Sie spürte, wie er stolperte. Unsanft krachten sie zu Boden. Jack landete auf ihr und presste ihr die Luft aus der Lunge. Verzweifelt wand sie sich unter ihm. *Er musste hier weg!*

»Zwing mich nicht, dich k. o. zu schlagen. Hör auf, dich zu wehren.«

Er hob sie wieder hoch und warf sie sich über die Schulter wie einen nassen Sack. Dabei klaffte die Jacke über ihrem Gesicht auf. Lacey atmete tief ein.

Sofort hatte sie das Gefühl, ihr Rachen würde kochen. Sie hustete und würgte. Ihre Schleimhäute fühlten sich an wie versengt. Dunkle Nebel zogen vor ihren Augen auf; sie rang nach Luft. Umsonst. Sie trieb auf dem Rauch davon.

Was sollte das?

Lacey zappelte wie ein Fisch auf dem Trockenen. Jack verstand nicht, warum sie sich gegen ihn wehrte.

Seine Schüsse hatten zwei Löcher in die Stirn des Dreckskerls gerissen. Gleich darauf hatte er Lacey kurz aus den Augen verloren, weil an den Wänden in einer Kettenreaktion in rasender Folge kleine Sprengsätze explodierten und den Raum mit schwarzem Rauch füllten. DeCosta musste einen Sekundenbruchteil vor dem Einschlag der Geschosse auf den Fernzünder gedrückt haben. Auf den Knien robbte Jack zu Lacey. Dabei hielt er sich die Jacke über Nase und Mund. Seine Augen brannten und tränten vom beißenden Rauch.

Endlich fand er sie. Sie hatte sich zusammengerollt, hustete und machte keinen Versuch, aus der Hütte zu fliehen.

Sie hatte aufgegeben.

Doch plötzlich kämpfte sie gegen ihn, trat und schlug mit den gefesselten Händen um sich. Die Augen hielt sie fest geschlossen.

Er holte tief Luft und hielt den Atem an, bedeckte ihr Gesicht mit seiner Jacke und hob sie hoch. Aber sie war an den Boden gefesselt. Panisch riss er an den Stricken. Dann fiel ihm Alex' Messer in seinem Stiefel ein. Schluchzend vor Erleichterung schnitt er Lacey los und riss sie wieder in seine Arme. Alles sah gut aus, bis sie ihn durch ihr Gezappel zu Fall brachte.

Er würde diesmal nicht versagen.

Wieder nahm er einen einzigen Atemzug. Dann warf er Lacey über seine Schulter. Vornübergebeugt rannte er zur Tür. »Was ...«

Seine Schienbeine knallten gegen einen niedrigen Tisch. Fast wäre er noch einmal gestürzt. Jacks Gedanken rasten.

Verdammt. Vorher war an der Tür kein Tisch gewesen.

Er hatte in dem Rauch und vor lauter Aufregung die Orientierung verloren.

Lacey hörte plötzlich auf zu zappeln und hing schlaff über seiner Schulter. Himmel, nein!

Benommen vom Sauerstoffmangel und blind vom Rauch drehte Jack sich um neunzig Grad und kämpfte sich durch die Dunkelheit. Er konnte den Atem nicht länger anhalten. Inzwischen war die Hitze so intensiv, dass sich auf seinen Armen und auf seinem Gesicht Blasen bildeten. Seine Panik wurde größer.

Wo war die verdammte Tür?

Mason und Ray rannten hinter Pattison her durch die Bäume. Wenn der Einsatzleiter zur Hütte konnte, würde Mason sich das nicht verbieten lassen. Sie liefen durch ein Chaos aus umhereilenden Einsatzkräften, Geschrei und Konfusion.

Dann erreichten sie eine Lichtung. Und die Hölle.

Die Hütte konnten sie nicht sehen, nur ein Flammeninferno. An den Enden der roten und orangefarbenen Feuerzungen bauschte sich schwarzer, erstickender Rauch. Selbst durch die eisige Winterluft hindurch versengte die Hitze Masons Gesicht. Obwohl er nicht allzu nahe am Brandherd stand, wich er einen Schritt zurück.

»Herr im Himmel«, flüsterte Ray. Er konnte den Blick nicht von den Flammen lassen.

Genau wie Mason.

Um die Lichtung bildete sich ein unregelmäßiger Kreis aus Cops und Sondereinsatzkräften. Der dicke Rauch und der Funkenflug hielten die Männer auf Abstand. Sie hofften auf ein Lebenszeichen. Etwas, das ihnen zeigte, dass noch jemand lebte.

Mason kniff die Augen zu und spürte die Hitze durch die geschlossenen Lider. Welche Höllenqualen durchlitten Harper und Lacey dort drin?

Plötzlich hörte er rechts von sich einen Schrei; eine blonde Frau stolperte aus dem Wald. Masons Herz setzte zwei Schläge lang aus.

Sie hatte es geschafft.

Er blinzelte gegen den beißenden Rauch an. Das war nicht Dr. Campbell. Das Herz rutschte ihm in die Hose. *Lacey war im Feuer gefangen.*

Drei Cops hielten die Frau davon ab, zu der brennenden Hütte zu laufen. Schreiend wehrte sie sich gegen die Umklammerung. Mason verstand nicht, was sie sagte.

»Verdammt. Das ist Kelly Cates!«, rief Ray über das aufgeregte Geschrei hinweg.

Was hatte das zu bedeuten?

Neue Schreie lenkten seine Aufmerksamkeit wieder zu der Hütte. In den Flammen bewegte sich etwas. Menschen.

Mit offenem Mund sah Mason zu, wie Harper mit Lacey über der Schulter aus den Flammen stolperte. Harper fiel auf die Knie, warf Lacey zu Boden und zog ihr eine brennende Jacke vom Gesicht. Sein Haar qualmte und einer seiner Hemdsärmel brannte.

Alle rannten gleichzeitig zu dem Paar im Schnee. Jemand warf eine Jacke über Jacks Arm, um die Flammen zu ersticken. Mason warf ihm seine eigene über den Kopf und verhinderte damit, dass Harpers Haar endgültig in Brand geriet. Als Harper vornüberfiel, fing er ihn auf. Das Gesicht des Mannes war schwarz und er hatte Blasen an den Händen. Harper wollte etwas sagen, brachte aber keinen Ton heraus.

Die Cops schleiften die beiden Brandopfer weiter vom Feuer weg. Mason drückte Harpers versengte Hände in den Schnee. Harper suchte mit rot geäderten Augen Masons Blick. Aus seinem Mund kam ein Krächzen.

Mason schüttelte den Kopf. »Sprechen Sie jetzt nicht.«

Der verbrannte Mann schob Mason zur Seite. Er wollte Lacey sehen.

Sie lag mit ausgebreiteten Armen reglos auf dem Rücken im Schnee. Zwei Männer hatten mit Wiederbelebungsmaßnahmen begonnen.

Aus Harpers verbrannter Kehle stieg ein Klagelaut. Unbeholfen wollte er sich zu Lacey robben. Mason packte ihn, schlang die Arme von hinten um seine Schultern und hielt ihn fest. Durch Harpers Rücken spürte Mason, wie das Herz des Mannes hämmerte. Endlich verstand er auch Harpers Gestammel.

»Ist sie tot?«

Mason konnte die Frage nicht beantworten. Die Cops reanimierten Dr. Campbell weiter. *Bitte lasst sie nicht sterben.* Harpers Schultern sackten zusammen. Er lehnte sich schwer gegen Mason.

Nach einigen Intervallen gab der Cop, der Lacey beatmete, dem Mann, der die Herzmassage durchführte, ein Zeichen aufzuhören. Er suchte an Laceys Hals nach einem Puls. Alle starrten angespannt auf ihren Brustkorb, hofften, dass er sich heben und senken würde. Der Augenblick zog sich endlos in die Länge. Dann grinste der Cop seinen Partner an. »Sie atmet. Der Puls ist regelmäßig.«

Harper holte rasselnd Luft. »Gott sein Dank!«, krächzte er.

Mason dachte stumm dasselbe.

Epilog

Jessica klatschte die Schneekugel ein wenig schief auf den Bauch des Schneemanns. Damit der Kopf nicht herunterfiel, klopfte sie händeweise Schnee als Mörtel um den Hals ihres Kunstwerkes fest. Lacey hatte das Gefühl, der Winter würde niemals enden. Das Feuer lag nun vier Wochen zurück und noch immer türmte sich überall der Schnee.

»Danke, dass du der Polizei nichts von ihr gesagt hast«, flüsterte Kelly. »Ich weiß nicht, was ich getan hätte, wenn Chris herausgefunden hätte, dass Jessica nicht sein Kind ist. Und auch nicht meines.«

Schulter an Schulter standen die Frauen in Laceys Wohnzimmer und sahen dem Mädchen draußen beim Spielen zu. Mit ihren roten Fausthandschuhen und der roten Mütze war Jessica ein Farbtupfer in der weißen Schneelandschaft.

»Sie *ist* dein Kind. Euer Kind.« Lacey versuchte zu lächeln. »Zu wissen, dass sie bei euch ist, würde Suzanne sehr glücklich machen. Niemand könnte ihr mehr Liebe und Fürsorge geben als du und Chris.«

Kellys Gesicht fiel in sich zusammen. »Es ist immer da. Es hängt über meinem Kopf wie eine dunkle Wolke. Ich versuche, nicht mehr an Suzanne zu denken. Ein paar Jahre lang glaubte ich schon beinahe, dass ich Jessica selbst zur Welt gebracht hätte.«

»Du hast keine Kinder bekommen.« Das war als Frage gedacht.

»Es ging nicht.«

Lacey hörte den Schmerz in den wenigen, simplen Worten. Sie zog Kelly vom Fenster weg und schob sie zum Sofa. Es wurde Zeit für ein paar Erklärungen. Seit dem Abend in der Hütte hatten sie nicht miteinander gesprochen. Auf die Fragen der Polizisten hatte Lacey geantwortet, zu Kellys Entführung könne sie nicht viel sagen. Den Detectives erklärte sie, der Kidnapper hätte sie voneinander getrennt gefangen gehalten; sie hätte nicht einmal gewusst, dass Kelly auch da war, und nicht gedacht, dass ihre Freundin überhaupt noch lebte.

Inzwischen klang Laceys Stimme wieder normal. Wochenlang war sie heiser gewesen und hatte beim Sprechen gemeine Schmerzen gehabt. Vier angebrochene Rippen, eine gebrochene Speiche und eine schwere Gehirnerschütterung hatte man bei ihr festgestellt. Ein paar Tage hatte sie im Krankenhaus verbracht. Die körperlichen Verletzungen heilten gut. Ihr Geist und ihre Seele waren noch längst nicht so weit. Die Alpträume waren wieder da. Nur diesmal spielten Rauch, Feuer und das Böse die Hauptrolle darin. Sie war in einer Hütte gefangen, konnte den verschlingenden Flammen nicht entfliehen. Und auch nicht Bobby DeCosta.

Weil sie den Killer nicht mehr befragen konnten, rekonstruierten die Detectives die alten Fälle in Mount Junction, so gut es ging. Sie gingen davon aus, dass Dave und Bobby DeCosta zwischen Mount Junction und Corvallis gependelt waren und an beiden Orten jahrelang gemordet hatten. Mal gemeinsam, mal allein. Ihre Mutter behauptete, von alledem nichts gemerkt zu haben. Auch von einem Baby wusste sie angeblich nichts.

Lacey räusperte sich. »Warum kannst du keine Kinder bekommen?«

»Erinnerst du dich an meine Fehlgeburt, als wir noch aufs College gingen?«

Lacey nickte. Das war lang her.

»Damals hieß es, ich hätte eine bestimmte Gebärmutteranomalie. Uterus bicornis. Eigentlich nichts Weltbewegendes, aber bei mir ist das Problem wohl sehr ausgeprägt. Deshalb kam es zu der Fehlgeburt. Die Ärzte sagten, ohne eine Operation könnte ich wahrscheinlich nie ein Kind austragen. Damals war ich nicht krankenversichert und während des Studiums wollte ich eigentlich sowieso nicht schwanger werden. Deshalb schob ich die OP auf. Ich sagte mir, wenn ich älter und wirklich bereit für eine Familie wäre, würde ich die Sache in Angriff nehmen.«

»Wusste Chris davon?«

Kelly schüttelte den Kopf. »Das passierte alles schon, bevor wir uns kennenlernten. Und als ich Jessica hatte, konnte ich nichts mehr sagen. Wie hätte ich es ihm denn erklären sollen? ›Ach übrigens, wenn ich Kinder haben will, muss ich mich operieren lassen, und Jessica war nur ein Glückstreffer‹ Ich ließ ihn glauben, es wäre für mich nur sehr schwer, schwanger zu werden. Monat für Monat versuchten wir es und immer schüttelte ich den Kopf, als würde ich mich wundern, dass es nicht klappte. Irgendwann sagte ich ihm, ich wolle sowieso nur ein Kind haben. Jessica war so vollkommen. Sollten wir es nicht dabei belassen?«

»Und du hattest keine Fehlgeburten mehr?«

Kelly sah zu Boden. »Ich habe mir Hormonspritzen geben lassen. Das tue ich immer noch.«

Sie hatte sich selbst bestraft, weil sie Suzannes Tochter zu sich genommen hat. Sich weitere Kinder versagt.

»Und wie bist du zu dem Baby gekommen?«, flüsterte Lacey.

Kelly setzte sich zurecht. Dann starrte sie auf ihre Hände, die ineinander verschlungen in ihrem Schoß lagen. »Er hat sie mir gebracht. Ich habe nicht um sie gebeten. Ich wusste nicht einmal, wer sie war.«

»Wer hat sie dir gebracht?«

»Bobby DeCosta.«

»Du kanntest ihn tatsächlich? Etwa schon vor dem Prozess?«

Kelly schüttelte den Kopf. Sie sah Lacey flehend an. »Nein. Er ist mir damals zum ersten Mal begegnet. Er saß oft draußen im Flur vor dem Gerichtssaal, sah niemanden an und redete auch nicht. Es hieß, er hätte eine geistige Behinderung. Deshalb habe ich ihn irgendwann angesprochen.«

Lacey nickte. Sie ahnte, was Kelly dazu bewogen hatte, sich mit dem Jungen zu beschäftigen. Patrick, Kellys kleiner Bruder, war schwerst mehrfachbehindert.

»Geantwortet hat er mir nie. Nur zugehört. Ich wollte ein bisschen nett zu ihm sein, weil alle ihn behandelt haben wie Dreck. Angeblich konnte er wegen seiner Behinderung nicht sprechen, aber er kam mir ziemlich aufgeweckt vor. Und er tat mir leid. Während einer unserer einseitigen Unterhaltungen erwähnte ich irgendwann, dass ich keine Kinder bekommen könnte. Mir ist klar, dass Unfruchtbarkeit etwas ganz anderes ist, als keine Stimme zu haben. Aber ich wollte ihm damit sagen, dass kaum ein Mensch alles hat.

Ein paar Monate später stand er plötzlich mit einem süßen Baby vor meiner Tür. Einem Mädchen. Chris und ich hatten uns zerstritten und getrennt. Wir redeten nicht mal mehr miteinander und ich war schrecklich deprimiert und einsam. Jessica gab mir mein Leben zurück. Mit ihr fühlte ich mich wieder als ganzer Mensch und konnte mit einem positiven Gefühl in die Zukunft blicken. Ich zog zu meiner Tante nach Virginia und gab Jessica als mein eigenes Kind aus.«

»Und du hast ihn nicht gefragt, woher er das Baby hatte?« Lacey saß reglos da. Ihre Stimme war belegt.

»Doch. Habe ich. Und da hörte ich ihn zum ersten Mal sprechen. Er war gar nicht stumm.« Einen Augenblick lang klang Kellys Stimme sarkastisch. »Er sagte mir, eine Freundin von ihm könne das Kind nicht behalten, und er wollte, dass ich es bekäme, weil ich der einzige Mensch sei, der je nett zu ihm war. Er glaubte, er täte mir einen Gefallen.«

»Aber was war mit den Behörden? Du brauchtest doch eine Geburtsurkunde.«

Kelly schüttelte den Kopf. Laceys Blick wich sie aus. »Darum hat sich meine Tante gekümmert. Ich weiß nicht, wie sie das gemacht hat, und es hat mich auch nicht interessiert. Ich wollte das Kind nur einfach behalten.«

»Und dann hast du dich wieder mit Chris versöhnt.«

»Als er hörte, dass ich ein Kind hatte, war er erst einmal schockiert. Aber er liebte Jessica vom dem Augenblick an, in dem er sie zum ersten Mal sah.«

»Und du wusstest nicht, dass sie Suzannes Tochter ist?«

Kelly hob den Kopf und starrte aus dem Fenster. Sie schaute ihrer Tochter zu, die dem Schneemann ein Lächeln aus kleinen Steinen ins Gesicht steckte. »Das wurde mir erst klar, als sie etwa fünf Jahre alt war. Eines Tages legte sie den Kopf schief und zog dabei die Nase kraus.« Kelly ahmte die Bewegungen nach und Lacey blieb beinahe die Luft weg. »Du weißt, was ich meine? Mich hat das damals auch schockiert. Ich sehe Suzanne noch vor mir, wie sie dasselbe macht. Plötzlich fiel mir auch auf, dass Jessica Suzannes Augen hat. Von da an wusste ich Bescheid.«

Lacey war sprachlos. Wie oft hatte sie Suzanne mit schief gelegtem Kopf die Nase krausziehen sehen?

»Ich ahnte nun auch, dass Bobby Suzanne etwas angetan hatte. Sein Bruder war im Knast. Aber irgendjemand musste Suzanne während der Schwangerschaft gefangen gehalten haben. Ich konnte mir zusammenreimen, wie alles gelaufen ist, und es war absolut grässlich. Entsetzlich.«

»Du hättest zur Polizei gehen können!«

»Er war längst verschwunden. Zusammen mit seiner Mutter. Außerdem glaubte ich selbst kaum, dass er tatsächlich ein Mörder war.«

»Aber Kelly! Er brachte dir ein Baby. Du hast herausgefunden, dass es Suzannes Kind war. Das hättest du der Polizei sagen müssen. Dann hätte man nach ihm gefahndet und ihn wegen Suzanne befragen können!«

»Zu dem Zeitpunkt hatte ich Jessica schon über fünf Jahre!«, widersprach Kelly. »Ich wusste nicht, was ich machen sollte. Aber als dann ... Suzannes Skelett auftauchte, als die Männer ermordet wurden, wusste ich, dass nur er dahinterstecken konnte. Die Morde geschahen offensichtlich aus Rache. Während des Prozesses hatte ich ja gesehen, wie sehr Bobby an seinem großen Bruder hing. Wenn jemand jetzt die Menschen tötete, die Dave

DeCosta hinter Gitter gebracht hatten, konnte es fast nur Bobby sein.«

»Und warum bist du nicht wenigstens dann zur Polizei gegangen? Vielleicht hätte man ihn aufhalten können! Es ist so viel passiert, was nicht hätte passieren müssen!«

»Ich hatte solche Angst, dass die Wahrheit über Jessica ans Licht kommt.« Kelly sah Lacey mit einem ebenso düsteren wie entschlossenen Blick an. »Ich konnte nicht zulassen, dass er meine Familie zerstört.« Kellys süßes Gesicht war ein Spiegel ihrer widerstreitenden Gefühle.

Aber du hast zugelassen, dass andere Menschen dafür sterben. Einer davon hätte ich sein können. Lacey schloss die Augen.

»Was ich getan habe, gefällt dir nicht. Das weiß ich. Aber du verstehst das nicht. Du hast keine Kinder ... Du kannst es nicht verstehen. Ich hätte ihn getötet, um Jessica zu schützen.«

Die Türklingel zerriss die Anspannung im Raum. »Ich muss los.« Kelly griff nach ihrer Handtasche, rannte zur Tür und riss sie auf.

»Kelly. Schön, dich zu sehen.« Laceys Vater stand mit einer Pappschachtel in den Händen auf der Veranda. »Ich habe Jessica draußen gesehen. Sie ist groß geworden.«

»Ja, das stimmt.« Mit tränennassen Augen warf Kelly Lacey einen Blick zu. Dann drängte sie sich an Dr. Campbell vorbei und flitzte die Stufen hinunter.

Wortlos sah Lacey sich an, wie Kelly flüchtete. Sie war fassungslos. Kelly hätte DeCosta aufhalten können. Doch sie hatte es nicht getan. Lacey spürte einen Riss im Herzen. Sie wusste, dass sie nie wieder mit Kelly reden würde. Dr. Campbell sah seine Tochter forschend an.

»Du musst doch nicht klingeln, Dad.« Lacey rang sich ein Lächeln ab. Ihr Blick fiel auf die Schachtel. *Er hatte es geschafft.*

»Ich hatte die Hände voll.« Er hielt ihr die Schachtel entgegen, aber Lacey griff nicht danach.

»Ist es das, was ich haben wollte?«

»Dieses Ding herauszuschmuggeln, war gar nicht so leicht. Ich muss es morgen wieder zurückbringen.«

Zögernd nahm Lacey den würfelförmigen Karton entgegen. Von der Größe her hätte er eine Tortenschachtel sein können, wog aber fast nichts. Mit zitternden Händen stellte sie den Behälter aufs Sofa.

»Danke«, flüsterte sie.

Ihr Vater umarmte sie fest. »Ich verstehe nicht, was du damit willst.«

»Ich weiß.« Sie erwiderte die Umarmung, drückte das Gesicht fest an seine Jacke.

Einen Augenblick lang schwiegen sie.

»Hast du etwas von Michael gehört?« Ihr Vater trat einen halben Schritt zurück und sah Lacey forschend an.

Sie lächelte. »Michael bleibt noch eine Weile weg. Er sagte was von Klettern auf irgendwelchen roten Felsen und von Rafting auf dem Colorado.«

»Und von einer Frau?« Die Augenbrauen ihres Vaters hoben sich.

»Ich kann mir nicht vorstellen, dass er sich ganz allein in diese Abenteuer stürzt.«

Dr. Campbell musterte seine Tochter. »Er ist ein guter Kerl. Ich dachte immer, ihr beide ...«

Lacey schüttelte den Kopf. »Es sollte nicht sein, Dad. Michael weiß das, und für mich ist es in Ordnung so.«

Ganz überzeugt schien Dr. Campbell nicht. Er wechselte das Thema. »Wo ist eigentlich dein anderer junger Mann?«

»Ich bin hier.« Jack kam aus der Küche. An dem Blitzen in seinen Silberaugen erkannte Lacey, dass er die letzten Sätze gehört hatte.

Dr. Campbell nickte zu Jacks bandagierter rechter Hand hin. »Tut sich was?«

»Ziemlich viel sogar. Die transplantierte Haut sieht schon ganz ordentlich aus.« Jack fuhr mit der Hand über seinen stoppeligen Kopf. »Und die Haare sind bald länger als das Militär erlaubt.«

Er hatte sich die versengten Stoppeln vom Kopf rasiert. Lacey kam sich manchmal vor, als wäre sie mit Vin Diesel zusammen. Sie vermisste Jacks dichtes schwarzes Haar.

Auch ihr eigenes Haar reichte nur noch bis knapp unter die Ohrläppchen. Etliche Zentimeter waren verbrannt und ihr Friseur hatte für einen etwas frecheren Look und mehr Volumen gleich noch ein Stück abgeschnitten. So kurz trug sie das Haar zum ersten Mal im Leben.

Lacey hasste ihre neue Frisur.

Ihr Vater gab Jack grinsend einen Klaps auf den Rücken und drückte seine Schulter. Dann umarmte er Lacey noch einmal und verabschiedete sich.

Jack zog Lacey an sich. Sie legte den Kopf auf sein Herz und er hielt sie fest. Das Pochen beruhigte und tröstete sie. »Ich habe Kelly gehen gehört.«

Lacey sagte nichts.

»Stimmt deine Vermutung über Jessica?«

Sie nickte gegen seine Brust.

»Was ist in der Schachtel? Warum will dein Dad sie morgen zurück?«

Eigentlich hatte sie den Karton allein öffnen wollen, aber sie hatten einander versprochen, sich ihren Problemen gemeinsam zu stellen. Seit dem Feuer waren sie und Jack nur während seiner Operationen voneinander getrennt gewesen. Er hatte darauf bestanden, dass Michael oder ihr Dad an diesen Tagen bei ihr waren. Zweimal war er mit geballten Fäusten und ihrem Namen auf den Lippen aus der Narkose erwacht. In diesem benebelten Zustand konnten nur ihre Stimme und ihre zarte Hand auf seiner Wange ihn beruhigen.

Wegen Jacks Playboy-Vergangenheit machte Lacey sich keine Gedanken mehr und bindungsunfähig schien er auch nicht zu sein. Jeder andere Mann hätte sich längst aus dem Staub gemacht, aber er war noch da. War ihr Fels in der Brandung. Er hatte ihr gesagt, dass er mit ihr zusammen sein wollte. Hatte es in den Tagen nach dem Feuer dutzende Mal wiederholt und dabei ihre Hände festgehalten, als könnte es bereits zu spät sein. Als könnte sie ihn zurückweisen.

Lacey verstand ihn. Nach allem, was passiert war, müsste sie eigentlich tot sein. Aber das Leben hatte ihnen eine zweite Chance gegeben, die keiner von ihnen vergeuden wollte. Er war in ihr Haus gezogen und hielt sie jede Nacht fest.

Sie liebte ihn.

Lacey trug die Schachtel in die Küche. Jack folgte ihr. »Das wird gegen meine Alpträume helfen.« Aus dem Augenwinkel sah sie seine Schultern zucken. Er wusste aus eigener Erfahrung, wie unruhig sie nachts war und dass sie manchmal sogar um sich schlug. Obwohl ihnen ihr Verstand sagte, dass die Gefahr vorbei war, huschten noch zu viele dunkle Schatten durch ihre Gefühlswelt. Anspannung, Angst und eine Nacht voller Schrecken hatten Spuren hinterlassen. Lacey setzte die Schachtel auf der Arbeitsplatte ab und legte die Hände auf den Deckel.

Ich weiß nicht, ob ich das kann.

Jack strich ihr über das kurze Haar. »Ich tue mein Bestes gegen deine Alpträume.«

Sie erwiderte seinen besorgten Blick mit einem Lächeln. Er wollte ihr so gern helfen, ihr zu innerem Frieden verhelfen und ihre Traurigkeit vertreiben. »Und du hilfst mir auch sehr. Es ist wunderschön, immer wenn ich nachts aufwache, deine Arme um mich zu spüren.« Sie wusste, dass das auch ihm guttat.

Lacey musterte die Schachtel düster. »Das hier soll mir helfen, einen Schlussstrich zu ziehen.«

Sie öffnete den Deckel der Schachtel und nahm einen in weiße Handtücher gewickelten Gegenstand heraus. Als sie die Handtücher langsam zurückschlug, hörte sie Jack nach Luft schnappen. »Grundgütiger! Lacey!«

Lacey betrachtete den klinisch sauberen Schädel. Im Stirnbein klafften zwei runde Löcher, ein Großteil des Hinterhauptsbeins fehlte. Die Geschosse hatten es beim Austritt zerfetzt. Auch der Unterkiefer war nicht vorhanden, doch den brauchte sie nicht. Sie betrachtete die oberen Schneidezähne. Lacey holte tief Luft, bevor sie den Finger auf die viel zu kleinen seitlichen Schneidezähne legte, die kleinen Reißzähnen ähnelten. Dann wickelte sie den Schädel schnell wieder ein, legte ihn in die Schachtel und drückte mit zitternden Händen den Deckel darauf. Sie atmete aus, spürte, wie die Schatten blasser wurden und wie sich Tränen in ihren Augen sammelten.

Bobby DeCosta würde nicht zurückkommen.

Als Jack sie an sich zog und die Lippen in ihr Haar drückte, zitterten seine Arme ein wenig. »Oh Lacey. Ich liebe dich so sehr. Das weißt du doch? Oder?«

Sie nickte, sog mit geschlossenen Augen seinen Geruch ein und schmiegte sich an ihn. Seine Gegenwart wärmte sie bis in die Zehenspitzen. Niemand konnte sie wieder von ihm trennen.

»Ich liebe dich auch«, flüsterte sie.

DANKE

Manche Autoren behaupten, um ein Buch zu schreiben, bräuchte man ein Team. Ich möchte sogar noch weitergehen: Man braucht eine ganze Cheerleader-Gruppe. Das Leben einer Autorin ist eine Aneinanderreihung von Höhen und Tiefen, von Siegen und Niederlagen. Wer schreibt, braucht besondere Menschen, die an ihn glauben, die ihm den Weg aus einem Tief zeigen können und jedes Hoch mit ihm feiern. Meine Cheerleader-Gruppe besteht aus folgenden Personen: meiner Agentin, Jennifer Schober, die eisern zu mir stand. Meiner Lektorin, Lindsay Guzzardo, der meine Bücher und mein Schreibstil so gut gefielen, dass sie fand, sie hätten eine Leserschaft verdient. Meiner Lektorin Charlotte Herscher, die meine Geschichten zu etwas Fabelhaftem zurechtschliff. Und aus dem Kopf der Cheerleader-Gruppe, Elisabeth Naughton, die mich das Glauben lehrte. Den größten Dank schulde ich meinem Mann Dan, der sich in einer sehr dunklen Zeit einen Weg in mein Leben bahnte und mich dazu brachte, zu lachen, zu lieben und nie aufzugeben.